电气工程 安装调试 运行维护 实用技术技能丛书

自动化仪表及空调系统电气装置的安装调试

白玉岷　等编著

机械工业出版社

本书以工程实践经验为主，详细地讲述了自动化仪表与空调系统电气装置的安装调试、运行维护、竣工验收等工艺方法、程序要求、质量监督、注意事项等，是从事电气自动化仪表与空调工程工作的技术人员必读之物。

本书主要内容有自动化仪表与空调电气装置的总体要求和准备工作；自动化仪表的类别和功能、校验和检定、线缆安装敷设；自动化仪表与自动装置（取源部件、传感器、检测元件、仪表设备等）的安装，仪表系统管路的安装，仪表柜与仪表的接线，空调系统电气设备的安装。

本书适用于电气工程、自动化仪表与自动装置、空调工程技术人员，电气仪表技师，也可作为青年仪表工培训教材以及工科院校、职业技术院校电气与自动化专业师生的教学用书。

图书在版编目（CIP）数据

自动化仪表及空调系统电气装置的安装调试/白玉岷等编著 . —北京：机械工业出版社，2010.1

（电气工程安装调试运行维护实用技术技能丛书）

ISBN 978-7-111-29449-8

Ⅰ.自…　Ⅱ.白…　Ⅲ.①自动化仪表－设备安装②自动化仪表－调试③空气调节设备－设备安装④空气调节设备－调试　Ⅳ.TH86　TB657.2

中国版本图书馆 CIP 数据核字（2009）第 241922 号

机械工业出版社（北京市百万庄大街 22 号　邮政编码 100037）
策划编辑：牛新国　责任编辑：张沪光　封面设计：马精明
责任校对：张　媛　责任印制：乔　宇
北京机工印刷厂印刷（兴文装订厂装订）
2010 年 1 月第 1 版第 1 次印刷
184mm×260mm・14.5 印张・357 千字
0 001—3 000 册
标准书号：ISBN 978-7-111-29449-8
定价：38.00 元

电气工程 安装调试 运行维护 实用技术技能丛书

自动化仪表及空调系统电气装置的安装调试

主　　编	白玉岷			
编　　委	刘　洋	宋宏江	陈　斌	高　英
	张艳梅	田　明	桂　垣	董蓓蓓
	武占斌	王振山	赵洪山	张　璐
	莫　杰	田　朋	谷文旗	李云鹏
	刘晋虹	白永军	赵颖捷	
主　　审	悦　英	赵颖捷	桂　垣	
土建工程顾　　问	李志强			
编写人员	倪小君	万　川	久　安	万　柳
	王金玉	李　方	师北屏	春　琴
	马玉琴			

前　言

当前，我们的国家正处于改革开放、经济腾飞的伟大转折时代。在这样的大好形势下，我们可以看到电工技术突飞猛进的发展，新技术、新材料、新设备、新工艺层出不穷、日新月异。电子技术、计算机技术以及通信、信息、自动化、控制工程、电力电子、传感器、机器人、机电一体化、遥测遥控等技术及装置已与电力、机械、化工、冶金、交通、航天、建筑、医疗、农业、金融、教育、科研、国防等行业技术及管理融为一体，并成为推动工业发展的核心动力。特别是电气系统，一旦出现故障将会造成不可估量的损失。2003 年 8 月美国、加拿大大面积停电，几乎使整个北美瘫痪。我国 2008 年南方雪灾，引起大面积停电，造成 1110 亿人民币的经济损失，这些都是非常惨痛的教训。

电气系统的先进性、稳定性、可靠性、灵敏性、安全性是缺一不可的，因此电气工作人员必须稳步提高，具有精湛高超的技术技能，崇高的职业道德以及对专业工作认真负责、兢兢业业、精益求精的执业作风。

随着技术的进步、经济体制的改革、用人机制的变革及市场需求的不断变化，对电气工作人员的要求越来越高，技术全面、强（电）弱（电）精通、精通技术的管理型电气工作人员成为用人单位的第一需求，为此，我们组织编写了《电气工程安装调试运行维护实用技术技能丛书》。

编写本丛书的目的，首先是帮助读者在较短的时间里掌握电气工程的各项实际工作技能，使院校毕业的学生尽快地在工程中能够解决工程实际设计、安装、调试、运行、维护、检修以及工程质量管理、监督、安全生产、成本核算、施工组织等技术问题；其次是为工科院校电气工程及自动化专业提供一套实践读物，亦可供学生自学及今后就业参考；第三是技术公开，做好电气工程技术技能的传、帮、带的交接工作，每个作者都是将个人几十年从事电气技术工作的经验、技术、技能毫无保留，公之于众，造福社会；第四是为刚刚走上工作岗位的电气工程及自动化专业的大学生尽快适应岗位要求提供一个自学教程，以便尽快完成从大学生到工程师的过渡。

本丛书汇集了众多实践经验极为丰富、理论知识精通扎实、能够将科研成果转化为实践、能够解决工程实践难题的资深高工、教授、技师承担编写工作，他们分别来自设计单位、安装单位、工矿企业、高等院校、通信单位、供电公司、生产现场、监理单位、技术监督部门等。他们将电气工程及自动化工程中设计、安装、调试、运行、维护、检修、保养以及安全技术、读图技能、施工组织、预算编制、质量管理监督、计算机应用等实践技能由浅入深、由易至难、由简单到复杂、由强电到弱电以及实践经验、绝活窍门进行了详细的论述，供广大读者，特别是青年工人和电气工程及自动化专业的学生们学习、模仿、参考，以期在技术技能上取得更大的成绩和进步。

本丛书的特点是实用性强，可操作性强，通用性强。但需要说明，本丛书讲述的技术技能及方法不是唯一的，也可能不是最先进、最科学的，然而按照本丛书讲述的方法，一定能将各种工程，包括复杂且难度大的工程顺利圆满地完成。读者及青年朋友们在遇到技术难题时，只需翻阅相关分册的内容便可找到解决难题的办法。

从事电气工作是个特殊的职业，从前述分析可以得知电气工程及自动化工程的特点，主要是：安全性强，这是万万不容忽视的；专业理论性强，涉及自动控制、通信网络、自动检测及复杂的控制系统；从业人员文化层次较高；技术技能难度较大，理论与实践联系紧密；工程现场条件局限性大，环境特殊，如易燃、易爆等；涉及相关专业广，如机、钳、焊、铆、吊装、运输等；节能指标要求严格；系统性、严密性、可靠性、稳定性要求严密，从始至终不得放松；最后一条是法令性强，规程、规范、标准多，有150多种。电气工作人员除了技术技能的要求外，最重要的一条则是职业道德和敬业精神。只有高超的技术技能与高尚的职业道德、崇高的敬业精神结合起来，才能保证电力系统及自动化系统的安全运行及其先进性、稳定性、可靠性、灵敏性和安全性。

因此，作为电气工程工作人员，特别是刚刚进入这个行业的年轻人，应该加强电工技术技能的学习和锻炼，深入实践，不怕吃苦、不怕受累；同时应加强电工理论知识的学习，并与实践紧密结合，提高技术水平。在工程实践中加强职业道德的修养，加强和规范作业执业行为，才能成为电气行业的技术高手。

在国家经济高速发展的过程中，作为一名电气工作者肩负着非常重要的责任。国家宏观调控的重要目标就是要全面贯彻落实科学发展观，加快建设资源节约型、环境友好型社会，把节能减排作为调整经济结构、转变增长方式的突破口。在电气工程、自动化工程及其系统的每个环节和细节里，每个电气工作者只要能够尽心尽责，兢兢业业，确保安装调试的质量，做好运行维护工作，就能够减少工程费用，减小事故频率，降低运行成本，削减维护开支；就能确保电气系统的安全、稳定、可靠运行。电气工作人员便为节能减排、促进低碳经济发展，保增长、保民生、促稳定做出巨大的贡献。

在这中华民族腾飞的时代里，每个人都有发展和取得成功的机遇，倘若这套《电气工程安装调试运行维护实用技术技能丛书》能为您提供有益的帮助和支持，我们全体作者将会感到万分欣慰和满足。祝本丛书的所有读者，在通往电工技术技能职业高峰的道路上，乘风破浪、一帆风顺、马到成功。

白玉岷

2010 年元月

目　录

第一章　总体要求和准备工作

一、总体要求

1）仪表工程施工应符合设计文件及国家标准规范的规定，并应符合产品安装使用说明书的要求。对设计的修改必须有原设计单位的文件确认。

2）对直接安装在设备和管道上的仪表和仪表取源部件，应按设计文件对专业分界的规定施工，电工、仪表工应与管道工、焊工进行沟通协作和配合。

3）仪表工程所采用的设备及材料应符合国家现行的有关强制性标准的规定，并进行检定/校验及检验，以确保其质量。

4）仪表工程中的焊接工作，应符合现行国家标准 GB 50236—1998《现场设备、工业管道焊接工程施工及验收规范》中的有关规定，操作者必须是持证焊工，焊接后应进行检验或 X 光照像。

5）仪表工程的施工除应按本章要求执行外，还应符合国家现行的有关强制性标准的规定，即 GB 50093—2002《自动化仪表工程施工及验收规范》。

6）仪表工程的设计必须由具有相应资质的设计单位设计，仪表工程的安装应由具有相应资质的安装单位进行。仪表工程的安装单位须具有相应资格的电工、仪表工以及与安装仪表配套的装备、仪器、仪表、检测器具等。

二、准备工作

施工准备工作包括施工技术准备、培训、劳动力动员、施工机具设备动员、临时设施准备、物资采购、设备及材料运输、验收和保管等内容。

（一）施工技术准备

1）仪表工程施工应根据施工组织设计和施工方案进行组织。对复杂、关键的安装和试验工作应编制施工技术方案。

2）仪表工程施工前，建设单位或监理单位应组织施工图设计文件会审，施工单位应参加会审。

3）仪表工程施工前，应对施工人员进行技术交底。

4）施工组织设计和施工方案的编制及实施对控制工程进度、质量、安全、成本起着重要作用。电气工程施工组织设计中通常都包括了仪表工程的内容，仪表工程应编制施工方案。仪表工程施工方案可包括下列内容：

①　工程概况和工程特点；

②　工程进度计划；

③　劳动力计划；

④　施工机具设备计划；

⑤　临时设施计划；

⑥　施工技术措施和需编制的技术方案目录；

⑦　施工质量计划和安全措施；

⑧　施工中应执行的标准、规范、规程目录。

5）工程设计交底和图样会审一般由建设单位、设计单位、监理单位和施工单位共同参加，施工单位技术人员应预先熟悉图样。设计质量是保证工程质量的前提，而进行施工图设计会审有利于提高施工准备工作的质量，提前发现和解决问题，减少返工和设计修改造成的损失。

图样会审包括下列内容：

①　检查设计文件的完整情况和设计深度；

②　核查控制流程图、系统图、回路图、平面布置图、设备一览表、安装图等中相应仪表的位号、型号、规格、材质、位置等的一致性；

③　核查系统原理图与接线图的一致性；

④　核查仪表专业方面提出的盘柜基础、预埋件、预留孔等条件在土建设计图中的相应位置、尺寸和数量上的符合性；

⑤　核查仪表设备和取源部件在设备图、管道图中相应位号的型号、规格、材质、位置上的符合性；

⑥　核查仪表设备、仪表管线、仪表电缆槽的安装位置与有关专业设施在空间布置上的合理性；

⑦　核查仪表控制系统相互之间，仪表专业与电气专业相互之间在供电、接地、联锁、信号等相关设计中要求的一致性及连接的正确性；

⑧　核对仪表材料数量；

⑨　检查设计是否有漏项。

6）技术交底包括工程施工任务的具体内容和安排，以及有关施工工艺、方法、质量、安全、工作程序和记录表格方面的要求。工程需要或工程中有新设备、新材料、新技术、新工艺时，还应进行技术培训。技术培训必要时应由生产厂商进行。

（二）仪表设备及材料的检验和保管

1）仪表设备及材料到达现场后，应进行检验或验证。

2）对仪表设备及材料的开箱检查和外观检查应符合下列要求：

①　包装及密封良好；

②　型号、规格和数量与装箱单及设计文件的要求一致，且无残损和短缺；

③　铭牌标志、附件、备件齐全；

④　产品的技术文件和质量证明书齐全；

⑤　本规范有关条文中对外观检查的规定。

3）对仪表盘、柜、箱的开箱检查还应符合下列要求：

①　表面平整，内外表面漆层完好；

②　外形尺寸和安装孔尺寸，盘、柜、箱内的所有仪表，电源设备及其所有部件的型号、规格均应与设计文件相符合。

4）仪表设备的性能试验应按 GB 50093—2002 及前述相关内容的规定进行。

5）仪表设备及材料验收后，应按其要求的保管条件分区保管。主要的仪表材料应按照其材质、型号及规格分类保管。

6）仪表设备及材料在安装前的保管期限，不应超过一年。当超期保管时，应符合设备及材料保管的专门规定。即不妥善的保管可能造成设备材料的损伤和短缺；超期贮存可能造成某些仪表设备、材料或其中某些元部件的性能变化、失效和超过质量保质期。

7）工程施工过程中，应对已安装的仪表设备及材料进行保护。通过文明施工和采取有效措施，防止损坏、脏污、丢失等现象发生。

8）施工前对设备、材料的检验和验证属于施工准备工作范围，不同于对供应商提供货物的商品检验。设备、材料作为商品的检验，应按照专门的标准和有关合同、协议进行。施工前对设备、材料的检验或验证要求全部进行，有关规定在关于质量体系的 ISO 9000 族标准中有详细描述，并应由建设单位、监理单位和施工单位对检验和验证的程序、职责分工等达成一致性意见。

9）设备及材料的制造质量反映在外观、结构尺寸和性能等方面，均应符合设计文件和产品技术文件的要求，它直接影响着工程质量。不符合国家法规、标准，不符合设计文件和产品技术文件要求，以及不能保证安装后工程质量的产品不得使用。

（三）其他准备工作

其他准备工作及施工组织设计（施工方案）的编制基本与电气工程相同，敬请读者参见新版《电气工程安装及调试技术手册》中第一～第九章的相关内容。

三、自动化仪表相关术语

1. 自动化仪表（automation instrumentation）

自动化仪表是对被测变量和被控变量进行测量及控制的仪表装置和仪表系统的总称。

2. 测量（measurement）

测量是指以确定量值为目的的一组操作。

3. 控制（control）

控制是指为达到规定的目标，在系统上或系统内的有目的的活动。

4. 现场（site）

现场是指工程项目施工的场所及电气设备、线路的安装位置。

5. 就地仪表（local instrument）

就地仪表是指安装在现场控制室外的仪表，一般在被测对象和被控对象附近。

6. 检测仪表（detecting and measuring instrument）

检测仪表是指用以确定被测变量的量值或量的特性、状态的仪表。

7. 传感器（transducer）

接受输入变量的信息，并按一定规律将其转换为同种或别种性质输出变量的装置称传感器。

8. 转换器（converter）

接受一种形式的信号并按一定规律转换为另一种信号形式输出的装置称转换器。

9. 变送器（transmitter）

输出为标准化信号的传感器称变送器。

10. 显示仪表（display instrument）

显示被测量值的仪表称显示仪表。

11. 控制仪表（control instrument）

用以对被控变量进行控制的仪表称控制仪表。

12. 执行器（actuator）

在控制系统中通过其机构动作直接改变被控变量的装置称执行器。

13. 检测元件/传感元件（sensor）

检测元件/传感元件是指测量链中的一次元件，它将输入变量转换成宜于测量的信号。

14. 取源部件（tap）

取源部件是指在被测对象上为安装连接检测元件所设置的专用管件、引出口和连接阀门等元件。

15. 检测点（measuring point）

对被测变量进行检测的具体位置，即检测元件和取源部件的现场安装位置称检测点。

16. 测温点（temperature measuring point）

温度检测点称测温点。

17. 取压点（pressure measuring point）

压力检测点称取压点。

18. 系统（system）

由若干相互联系和相互作用的要素组成的具有特定功能的整体称系统。

19. 控制系统（control system）

控制系统是指通过精密制导或操纵若干变量以达到既定状态的系统。仪表控制系统由仪表设备装置、仪表管线、仪表动力和辅助设施等硬件，以及相关的软件所构成。

20. 综合控制系统（comprehensive control system）

采用数字技术、计算机技术和网络通信技术，具有综合控制功能的仪表控制系统称综合控制系统。

21. 管道（piping）

管道是指用于输送、分配、混合、分离、排放、计量、控制或截止流体的管子、管件、法兰、紧固件、垫片、阀门和其他组成件及支撑件的总称。

22. 仪表管道（instrumentation piping）

仪表管道是仪表测量管道、气动和液动信号管道、气源管道和液压管道的总称。

23. 测量管道（measuring piping）

从检测点向仪表传送被测介质的管道称测量管道。

24. 信号管道（signal piping）

用于传送气动或液动控制信号的管道称信号管道。

25. 气源管道（air piping）

为气动仪表提供气源的管道称气源管道。

26. 仪表线路（instrumentation line）

仪表线路是仪表电线、电缆、补偿导线、光缆和电缆槽、保护管等附件的总称。

27. 电缆槽（cable tray）

电缆槽是指敷设和保护电线电缆的槽形制成品，包括槽体、盖板和各种组成件。

28. 保护管（protective tube）

敷设和保护电线电缆的管子及其连接件称保护管。

29. 回路（loop）

在控制系统中，一个或多个相关仪表与功能的组合称回路。

30. 伴热（heat tracing）

伴热是指为使生产装置和仪表设备、管道中的物料保持规定的温度，在设备、管道旁敷设加热源，进行跟踪加热的措施。

31. 脱脂（degreasing）

脱脂是指除去物体表面油污等有机物的作业。

32. 检验（inspection）

对产品或过程等实体进行计量、测量、检查或试验，并将结果与规定要求进行比较，以确定每项特性合格情况所进行的活动称检验。

33. 试验（testing）

对产品或过程等实体的额定值（或极限值）或特性、指标、质量进行验证称试验。

34. 检定（verification）

由法制计量部门或法定授权组织按照检定规程，通过试验提供证明来确认测量器具的示值误差满足规定要求的活动称检定。

35. 校准（calibration）

校准是指在规定条件下，为确定测量仪器仪表或测量系统的示值、实物量具或标准物质所代表的值与相对应的由参考标准确定的量值之间关系的一组操作。

36. 调整（adjustment）

调整是指为使测量器具达到性能正常、偏差符合规定值而适于使用的状态所进行的操作。

37. 防爆电气设备（explosion-protected electrical apparatus）

在规定条件下不会引起周围爆炸性环境点燃的电气设备称防爆电气设备。

38. 爆炸性环境（explosive atmosphere）

爆炸性环境指在大气条件下，气体、蒸气、薄雾、粉尘或纤维状的可燃物质与空气形成混合物，点燃后，燃烧传至全部未燃混合物的环境。

39. 危险区域（hazardous area）

爆炸性环境大量出现或预期可能大量出现，以致要求对电气设备的结构、安装和使用采取专门措施的区域称危险区域。

40. 本质安全电路（intrinsically-safe circuit）

在规定的试验条件下，正常工作或规定的故障状态下产生的电火花和热效应均不能点燃规定的爆炸性气体或蒸气的电路称本质安全电路。

41. 本质安全型设备（intrinsically-safe apparatus）

全部电路均为本质安全电路的电气设备称本质安全型设备。

42. 关联设备（associated apparatus）

设备内的电路或部分电路并非全是本质安全电路，但有可能影响本质安全电路安全性能的电气设备称关联设备。

第二章 自动化仪表的类别和功能

自动化仪表的类别按其功能作用划分，一般可分为温度、压力、流量、物位、机械量、成分分析等仪表。

1. 常用测量温度的仪表

常用测量温度的仪表见表 2-1。

表 2-1 常用温度测量仪表

类别	品种	基本原理	主要特点	应用范围
玻璃液体温度计[①]	工业型 电触点型 标准型 实验室型	利用液体受热膨胀的性质	结构简单，准确度较高，稳定性好，使用方便。但感温液体多为汞，是有毒物质	用于实验室或工业上单点测量的场合
双金属温度计[①]	螺旋形 盘旋形 杆形 悬臂形	利用固体受热膨胀的性质，一般用两种不同膨胀系数的金属或合金做成	耐振动，抗冲击，结构简单，使用方便，维护容易，价格便宜，可代替玻璃水银温度计	适用于飞机、轮船、机车等振动较大的场合
压力式温度计[①]	充液型 充气型 充蒸发液体型	利用气体、液体或蒸气的体积或压力随温度变化的性质	成本低，结构简单，对环境要求不高，性能可靠。但温包尺寸大，毛细管易折断	用于就地指示或几十米远的测量点，可实现指示、记录、调节、报警及远传
热电偶	贵金属型 普通金属型 难熔金属型 非金属型	基于两种不同材质的导体所组成的回路受热后产生热电效应的原理	结构简单，测温范围广，准确度高，可就地显示或远传	可测气体、液体、固体的温度，是使用最广泛的测温元件之一
热电阻	铜热电阻 铂热电阻 半导体热电阻	利用金属或半导体的电阻值随温度变化的性质	结构简单，价格低廉，测温范围广，准确度高。与电桥配合可就地显示或远传	用于集中控制，也可用于计量工作中，是使用最广泛的测温元件之一
石英晶体类	石英晶体温度计	利用一定切向石英晶体的谐振频率随温度变化的原理	高分辨力（$10^{-4}℃$），高准确度，高稳定度，小型化，频率信号输出易于数字处理	用作标准温度计和高准确度温度计
核四重共振类	NQR（核四重极共振吸收）温度计	利用 $KClO_3$ 晶体中的 Cl^{35} 原子核的共振频率随温度上升而下降的原理	极高准确度，高灵敏度，仅限于测液体，尺寸不太小，时间常数大，价格贵	用作标准温度计或高准确度温度计，用于海洋、气象、医用、电子等领域
热噪声类	铂条	基于热噪声输出电压的方均值与热力学温度成正比的原理	高准确度，高灵敏度	可用作标准温度计，用于高温、高压、高辐射线等恶劣环境下工作
	约瑟夫逊结			
半导体	PN 结	基于 PN 结电动势随温度变化的原理	体积小，耗能少，灵敏度高	用于测量体温及一般温度测量

（续）

类别	品种	基本原理	主要特点	应用范围
非接触式测温仪表	光学高温计	利用灼热体光谱辐射亮度随温度升高而增长的原理	量程较宽，准确度较高，但刻度非线性，人观察易带主观误差，只能指示，不能记录	用于测量浇铸、轧钢、锻压、热处理与玻璃熔融等的温度
	全辐射温度计（热电堆）	利用物体的热辐射效应	性能稳定，使用方便，可自动记录或远传	用于测量熔炉、高温窑、盐浴炉等的温度以及对象表面温度
	部分辐射温度计	利用光敏元件在有限波段内的光谱响应来检测某一波段内的辐射能量，以实现温度测量	灵敏度、准确度高，稳定性好，测量下限低，可测微小目标的温度，但结构复杂，被测物前不能有烟雾、水汽等	用于指示和记录静止或运动物体的灼热表面温度，有的产品可测100℃左右，直至−50℃的温度
	比色温度计	根据两种不同波长下的物体辐射强度的比值来进行测量	反应速度快，测量温度接近真实温度，粉尘、水汽、烟雾等对仪表示值的影响小	测量800~2000℃范围内轧钢板表面温度、水泥窑焙烧温度、融炉坩埚壁的温度

① 为非电测量方法。

2. 常用测量压力的仪表

常用测量压力的仪表主要有 U 形管压力计、单管压力计、多管压力计、弹簧管式压力表、膜片式压力表、膜盒式压力表、电接点压力表，波纹管式压力继电器、压力变送器及其显示仪表等。显示仪表包括动圈式仪表、电子平衡式显示仪表及数字式仪表。

3. 常用测量流量的仪表

常用测量流量的仪表分体积流量计和质量流量计两种。体积流量计主要有压差流量计（也称孔板流量计）、转子流量计、靶式流量计、电磁流量计等，见表 2-2。质量流量计见表 2-3。

4. 常用测量物位的仪表

表 2-2　常用体积流量仪表

仪表类别	节流式（压差）流量计			容积式流量计			
	孔板型	喷嘴型	文丘里管型	椭圆齿轮型	腰轮型	旋转活塞型	皮囊式型
被测介质	液体、气体、蒸气			液体	液体	液体	气体
管径/mm	50~1000	50~400	150~400	10~250	15~300	15~100	15~25
量程范围/（m³/h）　液体　气体	1.5~9000　50~10000	5~2500　50~26000	30~1800　240~18000	0.005~500	0.4~100	0.2~90	0.2~10
工作压力/kPa	19600	19600	2450	6272~9800	6272	6272	392
工作温度/℃	可达500	可达500	可达500	可达120	可达120	可达120	可达40
准确度（%）	±（1~2）	±（1~2）	±（1~2）	±（0.2~0.5）	±（0.5~1）	±（0.5~1）	±2
最低雷诺数或黏度界限/（×10⁻⁶ m²/s）	>5000	>20000	>80000	500cst	500cst	500cst	—

（续）

仪表类别	节流式（压差）流量计			容积式流量计			
	孔板型	喷嘴型	文丘里管型	椭圆齿轮型	腰轮型	旋转活塞型	皮囊式型
量程比	3:1	3:1	3:1	10:1	10:1	10:1	10:1
压力损失/kPa	<20	<20	<20	<20	<20	<20	127.4×10^{-3}
安装要求	需装直管段	需装直管段	需装直管段	装过滤器	装过滤器	装过滤器	—
体积、质量	小	中等	重	重	重	小	小
价格	低	较低	中等	中等	高	低	低
使用寿命	中等	长	长	中等	中等	中等	长

仪表类别	转子流量计		靶式流量计	电磁流量计	旋涡流量计		超声波流量计	
	玻璃管转子型	金属管转子型			旋进旋涡型	卡门旋涡型	传播速度差法	多普勒效应法
被测介质	液体、气体		液体	导电液体	气体	气体		
管径/mm	4~100	15~150	15~200	6~1200	50~150	150~1000	10~5000	
流量范围/（m³/h） 液体 气体	0.001~40 0.016~1000	0.012~100 0.4~3000	0.8~4000	0.1~20000	10~5000	1~30m/s		
工作压力/kPa	1568	6272	6272	1568	1568	6272	6800	
工作温度/℃	120	150	200	100	60	150	-184~260	
准确度（%）	±（1~2.5）	±2	±（0.5~1）	±（1~1.5）	±1	±1		
最低雷诺数或黏度界限/（×10^{-6}m²/s）	>1000	>100	>2000	无限制	—	—		
量程比	10:1	10:1	3:1	10:1	30:1~100:1	30:1~100:1	40:1	
压力损失/Pa	98~6860	2940~5880	<24500	极小	107.8	极小	极小	
安装要求	要垂直安装	要垂直安装	要装直管段	无要求	要较短的直管段	要装直管段且不准倾斜	无要求	
体积、质量	轻	中等	中等	大	中等	轻	轻	
价格	低	中等	较低	高	中等	中等	较低	
使用寿命	中等	长	长	长	长	长	长	

注：1. 液体流量范围按20℃水计算。

2. 气体流量范围按20℃及101.32kPa时的空气计算。

3. 节流装置流量范围及压力损失按液体压差为24500Pa、气体压差为1568Pa计算。

4. 上述表内温度和压力是基本型品种允许的最大值。

表 2-3 直接型质量流量计

类别	流体桥路式质量流量计 （差压式）	科里奥利质量流量计 （动量变化式）	分流细管式质量流量计 （温差式）
示意图	 $Q < q$（小流量）的场合 Q—待测体积流量 q—定流量泵体积流量 pQ—待测质量流量		
工作原理	用一台定流量泵及四块同样孔板组成类似于直流单臂电桥的流体桥路，在流入端、流出端之间设置测量压差装置（小流量时，即主管道待测流量 Q 小于定流量泵流量 q 时），据测得的压差 $\Delta p = p_4 - p_1$，便可确定质量流量 pQ	将待测流量的流体导管接入尺寸对称的两根 U 形（或环形、直形等）管，使流体在两管内等量分流，用电磁振荡器使两分流管以固有频率、一定振幅作相对振动，当待测流体流过时，U 形（或环形、直形等）管受到科里奥利力作用，产生与流体质量流量成正比的扭曲，将两管直边扭曲角度，通过装置在其上的测瞬态位移的装置，输出相应于质量流量的电压信号相位差，据此可确定待测的质量流量值	在主管路旁设一旁路细管，细管外中央部位绕有加热器，另在其前后各放置一个温度传感器，加热器加热后，在管内无流体流过时，旁路细管内温度呈对称分布，即用对称位置的温度传感器测得温度相等 $T_1 = T_2$，当有流体流过时，在两温度传感器处流体产生温差 ΔT（$T_2 - T_1$），ΔT 与质量流量成正比
备注	如 $Q > q$（大流量时），则测压差的位置改在泵的两端。量程比最大为 1400∶1，瞬时质量流量测量误差小于 0.5%。现已广泛用于各种发动机性能测试及飞机的控制等	测量范围：$0 \sim 1\text{kg/min}$ 至 $0 \sim 10^4\text{kg/min}$ 准确度：可达 $\pm 0.2\%$ 工作温度范围：$-200 \sim +200℃$ 工作压力：$20 \sim 30\text{MPa}$ 压力损失小，安装维护简便，可测量各种流体，如涂料、染料、磁性悬浮液、乳化液、液溴、液钠、重油、树脂、化妆品、油汁、油墨、排污液等	无压力损失，需保持流体流动呈层流状态，测量准确度取决于温度传感器的选取与安装以及旁路细管的结构

物位测量仪表分直读式、差压式、浮力式、电子式、声学式、核辐射式等。常用测量物位的仪表见表 2-4。

5. 常用测量机械量的仪表

机械量指力、转矩、位移、转角、几何尺寸、速度（转速）、振动等，这些量的测量较为复杂。它也是将各种参量经传感器变成可测的电量送入测量电路，该量与电量有函数关系，再经表头进行示值显示或记录控制。现将主要机械量测量仪表列出，供读者参考，见表 2-5 ~ 表 2-9。

表 2-4　常用物位仪表

比较项目		仪表			输出方式		被测对象					
		量程范围/m	测量允许误差	可动部位	与被测介质接触否	连续测量/定点控制	操作条件	所控物位	工作压力/kPa	介质工作温度/℃	防爆要求	对黏结晶性悬浮介质物	对沸腾多泡沫介质
直读式	玻璃管液位计①	<1.5		无	接	连接	就地目视	液	<1568	100~150	安全		
	玻璃板液位计①	<3		无	接	连续	就地目视	液	<3920	100~150	安全		
差压式	压力式液位计			无	接（否）	连续	远传,显示,调节	液界	常压		可隔爆	法兰式可用	适用
	吹气式液位计			无	接	连续		液	常压		本质安全		适用
	差压式液位计	20	±1%	无	接	连续	显示远传,记录调节	液界		-20~200	气动防爆	法兰式可用	适用
	油缸称重仪		±0.1%	有	接	连续	数字显示远传	液			可隔爆		适用
浮力式	带钢丝绳浮子式液位计	20		有	接	连续	有记数远传	液	常压		可隔爆		
	杆杠带浮球式液位计		±1.5%	有	接	定点;连续	报警	液界	1568	<150	本质安全隔爆		适用
	浮筒式液位计	2.5	±1%	有	接	连续	指示,记录,调节	液界		<200	有隔爆		适用
电子式	电接触式(电阻式)物位计		±10mm	无	接	多连续	定点报警控制	液料	31360				
	电容式物位计	液2.5;料30	±2%	无	接	连续;定点	指示	液料界	31360	-200~200			
	电感式物位计			无	接（否）	定点	报警控制	液	≥6272				
声学式	气介式超声物位计	30	±3%	无	否	连续	数字显示	液料		200		适用	
	液介式超声物位计	10	±5mm	无	接(否)	连续	数字显示	液界				适用	
	固介式超声物位计			无	接	连续		液		高温		适用	适用
	超声波物位信号器		±2mm	无	否	定点		液料				适用	适用
核辐射式	核辐射物位计	15	±2%	无	否	连续	要防护指示,远传	液料	由容器定		不接触介质	适用	适用
	核辐射物位信号器		±2.5mm	无	否	定点	要防护远传,控制	液料	由容器定	1000	不接触介质	适用	适用
	中子物位计				否		要防护		由容器定			适用	

（续）

比较项目	仪表				输出方式		被测对象					
	量程范围/m	测量允许误差	可动部位	与被测介质接触否	连续测量/定点控制	操作条件	所控物位	工作压力/kPa	介质工作温度/℃	防爆要求	对黏结晶性悬浮介质物	对沸腾多泡沫介质
其他形式物位仪表 · 射流液位控制装置		无	接		定点	控制报警	液				安全	适用
激光物位控制器		无	否		定点	控制报警	液料	常压	不接触 1500	不接触介质		适用
微波物位控制器		无	否		定点		液料					
振弦式物位仪表		有	接		定点		液料	常压				
重锤式料位测量仪		有	接		连续		液料	常压				
旋转翼板物位信号器		有	接		定点		料位	常压				

① 为非电测量方法。

表 2-5 常用力检测仪表的分类、原理与特点

产品分类	测量原理	特 点	典型产品
电阻应变式称重测力仪	把负载转换成受压体的应变，用电阻应变片测出应变的大小	准确度高，反应时间快，结构强度比磁弹性式的高，故承受附加侧向能力较强。输出信号低，过载能力较低，不均匀负载对测量准确度影响较大	各类电子秤、轧制力测量仪、张力计等
磁弹性式测力称重仪	直接利用承受负载的软磁材料的电磁性质的变化	输出功率大，内阻低，抗干扰能力强，过载能力强，能消除不均匀负载的影响。准确度低，对安装接触面的加工准确度要求高，安装时要注意防止侧向力和扭力的作用，反应时间较慢	轧制力测量仪、张力计、电子吊秤、电子料斗秤等
电容式测力称重仪	把负载转换成电容极板的位移，使电容量发生变化	结构强度高，过载能力强，能消除不均匀负载的影响，准确度较高。测量电路复杂，温度影响较大	轧制力测量仪、电子吊秤等
振弦式测力称重仪	把负载转换成振弦张力变化，使振弦固有频率发生变化	输出频率信号，能远传，抗干扰能力强，长期稳定性好	拉力计、张力计、电子台秤等
陀螺式测力称重仪	把负载转换成陀螺进动运动，使进动角速度发生变化	在动平衡测量过程中，作用力方向无位移、无滞后，刚度大，线性好，响应快。输出频率信号，抗振动干扰能力强，稳定性好。结构较复杂	电子秤、测力仪

表 2-6　常用转矩检测仪表的分类、原理与特点

产品分类	测量原理	量程范围	准确度（%）	特　　点	典型产品
电阻应变式转矩仪	把转矩转换成与测量轴线成45°夹角方向上产生的最大应变量（扭应力）的变化	5 ~ 50000 N·m	±（0.2 ~0.5）	测量准确度高，量程宽，信号传输大多为集流环接触式测量，安装要求高，调试技术复杂，易受温度影响，高速测量误差大。也可用电感耦合和无线传输非接触测量	集流环电阻应变式转矩仪、电感传输应变式转矩仪、无线传输应变转矩仪
相位差转矩仪	采用两个间隔一定距离并安装于接受转矩轴上的转角传感器，把轴的扭转角转换成具有相位差的两个电信号输出变化	0.2 ~ 100000 N·m	±0.2	非接触测量，测量准确度高，转速的变化会引起传感器的测量误差	磁电相位差转矩仪、光电相位差转矩仪
振弦式转矩仪	通过转矩耦合环把转矩变换成测量轴扭转角（线位移）变化，再用振弦位移传感器变换成频率信号的变化	轴直径 φ50 ~ 6000mm 传输的转矩	±1	转矩耦合环卡装式结构，安装方便，适用面广，频率信号传递，抗干扰性能好	原轴式功率测量仪
磁弹性式转矩仪	把转矩转换成转轴（由铁磁材料制成）扭转时与测量轴线成45°夹角方向上产生的最大磁导率（扭应力）的变化	50 ~ 50000 N·m	±（1 ~ 1.5）	非接触测量，转矩测量与转速无关，没有导电集电环，可靠性高，寿命长，输出电压信号大（10V）	轧机主轴转矩测量仪
脉冲调宽式转矩仪	采用两个相同的开孔圆盘安装于转矩轴上，将受转矩轴扭转的角转换成两个相对位置差的光电流脉冲宽度信号输出的变化	100 ~ 6000 脉冲数/r	±1	转速的变动不引起测量误差，温度变化影响较大，需要稳压供电，以提高测量准确度	脉冲宽度转矩仪

表 2-7　常用位移检测仪表的分类、原理与特点

产品分类	测量原理	特　　点	准确度	量程范围	典型产品
滑动电阻式	位移使电阻线工作长度变化，从而改变电阻值	结构及电路简单，价格低，输出大，一般不需放大，受环境影响小，性能稳定。动态响应差，不耐振，由于磨损，使可靠性变差，寿命短	0.1%	（线）0 ~ 1 ~ 300mm；（角）0° ~300°	线绕式电位器结构
			0.5%	（线）0 ~ 1 ~ 100mm；（角）0° ~40°	非线绕式电位器结构
应变片式	电阻应变效应（位移引起应变，从而改变电阻值）	尺寸小，价格低，重量轻，灵敏度、准确度及分辨率高，测量范围大，适于静态测量。半导体应变片输出大，但稳定性差，非线性大。非粘贴式结构不够牢固，阻值及灵敏系数分散性较大	0.1%	ε：0 ~ 0.15%	非粘贴式
			0.1%；2 ~ 3%	ε：0 ~ 0.3%	粘贴式
			2 ~ 3%	ε：0 ~ 0.25%	半导体式

（续）

产品 分类	测量原理	特 点	准确度	量程范围	典型产品
差动 变压 器式	将位移转换成线圈 互感量变化	测量力小，无滞后，线性度好 （0.05%），输出灵敏度高（0.1～5V/ mm），负载阻抗范围宽，但有零点残余 电压，有相位差	0.5%	0～2.5～ 750mm	直线位移 测量仪
差动 电感式	将位移转换成线圈 电感量变化	同差动变压器式位移测量仪，但无相 位差	3%	0～2.5～ 5×10^3mm	直线位移 测量仪
感应 同步 器	将位移转换成两个 平面形印制电路绕组 的互感量变化	非接触，寿命长，检测准确度高，分 辨力高（可达1μm），测量长度不受限 制，温度影响小。但测量电路较复杂， 输出信号小	1%； 0.1%～ 0.7%	长感应同步器时 为1050 mm，圆感 应同步器时为 φ385mm	圆感应同 步器、长感 应同步器
光栅式	将位移转换成随标 尺光栅移动而产生的 横向莫尔条纹移动数 的变化	测量准确度高（0.2μm），输出数字 信号，光栅刻度工艺要求高，光电信号 中夹杂慢变化的干扰信号	0.1μm； 0.15%	直线时为200mm， 圆光栅时为φ70～ 100mm	直线光栅 位移测量仪、 圆光栅位移 测量仪
电容式	将位移转换成极板 电容量的变化	结构强度高，动态响应好，测量准确 度高（0.01%），分辨力高 （0.01μm）。但测量电路复杂，输出阻 抗高，易受干扰影响	0.05%	0～100mm	直线位移 测量仪
激光式	光波干涉效应	结构复杂，测量范围大，准确度、分 辨率高，可用于距离、工作尺寸、位移 等的精密测量	<0.1μm	0～10～15^5m	
霍尔式	位移通过霍尔元件 引起磁感应强度变 化，因而改变霍尔电 动势	灵敏度及分辨率很高，测量范围小， 适用于微位移机械振动测量	0.5%	0～0.5～2mm	
光导 纤维式	位移改变接收光量	分辨力、准确度高，量程小	0.25μm	0～0.1mm	
增量 型轴 角编 码器	通过编码器将角位 移（转角）转换成 脉冲信号	结构简单，易进行零位调整和旋转方 向判别。但抗干扰能力差，不能停电记 忆		6000 脉冲数/r	辊间距测 量仪
绝对 型轴 角编 码器	通过编码器将角位 移（转角）转换成 二进制数码信号	能停电记忆，抗干扰能力较强。但结 构较复杂，不易判别旋转方向		2^{14}位	辊间距测 量仪

表 2-8　常用速度检测仪表的分类、原理与特点

产品分类	测量原理	量程范围	特　　点	典型产品
透光式速度检测仪	利用两刻线盘的相对运动,形成明暗的窗口,通过光电作用,把速度变换成频率的脉冲	$(6 \sim 7)$ $\times 10^5 r/min$	能测量极低转速,输出大,加工方便	光电转速仪、手持式数字转速表
反射式速度检测仪	利用被测点由反光面到无反光面(或相反变化时),通过光电作用,把速度变换成频率的脉冲	$30 \sim 4.8$ $\times 10^5 r/min$	不增加被测轴的负载,但被测轴直径应大于 2mm	光纤转速仪
霍尔元件式速度检测仪	利用磁性元件转动时与霍尔元件交链的磁通发生变化,把速度转变成霍尔电动势的变化	6000r/min	无触点,频率范围宽,寿命长	霍尔测速仪
激光式速度检测仪	利用多普勒频偏原理	0.01mm/s $\sim 1000 m/s$	能直接测量线速度,准确度高,量程宽,频率响应快,实时性能好	激光式线速度测量仪
磁电式速度检测仪	利用感应齿轮与感应齿座相对角位移时磁路中产生的磁阻变化	$30 \sim 5000 r/min$	环境适应性强,温度变化不影响测量准确度,结构简单,刚性寿命长(半永久性)。但低速测量性能差	传送带传送速度测量仪

表 2-9　常用机械振动检测仪表的分类、原理与特点

分类	测量原理	量程范围	准确度（%）	特　　点	典型产品
电阻应变式加速度传感器	质量和加速度使弹性元件变形,粘贴其上的应变片随之变形,因质量是固定的,所以输出信号正比于加速度	$50 \sim 1500g$	$\pm(2 \sim 3)$	温度影响小,测量电路简单,结构简单	电阻应变式测振仪
压电式加速度传感器	根据压电晶体物质所受压力大小,产生一可变的电信号,当晶体被一加速度力加载时,所得到的电信号正比于力,从而也正比于加速度	3×10^{-3} $\sim 5000g$	± 5	使用频率范围宽,质量小,测量电路较复杂	压电式测振仪
磁电式加速度传感器	利用被测体振动时,壳体也随之振动,但线圈阻尼器、芯杆等组成的质量系统基本不动,因此线圈与磁钢产生相对位移,感应电动势大小与振动加速度成正比	$1 \sim 10000g$	$\pm(2 \sim 3)$	在测量低频(1Hz)振动时,误差大;当频率大于20Hz时,仪表指示与频率基本无关	磁电式测振仪

（续）

分类	测量原理	量程范围	准确度（%）	特　点	典型产品
电涡流位移传感器	被测导体接近传感器时，产生电涡流，两者之间距离位移变化时，传感器输出信号也随之变化	0.5～30mm	±（1～1.5）	非接触式测量，抗干扰能力强，输出信号大	电涡流式测振仪

注：g—自由落体加速度。

6. 常用成分分析仪表

成分分析仪是用来对混合物的成分进行分析及对湿度、黏度等量进行测量的仪表。各种成分分析仪的组成框图相同，其性能比较见表2-10。

表2-10　常用成分分析仪表

仪表类型		基本原理	主要特点	使用范围
热导式气体分析仪		基于混合气体的热导率随其组分变化而变化的物理特性	结构简单，性能稳定，使用维护方便	分析氢、二氧化碳、二氧化硫等气体
热磁式氧分析仪		基于热磁对流现象	量程宽，反应速度快，不消耗被分析气体，稳定性好	混合气体中的氧含量，制氧设备中的氧气纯度
光电色计		加入适当色剂，根据溶液或气体的颜色深浅，来确定其中某种物质的含量	方法简单，但要求能自动添加显色试剂，消除干扰组分的影响有困难	测定某些金属离子及锅炉给水中磷、硅等的含量
电导式分析仪		利用溶液的成分与电导率之间有一定关系的特殊性来分析溶液的成分	电极式：结构简单，工作可靠，体积小，电极易被腐蚀极化，准确度较低；电磁感应式：耐腐蚀，准确度较高，但体积大，不宜测低浓度的溶液	分析酸、碱溶液浓度的称浓度计，分析锅炉给水及蒸气中盐的含量的称盐量计或工业电导仪
黏度测量仪	超声波式黏度计	超声波探头置于被测液体中，液体的阻尼变化使信号电压幅度变化，从而测量黏度	测量范围为 $5 \times 10^{-3} \sim 5 \times 10^{-7}$ Pa·s，准确度为±（2%～5%），可测腐蚀性液体，但被测液体中不能有气泡及固体颗粒	化工、石油、造纸、橡胶、塑料、油漆、重油等
	毛细管黏度计	用齿轮泵将被测液体以一定流量通过毛细管，测量毛细管两端的压差，则反应黏度	测量范围为 $10^{-2} \sim 10^3$ Pa·s，准确度为±（1%～3%），准确度较高，维护简单，可用于高压，但对液体清洁度要求高	润滑油、掺合燃料油、沥青
	电阻式湿度计	铂丝电极间涂有氯化锂溶液，测其电极电导	测量范围 15%～100%，温度范围为 -30～100℃，准确度为±2%	固体颗粒及气体的湿度

第三章　自动化仪表与空调系统电气元件的校验和检定

校验（准）和检定都是用标准器来确定测量仪器的示值及其系统是否准确的技术活动，不同的是检定具有法定效力，而校验（准）不具有法定效力。因此，在自动化仪表及其工程中，对涉及到生产或人身安全防护、产品质量、环境监测、医疗卫生、商务结算等方面的仪表必须进行强制检定，其他方面的仪表应进行校验（准）。

校验（准）一般由仪表安装人员进行。检定则由国家技术监督部门的法定计量部门或法定授权组织进行，并按检定规程进行。检定规程由国家技术监督总局计量行政部门制定，属国家标准。

在实际工程中，校验（准）和检定的工艺程序是一样的，校验（准）和检定中使用的标准器必须由上一级计量检定部门进行检定，确保校验（准）和检定的准确性和可靠性，确保量值传递的有效性和法定性。

一、标准规范要求

1. 总体要求

1）仪表在安装和使用前，应进行检查、校准和试验，确认符合设计文件要求及产品技术文件所规定的技术性能。

2）仪表安装前的校准和试验应在室内进行。试验室应具备下列条件：

①　室内清洁、安静、光线充足，无振动，无对仪表及线路的电磁场干扰；

②　室内温度保持在 10~35℃；

③　有上下水设施。

3）仪表试验的电源电压应稳定。交流电源及 60V 以上的直流电源电压波动不应超过 ±10%。60V 以下的直流电源电压波动不应超过 ±5%。

4）仪表试验的气源应清洁、干燥，露点比最低环境温度低 10℃ 以上。气源压力应稳定。

2. 单台仪表的校准和试验

1）指针式显示仪表的校准和试验，应符合下列要求：

①　面板清洁，刻度和字迹清晰；

②　指针在全标度范围内移动应平稳、灵活。其示值误差、回程误差应符合仪表准确度的规定；

③　在规定的工作条件下倾斜或轻敲表壳后，指针位移应符合仪表准确度的规定。

2）数字式显示仪表的示值应清晰、稳定，在测量范围内其示值误差应符合仪表准确度的规定。

3）指针式记录仪表的校准和试验应符合下列要求：

①　指针在全标度范围内的示值误差和回程误差应符合仪表准确度的规定；

②　记录机构的划线或打印点应清晰，打印纸移动正常；

③　记录纸上打印的号码或颜色应与切换开关及接线端子上标示的编号一致。

4）积算仪表的准确度应符合产品技术性能要求。

5）变送器、转换器应进行输入输出特性试验和校准，其准确度应符合产品技术性能要求，输入输出信号范围和类型应与铭牌标志、设计文件要求一致，并与显示仪表配套。

6）温度检测仪表的校准试验点不应少于2点。直接显示温度计的示值误差应符合仪表准确度的规定。热电偶和热电阻可在常温下对元件进行检测，不进行热电性能试验。

7）压力、差压变送器的校准和试验除应符合前述第5）的要求外，还应按设计文件和使用要求进行零点、量程调整和零点迁移量调整。

8）对于流量检测仪表，应对制造厂的产品合格证和有效的检定证明进行验证。

9）浮筒式液位计可采用干校法或湿校法校准。干校挂重质量的确定，以及湿校试验介质密度的换算，均应符合产品设计使用状态的要求。

10）贮罐液位计、料面计可在安装完成后直接模拟物位进行就地校准。

11）称重仪表及其传感器可在安装完成后直接均匀加载标准重量进行就地校准。

12）测量位移、振动等机械量的仪表，可使用专用试验设备进行校准和试验。

13）分析仪表的显示仪表部分应按照本节对显示仪表的要求进行校准。其检测、传感、转换等性能的试验和校准，包括对试验用标准样品的要求，均应符合产品技术文件和设计文件的规定。

14）单元组合仪表、组装式仪表等应对各单元分别进行试验和校准，其性能要求和准确度应符合产品技术文件的规定。

15）控制仪表的显示部分应按照本节对显示仪表的要求进行校准，仪表的控制点误差，比例、积分、微分作用，信号处理及各项控制、操作性能，均应按照产品技术文件的规定和设计文件要求进行检查、试验、校准和调整，并进行有关组态模式设置和调节参数预整定。

16）控制阀和执行机构的试验应符合下列要求：

①　阀体压力试验和阀座密封试验等项目，可对制造厂出具的产品合格证明和试验报告进行验证，对事故切断阀应进行阀座密封试验，其结果应符合产品技术文件的规定；

②　膜头、缸体泄漏性试验合格，行程试验合格；

③　事故切断阀和设计规定了全行程时间的阀门，必须进行全行程时间试验；

④　执行机构在试验时应调整到设计文件规定的工作状态。

17）单台仪表校准和试验合格后，应及时填写校准和试验记录；仪表上应有合格标志和位号标志；仪表需加封印和漆封的部位应加封印和漆封。

3. 仪表电源设备的试验

1）电源设备的带电部分与金属外壳之间的绝缘电阻，用500V绝缘电阻表测量时不应小于5MΩ。当产品说明书另有规定时，应符合其规定。

2）电源的整流和稳压性能试验，应符合产品技术文件的规定。

3）不间断电源应进行自动切换性能试验，切换时间和切换电压值应符合产品技术文件的规定。

4. 综合控制系统的试验

1）综合控制系统应在回路试验和系统试验前对装置本身进行试验。

2）综合控制系统的试验应在本系统安装完毕，供电、照明、空调等有关设施均已投入运行的条件下进行。

3）综合控制系统的硬件试验项目应包括：

① 盘柜和仪表装置的绝缘电阻测量；

② 接地系统检查和接地电阻测量；

③ 电源设备和电源插卡各种输出电压的测量和调整；

④ 系统中全部设备和全部插卡的通电状态检查；

⑤ 系统中单独的显示、记录、控制、报警等仪表设备的单台校准和试验；

⑥ 通过直接信号显示和软件诊断程序对装置内的插卡、控制和通信设备、操作站、计算机及其外部设备等进行状态检查；

⑦ 输入、输出插卡的校准和试验。

4）综合控制系统的软件试验项目应包括：

① 系统显示、处理、操作、控制、报警、诊断、通信、冗余、打印、复制等基本功能的检查试验；

② 控制方案、控制和联锁程序的检查。

5）综合控制系统的试验可按产品的技术文件和设计文件的规定安排进行。

二、测试试验总体要求

1. 仪表试验前的检查

1）外观应完整无损，铭牌、端子、接头、附件齐全。

2）说明书、合格证、出厂检定证等技术文件齐全。

3）电气部分绝缘良好，传动部分灵活，润滑系统良好。

2. 仪表试验的标准

1）基本误差不应超过该仪表的准确度等级，计算方法为

$$\delta = \frac{A_x - A_0}{A_1 - A_2} \times 100\% \qquad (3-1)$$

式中　δ——被验表的基本误差；

　　　A_x——被验表的指示值；

　　　A_0——标准表的指示值；

　　　A_1——被验表刻度尺上限值；

　　　A_2——被验表刻度尺下限值。

2）变差不应超过该仪表准确度等级的 1/2，计算方法为

$$\Delta b = \Delta''_{max} / (A_1 - A_2) \times 100\% \qquad (3-2)$$

式中　Δb——被验表的变差；

　　　Δ''_{max}——仪表标尺刻度同一分度线上被测量均匀增大和减小时两次读数差的最大值。

3）应保证始点正确，偏移值不应超过基本误差的 1/2。

4）指针在整个行程中应无抖动、摩擦、跳跃、卡夹等现象。

5）电位器或调节螺钉等可调装置，在调校后还有调节余地。

6）仪表附有电气接点时，其动作应正确无误。控制或调节仪表能够按正确的输入信号动作或输出正确的信号。

被验表达不到以上标准时，应进行调整。

三、测试试验方法

1. 温度仪表

（1）热电阻

1）主要技术要求：外观检查，并用仪器实测。

①　热电阻保护套管、接线端子完整，电阻体绝缘物无碎裂现象，导线无短路或断路现象，电阻体骨架无弯曲现象；

②　当周围空气温度为5～35℃，相对湿度不大于85%时，铜热电阻感温元件与保护管之间的绝缘电阻不小于20MΩ，铂热电阻不小于100MΩ；

③　0℃时电阻值和R_{100}/R_0电阻比值偏差，均应符合有关要求。

2）试验/检定所需仪器设备：

①　二等标准水银温度计 −50～500℃一套；

②　0℃恒温槽（冰和蒸馏水混合的容器并有泄水阀）；

③　沸点恒温器或油恒温器；

④　0.02级低阻直流电位差计（或相应准确度等级的测温电桥）及其配套设备（检流计、直流电源）；

⑤　0.01级的100Ω标准铂电阻；

⑥　0～10mA的毫安表、分压器及切换开关；

⑦　500V绝缘电阻表。

3）试验步骤：接线见图3-1

①　将被校热电阻放在恒温器内，开动加热恒温器，使它达到被校验温度并保持恒温（被校验温度一般也选择四点）；然后调节分压器使毫安表指示为4mA，不得超过6mA，将切换开关投向标准电阻R_s端，读出电位差计示值U_s；再立即将切换开关投向被校热电阻R_t端，读出电位差计示值U_t。按下式即可计算R_t：

$$R_t = \frac{U_t}{U_s}R_s \qquad (3-3)$$

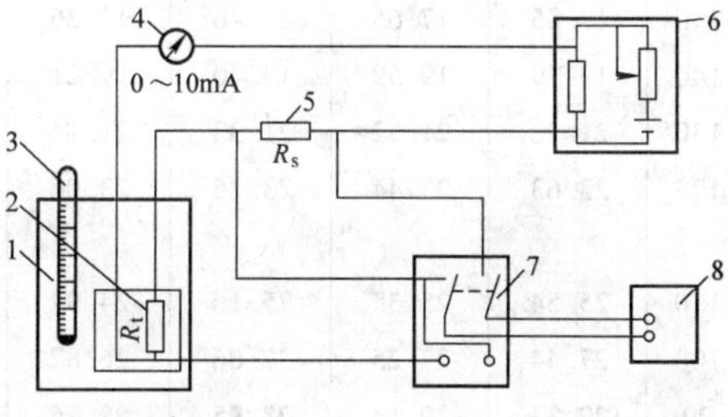

图3-1　热电阻校验接线图
1—加热恒温器　2—被校热电阻　3—标准温度计
4—毫安表　5—标准电阻　6—分压器
7—切换开关　8—电位差计

同样办法在同一温度下测量3次，取平均值，即为该温度下热电阻的阻值。

②　数据处理。测量0℃和100℃时热电阻的阻值R_0和R_{100}，R_0和R_{100}/R_0应符合表3-1的规定，把上述校验叫做纯度校验。

在不同温度点上测量热电阻的阻值，查分度表3-2～表3-4，求出温度误差差，应符合表3-5的规定，把上述校验叫做分度校验。

（2）热电偶

1）技术要求：

①　热电偶电极表面应清洁光滑，无压斑痕迹及裂纹，焊接端圆滑牢固，接线端子牢固完整；

②　热电动势对分度表的偏差应符合表3-6的要求；

表 3-1　热电阻 0℃和 100℃时电阻值的允许误差

热电阻种类	精度等级	分度号	0℃时的电阻值（R_0）及其允许误差/Ω	100℃时的电阻值和 0℃时的电阻值的比（R_{100}/R_0）及其允许误差
铂热电阻（WZB 型）	I	BA$_1$	46 ± 0.023	1.3910 ± 0.0007
		BA$_2$	100 ± 0.05	
	II	BA$_1$	46 ± 0.046	1.391 ± 0.001
		BA$_1$	100 ± 0.1	
铜热电阻（WZG 型）	II	G	53 ± 0.053	1.425 ± 0.001
	III			1.425 ± 0.002

表 3-2　B$_{A1}$铂热电阻分度表

$$\left(R_0 = 46.00\,\Omega,\ \frac{R_{100}}{R_0} = 1.391 \right)$$

温度/℃	0	1	2	3	4	5	6	7	8	9
	电阻值/Ω									
−200	7.95	—	—	—	—	—	—	—	—	—
−190	9.96	9.76	9.56	9.36	9.16	8.96	8.75	8.55	8.35	8.15
−180	11.95	11.75	11.55	11.36	11.16	10.96	10.75	10.56	10.36	10.16
−170	13.93	13.73	13.54	13.34	13.14	12.94	12.75	12.55	12.35	12.15
−160	15.90	15.70	15.50	15.31	15.11	14.92	14.72	14.52	14.33	14.13
−150	17.85	17.65	17.46	17.26	17.07	16.87	16.68	16.48	16.29	16.09
−140	19.79	19.59	19.40	19.21	19.01	18.82	18.63	18.43	18.24	18.04
−130	21.72	21.52	21.33	21.14	20.95	20.75	20.56	20.37	20.17	19.98
−120	23.63	23.44	23.25	23.06	22.87	22.68	22.48	22.29	22.10	21.91
−110	25.54	25.35	25.16	24.97	24.78	24.59	24.40	24.21	24.02	23.82
−100	27.44	27.25	27.06	26.87	26.68	26.49	26.30	26.11	25.92	25.73
−90	29.33	29.14	28.95	28.76	28.57	28.38	28.19	28.00	27.82	27.63
−80	31.21	31.02	30.83	30.64	30.45	30.27	30.08	29.89	29.70	29.51
−70	33.08	32.89	32.70	32.52	32.33	32.14	31.96	31.77	31.58	31.39
−60	34.94	34.76	34.57	34.38	34.20	34.01	33.83	33.64	33.45	33.27
−50	36.80	36.62	36.43	36.24	36.06	35.87	35.69	35.50	35.32	35.13
−40	38.65	38.47	38.28	38.10	37.91	37.73	37.54	37.36	37.17	36.99
−30	40.50	40.31	40.13	39.95	39.76	39.58	39.39	39.21	39.02	38.84
−20	42.34	42.15	41.97	41.79	41.60	41.42	41.24	41.05	40.87	40.68
−10	44.17	43.99	43.81	43.62	43.44	43.26	43.07	42.89	42.71	42.52
−0	46.00	45.82	45.63	45.45	45.27	45.09	44.90	44.72	44.54	44.35
+0	46.00	46.18	46.37	46.55	46.73	46.91	47.09	47.28	47.46	47.64
10	47.82	48.01	48.19	48.37	48.55	48.73	48.91	48.09	49.28	49.46
20	49.64	49.82	50.00	50.18	50.37	50.55	50.73	50.91	51.09	51.27
30	51.45	51.63	51.81	51.99	52.18	52.36	52.54	52.72	52.90	53.08

（续）

温度/℃	0	1	2	3	4	5	6	7	8	9
	电阻值/Ω									
40	53.26	53.44	53.62	53.80	53.98	54.16	54.34	54.52	54.70	54.88
50	55.06	55.24	55.42	55.60	55.78	55.96	56.14	56.32	56.50	56.68
60	56.86	57.04	57.22	57.39	57.57	57.75	57.93	58.11	58.29	58.47
70	58.65	58.83	59.00	59.18	59.36	59.54	59.72	59.90	60.07	60.25
80	60.43	60.61	60.79	60.97	61.14	61.32	61.50	61.68	61.86	62.04
90	62.21	62.39	62.57	62.74	62.92	63.10	63.28	63.45	63.63	63.81
100	63.99	64.16	64.34	64.52	64.70	64.87	65.05	65.22	65.40	65.58
110	65.76	65.93	66.11	66.28	66.46	66.64	66.81	66.99	67.16	67.34
120	67.52	67.69	67.87	68.05	68.22	68.40	68.57	68.75	68.93	69.10
130	69.28	69.45	69.63	69.80	69.98	70.15	70.33	70.50	70.68	70.85
140	71.03	71.20	71.38	71.55	71.73	71.90	72.08	72.25	72.43	72.60
150	72.78	72.95	73.12	73.30	73.47	73.65	73.82	74.00	74.17	74.34
160	74.52	74.69	74.87	75.04	75.21	75.39	75.56	75.73	75.91	76.08
170	76.26	76.43	76.60	76.77	76.95	77.12	77.29	77.47	77.64	77.81
180	77.99	78.16	78.33	78.50	78.68	78.85	79.02	79.19	79.37	79.54
190	79.71	79.88	80.05	80.23	80.40	80.57	80.75	80.92	81.09	81.26
200	81.43	81.60	81.78	81.95	82.12	82.29	82.46	82.63	82.81	82.98
210	83.15	83.32	83.49	83.66	83.83	84.00	84.18	84.35	84.52	84.69
220	84.86	85.03	85.20	85.37	85.54	85.71	85.88	86.05	86.22	86.39
230	86.56	86.73	86.90	87.07	87.24	87.41	87.58	87.75	87.92	88.09
240	88.26	88.43	88.60	88.77	88.94	89.11	89.28	89.45	89.62	89.79
250	89.96	90.12	90.29	90.46	90.63	90.80	90.97	91.14	91.31	91.48
260	91.64	91.81	91.98	92.15	92.32	92.49	92.66	92.82	92.99	93.16
270	93.33	93.50	93.66	93.83	94.00	94.17	94.33	94.50	94.67	94.84
280	95.00	95.17	95.34	95.51	95.67	95.84	96.01	96.18	96.34	96.51
290	96.68	96.84	97.01	97.18	97.34	97.51	97.68	97.84	98.01	98.18
300	98.34	98.51	98.68	98.84	99.01	99.18	99.34	99.51	99.67	99.84
310	100.01	100.17	100.34	100.50	100.67	100.83	101.00	101.17	101.33	101.50
320	101.66	101.83	101.99	102.16	102.32	102.49	102.65	102.82	102.98	103.15
330	103.31	103.48	103.64	103.81	103.97	104.14	104.30	104.46	104.63	104.79
340	104.96	105.12	105.29	105.45	105.61	105.78	105.94	106.11	106.27	106.43
350	106.60	106.76	106.92	107.09	107.25	107.42	107.58	107.74	107.90	108.07
360	108.23	108.39	108.56	108.72	108.88	109.05	109.21	109.37	109.54	109.70
370	109.86	110.02	110.19	110.35	110.51	110.67	110.84	111.00	111.16	111.32
380	111.48	111.65	111.81	111.97	112.13	112.29	112.46	112.62	112.78	112.94
390	113.10	113.26	113.43	113.59	113.75	113.91	114.07	114.23	114.39	114.56

（续）

温度/℃	0	1	2	3	4	5	6	7	8	9
	电阻值/Ω									
400	114.72	114.88	115.04	115.20	115.36	115.52	115.68	115.84	116.00	116.16
410	116.32	116.48	116.64	116.80	116.97	117.13	117.29	117.45	117.61	117.77
420	117.93	118.09	118.25	118.41	118.57	118.73	118.89	119.04	119.20	119.36
430	119.52	119.68	119.84	120.00	120.16	120.32	120.48	120.64	120.80	120.96
440	121.11	121.27	121.43	121.59	121.75	121.91	122.07	122.23	122.38	122.54
450	122.70	122.86	123.02	123.18	123.33	123.49	123.65	123.81	123.96	124.12
460	124.28	124.44	124.60	124.76	124.91	125.07	125.23	125.39	125.54	125.70
470	125.86	126.02	126.17	126.33	126.49	126.64	126.80	126.96	127.11	127.27
480	127.43	127.58	127.74	127.90	128.05	128.21	128.37	128.52	128.68	128.84
490	128.99	129.14	129.30	129.46	129.61	129.77	129.92	130.08	130.23	130.39
500	130.55	130.70	130.86	131.02	131.17	131.33	131.48	131.63	131.79	131.95
510	132.10	132.26	132.41	132.57	132.72	132.88	133.03	133.19	133.34	133.50
520	133.65	133.81	133.96	134.12	134.27	134.43	134.58	134.73	134.89	135.04
530	135.20	135.35	135.50	135.66	135.81	135.97	136.12	136.27	136.43	136.58
540	136.73	136.89	137.04	137.19	137.35	137.50	137.65	137.81	137.96	138.11
550	138.27	138.42	138.57	138.73	138.88	139.03	139.18	139.33	139.48	139.64
560	139.79	139.94	140.10	140.25	140.40	140.55	140.70	140.86	141.01	141.16
570	141.32	141.47	141.62	141.77	141.92	142.07	142.22	142.37	142.53	142.68
580	142.83	142.98	143.13	143.28	143.44	143.59	143.74	143.89	144.04	144.19
590	144.34	144.49	144.64	144.79	144.94	145.09	145.24	145.40	145.55	145.70
600	145.85	146.00	146.15	146.30	146.45	146.60	146.75	146.90	147.05	147.20
610	147.35	147.50	147.65	147.80	147.95	148.10	148.24	148.39	148.54	148.69
620	148.84	148.99	149.14	149.29	149.44	149.59	149.74	149.89	150.03	150.18
630	150.33	150.48	150.63	150.78	150.93	151.07	151.22	151.37	151.52	151.67
640	151.81	151.96	152.11	152.26	152.41	152.55	152.70	152.85	153.00	153.15
650	153.30	—	—	—	—	—	—	—	—	—

表 3-3　B_{A2} 铂热电阻分度表

$$\left(R_0 = 100.00\,\Omega,\ \frac{R_{100}}{R_0} = 1.391 \right)$$

温度/℃	0	1	2	3	4	5	6	7	8	9
	电阻值/Ω									
−200	17.28	—	—	—	—	—	—	—	—	—
−190	21.65	21.21	20.73	20.34	19.91	19.47	19.03	18.59	18.16	17.72
−180	25.98	25.55	25.12	24.69	24.25	23.82	23.39	22.95	22.52	22.08
−170	30.29	29.86	29.43	29.00	28.57	28.14	27.71	27.28	26.85	26.42
−160	34.56	34.13	33.71	33.28	32.85	32.43	32.00	31.57	31.14	30.71

（续）

温度 /℃	0	1	2	3	4	5	6	7	8	9
	电阻值/Ω									
−150	38.80	38.38	37.95	37.53	37.11	36.68	36.26	35.83	35.41	34.98
−140	43.02	42.60	42.18	41.76	41.33	40.91	40.49	40.07	39.65	39.22
−130	47.21	46.79	46.37	45.95	45.53	45.12	44.70	44.28	43.86	43.44
−120	51.38	50.96	50.54	50.13	49.71	49.29	48.88	48.46	48.04	47.63
−110	55.52	55.11	54.69	54.28	53.87	53.45	53.04	52.62	52.21	51.79
−100	59.65	59.23	58.82	58.41	58.00	57.59	57.17	56.76	56.35	55.93
−90	63.75	63.34	62.93	62.52	62.11	61.70	61.29	60.88	60.47	60.06
−80	67.84	67.43	67.02	66.61	66.21	65.80	65.39	64.98	64.57	64.16
−70	71.91	71.50	71.10	70.69	70.28	69.88	69.47	69.06	68.65	68.25
−60	75.96	75.56	75.15	74.75	74.34	73.94	73.53	73.13	72.72	72.32
−50	80.00	79.60	79.20	78.79	78.39	77.99	77.58	77.18	76.77	76.37
−40	84.03	83.63	83.22	82.82	82.42	82.02	81.62	81.21	80.81	80.41
−30	88.04	87.64	87.24	86.84	86.44	86.04	85.63	85.23	84.83	84.43
−20	92.04	91.64	91.24	90.84	90.44	90.04	89.64	89.24	88.84	88.44
−10	96.03	95.63	95.23	94.33	94.43	94.03	93.63	93.24	92.84	92.44
−0	100.00	99.60	99.21	98.81	98.41	98.01	97.62	97.22	96.82	96.42
+0	100.00	100.40	100.79	101.19	101.59	101.98	102.38	102.78	103.17	103.57
10	103.96	104.36	104.75	105.15	105.54	105.94	106.33	106.73	107.12	107.52
20	107.91	108.31	108.70	109.10	109.49	109.88	110.28	110.67	111.07	111.46
30	111.85	112.25	112.64	113.03	113.43	113.82	114.21	114.60	115.00	115.39
40	115.78	116.17	116.57	116.96	117.35	117.74	118.13	118.52	118.91	119.31
50	119.70	120.09	120.48	120.37	121.26	121.65	122.04	122.43	122.82	123.21
60	123.60	123.99	124.38	124.77	125.16	125.55	125.94	126.33	126.72	127.10
70	127.49	127.88	128.27	128.66	129.05	129.44	129.82	130.21	130.60	130.99
80	131.37	131.76	132.15	132.54	132.92	133.31	133.70	134.08	134.47	134.86
90	135.24	135.63	136.02	136.40	136.79	137.17	137.56	137.94	138.33	138.72
100	139.10	139.49	139.37	140.26	140.64	141.02	141.41	141.79	142.18	142.66
110	142.95	143.33	143.71	144.10	144.48	144.86	145.25	145.63	146.01	146.40
120	146.78	147.16	147.55	147.93	148.31	148.69	149.07	149.46	149.84	150.22
130	150.60	150.98	151.37	151.75	152.13	152.51	152.89	153.27	153.65	154.03
140	154.41	154.79	155.17	155.55	155.93	156.31	156.69	157.07	157.45	157.83
150	158.21	158.59	158.97	159.35	159.73	160.11	160.49	160.86	161.24	161.62
160	162.00	162.38	162.76	163.13	163.51	163.89	164.27	164.64	165.02	165.40
170	165.78	166.15	166.53	166.91	167.28	167.66	168.03	168.41	168.79	169.16

（续）

温度/℃	0	1	2	3	4	5	6	7	8	9
	电阻值/Ω									
180	169.54	169.91	170.29	170.67	171.04	171.42	171.79	172.17	172.54	172.92
190	173.29	173.67	174.04	174.41	174.79	175.16	175.54	175.91	176.28	176.66
200	177.03	177.40	177.78	178.15	178.52	178.90	179.27	179.64	180.02	180.39
210	180.76	181.13	181.51	181.88	182.25	182.62	182.99	183.36	183.74	184.11
220	184.48	184.85	185.22	185.59	185.96	186.33	186.70	187.07	187.44	187.81
230	188.18	188.55	188.92	189.29	189.66	190.03	190.40	190.77	191.14	191.51
240	191.88	192.24	192.61	192.98	193.35	193.72	194.09	194.45	194.82	195.19
250	195.56	195.92	196.29	196.66	197.03	197.39	197.76	198.13	198.50	198.86
260	199.23	199.59	199.90	200.33	200.69	201.06	201.42	201.79	202.16	202.52
270	202.89	203.25	203.62	203.98	204.35	204.71	205.08	205.44	205.80	206.17
280	206.53	206.90	207.26	207.63	207.99	208.35	208.72	209.08	209.44	209.81
290	210.17	210.53	210.89	211.26	211.62	211.98	212.34	212.71	213.07	213.43
300	213.79	214.15	214.51	214.88	215.24	215.60	215.96	216.32	216.68	217.04
310	217.40	217.76	218.12	218.49	218.85	219.21	219.57	219.93	220.29	220.64
320	221.00	221.36	221.72	222.08	222.44	222.80	223.16	223.52	223.88	224.23
330	224.59	224.95	225.31	225.67	226.02	226.38	226.74	227.10	227.45	227.81
340	228.17	228.53	228.88	229.24	229.60	229.95	230.31	230.67	231.02	231.38
350	231.73	232.09	232.45	232.80	233.16	233.51	233.87	234.22	234.58	234.93
360	235.29	235.64	236.00	236.35	236.71	237.06	237.41	237.77	238.12	238.48
370	238.83	239.18	239.54	239.89	240.24	240.60	240.95	241.30	214.65	242.01
380	242.36	242.71	243.06	243.42	243.77	244.12	244.47	244.82	245.17	245.53
390	245.88	246.23	246.58	246.93	247.28	247.63	247.98	248.33	248.68	249.03
400	249.38	249.73	250.08	250.43	250.78	251.13	251.48	251.83	252.18	252.53
410	252.88	253.23	253.56	253.92	254.27	254.62	254.97	255.32	255.67	256.01
420	256.36	256.71	257.06	257.40	257.75	258.10	258.45	258.79	259.14	259.49
430	259.83	260.18	260.53	260.87	261.22	261.57	261.91	262.26	262.60	262.95
440	263.29	263.64	263.98	264.33	264.67	265.02	265.36	265.71	266.05	266.40
450	266.74	267.09	267.43	267.77	268.12	268.46	268.80	269.15	269.49	269.83
460	270.18	270.52	270.86	271.21	271.55	271.89	272.23	272.58	272.92	273.26
470	273.60	273.94	274.29	274.63	274.79	275.31	275.65	275.99	276.33	276.67

（续）

温度/℃	0	1	2	3	4	5	6	7	8	9
	电阻值/Ω									
480	277.01	277.36	277.70	278.04	278.38	278.72	279.06	279.40	279.74	280.08
490	280.41	280.75	281.08	281.42	281.76	282.10	282.44	282.78	283.12	283.46
500	283.80	284.14	284.48	284.82	285.16	285.50	285.83	286.17	286.51	286.85
510	287.18	287.52	287.86	288.20	288.53	288.87	289.20	289.54	289.88	290.21
520	290.55	290.89	291.22	291.56	291.89	292.23	292.56	292.90	293.23	293.57
530	293.91	294.24	294.57	294.91	295.24	295.58	295.91	296.25	296.58	296.91
540	297.25	297.58	297.92	298.25	298.58	298.91	299.25	299.58	299.91	300.25
550	300.58	300.91	301.24	301.58	301.91	302.24	302.57	302.90	303.23	303.57
560	303.90	304.23	304.56	304.89	305.22	305.55	305.88	306.22	306.55	306.88
570	307.21	307.54	307.87	308.20	308.53	308.86	309.18	309.51	309.84	310.17
580	310.50	310.83	311.16	311.49	311.82	312.15	312.47	312.80	313.13	313.46
590	313.79	314.11	314.44	314.77	315.10	315.42	315.75	316.08	316.41	316.73
600	317.06	317.39	317.71	318.04	318.37	318.69	319.01	319.34	319.67	319.99
610	320.32	320.65	320.97	321.30	321.62	321.95	322.27	322.60	322.92	323.25
620	323.57	323.89	324.22	324.57	324.87	325.19	325.51	325.84	326.16	326.48
630	326.80	327.13	327.45	327.78	328.10	328.42	328.74	329.06	329.39	329.71
640	330.03	330.35	330.68	331.00	331.32	331.64	331.96	332.28	332.60	332.93
650	333.25	—	—	—	—	—	—	—	—	—

表 3-4　G 铜热电阻分度表

$$\left(R_0 = 53.00\Omega, \frac{R_{100}}{R_0} = 1.425\right)$$

温度/℃	0	1	2	3	4	5	6	7	8	9
	电　阻　值/Ω									
−50	41.74	—	—	—	—	—	—	—	—	—
−40	43.99	43.76	43.54	43.31	43.09	42.86	42.64	42.41	42.19	41.96
−30	46.24	46.02	45.79	45.57	45.34	45.12	44.89	44.67	44.44	44.22
−20	48.50	48.27	48.04	47.82	47.59	47.37	47.14	46.92	46.69	46.47
−10	50.75	50.52	50.30	50.07	49.85	49.62	49.40	49.17	48.95	48.72
−0	53.00	52.77	52.55	52.32	52.10	51.87	51.65	51.42	51.20	50.97
+0	53.00	53.23	53.45	53.68	53.90	54.13	54.35	54.58	54.80	55.03
10	55.25	55.48	55.70	55.93	56.15	56.38	56.60	56.83	57.05	57.28

（续）

温度/℃	0	1	2	3	4	5	6	7	8	9
	电 阻 值/Ω									
20	57.50	57.73	57.96	58.18	58.41	58.63	58.86	59.08	59.31	59.53
30	59.75	59.98	60.21	60.43	60.66	60.88	61.11	61.33	61.56	61.78
40	62.01	62.24	62.46	62.69	62.91	63.14	63.36	63.59	63.81	64.04
50	64.26	64.49	64.71	64.94	65.16	65.39	65.61	65.84	66.06	66.29
60	66.52	66.74	66.97	67.19	67.42	67.64	67.87	68.09	68.32	68.54
70	68.77	68.99	69.22	69.44	69.67	69.89	70.12	70.34	70.57	70.79
80	71.02	71.25	71.47	71.70	71.92	72.15	72.37	72.60	72.82	73.05
90	73.27	73.50	73.72	73.95	74.17	74.40	74.62	74.85	75.07	75.30
100	75.52	75.75	75.98	76.20	76.43	76.65	76.88	77.10	77.33	77.55
110	77.78	78.00	78.23	78.45	78.68	78.90	79.13	79.35	79.58	79.80
120	80.03	80.26	80.48	80.71	80.93	81.16	81.38	81.61	81.83	82.06
130	82.28	82.51	82.73	82.96	83.18	83.41	83.63	83.86	84.08	84.31
140	84.54	84.76	84.99	85.21	85.44	85.66	85.89	86.11	86.34	86.56
150	86.79	—	—	—	—	—	—	—	—	—

表 3-5　热电阻分度允许误差

精度等级	热电阻材料	温度间隔/℃	允许误差/℃
Ⅰ级	铂	0 ~ +500	$\pm (0.15 + 3.0 \times 10^{-3} t)$
		−200 ~ 0	$\pm (0.15 + 4.5 \times 10^{-3} t)$
Ⅱ级	铂	0 ~ +500	$\pm (0.30 + 4.5 \times 10^{-3} t)$
		−200 ~ 0	$\pm (0.30 + 6.0 \times 10^{-3} t)$
	铜	−50 ~ +150	$\pm (0.30 + 3.5 \times 10^{-3} t)$
Ⅲ级	铜	−50 ~ +150	$\pm (0.30 + 6.0 \times 10^{-3} t)$

注：t 为热电阻工作端温度。

表 3-6　热电偶允许偏差表

名　称	测温范围/℃	允许偏差/℃	名　称	测温范围/℃	允许偏差/℃
镍铬-考铜	0 ~ 800	0 ~ 300 ±4 >300 (±1%) t	铂铑$_{10}$-铂	0 ~ 1600	0 ~ 600 ±3 >600 (±0.5%) t
镍铬-镍硅	0 ~ 1300	0 ~ 400 ±4 >400 (±1%) t	铂铑$_{30}$-铂铑$_6$	0 ~ 1800	0 ~ 600 ±3 >600 (±0.5%) t

注：t 为感温元件的实测温度。

③　电极的绝缘物应完整，电极与保护套管间的绝缘电阻应大于 $5M\Omega$（在室温 20℃ ± 5℃和相对湿度小于 80% 时）；

④　热电偶的检定点（℃）：

铂铑-铂　600、800、1000、1200；

镍铬-镍硅　400、600、800、1000；

镍铬-考铜　300、400、600。

2）试验/检定所需仪器设备：

① 管式电炉：交流 220V，功率 2kW，管子内径 $\phi50 \sim 60$mm，管长 $600 \sim 1000$mm，最高温度 1300℃；

② 冰点恒温器，内盛冰和水混合物，底部有排水口；

③ UJ-31 型直流电位差计及配套用的 AC15/4 型检流计和 YJ-24 型电源，仪器准确度为 0.05 级；

④ DWT-702 型或 WZK 型温度控制器；

⑤ 二等或三等铂铑-铂标准热电偶；

⑥ 二等标准水银温度计 0 ~ 50℃，最小分度 0.1℃。

3）试验/检定方法步骤：

① 铂铑-铂热电偶在检定前先进行清洗，必要时尚需退火。

② 检定线路见图 3-2。

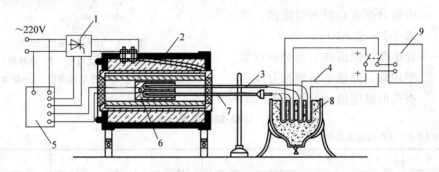

图 3-2　热电偶检定装置

1—晶闸管主回路　2—管式电炉　3—标准热电偶　4—铜导线　5—温度控制器
6—镍块　7—被检热电偶　8—冰点恒温器　9—电位差计

③ 铂铑-铂热电偶检定时，将被检电偶和标准电偶的工作端用铂丝扎紧，并置于炉子中心位置。检定贱金属热电偶时，为保证被检电偶和标准电偶的工作端是同一个温度，应把电偶的工作端都放在镍块里，并放在炉子温度最高点位置，炉口用石棉绳堵严。

④ 用比较法检定热电偶的自由端应放在冰点恒温器内，并保持 0℃。

⑤ 对铂铑-铂热电偶检定，一般用微差法（见图 3-3）。即是将同型号的标准热电偶与被检热电偶反向串联，直

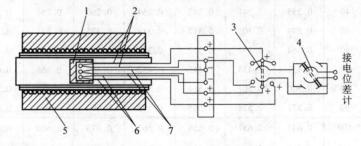

图 3-3　微差法接线图

1—镍块　2—标准热电偶　3—转换开关　4—换向开关
5—管式电炉　6—被检电偶1　7—被检电偶2

接测量其热电动势差值。先测量标准电偶热电动势，然后依次序读取每一反串组的热电动势差值，每组读数不小于 2 次。此法炉温允许在检定点波动 ±10℃，冷端温度不用修正，只要保持在同一温度下即可。

微差法检定按下式计算，其对分度表的偏差 Δt 应符合表 3-8 的要求。

$$\Delta t = \Delta t' - C$$

式中　$\Delta t'$——标准热电偶与被检热电偶反向串联在某检定点热电动势平均值，应根据相应的分度表查得的温度值，见表3-7～表3-10；

　　　　C——标准热电偶的修正值，用温度表示。

⑥　对贱金属电偶的检定一般用升温比较法（见图3-4）。当炉温调整到检定点，而在5min内温度变化不超过1～2℃时，从标准电偶依次序读取读数，每点不少于2次读数，取其平均值。

比较法检定按下式计算，其对分度表的偏差 Δt 应符合表3-8的要求。

$$\Delta t = t'' - t$$

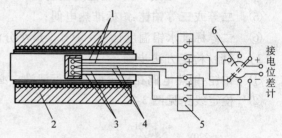

式中　t''——被检热电偶在某检定点的热电动势的读数平均值，应根据相应的分度表查得的温度值，见表3-7～表3-10；

　　　　t——标准热电偶的热电动势的读数平均值，经修正后根据分度表查得的温度值，见表3-7～表3-10。

图3-4　比较法接线图
1—标准热电偶　2—管式电炉　3—被检热电偶1
4—被检热电偶2　5—冷端恒温器　6—转换开关

表3-7　铂铑-铂热电偶分度表

分度号 LB-3（自由端温度为0℃）

工作端温度/℃	0	1	2	3	4	5	6	7	8	9
	mV（绝对伏）									
0	0.000	0.005	0.011	0.016	0.022	0.028	0.033	0.039	0.044	0.050
10	0.056	0.061	0.067	0.073	0.078	0.084	0.090	0.096	0.102	0.107
20	0.113	0.119	0.125	0.131	0.137	0.143	0.149	0.155	0.161	0.167
30	0.173	0.179	0.185	0.191	0.198	0.204	0.210	0.216	0.222	0.229
40	0.235	0.241	0.247	0.254	0.260	0.266	0.273	0.279	0.286	0.292
50	0.299	0.305	0.312	0.318	0.325	0.331	0.338	0.344	0.351	0.357
60	0.364	0.371	0.377	0.384	0.391	0.397	0.404	0.411	0.418	0.425
70	0.431	0.438	0.445	0.452	0.459	0.466	0.473	0.479	0.486	0.493
80	0.500	0.507	0.514	0.521	0.528	0.535	0.543	0.550	0.557	0.564
90	0.571	0.578	0.585	0.593	0.600	0.607	0.614	0.621	0.629	0.636
100	0.643	0.651	0.658	0.665	0.673	0.680	0.687	0.694	0.702	0.709
110	0.717	0.724	0.732	0.739	0.747	0.754	0.762	0.769	0.777	0.784
120	0.792	0.800	0.807	0.815	0.823	0.830	0.838	0.845	0.853	0.861
130	0.869	0.876	0.884	0.892	0.900	0.907	0.915	0.923	0.931	0.939
140	0.946	0.954	0.962	0.970	0.978	0.986	0.994	1.002	1.009	1.017
150	1.025	1.033	1.041	1.049	1.057	1.065	1.073	1.081	1.089	1.097
160	1.106	1.114	1.122	1.130	1.138	1.146	1.154	1.162	1.170	1.179
170	1.187	1.195	1.203	1.211	1.220	1.228	1.236	1.244	1.253	1.261
180	1.269	1.277	1.286	1.294	1.302	1.311	1.319	1.327	1.336	1.344
190	1.352	1.361	1.369	1.377	1.386	1.394	1.403	1.411	1.419	1.428

（续）

工作端温度/℃	0	1	2	3	4	5	6	7	8	9
	mV（绝对伏）									
200	1.436	1.445	1.453	1.462	1.470	1.479	1.487	1.496	1.504	1.513
210	1.521	1.530	1.538	1.547	1.555	1.564	1.573	1.581	1.590	1.598
220	1.607	1.615	1.624	1.633	1.641	1.650	1.659	1.667	1.676	1.685
230	1.693	1.702	1.710	1.719	1.728	1.736	1.745	1.754	1.763	1.771
240	1.780	1.788	1.797	1.805	1.814	1.823	1.832	1.840	1.849	1.858
250	1.867	1.876	1.884	1.893	1.902	1.911	1.920	1.929	1.937	1.946
260	1.955	1.964	1.973	1.982	1.991	2.000	2.008	2.017	2.026	2.035
270	2.044	2.053	2.062	2.071	2.080	2.089	2.098	2.107	2.116	2.125
280	2.134	2.143	2.152	2.161	2.170	2.179	2.188	2.197	2.206	2.215
290	2.224	2.233	2.242	2.251	2.260	2.270	2.279	2.288	2.297	2.306
300	2.315	2.324	2.333	2.342	2.352	2.361	2.370	2.379	2.388	2.397
310	2.407	2.416	2.425	2.434	2.443	2.452	2.462	2.471	2.480	2.489
320	2.498	2.508	2.517	2.526	2.535	2.545	2.554	2.563	2.572	2.582
330	2.591	2.600	2.609	2.619	2.628	2.637	2.647	2.656	2.665	2.675
340	2.684	2.693	2.703	2.712	2.721	2.730	2.740	2.749	2.759	2.768
350	2.777	2.787	2.796	2.805	2.815	2.824	2.833	2.843	2.852	2.862
360	2.871	2.880	2.890	2.899	2.909	2.918	2.928	2.937	2.946	2.956
370	2.965	2.975	2.984	2.994	3.003	3.013	3.022	3.031	3.041	3.050
380	3.060	3.069	3.079	3.088	3.098	3.107	3.117	3.126	3.136	3.145
390	3.155	3.164	3.174	3.183	3.193	3.202	3.212	3.221	3.231	3.240
400	3.250	3.260	3.269	3.279	3.288	3.298	3.307	3.317	3.326	3.336
410	3.346	3.355	3.365	3.374	3.384	3.393	3.403	3.413	3.422	3.432
420	3.441	3.451	3.461	3.470	3.480	3.489	3.499	3.509	3.518	3.528
430	3.538	3.547	3.557	3.566	3.576	3.586	3.595	3.605	3.615	3.624
440	3.634	3.644	3.653	3.663	3.673	3.682	3.692	3.702	3.711	3.721
450	3.731	3.740	3.750	3.760	3.770	3.779	3.789	3.799	3.808	3.818
460	3.828	3.838	3.847	3.857	3.867	3.877	3.886	3.896	3.906	3.916
470	3.925	3.935	3.945	3.955	3.964	3.974	3.984	3.994	4.003	4.013
480	4.023	4.033	4.043	4.052	4.062	4.072	4.082	4.092	4.102	4.111
490	4.121	4.131	4.141	4.151	4.161	4.170	4.180	4.190	4.200	4.210
500	4.220	4.229	4.239	4.249	4.259	4.269	4.279	4.289	4.299	4.309
510	4.318	4.328	4.338	4.348	4.358	4.368	4.378	4.388	4.398	4.408
520	4.418	4.427	4.437	4.447	4.457	4.467	4.477	4.487	4.497	4.507
530	4.517	4.527	4.537	4.547	4.557	4.567	4.577	4.587	4.597	4.607
540	4.617	4.627	4.637	4.647	4.657	4.667	4.677	4.687	4.697	4.707
550	4.717	4.727	4.737	4.747	4.757	4.767	4.777	4.787	4.797	4.807
560	4.817	4.827	4.838	4.848	4.858	4.868	4.878	4.888	4.898	4.908
570	4.918	4.928	4.938	4.949	4.959	4.969	4.979	4.989	4.999	5.009
580	5.019	5.030	5.040	5.050	5.060	5.070	5.080	5.090	5.101	5.111
590	5.121	5.131	5.141	5.151	5.162	5.172	5.182	5.192	5.202	5.212

（续）

工作端温度/℃	0	1	2	3	4	5	6	7	8	9
	mV（绝对伏）									
600	5.222	5.232	5.242	5.252	5.263	5.273	5.283	5.293	5.304	5.314
610	5.324	5.334	5.344	5.355	5.365	5.375	5.386	5.396	5.406	5.416
620	5.427	5.437	5.447	5.457	5.468	5.478	5.488	5.499	5.509	5.519
630	5.530	5.540	5.550	5.561	5.571	5.581	5.591	5.602	5.612	5.622
640	5.633	5.643	5.653	5.664	5.674	5.684	5.695	5.705	5.715	5.725
650	5.735	5.745	5.756	5.766	5.776	5.787	5.797	5.808	5.818	5.828
660	5.839	5.849	5.859	5.870	5.880	5.891	5.901	5.911	5.922	5.932
670	5.943	5.953	5.964	5.974	5.984	5.995	6.005	6.016	6.026	6.036
680	6.046	6.056	6.067	6.077	6.088	6.098	6.109	6.119	6.130	6.140
690	6.151	6.161	6.172	6.182	6.193	6.203	6.214	6.224	6.235	6.245
700	6.256	6.266	6.277	6.287	6.298	6.308	6.319	6.329	6.340	6.351
710	6.361	6.372	6.382	6.392	6.402	6.413	6.424	6.434	6.445	6.455
720	6.466	6.476	6.487	6.498	6.508	6.519	6.529	6.540	6.551	6.561
730	6.572	6.583	6.593	6.604	6.614	6.624	6.635	6.645	6.656	6.667
740	6.677	6.688	6.699	6.709	6.720	6.731	6.741	6.752	6.763	6.773
750	6.784	6.795	6.805	6.816	6.827	6.838	6.848	6.859	6.870	6.880
760	6.891	6.902	6.913	6.923	6.934	6.945	6.956	6.966	6.977	6.988
770	6.999	7.009	7.020	7.031	7.041	7.051	7.062	7.073	7.084	7.095
780	7.105	7.116	7.127	7.138	7.149	7.159	7.170	7.181	7.192	7.203
790	7.213	7.224	7.235	7.246	7.257	7.268	7.279	7.289	7.300	7.311
800	7.322	7.333	7.344	7.355	7.365	7.376	7.387	7.397	7.408	7.419
810	7.430	7.441	7.452	7.462	7.473	7.484	7.495	7.506	7.517	7.528
820	7.539	7.550	7.561	7.572	7.583	7.594	7.605	7.615	7.626	7.637
830	7.648	7.659	7.670	7.681	7.692	7.703	7.714	7.724	7.735	7.746
840	7.757	7.768	7.779	7.790	7.801	7.812	7.823	7.834	7.845	7.856
850	7.867	7.878	7.889	7.901	7.912	7.923	7.934	7.945	7.956	7.967
860	7.978	7.989	8.000	8.011	8.022	8.033	8.043	8.054	8.066	8.077
870	8.088	8.099	8.110	8.121	8.132	8.143	8.154	8.166	8.177	8.188
880	8.199	8.210	8.221	8.232	8.244	8.255	8.266	8.277	8.288	8.299
890	8.310	8.322	8.333	8.344	8.355	8.366	8.377	8.388	8.399	8.410
900	8.421	8.433	8.444	8.455	8.466	8.477	8.489	8.500	8.511	8.522
910	8.534	8.545	8.556	8.567	8.579	8.590	8.601	8.612	8.624	8.635
920	8.646	8.657	8.668	8.679	8.690	8.702	8.713	8.724	8.735	8.747
930	8.758	8.769	8.781	8.792	8.803	8.815	8.826	8.837	8.849	8.860
940	8.871	8.883	8.894	8.905	8.917	8.928	8.939	8.951	8.962	8.974
950	8.985	8.996	9.007	9.018	9.029	9.041	9.052	9.064	9.075	9.086
960	9.098	9.109	9.121	9.132	9.144	9.155	9.166	9.178	9.189	9.201
970	9.212	9.223	9.235	9.247	9.258	9.269	9.281	9.202	9.303	9.314
980	9.326	9.337	9.349	9.360	9.372	9.383	9.395	9.406	9.418	9.429
990	9.441	9.452	9.464	9.475	9.487	9.498	9.510	9.521	9.533	9.545

（续）

工作端温度/℃	0	1	2	3	4	5	6	7	8	9
	mV（绝对伏）									
1000	9.556	9.568	9.579	9.591	9.602	9.613	9.624	9.636	9.648	9.659
1010	9.671	9.682	9.694	9.705	9.717	9.729	9.740	9.752	9.764	9.775
1020	9.787	9.798	9.810	9.822	9.833	9.845	9.856	9.868	9.880	9.891
1030	9.902	9.914	9.925	9.937	9.949	9.960	9.972	9.984	9.995	10.007
1040	10.019	10.030	10.042	10.054	10.066	10.077	10.089	10.101	10.112	10.124
1050	10.136	10.147	10.159	10.171	10.183	10.194	10.205	10.217	10.229	10.240
1060	10.252	10.264	10.276	10.287	10.299	10.311	10.323	10.334	10.346	10.358
1070	10.370	10.382	10.393	10.405	10.417	10.429	10.441	10.452	10.464	10.476
1080	10.488	10.500	10.511	10.523	10.535	10.547	10.559	10.570	10.582	10.594
1090	10.605	10.617	10.629	10.640	10.652	10.664	10.676	10.688	10.700	10.711
1100	10.723	10.735	10.747	10.759	10.771	10.783	10.794	10.806	10.818	10.830
1110	10.842	10.854	10.866	10.878	10.889	10.901	10.913	10.925	10.937	10.949
1120	10.961	10.973	10.985	10.996	11.008	11.020	11.032	11.044	11.056	11.068
1130	11.080	11.092	11.104	11.115	11.127	11.139	11.151	11.163	11.175	11.187
1140	11.198	11.210	11.222	11.234	11.246	11.258	11.270	11.281	11.293	11.305
1150	11.317	11.329	11.341	11.353	11.365	11.377	11.389	11.401	11.413	11.425
1160	11.437	11.449	11.461	11.473	11.485	11.497	11.509	11.521	11.533	11.545
1170	11.556	11.568	11.580	11.592	11.604	11.616	11.628	11.640	11.652	11.664
1180	11.676	11.688	11.699	11.711	11.723	11.735	11.747	11.759	11.771	11.783
1190	11.795	11.807	11.819	11.831	11.843	11.855	11.867	11.879	11.891	11.903
1200	11.915	11.927	11.939	11.951	11.963	11.975	11.987	11.999	12.011	12.023
1210	12.035	12.047	12.059	12.071	12.083	12.095	12.107	12.119	12.131	12.143
1220	12.155	12.167	12.180	12.192	12.204	12.216	12.228	12.240	12.252	12.263
1230	12.275	12.287	12.299	12.311	12.323	12.335	12.347	12.359	12.371	12.383
1240	12.395	12.407	12.419	12.431	12.443	12.455	12.467	12.479	12.491	12.503
1250	12.515	12.527	12.539	12.552	12.564	12.576	12.588	12.600	12.612	12.624
1260	12.636	12.648	12.660	12.672	12.684	12.696	12.708	12.720	12.732	12.744
1270	12.756	12.768	12.780	12.792	12.804	12.816	12.828	12.840	12.851	12.863
1280	12.875	12.887	12.899	12.911	12.923	12.935	12.947	12.959	12.971	12.983
1290	12.996	13.008	13.020	13.032	13.044	13.056	13.068	13.080	13.092	13.104
1300	13.116	13.128	13.140	13.152	13.164	13.176	13.188	13.200	13.212	13.224
1310	13.236	13.248	13.260	13.272	13.284	13.296	13.308	13.320	13.332	13.344
1320	13.356	13.368	13.380	13.392	13.404	13.415	13.427	13.439	13.451	13.463
1330	13.475	13.487	13.499	13.511	13.523	13.535	13.547	13.559	13.571	13.583
1340	13.595	13.607	13.619	13.631	13.643	13.655	13.667	13.679	13.691	13.703
1350	13.715	13.727	13.739	13.751	13.763	13.775	13.787	13.799	13.811	13.823
1360	13.835	13.847	13.859	13.871	13.883	13.895	13.907	13.919	13.931	13.943
1370	13.955	13.967	13.979	13.990	14.002	14.014	14.026	14.038	14.050	14.062
1380	14.074	14.086	14.098	14.109	14.121	14.133	14.145	14.157	14.169	14.181
1390	14.193	14.205	14.217	14.229	14.241	14.253	14.265	14.277	14.289	14.301

（续）

工作端温度/℃	0	1	2	3	4	5	6	7	8	9
	mV（绝对伏）									
1400	14.313	14.325	14.337	14.349	14.361	14.373	14.385	14.397	14.409	14.421
1410	14.433	14.445	14.457	14.469	14.480	14.492	14.504	14.516	14.528	14.540
1420	14.552	14.564	14.576	14.588	14.599	14.611	14.623	14.635	14.647	14.659
1430	14.671	14.683	14.695	14.707	14.719	14.730	14.742	14.754	14.766	14.778
1440	14.790	14.802	14.814	14.826	14.838	14.850	14.862	14.874	14.886	14.898
1450	14.910	14.921	14.933	14.945	14.957	14.969	14.981	14.993	15.005	15.017
1460	15.029	15.041	15.053	15.065	15.077	15.088	15.100	15.112	15.124	15.136
1470	15.148	15.160	15.172	15.184	15.195	15.207	15.219	15.230	15.242	15.254
1480	15.266	15.278	15.290	15.302	15.314	15.326	15.338	15.350	15.361	15.373
1490	15.385	15.397	15.409	15.421	15.433	15.445	15.457	15.469	15.481	15.492
1500	15.504	15.516	15.528	15.540	15.552	15.564	15.576	15.588	15.599	15.611
1510	15.623	15.635	15.647	15.659	15.671	15.683	15.695	15.706	15.718	15.730
1520	15.742	15.754	15.766	15.778	15.790	15.802	15.813	15.824	15.836	15.848
1530	15.860	15.872	15.884	15.895	15.907	15.919	15.931	15.943	15.955	15.967
1540	15.979	15.990	16.002	16.014	16.026	16.038	16.050	16.062	16.073	16.085
1550	16.097	16.109	16.121	16.133	16.144	16.156	16.168	16.180	16.192	16.204
1560	16.216	16.227	16.239	16.251	16.263	16.275	16.287	16.298	16.310	16.322
1570	16.334	16.346	16.358	16.369	16.381	16.393	16.404	16.416	16.428	16.439
1580	16.451	16.463	16.475	16.487	16.499	16.510	16.522	16.534	16.546	16.558
1590	16.569	16.581	16.593	16.605	16.617	16.629	16.640	16.652	16.664	16.676
1600	16.688									

表 3-8　镍铬-镍硅（镍铬-镍铝）热电偶分度表

分度号 EU-2（自由端温度为 0℃）

工作端温度/℃	0	1	2	3	4	5	6	7	8	9
	mV（绝对伏）									
-50	-1.86									
-40	-1.50	-1.54	-1.57	-1.60	-1.64	-1.68	-1.72	-1.75	-1.79	-1.82
-30	-1.14	-1.18	-1.21	-1.25	-1.28	-1.32	-1.36	-1.40	-1.43	-1.46
-20	-0.77	-0.81	-0.84	-0.88	-0.92	-0.96	-0.99	-1.03	-1.07	-1.10
-10	-0.39	-0.43	-0.47	-0.51	-0.55	-0.59	-0.62	-0.66	-0.70	-0.74
-0	-0.00	-0.04	-0.08	-0.12	-0.16	-0.20	-0.23	-0.27	-0.31	-0.35
+0	0.00	0.04	0.08	0.12	0.16	0.20	0.24	0.28	0.32	0.36
10	0.40	0.44	0.48	0.52	0.56	0.60	0.64	0.68	0.72	0.76
20	0.80	0.84	0.88	0.92	0.96	1.00	1.04	1.08	1.12	1.16
30	1.20	1.24	1.28	1.32	1.36	1.41	1.45	1.49	1.53	1.57

（续）

工作端 温　度 /℃	0	1	2	3	4	5	6	7	8	9
	mV（绝对伏）									
40	1.61	1.65	1.69	1.73	1.77	1.82	1.86	1.90	1.94	1.98
50	2.02	2.06	2.10	2.14	2.18	2.23	2.27	2.31	2.35	2.39
60	2.43	2.47	2.51	2.56	2.60	2.64	2.68	2.72	2.77	2.81
70	2.85	2.89	2.93	2.97	3.01	3.06	3.10	3.14	3.18	3.22
80	3.26	3.30	3.34	3.39	3.43	3.47	3.51	3.55	3.60	3.64
90	3.68	3.72	3.76	3.81	3.85	3.89	3.93	3.97	4.02	4.06
100	4.10	4.14	4.18	4.22	4.26	4.31	4.35	4.39	4.43	4.47
110	4.51	4.55	4.59	4.63	4.67	4.72	4.76	4.80	4.84	4.88
120	4.92	4.96	5.00	5.04	5.08	5.13	5.17	5.21	5.25	5.29
130	5.33	5.37	5.41	5.45	5.49	5.53	5.57	5.61	5.65	5.69
140	5.73	5.77	5.81	5.85	5.89	5.93	5.97	6.01	6.05	6.09
150	6.13	6.17	6.21	6.25	6.29	6.33	6.37	6.41	6.45	6.49
160	6.53	6.57	6.61	6.65	6.69	6.73	6.77	6.81	6.85	6.89
170	6.93	6.97	7.01	7.05	7.09	7.13	7.17	7.21	7.25	7.29
180	7.33	7.37	7.41	7.45	7.49	7.53	7.57	7.61	7.65	7.69
190	7.73	7.77	7.81	7.85	7.89	7.93	7.97	8.01	8.05	8.09
200	8.13	8.17	8.21	8.25	8.29	8.33	8.37	8.41	8.45	8.49
210	8.53	8.57	8.61	8.65	8.69	8.73	8.77	8.81	8.85	8.89
220	8.93	8.97	9.01	9.06	9.10	9.14	9.18	9.22	9.26	9.30
230	9.34	9.38	9.42	9.46	9.50	9.54	9.58	9.62	9.66	9.70
240	9.74	9.78	9.82	9.86	9.90	9.95	9.99	10.03	10.07	10.11
250	10.15	10.19	10.23	10.27	10.31	10.35	10.40	10.44	10.48	10.52
260	10.56	10.60	10.64	10.68	10.72	10.77	10.81	10.85	10.89	10.93
270	10.97	11.01	11.05	11.09	11.13	11.18	11.22	11.26	11.30	11.34
280	11.38	11.42	11.46	11.51	11.55	11.59	11.63	11.67	11.72	11.76
290	11.80	11.84	11.88	11.92	11.96	12.01	12.05	12.09	12.13	12.17
300	12.21	12.25	12.29	12.33	12.37	12.42	12.46	12.50	12.54	12.58
310	12.62	12.66	12.70	12.75	12.79	12.83	12.87	12.91	12.96	13.00
320	13.04	13.08	13.12	13.16	13.20	13.25	13.29	13.33	13.37	13.41
330	13.45	13.49	13.53	13.58	13.62	13.66	13.70	13.74	13.79	13.83
340	13.87	13.91	13.95	14.00	14.04	14.08	14.12	14.16	14.21	14.25
350	14.30	14.34	14.38	14.43	14.47	14.51	14.55	14.59	14.64	14.68
360	14.72	14.76	14.80	14.85	14.89	14.93	14.97	15.01	15.06	15.10
370	15.14	15.18	15.22	15.27	15.31	15.35	15.39	15.43	15.48	15.52
380	15.56	15.60	15.64	15.69	15.73	15.77	15.81	15.85	15.90	15.94
390	15.98	16.02	16.06	16.11	16.15	16.19	16.23	16.27	16.32	16.36

（续）

工作端温度/℃	0	1	2	3	4	5	6	7	8	9
	mV（绝对伏）									
400	16.40	16.44	16.49	16.53	16.57	16.62	16.66	16.70	16.74	16.79
410	16.83	16.87	16.91	16.96	17.00	17.04	17.08	17.12	17.17	17.21
420	17.25	17.29	17.33	17.38	17.42	17.46	17.50	17.54	17.59	17.63
430	17.67	17.71	17.75	17.79	17.84	17.88	17.92	17.96	18.01	18.05
440	18.09	18.13	18.17	18.22	18.26	18.30	18.34	18.38	18.43	18.47
450	18.51	18.55	18.60	18.64	18.68	18.73	18.77	18.81	18.85	18.90
460	18.94	18.98	19.03	19.07	19.11	19.16	19.20	19.24	19.28	19.33
470	19.37	19.41	19.45	19.50	19.54	19.58	19.62	19.66	19.71	19.75
480	19.79	19.83	19.88	19.92	19.96	20.01	20.05	20.09	20.13	20.18
490	20.22	20.26	20.31	20.35	20.39	20.44	20.48	20.52	20.56	20.61
500	20.65	20.69	20.74	20.78	20.82	20.87	20.91	20.95	20.99	21.04
510	21.08	21.12	21.16	21.21	21.25	21.29	21.33	21.37	21.42	21.46
520	21.50	21.54	21.59	21.63	21.67	21.72	21.76	21.80	21.84	21.89
530	21.93	21.97	22.01	22.06	22.10	22.14	22.18	22.22	22.27	22.31
540	22.35	22.39	22.44	22.48	22.52	22.57	22.61	22.65	22.69	22.74
550	22.78	22.82	22.87	22.91	22.95	23.00	23.04	23.08	23.12	23.17
560	23.21	23.25	23.29	23.34	23.38	23.42	23.46	23.50	23.55	23.59
570	23.63	23.67	23.71	23.75	23.79	23.84	23.88	23.92	23.96	24.01
580	24.05	24.09	24.14	24.18	24.22	24.27	24.31	24.35	24.39	24.44
590	24.48	24.52	24.56	24.61	24.65	24.69	24.73	24.77	24.82	24.86
600	24.90	24.94	24.99	25.03	25.07	25.12	25.15	25.19	25.23	25.27
610	25.32	25.37	25.41	25.46	25.50	25.54	25.58	25.62	25.67	25.71
620	25.75	25.79	25.84	25.88	25.92	25.97	26.01	26.05	26.09	26.14
630	26.18	26.22	26.26	26.31	26.35	26.39	26.43	26.47	26.52	26.56
640	26.60	26.64	26.69	26.73	26.77	26.82	26.86	26.90	26.94	26.99
650	27.03	27.07	27.11	27.16	27.20	27.24	27.28	27.32	27.37	27.41
660	27.45	27.49	27.53	27.57	27.62	27.66	27.70	27.74	27.79	27.83
670	27.87	27.91	27.95	28.00	28.04	28.08	28.12	28.16	28.21	28.25
680	28.29	28.33	28.38	28.42	28.46	28.50	28.54	28.58	28.62	28.67
690	28.71	28.75	28.79	28.84	28.88	28.92	28.96	29.00	29.05	29.09
700	29.13	29.17	29.21	29.26	29.30	29.34	29.38	29.42	29.47	29.51
710	29.55	29.59	29.63	29.68	29.72	29.76	29.80	29.84	29.89	29.93
720	29.97	30.01	30.05	30.10	30.14	30.18	30.22	30.26	30.31	30.35
730	30.39	30.43	30.47	30.52	30.56	30.60	30.64	30.68	30.73	30.77
740	30.81	30.85	30.89	30.93	30.97	31.02	31.06	31.10	31.14	31.18

（续）

工作端温度/℃	0	1	2	3	4	5	6	7	8	9
	mV（绝对伏）									
750	31.22	31.26	31.30	31.35	31.39	31.43	31.47	31.51	31.56	31.60
760	31.64	31.68	31.72	31.77	31.81	31.85	31.89	31.93	31.98	32.02
770	32.06	32.10	32.14	32.18	32.22	32.26	32.30	32.34	32.38	32.42
780	32.46	32.50	32.54	32.59	32.63	32.67	32.71	32.75	32.80	32.84
790	32.87	32.91	32.95	33.00	33.04	33.09	33.13	33.17	33.21	33.25
800	33.29	33.33	33.37	33.41	33.45	33.49	33.53	33.57	33.61	33.65
810	33.69	33.73	33.77	33.81	33.85	33.90	33.94	33.98	34.02	34.06
820	34.10	34.14	34.18	34.22	34.26	34.30	34.34	34.38	34.42	34.46
830	34.51	34.54	34.58	34.62	34.66	34.71	34.75	34.79	34.83	34.87
840	34.91	34.95	34.99	35.03	35.07	35.11	35.16	35.20	35.24	35.28
850	35.32	35.36	35.40	35.44	35.48	35.52	35.56	35.60	35.64	35.68
860	35.72	35.76	35.80	35.84	35.88	35.93	35.97	36.01	36.05	36.09
870	36.13	36.17	36.21	36.25	36.29	36.33	36.37	36.41	36.45	36.49
880	36.53	36.57	36.61	36.65	36.69	36.73	36.77	36.81	36.85	36.89
890	36.93	36.97	37.01	37.05	37.09	37.13	37.17	37.21	37.25	37.29
900	37.33	37.37	37.41	37.45	37.49	37.53	37.57	37.61	37.65	37.69
910	37.73	37.77	37.81	37.85	37.89	37.93	37.97	38.01	38.05	38.09
920	38.13	38.17	38.21	38.25	38.29	38.33	38.37	38.41	38.45	38.49
930	38.53	38.57	38.61	38.65	38.69	38.73	38.77	38.81	38.85	38.89
940	38.93	38.97	39.01	39.05	39.09	39.13	39.16	39.20	39.24	39.28
950	39.32	39.36	39.40	39.44	39.48	39.52	39.56	39.60	39.64	39.68
960	39.72	39.76	39.80	39.83	39.87	39.91	39.94	39.98	40.02	40.06
970	40.10	40.14	40.18	40.22	40.26	40.30	40.33	40.37	40.41	40.45
980	40.49	40.53	40.57	40.61	40.65	40.69	40.72	40.76	40.80	40.84
990	40.88	40.92	40.96	41.00	41.04	41.08	41.11	41.15	41.19	41.23
1000	41.27	41.31	41.35	41.39	41.43	41.47	41.50	41.54	41.58	41.62
1010	41.66	41.70	41.74	41.77	41.81	41.85	41.89	41.93	41.96	42.00
1020	42.04	42.08	42.12	42.16	42.20	42.24	42.27	42.31	42.35	42.39
1030	42.43	42.47	42.51	42.55	42.59	42.63	42.66	42.70	42.74	42.78
1040	42.83	42.87	42.90	42.93	42.97	43.01	43.05	43.09	43.13	43.17
1050	43.21	43.25	43.29	43.32	43.35	43.39	43.43	43.47	43.51	43.55
1060	43.59	43.63	43.67	43.69	43.73	43.77	43.81	43.85	43.89	43.93
1070	43.97	44.01	44.05	44.08	44.11	44.15	44.19	44.22	44.26	44.30
1080	44.34	44.38	44.42	44.45	44.49	44.53	44.57	44.61	44.64	44.68
1090	44.72	44.76	44.80	44.83	44.87	44.91	44.95	44.99	45.02	45.06

（续）

工作端温度/℃	0	1	2	3	4	5	6	7	8	9
	mV（绝对伏）									
1100	45.10	45.14	45.18	45.21	45.25	45.29	45.33	45.37	45.40	45.44
1110	45.48	45.52	45.55	45.59	45.63	45.67	45.70	45.74	45.78	45.81
1120	45.85	45.89	45.93	45.96	46.00	46.04	46.08	46.12	46.15	46.19
1130	46.23	46.27	46.30	46.34	46.38	46.42	46.45	46.49	46.53	46.56
1140	46.60	46.64	46.67	46.71	46.75	46.79	46.82	46.86	46.90	46.93
1150	46.97	47.01	47.04	47.08	47.12	47.16	47.19	47.23	47.27	47.30
1160	47.34	47.38	47.41	47.45	47.49	47.53	47.56	47.60	47.64	47.67
1170	47.71	47.75	47.78	47.82	47.86	47.90	47.93	47.97	48.01	48.04
1180	48.08	48.12	48.15	48.19	48.22	48.26	48.30	48.33	48.37	48.40
1190	48.44	48.48	48.51	48.55	48.59	48.63	48.66	48.70	48.74	48.77
1200	48.81	48.85	48.88	48.92	48.95	48.99	49.03	49.06	49.10	49.13
1210	49.17	49.21	49.24	49.28	49.31	49.35	49.39	49.42	49.46	49.49
1220	49.53	49.57	49.60	49.64	49.67	49.71	49.75	49.78	49.82	49.85
1230	49.89	49.93	49.96	50.00	50.03	50.07	50.11	50.14	50.18	50.21
1240	50.25	50.29	50.32	50.36	50.39	50.43	50.47	50.50	50.54	50.59
1250	50.61	50.65	50.68	50.72	50.75	50.79	50.83	50.86	50.90	50.93
1260	50.96	51.00	51.03	51.07	51.10	51.14	51.18	51.21	51.25	51.28
1270	50.32	51.35	51.39	51.43	51.46	51.50	51.54	51.57	51.61	51.64
1280	51.67	51.71	51.74	51.78	51.81	51.85	51.88	51.92	51.95	51.99
1290	52.02	52.06	52.09	52.13	52.16	52.20	52.23	52.27	52.30	52.33
1300	52.37									

表 3-9 镍铬-考铜热电偶分度表

分度号 EA-2（自由端温度为 0℃）

工作端温度/℃	0	1	2	3	4	5	6	7	8	9
	mV（绝对伏）									
−50	−3.11									
−40	−2.50	−2.56	−2.62	−2.68	−2.74	−2.81	−2.87	−2.93	−2.99	−3.05
−30	−1.89	−1.95	−2.01	−2.07	−2.13	−2.20	−2.26	−2.32	−2.38	−2.44
−20	−1.27	−1.33	−1.39	−1.46	−1.52	−1.58	−1.64	−1.70	−1.77	−1.83
−10	−0.64	−0.70	−0.77	−0.83	−0.89	−0.96	−1.02	−1.08	−1.14	−1.21
−0	−0.00	−0.06	−0.13	−0.19	−0.26	−0.32	−0.38	−0.45	−0.51	−0.58
+0	0.00	0.07	0.13	0.20	0.26	0.33	0.39	0.46	0.52	0.59
10	0.65	0.72	0.78	0.85	0.91	0.98	1.05	1.11	1.18	1.24
20	1.31	1.38	1.44	1.51	1.57	1.64	1.70	1.77	1.84	1.91
30	1.98	2.05	2.12	2.18	2.25	2.32	2.38	2.45	2.52	2.59

（续）

工作端温度 /℃	0	1	2	3	4	5	6	7	8	9
	mV（绝对伏）									
40	2.66	2.73	2.80	2.87	2.94	3.00	3.07	3.14	3.21	3.28
50	3.35	3.42	3.49	3.56	3.63	3.70	3.77	3.84	3.91	3.98
60	4.05	4.12	4.19	4.26	4.33	4.41	4.48	4.55	4.62	4.69
70	4.76	4.83	4.90	4.98	5.05	5.12	5.20	5.27	5.34	5.41
80	5.48	5.56	5.63	5.70	5.78	5.85	5.92	5.99	6.07	6.14
90	6.21	6.29	6.36	6.43	6.51	6.58	6.65	6.73	6.80	6.87
100	6.95	7.03	7.10	7.17	7.25	7.32	7.40	7.47	7.54	7.62
110	7.69	7.77	7.84	7.91	7.99	8.06	8.13	8.21	8.28	8.35
120	8.43	8.50	8.53	8.65	8.73	8.80	8.88	8.95	9.03	9.10
130	9.18	9.25	9.33	9.40	9.48	9.55	9.63	9.70	9.78	9.85
140	9.93	10.00	10.08	10.16	10.23	10.31	10.38	10.46	10.54	10.61
150	10.69	10.77	10.85	10.92	11.00	11.08	11.15	11.23	11.31	11.38
160	11.46	11.54	11.62	11.69	11.77	11.85	11.93	12.00	12.08	12.16
170	12.24	12.32	12.40	12.48	12.55	12.63	12.71	12.79	12.87	12.95
180	13.03	13.11	13.19	13.27	13.36	13.44	13.52	13.60	13.68	13.76
190	13.84	13.92	14.00	14.08	14.16	14.25	14.34	14.42	14.50	14.58
200	14.66	14.74	14.82	14.90	14.98	15.06	15.14	15.22	15.30	15.38
210	15.48	15.56	15.64	15.72	15.80	15.89	15.97	16.05	16.13	16.21
220	16.30	16.38	16.46	16.54	16.62	16.71	16.79	16.86	16.95	17.03
230	17.12	17.20	17.28	17.37	17.45	17.53	17.62	17.70	17.78	17.87
240	17.95	18.03	18.11	18.19	18.28	18.36	18.44	18.52	18.60	18.68
250	18.76	18.84	18.92	19.01	19.09	19.17	19.26	19.34	19.42	19.51
260	19.59	19.67	19.75	19.84	19.92	20.00	20.09	20.17	20.25	20.34
270	20.42	20.50	20.58	20.66	20.74	20.83	20.91	20.99	21.07	21.15
280	21.24	21.32	21.40	21.49	21.57	21.65	21.73	21.82	21.90	21.98
290	22.07	22.15	22.23	22.32	22.40	22.48	22.57	22.65	22.73	22.81
300	22.90	22.98	23.07	23.15	23.23	23.32	23.40	23.49	23.57	23.66
310	23.74	23.83	23.91	24.00	24.08	24.17	24.25	24.34	24.42	24.51
320	24.59	24.68	24.76	24.85	24.93	25.02	25.10	25.19	25.27	25.36
330	25.44	25.53	25.61	25.70	25.78	25.86	25.95	26.03	26.12	26.21
340	26.30	26.38	26.47	26.55	26.64	26.73	26.81	26.90	26.98	27.07
350	27.15	27.24	27.32	27.41	27.49	27.58	27.66	27.75	27.83	27.92
360	28.01	28.10	28.19	28.27	28.36	28.45	28.54	28.62	28.71	28.80
370	28.88	28.97	29.06	29.14	29.23	29.32	29.40	29.49	29.58	29.66
380	29.75	29.83	29.92	30.00	30.09	30.17	30.26	30.34	30.43	30.52
390	30.61	30.70	30.79	30.87	30.96	31.05	31.13	31.22	31.30	31.39

（续）

工作端温度/℃	0	1	2	3	4	5	6	7	8	9
	mV（绝对伏）									
400	31.48	31.57	31.66	31.74	31.83	31.92	32.00	32.09	32.18	32.26
410	32.34	32.43	32.52	32.60	32.69	32.78	32.86	32.95	33.04	33.13
420	33.21	33.30	33.39	33.49	33.56	33.65	33.73	33.82	33.90	33.99
430	34.07	34.16	34.25	34.33	34.42	34.51	34.60	34.68	34.77	34.85
440	34.94	35.03	35.12	35.20	35.29	35.38	35.46	35.55	35.64	35.72
450	35.81	35.90	35.98	36.07	36.15	36.24	36.33	36.41	36.50	36.58
460	36.67	36.76	36.84	36.93	37.02	37.11	37.19	37.28	37.37	37.45
470	37.54	37.63	37.71	37.80	37.89	37.98	38.06	38.15	38.24	38.32
480	38.41	38.50	38.58	38.67	38.76	38.85	38.93	39.02	39.11	39.19
490	39.28	39.37	39.45	39.54	39.63	39.72	39.80	39.89	39.98	40.06
500	40.15	40.24	40.32	40.41	40.50	40.59	40.67	40.76	40.85	40.93
510	41.02	41.11	41.20	41.28	41.37	41.46	41.55	41.64	41.72	41.81
520	41.90	41.99	42.08	42.16	42.25	42.34	42.43	42.52	42.60	42.69
530	42.78	42.87	42.96	43.05	43.14	43.23	43.32	43.41	43.49	43.57
540	43.67	43.75	43.84	43.93	44.02	44.11	44.19	44.28	44.37	44.46
550	44.55	44.64	44.73	44.82	44.91	44.99	45.08	45.17	45.26	45.35
560	45.44	45.53	45.62	45.71	45.80	45.89	45.97	46.06	46.15	46.24
570	46.33	46.42	46.51	46.60	46.69	46.78	46.86	46.95	47.04	47.13
580	47.22	47.31	47.40	47.49	47.58	47.67	47.75	47.84	47.93	48.02
590	48.11	48.20	48.29	48.38	48.47	48.56	48.65	48.74	48.83	48.91
600	49.01	49.10	49.18	49.27	49.36	49.45	49.54	49.63	49.71	49.80
610	49.89	49.98	50.07	50.15	50.24	50.32	50.41	50.50	50.58	50.67
620	50.76	50.85	50.94	51.02	51.11	51.20	51.29	51.38	51.46	51.55
630	51.64	51.73	51.81	51.90	51.99	52.08	52.16	52.25	52.34	52.42
640	52.51	52.60	52.69	52.77	52.86	52.95	53.04	53.13	53.21	53.30
650	53.39	53.48	53.56	53.65	53.74	53.83	53.91	54.00	54.09	54.17
660	54.26	54.35	54.43	54.52	54.60	54.69	54.77	54.86	54.95	55.03
670	55.12	55.21	55.29	55.38	55.47	55.56	55.64	55.73	55.82	55.91
680	56.00	56.09	56.17	56.26	56.35	56.44	56.52	56.61	56.70	56.78
690	56.87	56.96	57.04	57.13	57.22	57.31	57.39	57.48	57.57	57.66
700	57.74	57.83	57.91	58.00	58.08	58.17	58.25	58.34	58.43	58.51
710	58.57	58.69	58.77	58.86	58.95	59.04	59.12	59.21	59.30	59.38
720	59.47	59.56	59.64	59.73	59.81	59.90	59.99	60.07	60.16	60.24
730	60.33	60.42	60.50	60.59	60.68	60.77	60.85	60.94	61.03	61.11
740	61.20	61.29	61.37	61.46	61.54	61.63	61.71	61.80	61.89	61.97

（续）

工作端温度/℃	0	1	2	3	4	5	6	7	8	9
	mV（绝对伏）									
750	62.06	62.15	62.23	62.32	62.40	62.49	62.58	62.66	62.75	62.83
760	62.92	63.01	63.09	63.18	63.26	63.35	63.44	63.52	63.61	63.69
770	63.78	63.87	63.95	64.04	64.12	64.21	64.30	64.38	64.47	64.55
780	64.64	64.73	64.81	64.90	64.98	65.07	65.16	65.24	65.33	65.41
790	65.50	65.59	65.67	65.76	65.84	65.93	66.02	66.10	66.19	66.27
800	66.36									

表 3-10　双铂铑热电偶分度

分度号 LL-2（自由端温度为 0℃）

工作端温度/℃	0	1	2	3	4	5	6	7	8	9
	mV（绝对伏）									
0	0.000	0.000	0.000	0.000	0.000	-0.001	-0.001	-0.001	-0.001	-0.001
10	-0.001	-0.002	-0.002	-0.002	0.002	-0.002	-0.002	-0.002	-0.002	-0.002
20	-0.002	-0.002	-0.002	-0.002	-0.002	-0.002	-0.002	-0.002	-0.002	-0.002
30	-0.002	-0.002	-0.001	0.001	0.001	-0.001	-0.001	-0.001	0.000	0.000
40	0.000	0.000	0.000	0.001	0.001	0.001	0.002	0.002	0.002	0.002
50	0.003	0.003	0.003	0.004	0.004	0.004	0.005	0.005	0.006	0.006
60	0.007	0.007	0.008	0.008	0.008	0.009	0.010	0.010	0.010	0.011
70	0.012	0.012	0.013	0.013	0.014	0.015	0.015	0.016	0.016	0.017
80	0.018	0.018	0.019	0.020	0.021	0.021	0.022	0.023	0.024	0.024
90	0.025	0.026	0.027	0.028	0.028	0.029	0.030	0.031	0.032	0.033
100	0.034	0.034	0.035	0.036	0.037	0.038	0.039	0.040	0.041	0.042
110	0.043	0.044	0.045	0.046	0.047	0.048	0.049	0.050	0.051	0.052
120	0.054	0.055	0.056	0.057	0.058	0.059	0.060	0.062	0.063	0.064
130	0.065	0.067	0.068	0.069	0.070	0.072	0.073	0.074	0.076	0.077
140	0.078	0.080	0.081	0.082	0.084	0.085	0.086	0.088	0.089	0.091
150	0.092	0.094	0.095	0.097	0.098	0.100	0.101	0.103	0.104	0.106
160	0.107	0.109	0.110	0.112	0.114	0.115	0.117	0.118	0.120	0.122
170	0.123	0.125	0.127	0.128	0.130	0.132	0.134	0.135	0.137	0.139
180	0.141	0.142	0.144	0.146	0.148	0.150	0.152	0.153	0.155	0.157
190	0.159	0.161	0.163	0.165	0.167	0.168	0.170	0.172	0.174	0.176
200	0.178	0.180	0.182	0.184	0.186	0.188	0.190	0.193	0.195	0.197
210	0.199	0.201	0.203	0.205	0.207	0.210	0.212	0.214	0.216	0.218
220	0.220	0.223	0.225	0.227	0.229	0.232	0.234	0.236	0.238	0.241
230	0.243	0.245	0.248	0.250	0.252	0.255	0.257	0.260	0.262	0.264
240	0.267	0.269	0.272	0.274	0.276	0.279	0.281	0.284	0.286	0.289

（续）

工作端温度/℃	0	1	2	3	4	5	6	7	8	9
	mV（绝对伏）									
250	0.291	0.294	0.296	0.299	0.302	0.304	0.307	0.309	0.312	0.315
260	0.317	0.320	0.322	0.325	0.328	0.331	0.333	0.336	0.339	0.341
270	0.344	0.347	0.350	0.352	0.355	0.358	0.361	0.364	0.366	0.369
280	0.372	0.375	0.378	0.381	0.384	0.386	0.389	0.392	0.395	0.398
290	0.401	0.404	0.407	0.410	0.413	0.416	0.419	0.422	0.425	0.428
300	0.431	0.434	0.437	0.440	0.443	0.446	0.449	0.453	0.456	0.459
310	0.462	0.465	0.468	0.472	0.475	0.478	0.481	0.484	0.488	0.491
320	0.494	0.497	0.501	0.504	0.507	0.510	0.514	0.517	0.520	0.524
330	0.527	0.530	0.534	0.537	0.541	0.544	0.548	0.551	0.554	0.558
340	0.561	0.565	0.568	0.572	0.575	0.579	0.582	0.586	0.589	0.593
350	0.596	0.600	0.604	0.607	0.611	0.614	0.618	0.622	0.625	0.629
360	0.632	0.636	0.640	0.644	0.647	0.651	0.655	0.658	0.662	0.666
370	0.670	0.673	0.677	0.681	0.685	0.689	0.692	0.696	0.700	0.704
380	0.708	0.712	0.716	0.719	0.723	0.727	0.731	0.735	0.739	0.743
390	0.747	0.751	0.755	0.759	0.763	0.767	0.771	0.775	0.779	0.783
400	0.787	0.791	0.795	0.799	0.803	0.808	0.812	0.816	0.820	0.824
410	0.828	0.832	0.836	0.841	0.845	0.849	0.853	0.858	0.862	0.866
420	0.870	0.874	0.879	0.883	0.887	0.892	0.896	0.900	0.905	0.909
430	0.913	0.918	0.922	0.926	0.931	0.935	0.940	0.944	0.949	0.953
440	0.957	0.962	0.966	0.971	0.975	0.980	0.984	0.989	0.993	0.998
450	1.002	1.007	1.012	1.016	1.021	1.025	1.030	1.034	1.039	1.044
460	1.048	1.053	1.058	1.062	1.067	1.072	1.077	1.081	1.086	1.091
470	1.096	1.100	1.105	1.110	1.115	1.119	1.124	1.129	1.134	1.139
480	1.143	1.148	1.153	1.158	1.163	1.168	1.173	1.178	1.182	1.187
490	1.192	1.197	1.202	1.207	1.212	1.217	1.222	1.227	1.232	1.237
500	1.242	1.247	1.252	1.257	1.262	1.267	1.273	1.278	1.283	1.288
510	1.293	1.298	1.303	1.308	1.314	1.319	1.324	1.329	1.334	1.340
520	1.345	1.350	1.355	1.360	1.366	1.371	1.376	1.382	1.387	1.392
530	1.397	1.403	1.408	1.413	1.419	1.424	1.429	1.435	1.440	1.446
540	1.451	1.456	1.462	1.467	1.473	1.478	1.484	1.489	1.494	1.500
550	1.505	1.510	1.516	1.521	1.527	1.533	1.539	1.544	1.549	1.555
560	1.560	1.565	1.571	1.577	1.583	1.588	1.594	1.600	1.605	1.611
570	1.617	1.622	1.628	1.634	1.639	1.645	1.651	1.656	1.662	1.668
580	1.674	1.680	1.685	1.691	1.697	1.703	1.709	1.714	1.720	1.726
590	1.732	1.738	1.744	1.750	1.755	1.761	1.767	1.773	1.779	1.785

（续）

工作端温度/℃	0	1	2	3	4	5	6	7	8	9
	mV（绝对伏）									
600	1.791	1.797	1.803	1.809	1.815	1.821	1.827	1.833	1.839	1.845
610	1.851	1.857	1.863	1.869	1.875	1.881	1.887	1.893	1.899	1.905
620	1.912	1.918	1.924	1.930	1.936	1.942	1.948	1.955	1.961	1.967
630	1.973	1.979	1.986	1.992	1.998	2.004	2.011	2.017	2.023	2.029
640	2.036	2.042	2.048	2.055	2.061	2.067	2.074	2.080	2.086	2.093
650	2.099	2.106	2.112	2.118	2.125	2.131	2.138	2.144	2.151	2.157
660	2.164	2.170	2.176	2.183	2.190	2.196	2.202	2.209	2.216	2.222
670	2.229	2.235	2.242	2.248	2.255	2.262	2.268	2.275	2.281	2.288
680	2.295	2.301	2.308	2.315	2.321	2.328	2.335	2.342	2.348	2.355
690	2.362	2.368	2.375	2.382	2.389	2.395	2.402	2.409	2.416	2.422
700	2.429	2.436	2.443	2.450	2.457	2.464	2.470	2.477	2.484	2.491
710	2.498	2.505	2.512	2.519	2.526	2.533	2.539	2.546	2.553	2.560
720	2.567	2.574	2.581	2.588	2.595	2.602	2.609	2.616	2.623	2.631
730	2.638	2.645	2.654	2.659	2.666	2.673	2.680	2.687	2.694	2.702
740	2.709	2.716	2.723	2.730	2.737	2.745	2.752	2.759	2.766	2.773
750	2.781	2.788	2.795	2.802	2.810	2.817	2.824	2.831	2.839	2.846
760	2.853	2.861	2.868	2.875	2.883	2.890	2.897	2.905	2.912	2.919
770	2.927	2.934	2.942	2.949	2.956	2.964	2.971	2.979	2.986	2.994
780	3.001	3.009	3.016	3.024	3.031	3.039	3.046	3.054	3.061	3.069
790	3.076	3.084	3.091	3.099	3.106	3.114	3.122	3.129	3.137	3.145
800	3.152	3.160	3.168	3.175	3.183	3.191	3.198	3.206	3.214	3.221
810	3.229	3.237	3.245	3.252	3.260	3.268	3.276	3.283	3.291	3.299
820	3.307	3.314	3.322	3.330	3.338	3.346	3.354	3.361	3.369	3.377
830	3.385	3.393	3.401	3.409	3.417	3.424	3.432	3.440	3.448	3.456
840	3.464	3.472	3.480	3.488	3.496	3.504	3.512	3.520	3.528	3.536
850	3.544	3.552	3.560	3.568	3.576	3.584	3.592	3.600	3.608	3.616
860	3.624	3.633	3.641	3.649	3.657	3.665	3.673	3.682	3.690	3.698
870	3.706	3.714	3.722	3.731	3.739	3.747	3.755	3.764	3.772	3.780
880	3.788	3.796	3.805	3.813	3.821	3.830	3.839	3.846	3.855	3.863
890	3.871	3.880	3.888	3.896	3.905	3.913	3.921	3.930	3.938	3.947
900	3.955	3.963	3.972	3.980	3.989	3.997	4.006	4.014	4.023	4.031
910	4.039	4.048	4.056	4.064	4.073	4.082	4.090	4.099	4.108	4.116
920	4.124	4.133	4.142	4.150	4.159	4.168	4.176	4.185	4.193	4.202
930	4.211	4.219	4.228	4.237	4.245	4.254	4.262	4.271	4.280	4.288
940	4.297	4.306	4.315	4.323	4.332	4.341	4.350	4.359	4.367	4.376

（续）

工作端温度/℃	0	1	2	3	4	5	6	7	8	9
	mV（绝对伏）									
950	4.385	4.393	4.402	4.411	4.420	4.429	4.437	4.446	4.455	4.464
960	4.473	4.482	4.490	4.499	4.508	4.517	4.526	4.535	4.544	4.553
970	4.562	4.570	4.579	4.588	4.597	4.606	4.615	4.624	4.633	4.642
980	4.651	4.660	4.669	4.678	4.687	4.696	4.705	4.714	4.723	4.732
990	4.741	4.750	4.760	4.769	4.778	4.787	4.796	4.805	4.814	4.823
1000	4.832	4.842	4.851	4.860	4.869	4.878	4.887	4.896	4.906	4.915
1010	4.924	4.933	4.942	4.952	4.961	4.970	4.979	4.988	4.998	5.007
1020	5.016	5.026	5.035	5.044	5.053	5.063	5.072	5.081	5.091	5.100
1030	5.109	5.119	5.128	5.137	5.147	5.156	5.166	5.175	5.184	5.194
1040	5.203	5.212	5.222	5.231	5.241	5.250	5.260	5.269	5.279	5.288
1050	5.297	5.307	5.316	5.326	5.335	5.345	5.354	5.364	5.373	5.383
1060	5.393	5.402	5.412	5.421	5.431	5.440	5.450	5.459	5.469	5.479
1070	5.488	5.498	5.507	5.517	5.527	5.536	5.546	5.556	5.565	5.575
1080	5.585	5.594	5.604	5.614	5.624	5.634	5.644	5.653	5.663	5.673
1090	5.683	5.692	5.702	5.712	5.722	5.731	5.741	5.751	5.761	5.771
1100	5.780	5.790	5.800	5.810	5.820	5.830	5.839	5.849	6.859	5.869
1110	5.879	5.889	5.899	5.910	5.919	5.928	5.938	5.948	6.958	5.968
1120	5.978	5.988	5.998	6.008	6.018	6.028	6.038	6.048	6.058	6.068
1130	6.078	6.088	6.098	6.108	6.118	6.128	6.138	6.148	6.158	6.168
1140	6.178	6.188	6.198	6.208	6.218	6.228	6.238	6.248	6.259	6.269
1150	6.279	6.289	6.299	6.309	6.319	6.329	6.340	6.350	6.360	6.370
1160	6.380	6.390	6.401	6.411	6.421	6.431	6.442	6.452	6.462	6.472
1170	6.482	6.493	6.503	6.513	6.523	6.534	6.544	6.554	6.564	6.575
1180	6.585	6.595	6.606	6.616	6.626	6.637	6.647	6.657	6.668	6.678
1190	6.688	6.699	6.709	6.719	6.730	6.740	6.750	6.760	6.771	6.782
1200	6.792	6.802	6.813	6.823	6.834	6.844	6.854	6.865	6.875	6.886
1210	6.896	6.907	6.917	6.928	6.938	6.949	6.959	6.970	6.980	6.991
1220	7.001	7.012	7.022	7.033	6.043	7.054	7.064	7.075	7.085	7.096
1230	7.106	7.117	7.128	7.138	7.149	7.159	7.170	7.180	7.191	7.202
1240	7.212	7.223	7.234	7.244	7.255	7.265	7.276	7.287	7.297	7.308
1250	7.319	7.329	7.340	7.351	7.361	7.372	7.383	7.393	7.404	7.415
1260	7.426	7.436	7.447	7.458	7.468	7.479	7.490	7.501	7.511	7.522
1270	7.533	7.544	7.554	7.565	7.576	7.587	7.598	7.608	7.619	7.630
1280	7.641	7.652	7.662	7.673	7.684	7.695	7.706	7.716	7.727	7.738
1290	7.749	7.760	7.771	7.782	7.792	7.803	7.814	7.825	7.836	7.847

（续）

工作端温度/℃	0	1	2	3	4	5	6	7	8	9
	mV（绝对伏）									
1300	7.858	7.869	7.880	7.890	7.901	7.912	7.923	7.934	7.945	7.956
1310	7.967	7.978	7.989	8.000	8.011	8.022	8.033	8.044	8.054	8.065
1320	8.076	8.087	8.098	8.109	8.120	8.131	8.142	8.153	8.164	8.175
1330	8.186	8.197	8.208	8.220	8.231	8.242	8.253	8.264	8.275	8.286
1340	8.297	8.308	8.319	8.330	8.341	8.352	8.363	8.374	8.385	8.396
1350	8.408	8.419	8.430	8.441	8.452	8.463	8.474	8.485	8.497	8.508
1360	8.519	8.530	8.541	8.552	8.563	8.574	8.586	8.597	8.608	8.619
1370	8.630	8.642	8.653	8.664	8.675	8.686	8.697	8.709	8.720	8.731
1380	8.742	8.753	8.765	8.776	8.787	8.798	8.809	8.820	8.832	8.843
1390	8.854	8.866	8.877	8.888	8.899	8.911	8.922	8.933	8.945	8.956
1400	8.967	8.978	8.990	9.001	9.012	9.023	9.035	9.046	9.057	9.069
1410	9.080	9.091	9.103	9.114	9.125	9.137	9.148	9.159	9.170	9.182
1420	9.193	9.204	9.216	9.227	9.239	9.250	9.261	9.273	9.284	9.295
1430	9.307	9.318	9.329	9.341	9.352	9.363	9.375	9.386	9.398	9.409
1440	9.420	9.432	9.443	9.455	9.466	9.477	9.489	9.500	9.512	9.523
1450	9.534	9.546	9.557	9.569	9.580	9.592	9.603	9.614	9.626	9.637
1460	9.649	9.660	9.672	9.683	9.695	9.706	9.717	9.729	9.740	9.752
1470	9.763	9.775	9.786	9.798	9.809	9.821	9.832	9.844	9.855	9.866
1480	9.878	9.890	9.901	9.913	9.924	9.936	9.947	9.959	9.970	9.982
1490	9.993	10.005	10.016	10.028	10.039	10.051	10.062	10.074	10.085	10.097
1500	10.108	10.120	10.131	10.143	10.154	10.166	10.177	10.189	10.200	10.212
1510	10.224	10.235	10.247	10.258	10.270	10.281	10.293	10.304	10.316	10.328
1520	10.339	10.351	10.362	10.374	10.385	10.397	10.408	10.420	10.432	10.443
1530	10.455	10.466	10.478	10.490	10.501	10.513	10.524	10.536	10.547	10.559
1540	10.571	10.582	10.594	10.605	10.617	10.629	10.640	10.652	10.663	10.675
1550	10.687	10.698	10.710	10.721	10.733	10.745	10.756	10.768	10.779	10.791
1560	10.803	10.814	10.826	10.838	10.849	10.861	10.872	10.884	10.896	10.907
1570	10.919	10.930	10.942	10.954	10.965	10.977	10.989	11.000	11.012	11.024
1580	11.035	11.047	11.058	11.070	11.082	11.093	11.105	11.116	11.128	11.140
1590	11.151	11.163	11.175	11.186	11.198	11.210	11.221	11.233	11.245	11.256
1600	11.268	11.280	11.291	11.303	11.314	11.326	11.338	11.349	11.361	11.373
1610	11.384	11.396	11.408	11.419	11.431	11.442	11.454	11.466	11.477	11.489
1620	11.501	11.512	11.524	11.536	11.547	11.559	11.571	11.582	11.594	11.606
1630	11.617	11.629	11.641	11.652	11.664	11.675	11.687	11.699	11.710	11.722
1640	11.734	11.745	11.757	11.768	11.780	11.792	11.804	11.815	11.827	11.838

（续）

工作端温度/℃	0	1	2	3	4	5	6	7	8	9
	mV（绝对伏）									
1650	11.850	11.862	11.873	11.885	11.897	11.908	11.920	11.931	11.943	11.955
1660	11.966	11.978	11.990	12.001	12.013	12.025	12.036	12.048	12.060	12.071
1670	12.083	12.094	12.106	12.118	12.129	12.141	12.152	12.164	12.176	12.187
1680	12.199	12.211	12.222	12.234	12.245	12.257	12.269	12.280	12.292	12.303
1690	12.315	12.327	12.339	12.350	12.362	12.373	12.385	12.396	12.408	12.420
1700	12.431	12.443	12.454	12.466	12.478	12.489	12.501	12.512	12.524	12.536
1710	12.547	12.559	12.570	12.582	12.593	12.605	12.617	12.628	12.640	12.651
1720	12.663	12.674	12.686	12.698	12.709	12.721	12.732	12.744	12.755	12.767
1730	12.778	12.790	12.802	12.813	12.825	12.836	12.848	12.859	12.871	12.882
1740	12.894	12.906	12.917	12.929	12.940	12.952	12.963	12.974	12.986	12.998
1750	13.009	13.021	13.032	13.044	13.055	13.067	13.078	13.089	13.101	13.113
1760	13.124	13.136	13.147	13.159	13.170	13.182	13.193	13.205	13.216	13.228
1770	13.239	13.250	13.262	13.274	13.285	13.296	13.308	13.319	13.331	13.342
1780	13.354	13.365	13.376	13.388	13.399	13.411	13.422	13.434	13.445	13.456
1790	13.468	13.479	13.491	13.502	13.514	13.525	13.536	13.548	13.559	13.571
1800	13.582									

⑦　补偿导线检定时，一端要绞合成绳状并焊接起来，然后放在沸点恒温器内，另一端放在冰点恒温器内，然后用电位差计读取读数。其热电动势技术要求见表3-11。

表3-11　补偿导线特性

热电偶名称	补偿导线				$t=100℃$ 和 $t_0=0℃$ 时的热电动势/mV	20℃时的电阻率/（Ω·m）
	正　极		负　极			
	电极材料	绝缘颜色	电极材料	绝缘颜色		
镍铬-考铜	镍铬（NiCr9）	紫	考铜（BMn43~0.5）	黄	6.95±0.3	1.25
镍铬-镍硅	铜（T）	红	康铜（BMn40~1.5）	黄	4.10±0.15	0.684
铂铑$_{10}$-铂	铜（T）	红	铜镍（B0.6）	绿	0.643±0.023	0.0484

注：铂铑$_{30}$-铂铑$_6$ 热电偶不用补偿导线。

（3）温度变送器

1）调校所需仪器设备：调校所需的仪器设备列于表3-12。

表3-12　调校所需仪器设备

序　号	名　称	规　格	数　量
1	DFX-01信号发生器（或0.1级直流电位差计）	0~10mA	1
2	标准电阻	1Ω，10Ω	各1
3	毫安表	0~10mA，0.5级	2
4	毫安表	0~1.5mA，0.5级	1
5	ZX-21型电阻箱		1
6	调压器	0~250V	1

2）主要技术指标：

① DBW-110　　　　　＜10mV，1 级；

　　　　　　　　　　≥10mV，0.5 级；

　DBW-120　　　　　　1 级；

② 输出无摆动现象。

③ 恒流性：0～1.5kΩ，输出变化为基本误差的1/2。

④ 电源电压波动：电源电压在 190～240V 之间变化时，仪表输出变化不超过基本误差。

3）调校条件：

① 环境温度　+20℃±5℃；

② 相对湿度　≤85%；

③ 周围应无外磁场；

④ 无振动；

⑤ 电源电压为 220V×（1±1%），频率为 50Hz×（1±0.5%）。

4）调校接线图：调校接线示于图 3-5 和图 3-6。

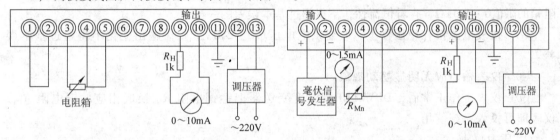

图 3-5　热电偶温度变送器接线图　　　　　　图 3-6　热电阻温度变送器接线图

5）调校方法：

① 桥路电流。桥路电流为（0.5±0.01）mA，把量程为 1.5mA 的毫安表串在外接线端子③和锰铜电阻 R_{Mn} 之间，调整电位器 RP₄。如桥路电流不准确，就不能达到冷端温度完全补偿。

冷端温度补偿电阻 R_{Cu} 根据下式计算：

$$R_{Cu} = \frac{E_t}{I\alpha t} \tag{3-4}$$

式中　E_t——热电偶冷端温度为 0℃，热端温度为 t℃ 时的热电动势值；

　　　I——桥路电流 0.5mA；

　　　α——铜电阻 R_{Cu} 的温度系数；

　　　t——仪表最高使用环境温度，45℃。

根据不同分度的热电偶，铜电阻 R_{Cu} 为

LB-3：$R_{Cu} = 3.1\Omega$，$R_{Mn} = 3.1\Omega$

EU-2：$R_{Cu} = 21\Omega$，$R_{Mn} = 21\Omega$

EA-2：$R_{Cu} = 34.4\Omega$，$R_{Mn} = 34.4\Omega$

LL-2：$R_{Cu} = 0$

为调校方便 R_{Cu} 用 $R_{Mn} = 21\Omega$ 代替，也就是将仪表外部接线端子③、④之间接上 $R_{Mn} = 21\Omega$。

②　仪表接线完备，将"工作—检测"开关置于"检测"一侧，预热 30min，仪表输出应在 4～6mA 处。否则，认为仪表不正常，即应检查故障部位，排除了故障之后再进行调校。

③　零点调整：输入满量程的 10% 的信号，调整"调零"电位器 RP_1，使仪表输出 1mA。对 DBW-110 型温度变送器，零点迁移超过 25mV；对 DBW-120 型温度变送器，超过 50Ω，断开 R_0 的短接线，可以扩大零点迁移范围。

④　量程调整：输入满量程的 90% 的信号，调整"量程"电位器 RP_2 使仪表输出 9mA。对 DBW-110 型温度变送器，量程超过 25mV；对 DBW-120 型温度变送器，超过 50Ω 时断开 R_0 短路线，扩大量程范围。

⑤　仪表输出在 1mA 和 9mA 处反复调整"调零"电位器 RP_1 和"量程"电位器 RP_2，使仪表输出满足要求后，再输入满量程的 10%、30%、50%、70%、90%，仪表输出为 1mA、3mA、5mA、7mA、9mA。误差不得超过基本误差。

⑥　仪表外接线端子⑨、⑩上，把 1kΩ 负载电阻换成电阻箱。仪表输出 9mA 处，改变电阻箱的阻值0～1.5kΩ，查看恒流性，不得超过基本误差的一半。

⑦　仪表电源接在稳压器上，改变供电电压190～240V。仪表输出变化不得超过基本误差。

⑧　仪表输出应无明显摆动现象。

⑨　仪表工作正常后，DBW-110 型温度变送器把锰铜电阻 R_{Mn} 换成相应的铜电阻 R_{Cu}，仪表即可投入系统使用。

2. 压力仪表

（1）电接点压力表

1）技术要求：

①　表壳、表盘完整、清洁、标志齐全清晰。

②　加压至仪表上限值，并恒压 15min 后，示值不应下降。压力除掉后，仪表回零的偏差值不大于准确度等级允许的误差；

③　仪表的示值误差、变差和电接点的信号误差，均不能大于仪表准确度等级的允许误差；

④　记录时间误差在 24h 内不应超过 ±5min；

⑤　记录笔尖与时间弧线间的偏差，不应超过 ±1mm；

⑥　氧压表禁止进入油污，如已被油污，可用四氯化碳清洗弹簧管；

⑦　电接点压力表的拨针器应工作灵活，接点之间和接点对地间的绝缘应良好，接点应通过继电器与负载连接；

⑧　氧气调节器应完整不漏气，输出压力在调节范围内应连续可调。

2）检定所需仪器设备：

①　相适应的压力范围的压力校验器（或活塞式压力计）和标准压力表；

②　XJQ 型真空表校验仪或一台真空泵和一台标准真空表；

③　检定氧压表时需有一个自制的隔离容器或用冲入甘油的压力校验器，使油不进入氧

压表内。

压力表的校验（检定）常用比较法，见图3-7。

3）电接点压力表的校验：装置见图 3-7。

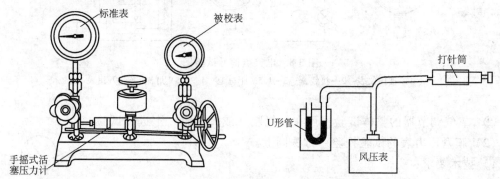

图 3-7　比较法校验压力表

①　把被校表和标准表分别安装在活塞式压力计右边和左边的接头上，接头内装上纯铜垫圈，使用两把扳手操作，一把卡住活塞式压力计的接头六角螺母，另一把卡住被校表接头的六角螺母，一正时针振动，一逆时针振动，直到不漏油为止。

②　把进油阀和油杯阀全打开，指针应在零位，然后把阀关紧。

③　在表盘全刻度范围内均匀选取五点，顺时针摇动手柄，压力上升，标准表指针到达校验点时，停止摇动，观察被校表示值，并轻轻敲动表壳，观察被校表表针晃动情况，将上面示值记录下来，同样方法校验其他四点，直到满刻度。

④　逆时针摇动手柄，压力下降，同样方法校验回程四点，直到零位。整个过程不得有"卡针"现象。

⑤　数据处理：示值误差、来回变差、轻敲误差都不得超过基本误差的绝对值即为合格。

⑥　注意事项：

a）活塞式压力计应放在坚固、平稳、无振动的工作台上，调节四角高低，校准水平，使其处于水平位置；

b）操作前先打开标准表侧的阀，摇动手柄，将工作油液管路内可压缩的空气排出，然后将阀关闭；再打开油杯阀，摇动手柄反转，缸内吸进油液，数量足够后再将其关闭，即可投入使用。

c）各个部位不得漏油。

d）摇动手柄时不得使丝杠受到弯曲力矩影响而产生变形。

⑦　接点试验。一般用两只万用表分别接在上限接点和下限接点上，见图 3-8。当读取上限压力和下限压力时，表针应指向零位，当温度偏移后，表针应指向最大刻度。

4）螺旋管弹簧压力表检定：螺旋管弹簧压力表的检定，一般不直接安装在压力校验器上，而是用接头和细纯铜管把仪表引到一个安装架上，方法同上。

5）氧压表检定及其调节器的试验：

①　氧压表检定是把氧压表安装在隔离容器上，见图 3-9。把隔离容器安装在压力校验器上，在检定时使水进入氧压表内。如果用冲入甘油的专用压力校验器，其甘油需定期更

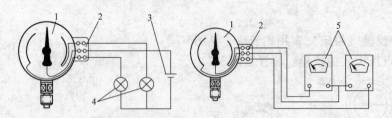

图 3-8　电接点信号试验图

1—被检仪表　2—接线盒　3—1.5V 干电池　4—1.5V 灯泡　5—万用表

换。

② 氧气调节器的整体试验，可在氮气瓶（或氧气瓶）上进行试验。

（2）膜盒压力表的试验校验　方法同上。

1）技术要求：

① 表盘和表壳应干净，表盘标志应齐全；

② 传动机构、表盘、指针应紧固牢靠，螺钉齐全；

③ 仪表加压至上限 1.5 倍 15min 后，不应有泄漏，除掉压力后，指针应回零位；

④ 仪表传动部位不应有摩擦或卡住现象，传动轴孔不应过于松动，活动部位均应加钟表油润滑；

⑤ 测量误差不大于刻度上限值的 ±2.5%；

⑥ 测量不灵敏限不大于刻度上限值的 ±0.5%；

⑦ 最大变差不大于刻度上限值的 ±1.0%；

⑧ 继电器触点动作误差不大于刻度上限值的 ±2.5%；

⑨ 检定方法采用直接比较方法。

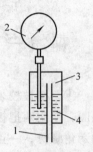

图 3-9　隔离容
器示意图

1—接压力校验器　2—被检氧压表
3—油　4—水

2）检定所需仪器设备：

① 倾斜微压计（或补偿式微压计）一台；

② 对测量上限在 200mmH$_2$O [⊖] 以上的膜盒压力表，需用一只充水的 0 ~ 1000mmH$_2$O 的标准单管压力计；

③ 对测量上限在 1000mmH$_2$O 以上的膜盒压力表，需用一只充水银的 0 ~ 1000mmHg [⊖] 的标准单管压力计；

④ 压力源一般用橡皮球或用压缩空气装一台专用的校验装置。

（3）双波纹管差压仪表

1）主要技术要求：

① 表壳、表盘应清洁，表盘标志应齐全；

② 传动机构、表盘、指针或笔尖应紧固牢靠，螺钉齐全；

③ 仪表加差压至上限刻度值的 1.5 倍后不应有泄漏，去掉差压后，示值应返回零位；

④ 仪表的传动部位不应有摩擦或卡住现象，传动轴孔不应过于松动，所有活动部位均应加钟表油润滑；

⊖　1mmH$_2$O = 9.80665Pa，后同。

⊖　1mmHg = 133.322Pa，后同。

⑤　示值误差和变差均不大于仪表的准确度等级要求；

⑥　记录时间在 24h 内，其偏差不应超过 ±5min；

⑦　记录应清晰不断线；

⑧　记录笔尖应和记录纸的时间弧线平行移动；

⑨　积算器的传动机构必须灵活好用；

⑩　积算器本身积算误差不应超过 ±0.5%；

⑪　仪表系统总误差不超过 1.5%；

⑫　控制点误差不超过全刻度的 ±1.0%；

⑬　比例范围和积分时间的实际值误差不应超过表 3-13 的要求；

表 3-13　比例范围和积分时间允许误差

比例范围分度值（%）	允许误差（%）	积分时间分度值/min	允许误差	比例范围分度值（%）	允许误差（%）	积分时间分度值/min	允许误差
10~30	±4	0.05	±1s	>80~200	±12	20	±8min
>30~80	±8	1	±25s	>200~250	±30	全关	> ±100min

⑭　比例范围不同心度误差，当比例范围在 20% ~500% 分度内转动时，输出压力的变化不超过 ±15mmHg。

2）检定所需仪器设备：

①　对于测量压力的波纹管压力表，需一台压力校验仪和一只标准弹簧管压力表；

②　对于测量上限在 200mmH$_2$O 以下的波纹管差压仪表，需一台倾斜式微压计或补偿式微压计；

③　对于测量上限在 1000mmH$_2$O 以下的波纹管差压仪表，需一台充水的 0 ~ 1000mmH$_2$O 的单管标准压力计；

④　对于测量上限在 1000mmH$_2$O 以上的波纹管差压仪表，需一台充水水银的 0 ~1000mmHg 的单管标准压力计或 0 ~ 1.0kgf/cm$^{2\ominus}$ 的标准弹簧管压力表；

⑤　检定原理系统见图 3-10。检定时需打开阀门 8，关闭平衡阀门 7；对测量压力的波纹管压力表和弹簧管压力表的检定相同。

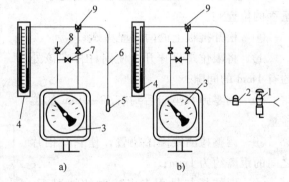

图 3-10　差压仪表检定系统图
a）用橡皮球加压　b）用定值器加压
1—过滤器减压阀　2—定值器　3—差压仪表
4—U 形管压力计　5—橡皮球　6—橡皮管
7—平衡阀门　8—阀门　9—三通管

（4）差压变送器

1）调校所需仪器设备：

①　0 ~ 40 ~ 160mmH$_2$O 补偿式微压计；

②　0 ~250mmH$_2$O 补偿式微压计；

③　单管水柱，0 ~1 ~1.6mH$_2$O，0.10 级；

⊖　1kgf/cm^2 = 0.0980665MPa，后同。

④　单管水柱，$0 \sim 2.5 mH_2O$，0.10 级；

⑤　标准压力表，YB-250，$0 \sim 0.4 \sim 0.6 kgf/cm^2$，0.10 级；

⑥　标准压力表，YB-250，$0 \sim 1 \sim 1.6 kgf/cm^2$，0.10 级；

⑦　标准压力表，YB-250，$0 \sim 2.5 kgf/cm^2$，0.10 级；

⑧　活塞式压力计，YS-6，$0 \sim 0.4 \sim 6 kgf/cm^2$，0.05 级；

⑨　活塞式压力计，YS-60，$1 \sim 60 kgf/cm^2$，0.05 级；

⑩　活塞式压力计，YS-600，$10 \sim 60 kgf/cm^2$，0.05 级；

⑪　UJ-31 型电位差计；

⑫　AC10/1 检流计；

⑬　BC2 型饱和标准电池，1.01860V，Ⅱ级；

⑭　ZX-21 型调节用电阻箱；

⑮　C21-mA 毫安表，$0 \sim 10 \sim 20 mA$，0.5 级；

⑯　500V 的绝缘电阻表；

⑰　MF47 型万用表；

⑱　605 真空管毫伏计；

⑲　84-A 恒温干燥箱；

⑳　微位移发生器，最小分度为 $1 \mu m$。

2）整机调试：试验接线见图 3-11。

①　全量程范围内零点变化量的调整：

a）初始状态的检查（量程支点处于低量程的位置）：

ⓐ　松开推板上的两只埋头螺钉；

ⓑ　将限位螺母拧开，使副杠杆在该处约有 1mm 的间隙；

ⓒ　调零弹簧座向后约有 $2 \sim 3 mm$ 的位移量；

ⓓ　调整检测线圈的位置，使它与铝片之间的距离约为 1mm；

ⓔ　副杠杆与量程支点接触的情况下，基本与导磁体平行，动圈与导磁体孔端相平。

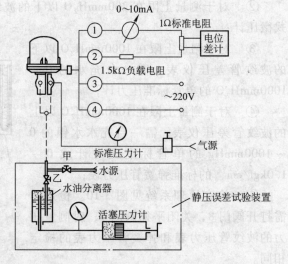

图 3-11　试验接线图

b）零点变化量的调整：

ⓐ　接通电源，调整检测线圈，使输出电流为零，然后锁紧调节杆；

ⓑ　连接推板上的两只埋头螺钉，观察零点电流变化应小于 0.5mA，否则要重新调整推板和搭板的间隙；

ⓒ　调整机械零点，使输出为 0mA；

ⓓ　将量程支点由低往高处滑动（一般只须观察支点在低、中、高三个位置），在量程支点接触可靠的前提下，零点电流的变化量不大于 3mA，且应以负值为佳。同时在各位置时，通过调整机械零位，应该使仪表能调到 +0.5mA 的数值。

全量程范围内零点变化量达到要求后的仪表，在以后的各项调校中，除为修正高量程的静压误差外，不宜再用调整检测线圈的位置来改变仪表的零点。

ⓔ　当全量程范围内零点变化量超出要求时，可以将量程支点重新调回低量程位置，用机械方法调零后，再松开推板。断开电源，旋动调零螺杆，改变副杠杆的倾角，然后再依上述ⓐ~ⓓ条检查零点变化量，直至符合要求。

c) 需要注意的问题：

ⓐ　量程支点不宜顶得太紧，一般在旋转空心螺栓，使偏心与副杠杆支承面刚接触，然后旋转 1/4~1/2 圈，锁紧空心螺栓。

ⓑ　副杠杆倾角不宜过大（指副杠杆的上端太靠近导磁体），但又不宜过小，因为那样会出现支点向上调整而脱开的现象。

ⓒ　调零弹簧在副杠杆处于自由状态时，有微弱的拉伸量。调零弹簧装弹簧座后总长度应为（43±0.5）mm，太长或太短都会给装配带来困难，甚至调不出来。

②　静压误差的调整：静压误差是仪表正、负容室，即膜盒两侧同时受到静压力作用后，变送器的输出零点所产生的漂移量。

对静压有要求的且大于 0.1MPa 的差压变送器，须将量程支点放在对应低量程位置，进行静压误差试验，然后将量程支点移至中量程和高量程，在只准进行机械零点调整的前提下，进行静压误差试验，三个位置时的静压误差均应小于技术条件规定的指标。使用者亦可只在所使用量程处进行静压试验。

a) 低量程静压误差调整方法（以水校为例）：

ⓐ　打开水源阀甲，使高低压容室同时进水，分别拧开容室两侧的排气螺钉，直至冒水后，拧紧排气螺钉和阀甲。

ⓑ　接通电源，进行机械调零。

ⓒ　用活塞式压力计加压至 125% 额定静压，保持压力 3min，去除压力，观察仪表的零点变化不应太大，一般控制在 0.5mA 内，否则应检查主杠杆是否有上窜现象，测量膜盒是否有严重变形（此变形由膜盒的灌充、焊接质量不佳等引起），而后予以修理和更换。

ⓓ　进行机械调零（也可调至某一值）。用活塞式压力计加压至 100% 的额定静压，观察仪表在升压及降压过程中零点电流变化量，其值不大于技术要求所规定的数值，一般观察点不应少于四个。

当静压误差超出要求，并出现下列三种情况时，调整方法如下：

Ⅰ）随着静压数值的增大，零点电流单调地增大（或单调地减小）：

在低静压结构：拧下排污螺钉，用内六角扳手松开主杠杆下端的螺母 4（内六角扳手尺寸，除 DBC-330、DBC-430 的对边 S 为 5mm 外，其余型号的对边 S 为 6mm）。使测量膜盒和下杠杆脱开，并按图3-12a指出的方向，即把主杠杆往导磁体（或放大器）一侧倾斜。然后拧紧螺母 4 和排污螺钉，按上面第ⓐ条方法加水，松开推板上螺钉，进行机械调零，再拧紧推板上螺钉，调零（亦可调至某一值）后，加压至额定值，再次检查仪表的静压误差，如不合格，则重复上述步骤，直至合格为止。

在高静压结构：稍放松图 3-12b 中的两螺钉 8，卸下放大器塑料罩，用螺钉旋具穿过印制板孔，顺时针转动差动螺钉 6 可消除正的静压误差；逆时针转动差动螺钉 6 可消除负的静压误差。然后参照前述的方法，松开推板上的两个 M3 埋头螺钉，重新连接主副杠杆，调

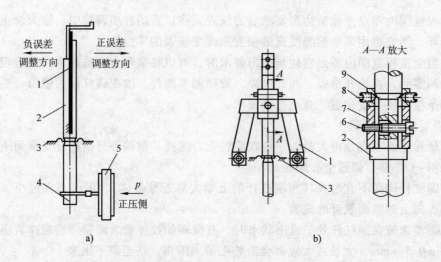

图 3-12　静压误差调整装置

a）低静压结构　b）高静压结构

1—拉条　2—主杠杆　3—轴封膜片　4—螺母　5—膜盒　6—差动螺钉　7—定位件　8—螺钉　9—套环

零，重复做静压试验。经几次调整后，亦可使静压误差达到规定的要求。

Ⅱ）随着静压数值的增大，零点电流忽正忽负地变化：如零点电流变化的区间小于允许静压误差绝对值的 2 倍时，可采用Ⅰ）的方法调整，把正负误差均匀分布，使之符合要求。如零点电流变化的区间大于允许静压误差绝对值的两倍时，应该进行仪表的重新装配。应检查拉条是否平直，容室上轴封机座的螺钉是否均匀拧紧，膜盒是否灌满。

Ⅲ）去除静压后，仪表的零点总是变化：或是静压保护拉条下端的螺钉未拧紧；或是定位件下端平面未贴紧主杠杆台肩，而使主杠杆有较大的上窜量，轴封膜片产生较大的塑性变形，使零点总是变化，这时可检查推板与搭板间的间隙，是否仍为 0.5mm 左右。如果发现搭板翘曲，间隙比原来增大，则肯定是主杠杆产生了上窜，严重的要更换轴封膜片和重新装配。

支点接触可靠性的检查：此项检查仅对静压误差调整后，误差数值属负值的仪表需要。检查方法：再次通入静压，观察仪表在升压过程中，量程支点接触可靠，否则原来合格的静压误差是虚假的，应重新调整。

b）全量程静压误差的调整：为保证变更量程后，仪表在各种量程下，静压误差均能符合要求，还需要进行全量程静压误差的调整，方法如下：

高量程静压误差的调整：把量程支点由低量程往高量程调整，调整机械零点（不准调电气零点），通入静压，一般会出现静压误差正向超差；然后将量程支点返回低量程，进行机械调零，再松开推板上的两个 M3 埋头螺钉，增加调零弹簧的拉伸量，使副杠杆倾角减小，再通过电气调零，重新连接推板和副杠杆，把量程支点升至高量程；重复上述步骤，检验高量程的静压误差数值，直至调试符合技术要求。

高量程静压误差调整合格后，需检查支点接触可靠性。

中量程静压误差的兼顾：低、高量程静压误差合格后，应将支点放在中间位置，进行静压检查。其方法是将低量程静压误差数值调得稍偏负些，高量程静压误差稍偏正些，即中量程静压误差就能得到兼顾。

偏心位置对静压误差影响的调整：将量程支点放在低量程位置，然后把偏心轴调至左右两个极限位置，作静压误差试验。如出现偏心在一侧合格，在另一侧超差现象时，应该松开推板上 M3 埋头螺钉，改变副杠杆所存在的扭曲现象。最后使偏心在任意位置时，静压误差均能符合要求。

③ 高温零点稳定性的试验与调整：

a）高温零点稳定性的试验：将量程支点放在该型号仪表低量程所对应的位置，然后放入高温箱内，调整机械零点后，加热至 60℃，稳定 3h，测量高温下零点的漂移量，应符合技术要求。高温试验回原温后，仪表的输出值不应超过基本误差的绝对值。

b）高温零点补偿方法：高温时，仪表零点的漂移量如超出技术要求的 +2% ~ -3% 时，可进行补偿，并重新进行高温试验，直至合格。超差量太大的仪表不能采用补偿的办法，而应重新检查装配质量、零件加工质量和测量元件的好坏。

补偿办法有电气的、机械的两种方法，其补偿效果均指对低量程而言的近似值，随着量程变大，补偿效果逐渐降低。对不同结构形式的测量元件，其补偿效果也不一。测量元件刚度大的（如膜盒），补偿效果大些；测量元件刚度小的（如橡胶膜片、波纹管），补偿效果小些。

ⓐ 机械补偿法：利用不同膨胀系数的材料达到温度补偿的目的。如 1250:01 偏心轴，其材质为 HPb59-1 黄铜、45 钢、4 J 36 合金。补偿效果（指低量程）：HPb59-1 黄铜比 45 钢能正补偿 3% ~4%；45 钢比 4 J 36 合金能正补偿 3% ~4%。

更换不同材质偏心轴时，应该保持原输出零点的数值和偏心的位置，以便全量程性能不发生变化。

ⓑ 电气补偿法：利用不同电容温度系数来达到温度补偿的目的。采用"O"、"H"、"L"三组。电容温度系数为

$$\text{"O"} —— (0 \pm 30) \times 10^{-6}/℃$$
$$\text{"H"} —— (-750 \pm 100) \times 10^{-6}/℃$$
$$\text{"L"} —— (-1300 \pm 200) \times 10^{-6}/℃$$

当电容量 C_{1a}、C_{1b} 增加或电容量 C_{2a}、C_{2b} 降低时，输出电流 $I_{出}$ 增加。当温差为 40℃，电容 C_{1a}、C_{1b}、C_{2a}、C_{2b} 温度系数组别的改变，可以得到不同组合的补偿量。现以生产中 C_{1a}、C_{1b} 为温度系数"O"组，C_{2a}、C_{2b} 为温度系数"H"组作为原组别。不同组别的补偿效果（均指低量程而言的近似值）其中几组见表 3-14。

表 3-14　不同组别的补偿效果

电容符号	原组别	换后组别所能补偿量						电容符号	原组别	换后组别所能补偿量					
		-4%	-2%	-2%	+2%	+2%	+4%			-4%	-2%	-2%	+2%	+2%	+4%
C_{1a}	O	H	O	H	H	O	L	C_{2a}	H	O	H	H	H	L	H
C_{1b}	O	H	O	H	H	O	L	C_{2b}	H	O	H	O	H	L	H

④ 量程的调整：

a）粗调量程：将量程调节机构滑至所需量程对应的位置，调整机械零点，通入 100% 的测量信号，观察输出电流是否达到 10mA。如大于 10mA，将量程支点向上滑；如输出小于 10mA，将量程支点向下滑；当输出接近 10mA 时，锁紧量程调节机构。

去除测量信号，调整机械零点，再次通入100%测量信号，调整量程支点位置，使输出达10mA；去除测量信号，再次调整机械零点，然后进行量程的细调。

b）细调量程：通入100%的测量信号，转动偏心轴调整输出电流数值，偏心往上转，输出减小；偏心往下转，输出增大。最后使输出达10mA，去除测量信号，调整机械零点。

c）微调量程：通入100%的测量信号，当输出与10mA的偏差小于0.2mA时，可以调整分磁螺钉。分磁螺钉旋进，输出电流增大；分磁螺钉旋出，输出电流减小。

⑤ 带迁移装置的仪表的调整：

a）仪表的初校：按上述的整机调试①～④进行仪表的调整。

迁移前仪表的量程为：

$$迁移前量程 = 测量上限 - 测量下限$$

b）量程复校：根据迁移量的要求，决定迁移的性质，装上迁移装置，进行量程的复校。

迁移弹簧的号码，可根据迁移值 K 的大小来选择。

$$K = \frac{迁移前测量下限的绝对值}{仪表的最高量程} \times 100\%$$

当 $K \leqslant 10\%$ 时，选用 DBC-310Q，5000：01/3 钢丝 $\phi0.8$

$K \leqslant 50\%$ 时，选用 DBC-310Q，5000：01/2 钢丝 $\phi1.2$

$K \leqslant 100\%$ 时，选用 DBC-310Q，5000：01/1 钢丝 $\phi1.5$

装迁移后，仪表的输出会稍微缩小 $1\% \sim 2\%$，只须用细调及微调的方法即可。

3）检验

① 准确度的检验。按被校量程的差压均分为四等份或五等份，分别通入被匀分的差压值，仪表的输出电流实际值与标准值之差，不应大于基本误差的绝对值，来回变差也不应大于基本误差的绝对值。

② 恒流性能检验。输入端加测量信号，使输出电流为 9.9mA 时，将负载电阻从 $0 \sim 1.5k\Omega$ 范围内变化，其输出电流的变化值，应小于 0.05mA。

③ 输出交流分量的检验。输出负载电阻为 200Ω 时，加测量信号，使输出电流在 $0 \sim 10mA$ 内变化，然后将真空管毫伏表接入输出电路 200Ω 上，其交流电压不应超过 20mV。

④ 绝缘电阻检验。当环境温度为 $10 \sim 35℃$，相对湿度不超过 85% 时，用 500V 绝缘电阻表测试，其绝缘电阻应符合：

a）输出端子对机壳不小于 $20M\Omega$；

b）电源端子对机壳不小于 $50M\Omega$；

c）电源端子对输出端子不小于 $50M\Omega$。

⑤ 电源中断影响检验。加入差压测量信号，使输出电流为 9mA，然后切断电源（测量信号不变），1min 后重新通电，再稳定 10min 后，其输出电流变化不应超过允许基本误差绝对值之半。

（5）压力传感器 压力传感器的校验较为复杂，一般采用激波管校验法，可用微机型试验装置，见图 3-13。

整个校验装置可分激波管、气源、测速和记录四个部分。

1）气源部分用于供给激波管以压缩空气。压缩空气由气瓶供给，经减压器、控制阀至

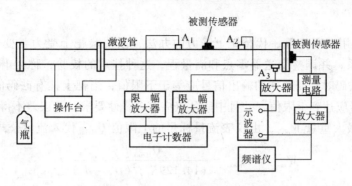

图 3-13　压力传感器的动态校验装置

激波管内。减压器用于控制所加高压的上限，以免出现损害被测传感器的现象，或造成其他事故。控制阀用于控制进气量，膜片爆破后立即关闭控制阀。减压器、控制阀均装在操作台上。在操作台上还装有放气阀和压力表。压力表用于读取膜片破裂时高压室和低压室的压力值，放气阀用于每次做完试验后，将激波管内的气体放掉。

2）测速部分由压电式传感器、电荷放大器、限幅器和电子计数器组成。当入射激波掠过传感器 A_1 时，A_1 输出一信号，经电荷放大器和限幅器加至电子计数器，电子计数器开始计数；入射激波再继续前进，掠过传感器 A_2 时，A_2 输出一信号，经电荷放大器和限幅器加至电子计数器，使其停止计数，从而可以获得入射激波的速度。用于测速的传感器要求有较高的频率响应，为减小测速误差，A_1、A_2 两传感器的特性应当一样，测速部分的开门系统与关门系统的固有误差应在试验前校正。

3）记录部分由测量电路、放大器、记忆示波器和频谱仪组成。

被测传感器可装在低压室侧壁上，也可装在低压室端面上。传感器装在侧壁上，感受入射激波压力，它掠过传感器敏感元件表面，比较符合实际应用中的情况，但由于入射激波压力值较低，故在校验中较少采用。在端面的反射激波压力则较大，激波波前又平行于传感器表面，所以在校验中常常是将传感器装在激波管末端。

校验时，记忆示波器处于等待扫描状态。A_3 是触发传感器，当它感受到激波压力后输出一信号，经放大，加至记忆示波器外触发输入端，从而产生扫描信号。紧接着被测传感器又被激励，被测传感器和测量电路配合，输出一信号，经放大器送至记忆示波器输入端，于是被测传感器的过渡过程由记忆示波器记下。

被测传感器的过渡过程，还同时加到 PFD-2 数字式动态频谱分析仪，因这台仪器是对某一过程进行功率频谱密度测量的，频谱仪上示数最大的通道的中心频率即为被测传感器的固有频率。

用激波管校验压力传感器的方法，一般适用于具有较高固有频率的传感器。其准确度可达 5%。具体使用测试方法见仪器使用说明书。

3. 流量仪表

流量仪表的型式很多，仅以靶式流量计和椭圆齿轮流量计为例说明其校验方法。

（1）靶式流量计　靶式流量计在具备通用的可靠实验数据条件下，仪表刻度标尺可由计算及采用砝码挂重的校验决定，而不必每台单独进行流量标定。但一般产品出厂时，产品规格上示出的流量值（m^3/h），是以水作为介质进行标定的，因此当测量介质的重度、粘度不同时，产品规格上所标明的流量与实际上能够测量的流量是不一致的，所以必须进行重新校验和调整。

1）干校：采用砝码挂重，代替靶上受力的办法，以校验靶上受力与变送器输出信号之间的线性对应关系，并调整变送器零点和满量程，这种挂重的校验，称为干校。

当靶上不挂砝码时，变送器的输出信号应等于下限值；当靶上挂有砝码的重量为最大时，变送器的输出信号应达到上限值，并且中间各点应符合线性要求，其误差不得超过允许范围。

所挂砝码的最大重量 W_{max}，由仪表流量标尺的上限值 Q_{Hmax} 代入流量公式求得，即

$$W_{max} = F_{max} = \frac{Q_{Hmax}^2 d^2 \gamma}{(14.129 K_a)^2 (D^2 - d^2)^2} \tag{3-5}$$

式中　K_a——流量系数；

$\quad\quad D$——变送器管道内径；

$\quad\quad d$——靶径；

$\quad\quad \gamma$——被测介质的重度；

$\quad F_{max}$——作用于靶上最大的力。

在实际场合下，F_{max} 往往不是整数。这时为了校验方便，W_{max} 可取 F_{max} 中的整数部分。例如：$F_{max} = 5.25 kgf^{\ominus}$，则 W_{max} 可取 $5 kgf^{\ominus}$，然后通过换算得到与 W_{max} 整数相对应的变送器的输出信号。对气动靶式流量计来讲，它的换算公式为

$$p_0 = \frac{0.8 W_{max}}{F_{max}} + 0.2 \tag{3-6}$$

式中，如果 $F_{max} = 5.25 kgf$，取 $W_{max} = 5 kgf$ 时，则

$$p_0 = \left(0.8 \frac{5}{5.25} + 0.2\right) kgf/cm^2 = 0.962 kgf/cm^2$$

即砝码最大挂重 $W_{max} = 5 kgf$ 时，流量变送器的输出气压 p_0 应等于 $0.962 kgf/cm^2$。

2）湿校：用水作为介质，进行流量和变送器相应的输出信号值之间的对应关系的校验，称为湿校或水校。

由于靶式流量计所测的介质种类繁多，仪表制造厂一般只能统一采用水作为介质进行流量校验或标定。在需要进行水校时，必须指出由于被测介质的不同，即使是相同的流量下，靶上所受到的推力却是不等的。因此，对于不同介质的流量校验，应通过流量方程式，先换算成相应的水流量计算值 Q_w，然后再与实测的水流量 Q'_w 相比较，以判断其流量误差。

由于水校的目的是校验实际介质流量计算值和实际值之间的偏差，因此按流量计的输出信号相同的条件，将实际被测介质流量换算成的水流量 Q_w，然后和水流量实际值 Q'_w 比较，而流量计的输出信号是与靶上所受到的推力成比例的，故实际被测介质的水流量换算，可按在相同推力条件下进行。则由靶式的流量方程式得出：

$$\frac{Q^2 d^2 \gamma}{(14.129 K_a)^2 (D^2 - d^2)^2} = \frac{Q_w^2 d^2 \gamma_w}{(14.129 K_{aw})^2 (D^2 - d^2)^2} \tag{3-7}$$

则

$$\frac{Q_w}{Q} = \frac{K_{aw}}{K_a} \sqrt{\frac{\gamma}{\gamma_w}}$$

式中　Q——被测流量值（m^3/h）；

$\ominus$　$1 kgf = 9.80665 N$，后同。

Q_w——水流量计算值。

如果在所需要的流量测量范围内，当使用时和水校时的雷诺数 Re 均能使流量系数保持为常数的话，则可认为 $K_\text{aw} = K_\text{a}$，则

$$\frac{Q_\text{w}}{Q} = \sqrt{\frac{\gamma}{\gamma_\text{w}}} = K_\text{a} \tag{3-8}$$

式中　K_a——被测介质的重度换算系数。

式（3-8）即为水校换算公式。

在进行水校时，为了达到上述在推力相等的条件下，作量程范围内的分点水校，故在水校之前，需要进行分点，以确定各校验点，因此可对实际被测介质流量为最大时，所求得的最大推力 F_max 进行数等分来确定流量计量程范围内的各校验点，则 F_max 可按干校流量公式求得。

然后把各校验点的推力 F_i （$i = 1$，2，3…）代入下列流量方程式：

$$Q = 14.129 K_\text{a} \frac{D^2 - d^2}{d} \sqrt{\frac{F}{\gamma}} \tag{3-9}$$

求得各校验点相对应的实际被测介质的流量值 Q_i。最后将各 Q_i 值乘上水校换算公式中的重度换算系数 K_a，即得与各校验点实际被测介质流量值 Q_i 相对应的水流量计算值 $Q_{\text{w}i}$。到此，水校前的分点和流量换算工作准备完毕。

这样，在进行水流量实际校验时，只要使流量计的输出信号分别保持在预定的各校验点数值上，用水流量校验装置分别测得各校验点的水流量实际值 $Q'_{\text{w}i}$。比较 $Q'_{\text{w}i}$ 和 $Q_{\text{w}i}$，便可确定靶式流量计的流量测量误差。

（2）椭圆齿轮流量计

1）标准槽法，见图 3-14。

流动开始时，流量计读数为 I_1，标准槽标尺读数为 Q_1；流量终了时，流量计读数为 I_2，标准槽标尺读数为 Q_2，则

$$误差\ E = \frac{(I_2 - I_1) - (Q_2 - Q_1)}{I_2 - I_1} \times 100\% \tag{3-10}$$

2）标准名称和标准密度计的方法，见图 3-15。

流动开始时，流量计读数为 I_1，名称的读数为 W'_1，误差为 W_1；流量终了时，流量计读数为 I_2，名称的读数为 W'_2，误差为 W_2，液体密度为 d，空气浮力的补正值为 0.0011，则

$$误差\ E = \frac{1}{a} \left[\frac{(W'_2 - W'_1) - (W_2 - W_1)}{I_2 - I_1} + 0.0011 \right]$$

$$\times 100\% \tag{3-11}$$

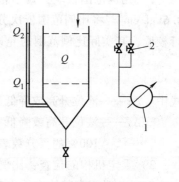

图 3-14　椭圆齿轮流量
计标准槽法校验
1—被校流量计　2—阀门

3）标准流量计的方法，见图 3-16。

流动开始时，被校流量计的读数为 I_1，标准流量计的读数为 $I_{\text{s}1}$；流量终了时，被校流量计的读数为 I_2，标准流量计的读数为 $I_{\text{s}2}$，标准流量计的误差为 E_s，则

$$E = 1 - \frac{I_{\text{s}2} - I_{\text{s}1}}{I_2 - I_1}(1 - E_\text{s}) \tag{3-12}$$

4）粘度误差校正：

① 当被测量流体粘度超过 10CP 时，而试验流体同样超过 10CP 时，不必进行粘度纠正。

② 当测量流体与试验流体的粘度相差超过 ±25% 时，就应该考虑粘度对测量精度的影响。

③ 两种流体的内插法。

$$E = E_2 + (E_1 + E_2)\frac{\mu_1(\mu - \mu_2)}{\mu(\mu_1 - \mu_2)} \tag{3-13}$$

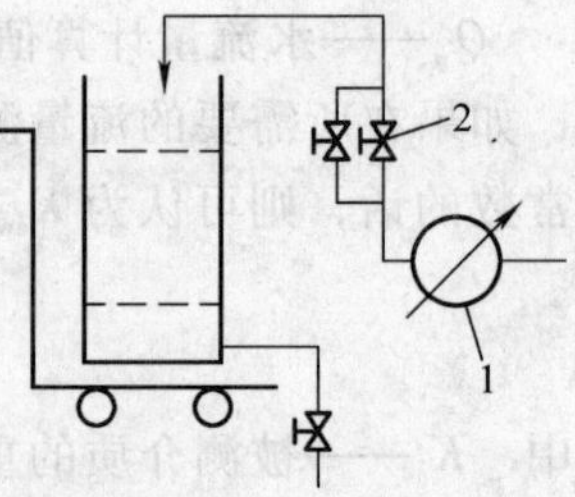

图 3-15　椭圆齿轮流量计
标准名称和标准密度计的校验
1—被校流量计　2—阀门

式中　E——仪表精度的百分值（测量流体粘度为 μ 时）；

　　　E_1——当试验流体粘度为 μ_1 时的器差；

　　　E_2——当试验流体粘度为 μ_2 时的器差；

　　　μ——测量流体粘度；

　　　μ_1——试验流体粘度（1）；

　　　μ_2——试验流体粘度（2），$\mu_1 < \mu < \mu_2$。

图 3-16　椭圆齿轮流量计
标准流量计法校验
1—被校流量计　2—标准流量计

4. 物位仪表

物位仪表型式很多，仅以浮力式物位仪表和差压式物位仪表为例，说明其校验方法

（1）浮力式物位仪表

1）刻度校验：稳定供给空气源压力为 1.5kgf/cm^2。将连杆连接在密度刻度"1"上，比例带刻度范围置于 100%，当液位为 50% 时，调节喷嘴和挡板距离，使输出压力稳定在 0.6kgf/cm^2，关闭重定阀，然后将液位分别稳定在 20%、40%、60%、80%、100%。其输出压力应和液面刻度相对应，即 0.2～1kgf/cm^2，误差不应超过最大刻度范围的 ±1.5%。

2）比例范围校验：调节液位为 50% 时，调整喷嘴与挡板间的距离，使输出压力等于 0.6kgf/cm^2，将比例范围依次分别放在 80%、60%、40%。然后对上述不同比例范围分别进行校验，其实际比例范围的允许误差为 ±5%。

$$比例范围 = \frac{\Delta x}{\Delta y} \times 100\% \tag{3-14}$$

式中　Δx——液位升高或降低的数值（以最大测量范围作 100% 的百分数表示）；

　　　Δy——液位升高或降低 Δx 时，输出压力变化值（以额定输出压力范围 0.8kgf/cm^2 为 100% 的百分数表示）。

3）重定机构的检查：比例范围置于 100%，液位定于 50%，将重定阀从全关缓慢地旋向全开，此时观察其输出压力变化速度应为均匀递增。

4）设定装置的检查：全开重定阀，比例范围置于 100%，旋转设定机构螺钉，调整液位，使输出压力稳定于 0.6kgf/cm^2，此时给定液位和实际液位相符，允许误差为 ±5%。

5）相对密度变换：相对密度变换是通过改变全量程液位变化的方法来模拟确定的。假如需相对密度为 0.5，测量范围是 300mm，先将测量范围换算成 x，即

$$x = \frac{300（测量范围）\times 0.5（需要相对密度）}{1（水的相对密度）}mm$$

$$= 150mm$$

按 150mm 的全量程，用水校验，调整连杆的固定位置，可使输出压力为 0.2～1kgf/

cm^2。

如相对密度大于1，换算得来的全量程大于测量范围，可用缩小输出压力范围来适应测量范围和确定相对密度点。

（2）差压式物位仪表　利用差压法测量液位是非常广泛的，可测量开口容器或常压容器的液位，也可测量有压密封容器的液位。凡测量压力或差压的仪表，只要量程合适，都可用于测量液位。像玻璃管差压计、膜片差压计、双波纹管差压计，与气动单元组合仪表配套的气动差压变送器或与电动单元组合仪表配套的电动差压变送器等，都可以用来测量液位。

差压式物位仪表校验方法可按浮力式物位仪表和差压变送器的校验方法进行，不再赘述。

5. 成分分析仪表

成分分析仪表的型式很多，仅以氧化锆测氧计和氢分析器为例，说明成分分析仪表的校验方法，其他可参照使用说明书和这里讲述的方法进行。

（1）氧化锆测氧计

1）氧浓差电池输出电动势与氧分压特性试验：氧浓差电池输出电动势与氧分压特性要求符合理论计算值，同时要求稳定不变。

试验时，可将氧化锆测氧元件置于校验电炉中，分别恒温在650℃、700℃、750℃、800℃、850℃五个温度点上。氧化锆内壁通入空气，外壁通入 $2.4\% O_2$、$4.7\% O_2$、$7.4\% O_2$ 三种标准气样。每点稳定10min，用 UJ36 电位差计测出内外电极上的输出电压。测试结果与式（3-15）的计算结果相比较，就可算出误差。误差不超过 ±2% 为合格。

$$E = -T\ (0.0337 + 0.0496 \lg P_e) \tag{3-15}$$

式中　　E——热力学温标为 T 时的氧浓差电动势，单位为 mV；

　　　　T——开尔文温度，单位为 K；

　　　　P_e——被测气体的氧分压（氧浓度）。

2）直插补偿式氧化锆测氧计的调试：见图3-17，在800℃时，氧浓差电池输出电动势为 0（$20.6\% O_2$）~69.89mV（$1\% O_2$），调整氧浓差毫伏变送器 DBW 的量程电位器，使输入为 0~69.89mV 时，输出氧浓差电流 I_{O_2} 为 0~10mA。当含氧量为 10% 时，氧浓差电池输出电动势为 16.65mV，相当于输出电流 I_{O_2} 为 2.38mA。为了提高灵敏度，放大表计的刻度，亦可将氧浓差输出电流 I_{O_2} 调整为 2.38~10mA。

当采用 EU 热电偶时，调整温度补偿变送器 DBW-T 的量程，使输入为 0~33.29mV（0~800℃）时，输出的温度补偿电流 I_T 为 2.54~10mA。

若氧浓差电池工作在800℃，

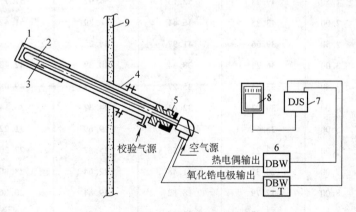

图 3-17　直插补偿式氧化锆测氧计测量系统
1—过滤器　2—氧化锆管　3—热电偶　4—法兰
5—活接头　6—温度变送器　7—乘除器
8—显示仪表　9—炉墙

则温度补偿电流 I_T 为 10mA，就用两台 UJ36 电位差计作为氧浓差毫伏变送器和温度补偿变送器的输入信号，对二次表（即除法器的输出电流 I）进行标定刻度。保持温度变送器 DBW-T 的输入为 32.29mV（即 800℃ 为 10mA），调整氧浓差毫伏变送器 DBW 的输入毫伏分别为含氧量 1.0%、1.2%、1.5%、2.0%、2.5%、3.0%、3.5%、4.0%、5.0%、6.0%、7.0%、8.0%、9.0%、10.0% 时氧浓差电池的输出毫伏值，见表3-15。在二次表标尺上记下每一点含氧量的相应位置，反复两次，准确无误后，即可取出标尺，画刻度。画成后，装回二次表上再核对一次。然后固定一个含氧量值（如 2% O_2），根据不同的温度值，相应地成组调整氧浓差毫伏变送器 DBW 和温度补偿变送器 DBW-T 的毫伏输入值，此时二次表的指示应保持不变化（仍指示在 2% O_2 处）。

表 3-15　氧浓差电池的输出电势与氧分压的关系

含氧量 (% O_2)	氧浓差电池输出电动势/mV					
	600℃（873K）	650℃（923K）	700℃（973K）	750℃（1023K）	800℃（1073K）	850℃（1123K）
0.10	100.22	106.02	111.69	117.48	123.17	128.91
0.15	92.59	97.95	103.19	108.54	113.79	119.10
0.20	87.99	92.23	97.16	102.19	107.14	112.13
0.30	79.55	84.16	88.66	93.25	97.77	102.33
0.40	74.15	78.43	82.64	86.91	91.13	95.37
0.50	69.94	73.99	77.95	81.99	85.96	89.97
0.60	66.51	70.37	74.13	77.97	81.74	85.55
0.70	63.61	67.30	70.89	74.57	78.18	81.83
0.80	61.10	64.64	68.10	72.63	75.10	78.59
0.90	58.89	62.30	65.63	69.03	72.37	75.74
1.00	56.89	60.20	63.42	66.71	69.89	73.20
1.20	53.47	56.57	59.60	62.69	65.72	68.79
1.50	49.28	52.13	54.92	57.77	60.57	63.39
2.00	43.85	46.41	48.95	51.42	53.88	56.41
2.50	39.66	41.97	44.22	46.51	48.73	51.04
3.00	36.23	38.34	40.39	42.48	44.51	46.62
3.50	33.34	35.27	37.17	39.08	40.96	42.87
4.00	30.83	32.61	34.37	36.14	37.88	39.66
5.00	26.63	28.17	29.69	31.22	32.73	34.26
6.00	23.21	24.55	25.87	27.20	28.52	29.85
7.00	20.31	21.48	22.64	23.80	24.95	26.11
8.00	17.79	18.82	19.84	20.86	21.87	22.88
9.00	15.57	16.48	17.36	18.26	19.13	20.04
10.00	13.55	14.38	15.11	15.94	16.65	17.45

（2）氢分析器　氢分析器在试验室内是利用标准氢气（装在带有减压阀组的贮气瓶内）进行校验的。因此，室内不应有易燃物品和火源，所有氢气连接管路、阀门和接头应严密，

且通风良好，并有消防器材等防爆设施。

校验 QRD 型热导式氢分析器时，按图 3-18 将电气线路连接好。电阻 R_a 和 R_b 是线路调整电阻，其值应使发送器到显示仪表间的每一根线路的电阻值为 2.5Ω。标准氢气瓶接于调节器组入口，经发送器后的氢气可以排至室外（注意室外应无明火）。检验步骤如下：

1）检查调整桥臂供电电压：通电后，测量并调整发送器工作电桥和比较电桥的供电电压，一般为 3V 左右（方法同热磁式氧量分析器）。

2）相位校正：在通入测量范围内的任一种含量的气样时，若显示仪表的指示值超出上限或下限之外而达到限位点时，须改变显示仪表或变送器的相位。当改变供电电源相位后，指示仍然超出上限或下限之外而达到限位点时，可将发送器 1、2 两端子的连接线对换，使发送器与显示仪表的相位正确。

3）用标准气样调整分析器的示值误差：

① 始点示值调整。将含氢量 80% 左右的标准气样通入发送器，把气体流量调整到使转子流量计的转子保持在标尺刻度线内，待仪表指示值稳定后，读取指示值。若其指示值与标准气样相差超过分析器允许基本误差时，可调整零位电位器 R_{11}。

② 终点示值调整。将含氢量接近 100% 的标准气样通入发送器，调节好流量，待仪表指示值稳定后，读取指示值。若误差超过要求，可用电阻箱代替工作电桥的上限限流电阻 R_{10} 进行调整。

上述调整互相有影响，须反复进行，直至始点和终点指示值都合格为止。

6. 动圈表

动圈表是一种用途极为广泛的仪表，在自动化仪表系统中始终占有重要位置。它的最大优点是价格低廉、用途广泛。按传感元件的配置，可测量温度、压力、流量、物位等参数。

（1）主要技术要求

1）测量指示部分：

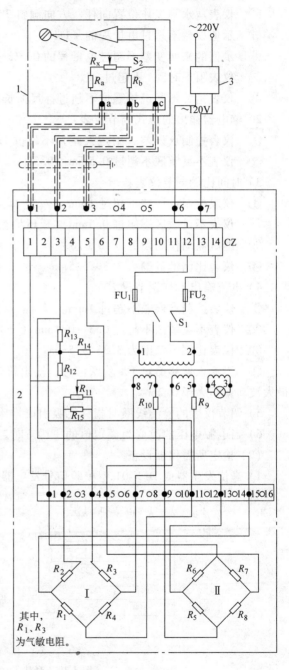

图 3-18　氢量发送器与显示仪表配套的电气系统

Ⅰ—工作电桥　Ⅱ—比较电桥

1—显示仪表　2—发送器　3—稳压器

① 机械零点的校正器的可调整范围，刻度起点向左为2%，向右为15%。调准零点，经示值检定后，不回零位的偏差不超过标尺弧长的0.3%。

② 对于配用热电阻的仪表，电零位的偏差不大于电量程的±0.5%。

③ 断偶保护的作用，能使指针移到满刻度。

④ 仪表从水平工作位置向任一方向倾斜5°时，其示值改变不超过电量程的±1%。

⑤ 示值误差不超过电量程的±1%。

⑥ 示值的来回变差不超过电量程的0.5%。

⑦ 仪表阻尼时间⊖不超过7s。

⑧ 仪表指针不回机械零位不超过标尺弧长的0.3%。

2）继电器输出的位式调节仪表：

① 仪表控制点误差（给定误差）不超过1mm（±1%）。

② 仪表不灵敏区不超过0.5mm（0.5%）。

3）时间比例调节仪表：

① 仪表控制点误差不超过1mm。

② 仪表不灵敏区不超过0.5mm（开环状态）。

③ 继电器动作周期为（40±10）s。

④ 仪表比例带范围为3.3～5.5mm。

4）电流输出PID调节仪表：

① 仪表控制点误差不超过1mm。

② 仪表不灵敏区不超过0.3～0.4mm（开环状态）。

③ 仪表比例带范围为3.3～5.5mm。

④ 当输入偏移给定1%阶跃信号，输出符合PID的动态特性，动态特性曲线平滑，其最大波动量不大于0.2mA。

5）调节仪表的检测线圈对指针无吸引或排斥现象。

6）当电源电压的改变为额定值的±10%时，调节仪表的各技术要求仍能满足。

（2）检定所需仪器设备

1）毫伏发生器或DFX-01型校验信号发生器。毫伏发生器的两种原理线路见图3-19。

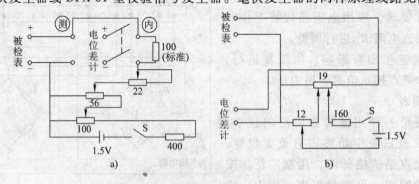

图3-19 毫伏发生器原理线路

⊖ 用秒表测定自突然加上相当于中间刻度的被测信号的瞬时起，至指针距最后静止位置不超出标尺弧长±1%范围内时止的时间，称为仪表阻尼时间。

2）UJ-37 型（也可作为毫伏发生器使用）和 UJ-31 型电位差计。

3）ZX-25-1 型精密电阻箱。

4）ZX-21 型调节用电阻箱。

5）AC-15/4 型光点检流计。

6）数字式万用表。

7）DYC-5 型电子管电压表。

8）QJ-23 型单臂电桥。

9）0～15mA 和 0～30mA 直流电流表。

10）0～250V 交流电压表。

11）调压器（500V，1kVA）。

12）秒表两只。

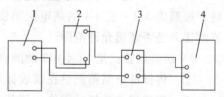

图 3-20　配用热电偶仪表
的检定原理线路图

1—XCZ-101 仪表　2—调节用电阻箱（替代
R_N）　3—毫伏发生器　4—直流电位差计

（3）示值检定

1）配用热电阻仪表示值的检定，见图 3-22。

2）配用热电偶仪表示值的检定，见图 3-20。

3）检定示值是否超差，首先检定满刻度值，然后按刻度粗线检定。仪表示值和标准值比较，其偏差值应满足技术要求。

4）调节部分的技术要求检定，可参见各线路板部分的调试。

（4）XCZ-102 温度动圈式指示仪表的校验

这里详细讲述配热电阻仪表的校验，配热电偶仪表的校验可参考进行。

1）可动部分平衡检查和调整：动圈式仪表测量机构的可动部分示意见图 3-21，其中平衡锤和平衡杆用来调节可

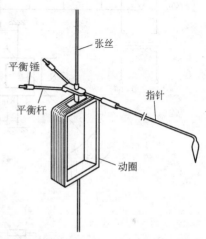

图 3-21　动圈表可动机构示意图

动部分的重心位置，使可动部分的重心与转轴中心重合，以减小由于不平衡带来的误差。

先检查指针是否平直，平衡锤、杆与指针的夹角应对称，否则应调整。一般是将指针调至零点，也可通电使指针指在标尺中间，然后将仪表向左、向后或向右、向前倾斜，观察指针的偏移情况。若将仪表向左倾斜，指针向右；而仪表向后倾斜时，指针不偏移，则说明平衡锤太重，因此应将平衡锤的力臂缩短。若仪表向左倾斜，指针向右；而仪表向后倾斜时，指针仍向右，则说明右平衡锤太重，因此应将右锤向里推，使其力臂缩短。如此反复，直至仪表向前、后、左、右倾斜 5°～10°，指针偏离零位误差不超过基本误差的绝对值。仪表向左与向后倾斜时，指针偏移情况与平衡锤的关系见表 3-16。平衡调整后，应在重锤上涂以少许漆片使之固定，但用量不得影响平衡。

表 3-16　指针与平衡锤平衡关系

		仪表向后倾		
	指针偏转方向	向左	正	向右
仪表向 左　倾	向左	右锤轻	左右锤都轻	左锤轻
	正	左锤重 右锤轻	平衡	右锤重 左锤轻
	向右	左锤重	左右锤都重	右锤重

2）示值校验：接线见图 3-22b，校验前先将线路调整电阻按表计规定调整好，接通电源后，按照表 3-2 ~ 表 3-4 的热电阻温度对照表改变标准电阻箱的电阻，观察被校表各点指示值的误差是否超出允许范围。

3）误差调整：见 XCZ-102 动圈表工作原理示意图见图 3-22a。

①　将标准电阻箱调整在仪表标尺始端点的电阻值上。

②　调整仪表的机械零位，使其在始端刻度线上。

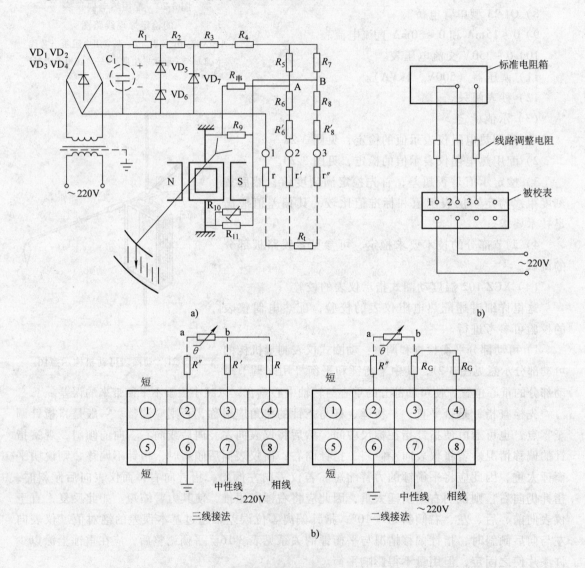

图 3-22　XCZ-102 动圈表

a）动圈表工作原理示意图　b）动圈表校验接线图　c）动圈表接线端子板接线图

注：图中 R''、R'、R 为调整电阻，R_G 为固定电阻，图中的虚线为铜导线

③　接通电源，检查电气零位与机械零位是否重合，如果指针偏离始端刻度，则按以下方法调整：

指针偏零上，则增加 R_6' 或减小 R_8'；

指针偏零下，则增加 R_8' 或减小 R_6'。

④ XCZ-102 动圈指示仪线路中各电阻的数值见表 3-17。

4）故障分析：常见故障分表头部分和测量部分故障，现将故障现象及原因分析列入表3-18 和表 3-19 供参考。

表 3-17 XCZ-102 仪表线路中各电阻的数值（仅供参考）

XCZ-102 仪表		R_8/Ω	R_6/Ω	R_5、R_7/Ω	$R_{串}/\Omega$	R_9/Ω
分度号	测量范围/℃					
G $R_0 = 53\Omega$	$0 \sim 50$	47	100	700	634	1000
	$0 \sim 100$	347	400	400	523	1000
	$0 \sim 150$	447	500	300	650	800
BA$_1$ $R_0 = 46\Omega$	$0 \sim 50$	54	100	700	448	1000
	$0 \sim 100$	254	300	500	514	800
	$0 \sim 150$	354	400	400	685	800
	$0 \sim 200$	454	500	300	700	800
	$0 \sim 250$	554	600	200	595	1000
	$0 \sim 300$	554	600	200	750	800
BA$_2$ $R_0 = 100\Omega$	$0 \sim 50$	200	300	500	605	800
	$0 \sim 100$	500	600	200	485	1000
	$0 \sim 150$	500	600	200	865	800
	$0 \sim 200$	600	700	100	580	1000
	$0 \sim 300$	600	700	100	918	800
	$0 \sim 400$	600	700	100	1216	700

表 3-18 XCZ-102 动圈指示仪测量桥路常见故障和原因分析

故障现象	原 因 分 析
通电后，加入信号，指针不动	1）稳压电源中的二极管有的损坏 2）稳压电源限流电阻有的虚焊或断路 3）稳压电源的铜电阻或锰铜电阻断路或虚焊 4）稳压管被击穿 5）R_5、R_7 或 R_6、R_8 同时虚焊
通电后指针打向极右	1）R_8 或 R_5 虚焊或断路 2）热电阻 R_t 线路短路
通电后指针打向极左	1）R_6 或 R_7 虚焊或断路 2）热电阻 R_t 线路短路
指示不稳定	1）电源变压器输出电压不够或绕组部分有短路 2）稳压电源电容 C_1 虚焊或接反 3）稳压管焊接不良或质量不好 4）铜电阻或锰铜电阻虚焊后产生接触不良现象

表 3-19 热电阻测温线路可能发生的故障及原因

故障现象	原 因 分 析	修 理 方 法
1. 仪表指示值无限大	热电阻所在桥臂上的线路断路，如热电阻、接线端子、切换开关、线路调整电阻等断路	用万用表逐段检查断路部位，修复或更换
2. 仪表指示反向	1）热电阻桥臂上的线路短路，如热电阻接线端子等短路 2）XCZ-102 动圈指示仪接线端子"2"的线路断路 3）XCZ-102 动圈指示仪接线端子"2"与"3"接线接反 4）三线制接线的负电源线在热电阻接线端子上的线号接错。例如，误将图 3-23 的 A、C 两线接在同一端子上，B 线接在另一端子上，或将 B、C 两线接在同一端子上，A 线接在另一端子上	1）用万用表逐段检查短路部位，修复或更换 2）用万用表逐段检查断路部位，修复之 3）重新换接 4）查对线号，将 C 线接在一个端子上，A、B 两线合接在同一端子上
3. 指示偏高	1）热电阻桥臂上的电阻过大，如热电阻温度计电阻值、线路调整电阻、切换开关和连接导线的接触电阻等过大 2）另一桥臂的电阻过小，如该桥臂线路调整电阻短路或过小等 3）电源电压过高	1）用万用表逐段测量电阻值，检查故障部位，修复之 2）用万用表逐段测量该桥臂线路电阻，检查故障部位，修复之 3）用万用表测量电源电压值，调整电压至规定值
4. 指示偏低	1）热电阻桥臂上的电阻过小，如热电阻温度计局部短路或受潮后绝缘降低，线路调整电阻短路或过小等 2）另一桥臂的电阻过大，如该桥臂的切换开关和连接导线接触电阻、线路调整电阻过大等 3）电源电压过低	1）用万用表逐段测量阻值，检查故障部位，修复之 2）用万用表逐段测量阻值，检查故障部位，修复之 3）用万用表测量电源电压值，调整电压至规定值
5. 指示波动	1）热电阻保护套管内有水，引起断续短路 2）线路连接点或供电线路上有接触不良的现象	1）将水清除，并将热电阻干燥至绝缘良好 2）用万用表逐段测量阻值，检查故障部位后，使接点接触良好

7. 恒流定值器

（1）调校所需仪器设备

1）直流毫安表，0~10mA，0.5 级。

2）直流电位差计或数字电压表。

3）标准电阻，10Ω。

4）可变电阻箱，0~10000Ω。

5）双刀双掷开关。

6）调压器，0~250V，1kVA。

（2）调校方法　新表或仪表经修理后，需对以下三项基本技术要求进行校验。校验线路见图 3-24。

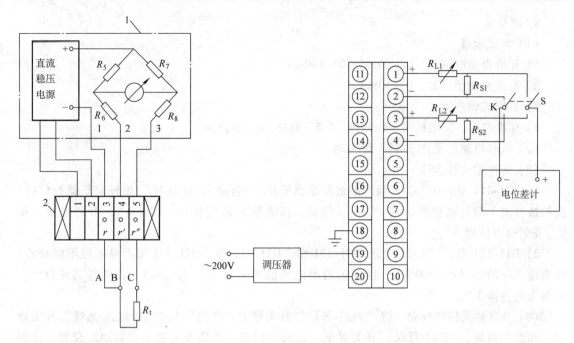

图 3-23 热电阻三线制接线
单点测量接线图

r、r'、r''—线路调整电阻 1—显示仪表

2—端子排 R_t—热电阻

图 3-24 校验接线图

R_{L1}、R_{L2}—0 ~ 10kΩ 电阻箱 R_{S1}、R_{S2}—10Ω 标准电阻

S—双刀双掷开关

1）输出范围调节：分别调节定值Ⅰ及定值Ⅱ的两个多圈电位器，仪表应能输出 0 ~ 10mA 连续可调的直流电流，并且当多圈电位器调至最大时，仪表的输出电流应略大于 10mA。

2）电源波动校验：先将调压器调到 220V，调节定值 Ⅰ 旋钮，使输出电流在 10mA 左右（在 R_{S1} 上测得的电压相应为 100mV 左右），记下此电流为 I_1；然后将调压器调到 190V，记下此时的输出电流为 I_2，按下面公式计算仪表在电源波动时输出电流的稳定性误差 δ_1：

$$\delta_1 = \frac{|I_1 - I_2|}{10}\% \leqslant 0.25\% \tag{3-16}$$

最后将调压器调到 240V，记下此时的输出电流 I_3，按上面同样方式计算此时的输出稳定性误差 δ_2：

$$\delta_2 = \frac{|I_1 - I_3|}{10}\% \leqslant 0.25\%$$

调节定值Ⅱ的旋钮，测 R_{S2} 上的输出，用以上同样的方法和计算可校验第二个通道在电源波动时输出电流的稳定性误差。

3）当外部负载电阻变化时对输出电流的影响：将调压器调至 220V，将 R_{L1} 放在 0，调节定值Ⅰ旋钮，使仪表输出在 10mA 左右（在 R_{S1} 上测得的电压相应为 100mV 左右），记下此时的输出电流为 I_1；再将 R_{L1} 分别置于 1kΩ、2kΩ、3kΩ，并分别记下对应的输出电流 I_2、I_3、I_4，取其中电流变化最大的一次输出（假设是 I_4），按下式计算仪表在负载变化时输出的稳定性误差 δ_3：

$$\delta_3 = \frac{|I_1 - I_4|}{10}\% \leqslant 0.25\%$$

8. 调节器

（1）调试设备

1）标准直流电流表，0～10mA、0～100μA。

2）标准直流信号源，0～10mA。

3）自耦式调压器。

4）标准电阻，200Ω、0～1.5kΩ、1.5～3kΩ、0～3kΩ。

（2）试验电路　见图3-25～图3-28。

（3）遥控输出校验

1）DTL-311型、DTL-211型产品遥控输出校验："自动-手动-遥控"拨杆置于遥控位置，遥控拨杆置于双针阀位指示表"100"位置，仪表输出值应在10～10.5mA，否则重新调整 V_{202} 发射极电位器 RP_{201}。

2）DTL-331型、DTL-231型、DTL-321型、DTL-221型、DTL-341型产品上限限幅校验：仪表输入一信号（$P < 100\%$），使仪表输出电流值指示在 10～10.5mA，否则重新调整 V_{202} 发射极电位器 RP_{201}。

（4）开环放大倍数校验　将"内给-外给"开关置于"外给"位置，"短路-测量"开关置于"短路"位置，"正向-反向"开关置于"正向"位置，切换开关置于"自动"位置，比例带置于1%，积分时间置于最大位置，微分时间置于最小位置，并短接外接线端子⑭、⑮。

1）零点调整：输入通道Ⅰ不加信号时，仪表输出电流应在 1～1.5mA，否则调整调零电位器 RP_{101}，直至输出电流在 1～1.5mA。

2）零点调整毕后，在输入通道Ⅰ加入 50μA 信号，仪表输出电流变化增量略大于或等于 5mA，否则调整 V_{104} 增益电位器 RP_{102}。

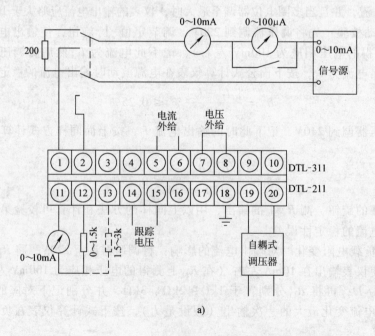

a)

图 3-25　DTL-311、211 型调节器校验接线与线路原理图

a) DTL-311、211 型调节器校验接线图

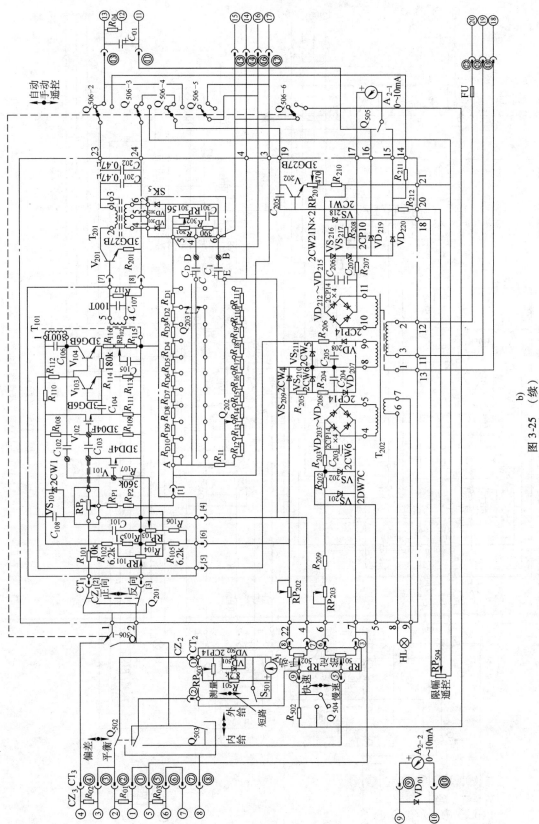

图 3-25　（续）

b) DTL-311 型调节器线路原理图

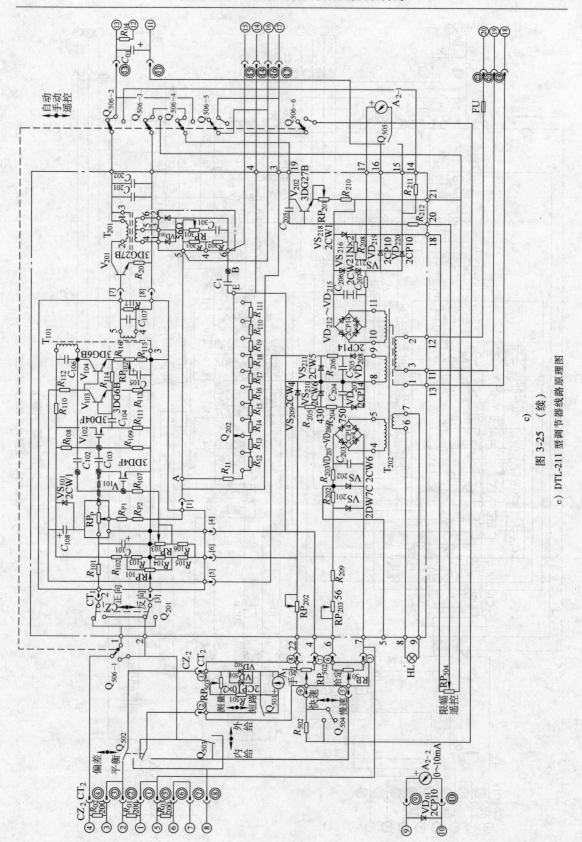

图 3-25 （续）

c) DTL-211 型调节器线路原理图

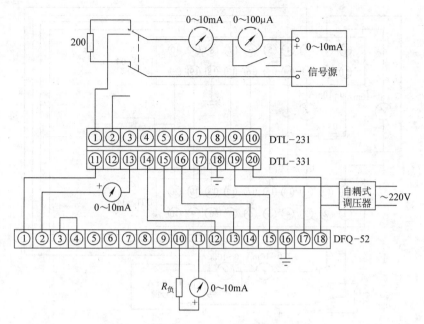

图 3-26　DTL-231、331 型调节器校验接线图

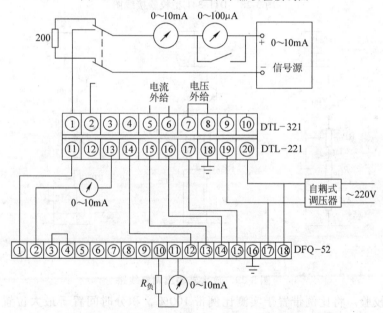

图 3-27　DTL-321、221 型调节器校验接线图

由于增益电位器的调整会使仪表零点电流变化，所以调零电位器 RP_{101} 和 V_{104} 发射极增益电位器 RP_{102} 要协调反复调整。

3）在放大倍数调整过程中可能出现以下两种现象：

①　放大器放大倍数太低：当其发射极电位器 RP_{102} 已调到最小阻值位置，仪表输出增量仍小于 5～5.5mA，可将 V_{104} 射极电阻改成图 3-29a 形式后重新调整放大倍数。

②　放大器放大倍数太高：当发射极电位器 RP_{102} 已调到最大阻值位置，仪表输出增量仍大于 7～8mA，可将 V_{104} 射极电阻分别改成图 3-29b 或图 3-29c 形式后重新调整放大倍数。

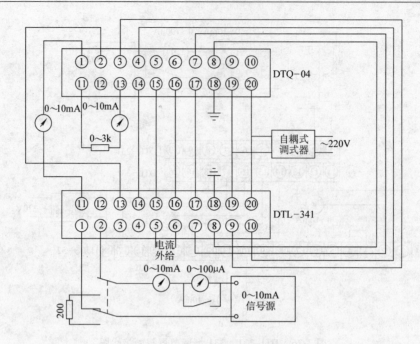

图 3-28　DTL-341 型校验接线图

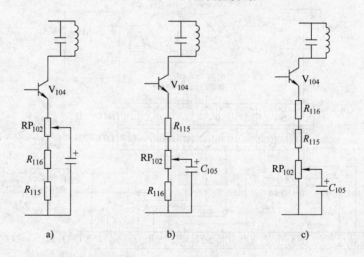

图 3-29　放大器输出调整线路

（5）跟踪校验　将比例带置于实测比例带 100%，积分时间置于最大位置，微分时间置于最小位置，在积分电容器两端（外接线端子⑭、⑮）加入 0V、2V、4V、6V、8V、10V 直流电压信号，仪表输出电流应相对应为 0mA、2mA、4mA、6mA、8mA、10mA，其输出电流误差值不应超过 ±0.3mA。

如果实测比例带误差很大或闭环不起作用，这是反馈回路有故障，应先排除故障后再进行跟踪调试。

当仪表输出满度 10mA 时，变压器 T_{201} 一次绕组（1-2）的交流电压约为 5V，二次交流电压值（绕组 4-5 和绕组 6-5）分别应为 10V 左右，电阻 $R_{301}+R_{302}$ 两端直流电压约为 10V。若电压值不符合，应检查变压器 T_{201} 有无断线，二极管 VD_{301}、VD_{302} 是否坏，电阻 R_{301}、R_{302}

是否变值。

（6）比例带校验　将积分时间置于最大，微分时间置于最小，积分电容器短路（外接线端子⑭、⑮），比例带置于被测档，在输入通道 I 加入 3mA 信号，对应输出值为 x，实测比例带 $P_{实}$ 为

$$P_{实} = \frac{3}{x} \times 100\%$$

$$\delta_P = \frac{P_{实} - P_{刻}}{P_{刻}} \times 100\% \leqslant \pm 25\% \tag{3-17}$$

式中　$P_{刻}$——被测比例带；

　　　δ_P——比例带误差。

如果比例带误差大，应检查电位器 RP_P 及电阻 R_{P1}、R_{P2} 的阻值。

（7）闭环零点值校验　将积分时间置于最大，微分时间置于最小，比例带置于实测 100%，这时仪表输出值应小于 0.2mA。若输出值大于 0.2mA，可将晶体管 V_{201} 的基极-射极短路；若输出值不变，则是 V_{201} 的漏电流太大；如果输出值变小了，便是调制管 V_{101} 的夹断电压太高，重新调整电位器 RP_{103}。应注意，既能满足起振和开环放大倍数，又能满足闭环零点的电流值小于 0.2mA。

（8）积分时间校验　将比例带置于实测比例带 100%，微分时间置于最小值，积分时间分别置于最大值、最小值和中间任意两档位置，短路积分电容器（外接线端子⑭、⑮），输入通道 I 加入 3mA 信号，对应输出为 3mA。然后断开⑭、⑮短接线，同时启动秒表，待输出值上升到 6mA 时，停止记时，所历时间 $T_{I实}$ 即为实测积分时间，其误差为 δ_{TI}。

$$\delta_{TI} = \frac{T_{I实} - T_{I刻}}{T_{I刻}} \times 100\% \leqslant \pm_{25}^{50}\% \tag{3-18}$$

式中　$T_{I刻}$——被测积分时间；

　　　δ_{TI}——积分时间误差。

如果误差太大，应检查元件有无脱焊及元件变值、连线断线等现象。

（9）微分时间校验　将比例带置于实测比例带 100%，积分时间置于最大，微分时间分别置于最大值、最小值和中间任意两档位置，短路积分电容器（外接线端子⑭、⑮），微分电容器短接，输入通道 I 加入信号 2mA，对应输出值约为 10mA。打开微分电容器短接线，同时启动秒表记时，待输出下降到 5mA 时停止记时，所历时间 $T_{D测}$ 乘以微分增益 K_D 即为实测积分时间 $T_{D实}$。

$$T_{D实} = K_D T_{D测} \qquad K_D = \frac{I_{出}}{2}$$

$$\delta_{TD} = \frac{T_{D实} - T_{D刻}}{T_{D刻}} \times 100\% \leqslant{}_{-25}^{+50}\% \tag{3-19}$$

式中　$T_{D刻}$——被测微分时间；

　　　δ_{TD}——微分时间误差。

如果微分时间误差很大，应检查波段开关上焊接电阻有无脱焊、微分电容器是否失效。

DTL-331 型调节器微分时间测试方法、误差值的计算同上。这里要注意的是，微分增益

可调，阶跃信号输入值是加在 V 通道，$T_{D实}$ 就是 $T_{D测}$，不乘以微分增益 K_D。

（10）独立微分通道残余电流校验　将 DTL-331 型调节器 V 通道"正-反"开关置于"正向"位置，外接线端子⑯、⑰短接，实测比例带为 100%，微分时间置于最小，微分增益置于最大。在 V 通道加入 10mA 信号，2h 后去掉该信号。同时断开外接线端子⑯、⑰的短接线，再在 V 通道加信号，使输出值为 10mA 的阶跃信号，然后把微分时间置于最大位置，经 10 倍 T_D 时间后测得输出电流值即为残余电流 $I_残$。

$$I_残 = 0.1 K_D T_D + 25 \mu A \tag{3-20}$$

式中　T_D——最大微分时间；

　　　K_D——最大微分增益。

如果残余电流很大，则是钽电容器 C_{403} 失效（C_{403} 具体位置应见产品说明书）。

（11）Ⅱ、Ⅲ、Ⅳ副通道系数校验　将比例带置于实测 100%，积分时间置于最大，微分时间置于最小，Ⅱ通道系数刻度盘置于最小值（允许有 0.2mA 输出值）。否则，重新调整刻度盘位置，然后再在Ⅱ通道输入信号 10mA，系数刻度盘置于被测档。此时，对应于被测档有一输出值 $I_出$，误差计算为

$$\frac{I_出}{10} \times 100\% \pm 10\% \leqslant 被测档刻度值 \tag{3-21}$$

Ⅲ通道、Ⅳ通道校验同上。

（12）手动轮刻度校验　DTL-311 型、DTL-211 型产品带手动操作。将"自动-手动-遥控"拨杆置于"手动"位置，当手动轮置于 0% 时，输出值允许有 0.2mA。否则，重新调整手动轮位置。当手动轮置于 100% 时，输出值对应为 10 ~ 10.5mA，否则调整刻度电位器 RP_{202}。各分档刻度误差为 ±5%。

（13）积分增益校验　积分增益校验之前，应先将放大器开环放大倍数校验好。然后，将比例带置于实测 100%，积分时间置于 120s，微分时间置于最小。在积分电容器（外接线端子⑭、⑮）加入电压信号，使输出电流值为 9.8mA，经 5min 后，去掉积分电容器上的电压。同时在Ⅰ通道加入 55μA 信号，待 40min 后观察输出值，若输出值大于 9.8mA，则积分增益大于 180 倍。否则，调整电位器 RP_{301}。影响积分增益的因素较多，校验过程中要综合分析处理。

（14）内给定刻度校验　将比例带置于 100%，"内给-外给"开关置于"内给"位置，"测量-短路"开关置于"测量"位置，"偏差-平衡"开关置于"偏差"位置，DTL-231 型调节器偏差表指示开关置于"输入Ⅰ-给定"位置。

1）偏差表机械零点调整：调整偏差表右上方调零螺钉（此时"测量-短路"开关应置于"短路"位置），使红指针尖端与表门上绿带中的黑线重合。调整时，红指针上下偏离的位置应超过绿带宽度。

2）偏差表电气零点的调整：旋动内给定刻度轮，使刻度带 1% 刻度与表门绿带中间的黑线重合，这时红指针应与刻度 0% 重合，则认为电气零点为零。

3）内给定刻度校验：旋动内给定刻度轮，使内给定刻度分别为 0%、20%、40%、60%、80%、100%，相对应在输入Ⅰ通道加入 0mA、2mA、4mA、6mA、8mA、10mA 信号，其红指针指示的偏离不应超过 ±1%，否则重新调整电位器 RP_{203}。

（15）偏差指示刻度校验　将"内给-外给"开关置于"外给"位置，"测量-短路"开

关置于"测量"位置。旋动内给定刻度轮，使刻度 50% 与表门绿带中黑色重合。在输入通道Ⅲ分别加入 +1mA 信号，红指针应相应指示 60%±1%、40%±1%。否则，重新调整偏差表右上方电位器 RP_{503}。

9. 开方积算器

（1）主要技术要求

1）基本误差：

① 仪表的开方输出电流基本误差应符合表 3-20 的规定。

② 积算基本误差应符合表 3-20 的规定。

表 3-20　仪表的开方输出电流基本误差和积算基本误差

输入电流 $I_入$/mA	开方输出电流基本误差（%）	仪表积算误差（%）
<0.1	不计误差（被切除）	不计精确度（被切除）
0.1~0.4	±1	±1.5
>0.4	±0.5	±1.0

注：仪表的开方输出电流基本误差是以满量程输出值的百分数表示的；代表积算基本误差是以单位时间（小时）满量程计数值或满量程计数频率的百分数表示的。

2）小信号切除性能：仪表的小信号切除系指仪表在小信号输入时（切除点以下）不进行积算。仪表的开方输出电流亦被切除，即为零。仪表的小信号切除性能符合下述要求：

① 对输出信号而言，仪表的小信号切除点应在（0.8±0.15）mA 内；

② 在切除过程中，开方输出电流不允许缓慢地跟随输入信号成线性的变化。

3）来回变差：仪表开方输出及计数频率的来回变差不应超过基本误差的绝对值。

4）输出抖动：

① 仪表开方输出的抖动不应超过 25μA；

② 计数频率不稳定性不应超过基本误差绝对值之半。

5）开方输出电流恒流性能：当负载电阻从零变化到最大允许负大电阻（600Ω）时，仪表输出电流的变化不应超过满量程输出值的 ±0.5%。

6）电源电压变化影响：电源电压从额定值 220V 变化到 190V 或 240V 时，仪表开方输出电流和计数频率的变化均不应超过基本误差的绝对值。

7）长期运行漂移：

① 仪表通电 4h，连续运行 48h，仪表的开方输出电流与计数频率的漂移均不应超过基本误差的绝对值。

② 仪表通电 4h 后，连续运行 48h，仪表在最大输入电流的计数值不应超过基本误差，计数器不得有停跳等故障。

（2）调校所需仪器设备　调校所需仪器设备列于表 3-21。

（3）调校方法

1）调校接线：调校可按图 3-30 接线。在调试时，应在下列要求下进行：

① 环境温度：（20±5）℃；

② 相对湿度不大于 85%；

③ 电源电压 220V±2.5V；

④ 接通电源后，使仪表有满量程输出，稳定 30min；

表 3-21　调校所需仪器设备

序号	名　　称	规格及精度等级	数量
1	直流电流表	0~10mA 直流，0.2 级	2
2	直流电流表	0~100μA，0.5 级	1
3	可调恒流表	0~10mA，0~100mA 直流，长漂（0.25%）	1
4	电子计数频率仪	E312	1
5	标准电阻	10Ω，0.05 级	2
6	调压器	0~250V，1kVA	1
7	十进电阻箱	0~9999Ω，0.1 级	1
8	交流电压表	0~300V，0.5 级	1
9	隔离变压器	一次侧 220V，二次侧 220V、6V	1
10	数字电压表	最小量程 200mV，5 位数字（或 UJ31 电位差计一套）	1
11	交流稳压器	2.5 级	1

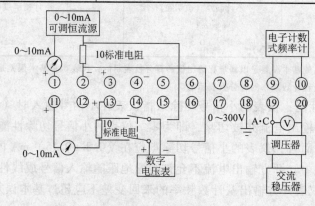

图 3-30　调校接线图

⑤　开方部分的输出负载电阻置于比例积算部分输入电阻 800Ω；积算速度除注明外，置于 1000 字/h 档。

2）基本误差校检：校检的积算速度为 1000 字/h、10mA 校验时改变输入电流，仪表计数周期精度应符号表 3-22 的范围。

如不符合表 3-22 要求，应先分析是开方器部分不准，还是比例积算器部分不准，然后分别处理。

表 3-22　计数周期及开方输出特性

（1）10mA 输入时,1000 字/h,（10000 字/h,只须将下表小数点向前移一位）									
输入/mA	10	8.1	6.4	4.9	3.6	2.5	1.6	0.9	0.4	0.1
计数周期标准值/s	3.6	4	4.5	5.143	6	7.2	9	12	18	36
允许值 +1.0%/s	3.564	3.956	4.444	5.070	5.901	7.059	8.782	11.619	16.73 ×（1+1.5%）	31.30 ×（1+1.5%）
允许值 −1.0%/s	3.636	4.045	4.557	5.217	6.010	7.347	9.231	12.414	19.46 ×（1−1.5%）	42.35 ×（1−1.5%）
（2）10mA 输入时,3600 字/h									
输入/mA	10	8.1	6.4	4.9	3.6	2.5	1.6	0.9	0.4	0.1
计数周期标准值/s	1	1.1111	1.25	1.4286	1.6666	2	2.5	3.333	5	10
允许值 +1.0%/s	0.9901	1.1989	1.2345	1.4034	1.6393	1.9608	2.439	3.2258	4.650 ×（1+1.5%）	8.70 ×（1+1.5%）
允许值 −1.0%/s	1.0101	1.1236	1.2658	1.4492	1.6944	2.0408		3.4482	5.40 ×（1−1.5%）	11.76 ×（1−1.5%）

（续）

（3）10mA 输入时，400 字/h

输入/mA	10	8.1	6.4	4.9	3.6	2.5	1.6	0.9	0.4	0.1
计数周期标准值/s	9	10	11.25	12.86	15	18	22.5	30	45	90
允许值 +1.0%/s	8.911	9.8901	11.111	12.676	14.754	17.647	21.951	29.032	41.85 × (1 +1.5%)	78.25 × (1 +1.5%)
允许值 −1.0%/s	9.091	10.112	11.392	13.043	15.254	18.367	23.077	31.034	48.65 × (1 −1.5%)	106 × (1 −1.5%)

（4）开方部分输出特性

输入/mA	10	8.1	6.4	4.9	3.6	2.5	1.6	0.9	0.4	0.1
输出/mA	10	9	8	7	6	5	4	3	2	1
允许误差/mA	±0.05									

① 开方部分不准：若满度不准，调整"量程"电位器 RP_{103}。

若在 $I_o = 1mA$ 处不准，则要先调整"零点"电位器 RP_{101}，然后再调满度，反复检查调整。

若上述两点准而中间不准，可调整"精度"电位器 RP_{102}，调后应重调零点和满度，但需反复检查调整。

② 比例积算部分不准：若满度不准，可调整精度（细）多圈电位器 RP_2。

若在输入 $I_i = 0.1mA$ 时（实际输入比例积算部分为 1mA），计数周期不准，可调调零电位器 RP_1，调后需重调满度，反复检查调整。

精度电位器 RP_3 出厂时已调准，在 1000 字/h 档以下，可不予调整；对于 1000 字/h 以上的积算速度，如仅调零点满度仍不能使中间线性符合要求，可调节该电位器。这样配合调节精度（细）电位器和调零电位器，反复几次调整后，即可将线性调好。

③ 小信号切除校验：为校验方便，可仅检查开方部分。

缓慢从零增大输入信号，开方输出从 0 突变至上某一值，读得 $I_{切上}$。

再缓慢减小输入信号，开方输出从某值突降至零，读得 $I_{切下}$ 均应在 (0.8 ± 0.15) mA 的范围内。否则可调整"切除"电位器 RP_{104}。

④ 机械计数器校验：用仪表上的六位电磁计数器与电子频率计同时计数，并观察两值是否一致。

如用户无电子计数式频率计，校验和调准也可用累积法。即输入电流累积 10 ~ 30min，读得累积值，再折算为 1h 的累积值。

10. 自动平衡显示仪

（1）主要技术指标

1）外观检查：仪表内外清洁，表盘字型规整、符号完整准确。外壳无掉漆、碰伤和腐蚀现象。零部件完整，表锁好用。

2）指示基本误差：在指示标尺所有分度线上，仪表的基本误差不应超过电量程的 ±0.5%。

3）记录基本误差：在记录标尺所有分度线上，仪表记录的基本误差、长图记录仪表不应超过电量程的 ±1%，圆图仪表不应超过电量程的 ±1.5%。

4）指示不灵敏区：仪表的指示不灵敏区，不应超过电量程的 0.25%。

5）走纸速度误差：记录仪表在各种走纸速度下的走纸速度误差不超过 ±0.5%。

6）抗端间干扰指标：将相当于仪表电量程 100% 的 50Hz 干扰电压加到仪表输入端，所引起仪表指示值的改变不超过仪表电量程的 0.5%；仪表指示不灵敏区的改变，不超过电量程的 0.4%。

7）抗对地干扰指标：将 50V、50Hz 的干扰电压加在仪表输入端对地之间，引起仪表指示值的改变不应超过电量程的 ±0.5%；仪表指示不灵敏区的改变，不应超过电量程的 0.4%。

8）阻尼特性：指示及多点打印记录仪表、指示器不应超过 3 次半周摆动。

9）行程时间：仪表的指示器在标尺 90% 范围内，由任一起始位置移动到标尺刻度的任一位置所需的时间，不应超过额定行程时间。

10）绝缘电阻：当环境温度为 5～35℃、相对湿度不大于 85% 时，仪表测量电路与外壳、测量电路与电力电路之间的绝缘电阻均不应小于 20MΩ。

11）控制误差：带电接点控制仪表的控制误差，要求不超过仪表电量程的 ±1%。

（2）检定所需仪器设备

1）0.1 级和 0.05 级直流电位差计各一台；

2）按电桥校正号自制的标准电阻箱；用作检定电桥时的信号源（如果没标准电阻箱，则可用滑线电阻、双刀转换开关和实验室用电桥来做信号源部分）；

3）0～50℃ 的水银温度计一支；

4）计时用的秒表一块；

5）500V 的绝缘电阻表一只；

6）冰点槽；

7）与被检电位计校正号相符的补偿导线两根；

8）取代补偿电阻的锰铜电阻（R_{w0} 或 R_{w25}）一只；

9）能输出 0～15mA 的直流信号源；

10）0～10mA 量程的 0.5 级的直流毫安表一只。

（3）电子电位差计的检定

1）冷端在常温下检定法：冷端在常温下进行检定的线路见图 3-31。由于电子电位差计桥路内装有温度补偿电阻，因此在进行检定时，加进被校表的电动势值，应该是仪表刻度相对应的电动势减去室温所对应的电动势值。为了检定方便，现将不同室温下应加进仪表的电动势值列于表 3-23 和表 3-24。

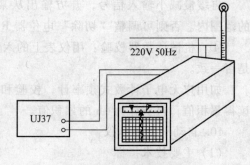

图 3-31　冷端在常温下电位差计检定接线图

2）冷端恒定法：被检仪表与冰点容器间连接补偿导线，冰点容器到标准电位差计间的连接则用铜导线。冰点容器保持在 0℃。这样，补偿导线产生的反电动势与被检表内温度补偿电阻产生的补偿电动势相抵消。因此，在检定仪表时，输入桥路的电动势就不受室温变化的影响了。检定接线见图 3-32。

3）用锰铜电阻 R_{w0} 或 R_{w25} 取代温度补偿电阻 R_{Cu}：在检定电位差计时，就不必考虑室温的变化了。如果用 R_{w0} 取代 R_{Cu}，在检定时输入被检表的电动势，可直接采用电动势-毫伏刻度对照表。如果用 R_{w25} 取代 R_{Cu}，则可运用表 3-23 或表 3-24 中室温在 25℃ 时的毫伏-温度对照值即可。其中，R_{w0} 为 R_{Cu} 在 0℃ 时相应的锰铜电阻值；R_{w25} 为 R_{Cu} 在 25℃ 时相应的锰铜电阻值。

4）毫安刻度显示仪表的检定：如果检定毫安刻度的显示仪表，那就不存在室温补偿的问题了。可直接将毫安信号源、被检表与标准毫安表串联在一起就行了。

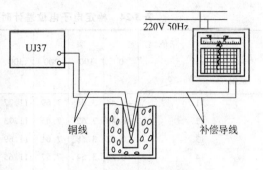

图 3-32　冷端恒定情况下电位差计检定接线图

表 3-23　检定电子电位差计时消除室温影响的换算表（EA 刻度）

室温/℃ \ 示值/℃ mV	0	100	200	300	400	500	600
11	-0.72	6.23	13.94	22.19	30.77	39.44	48.30
12	-0.78	6.17	13.88	22.13	30.71	39.59	48.24
13	-0.85	6.10	13.81	22.06	30.64	39.31	48.17
14	-0.91	6.04	13.75	22.00	30.58	39.25	48.11
15	-0.98	5.97	13.68	21.93	30.51	39.18	48.04
16	-1.05	5.90	13.61	21.86	30.44	39.11	47.97
17	-1.11	5.84	13.55	21.80	30.38	39.05	47.91
18	-1.18	5.77	13.48	21.73	30.31	38.98	47.84
19	-1.24	5.71	13.42	21.67	30.25	38.92	47.78
20	-1.31	5.64	13.35	21.60	30.18	38.85	47.71
21	-1.38	5.57	13.28	21.53	30.11	38.78	47.64
22	-1.44	5.51	13.22	21.47	30.05	38.72	47.58
23	-1.51	5.44	13.15	21.40	29.98	38.65	47.51
24	-1.57	5.38	13.09	21.34	29.92	38.59	47.45
25	-1.64	5.31	13.02	21.27	29.85	38.52	47.38
26	-1.70	5.25	12.95	21.21	29.79	38.46	47.32
27	-1.77	5.18	12.89	21.14	29.72	38.39	47.25
28	-1.84	5.11	12.82	21.07	29.65	38.32	47.18
29	-1.91	5.04	12.77	21.00	29.58	38.25	47.11
30	-1.98	4.97	12.68	20.93	29.51	38.18	47.04
31	-2.05	4.90	12.61	20.86	29.44	38.11	46.97
32	-2.12	4.83	12.54	20.79	29.37	38.04	46.90
33	-2.18	4.77	12.48	20.73	29.31	37.98	46.84
34	-2.25	4.70	12.41	20.66	29.24	37.91	46.77
35	-2.32	4.63	12.34	20.59	29.17	37.85	46.70
36	-2.38	4.57	12.28	20.53	29.14	37.78	46.64
37	-2.45	4.50	12.21	20.46	29.04	37.71	46.57
38	-2.52	4.43	12.14	20.39	29.97	37.64	46.50
39	-2.59	4.36	12.07	20.32	28.90	37.57	46.43
40	-2.66	4.29	12.00	20.25	28.83	37.50	46.36

表 3-24　检定电子电位差计时消除室温影响的换算表（EU 刻度）

室温/℃ ＼ 示值/℃ mV	0	100	200	300	400	500	600	700	800	900	1000	1100
11	−0.44	3.66	7.69	11.77	15.96	20.21	24.47	28.71	32.88	36.93	40.88	44.72
12	−0.48	3.62	7.65	11.73	15.92	20.17	24.43	28.67	32.84	36.89	40.84	44.68
13	−0.52	3.58	7.61	11.69	15.88	20.13	24.39	28.63	32.80	36.85	40.80	44.64
14	−0.56	3.54	7.57	11.65	15.84	20.09	24.35	28.59	32.76	36.81	40.76	44.60
15	−0.60	3.50	7.54	11.61	15.80	20.05	24.31	28.55	32.72	36.77	40.72	44.56
16	−0.64	3.46	7.49	11.57	15.76	20.01	24.27	28.51	32.68	36.73	40.68	44.52
17	0.68	3.42	7.45	11.53	15.72	19.97	24.23	28.47	32.64	36.69	40.64	44.48
18	−0.72	3.38	7.41	11.49	15.68	19.93	24.19	28.43	32.60	36.65	40.60	44.44
19	−0.76	3.34	7.37	11.45	15.64	19.89	24.15	28.39	32.56	36.61	40.56	44.40
20	−0.80	3.30	7.33	11.41	15.60	19.85	24.11	28.35	32.52	36.57	40.52	44.36
21	−0.84	3.26	7.29	11.37	15.56	19.81	24.07	28.31	32.48	36.53	40.48	44.32
22	−0.88	3.22	7.25	11.33	15.52	19.77	24.03	28.27	32.44	36.49	40.44	44.28
23	−0.92	3.18	7.21	11.29	15.48	19.73	23.99	28.23	32.40	36.45	40.40	44.24
24	−0.96	3.14	7.17	11.25	15.44	19.69	23.95	28.19	32.36	36.41	40.36	44.20
25	−1.00	3.10	7.13	11.21	15.40	19.65	23.91	28.15	32.32	36.37	40.32	44.16
26	−1.04	3.06	7.09	11.17	15.36	19.61	23.87	28.11	32.28	36.33	40.28	44.12
27	−1.08	3.02	7.05	11.13	15.32	19.57	23.83	28.07	32.24	36.29	40.24	44.08
28	−1.12	2.98	7.01	11.09	15.28	19.53	23.79	28.03	32.20	36.25	40.20	44.04
29	−1.16	2.94	6.97	11.05	15.24	19.49	23.75	27.99	32.16	36.21	40.16	44.00
30	−1.20	2.90	6.93	11.01	15.20	19.45	23.71	27.95	32.12	36.17	40.12	43.96
31	−1.24	2.86	6.89	10.97	15.16	19.41	23.67	27.91	32.08	36.13	40.08	43.92
32	−1.28	2.82	6.85	10.93	15.12	19.37	23.63	27.87	32.04	36.09	40.04	43.88
33	−1.32	2.78	6.81	10.89	15.08	19.33	23.59	27.83	32.00	36.05	40.00	43.84
34	−1.36	2.74	6.77	10.85	15.04	19.29	23.55	27.79	31.96	36.01	39.96	43.80
35	−1.41	2.69	6.72	10.80	14.99	19.24	23.50	27.74	31.94	35.96	39.91	43.75
36	−1.45	2.65	6.68	10.76	14.95	19.20	23.46	27.69	31.87	35.92	39.87	43.71
37	−1.49	2.61	6.64	10.72	14.91	19.16	23.42	27.66	31.83	35.88	39.83	43.67
38	−1.53	2.57	6.60	10.68	14.87	19.12	23.38	27.62	31.79	35.84	39.79	43.63
39	−1.57	2.53	6.56	10.64	14.83	19.08	23.34	27.58	31.75	35.80	39.75	43.59
40	−1.61	2.49	6.52	10.60	14.79	19.04	23.30	27.54	31.71	35.76	39.71	43.55

（4）电子平衡电桥的检定

1）专用电阻箱法：根据被检电桥的分度号、检定刻度而做成与刻度点相对应的电阻若干个。再把这些电阻组装在一个电阻箱内，作为被检电桥的信号源，见图 3-33 与图 3-34。在检定时，可根据被检刻度，输出对应的固定电阻即可。其缺点在于插头接触电阻大，产生

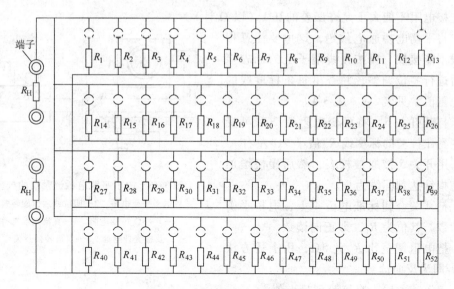

图 3-33　专用电阻箱原理线路

$R_1 \sim R_{52}$—被检电桥检定刻度对应的阻值（锰铜线）

R_H—被检电桥的外线电阻（2.5Ω）

附加校验误差。

2）可变电阻作信号源法：首先将可变电阻滑到按被校刻度要求的阻值，并用标准电桥测量好，然后再把测量好的电阻用转换开关转到被检表输入端作为信号源，其接线见图 3-35。

用可变电阻作信号源检定电桥的刻度时，除加进线路电阻 6 之外，还要在电阻箱 4 内按刻度对应阻值再加进一个线路电阻值。

3）高精度电阻箱作信号源法：采用 ZX25a 型旋转式直流电阻箱作信号源，直接输入电桥内进行校验。此电阻箱接触电阻小、精度高、读数方便，校验线路也很简单。所以，这种校验方法现正在被广泛采用。

（5）记录仪的调整及试验　这里介绍一种与热电阻或其他产生电阻变化的变送器配合使用的电子平衡电桥记录仪的调整试验方法。

1）零位的调整：先将笔盒腹部的插口槽插入笔杆，直至笔尖上部圆柱的外圆与笔杆顶端圆弧接触即可。

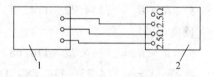

图 3-34　用专用电阻箱
检定电桥接线图

1—被检电桥　2—自制标准电阻箱

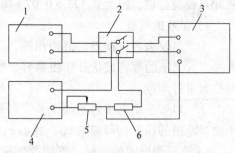

图 3-35　用可变电阻做信号源
检定电桥的接线图

1—标准电桥　2—双刀切断开关　3—被检定
电桥　4—旋柄式电阻箱　5—线绕滑线电阻
6—线路电阻（一般为 2.5Ω）

然后检查刻度在始点位置上指针指示和记录笔的一致性。指针在起始刻度线时，记录笔也应在起始刻度线上，否则可移动标尺或移动记录笔架上的指针位置。可松开记录笔架的压线片，移动笔架，达到要求再进行紧固。

2）示值及变差的校验：校验的接线见图 3-36。校验前附加外路电阻必须调整到 2.5Ω，其导线连接电阻不能大于允许误差的 0.1（以 Ω 计）。

① 将平衡电桥通电预热，这里要注意相线和零线不能接反，要按接线端子上的标志接好。然后进行零位调整，并查出每条标度线的相应的电阻值，见表 3-2 ~ 表 3-4。

② 打开开关 5，将可变电阻箱 2 和可变电阻 3 调到比校验的标度线 R_t 值小 5Ω 左右。

③ 用开关 5 接通被校表，然后慢慢增加电阻，使指针达到标线为止。

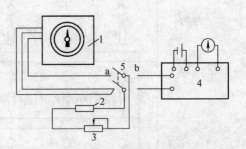

图 3-36　电子平衡电桥记录仪的校验
1—被校电子平衡电桥　2—四位或六位旋转式电阻箱
3—1 ~ 3Ω 可变电阻　4—直流标准电桥
及检流计电池　5—双极转换开关

④ 把开关合到标准电桥 4 上，电桥平衡后进行读数，其值为 R_1，即正向读数。

⑤ 把电阻调至比 R_t 大 5Ω，用上述方法测出 R_2，即为反向读数。

⑥ 用上述方法一直校验到最大值。

⑦ 示值处理。如测量范围为 0 ~ 500℃ B_{A1} 铂电阻分度的仪表，400℃一点，由表 3-2 查得为 114.72Ω，如正向读数 R_1 为 114.75Ω，反向读数 R_2 为 114.68Ω，则

正向误差
$$\delta_1 = R_t - R_1 = （114.72 - 114.75）\Omega = -0.03\Omega$$

反向误差
$$\delta_2 = R_t - R_2 = （114.72 - 114.68）\Omega = +0.04\Omega$$

变差　$V = （114.75 - 114.68）\Omega = 0.07\Omega$

仪表准确度为 0.5%，500℃时的电阻值为 130.55Ω，0℃ 为 46Ω，故允许误差为

$$\delta = \frac{130.55 - 46}{100} \times 0.5\Omega = 0.423\Omega$$

故此点校验合格，因为 0.423 > 0.07 > 0.04 > 0.03。

3）误差的调整：

① 当仪表各点误差示值均相等，且误差不太大时，可移动标尺或指针的位置，移动时可松开标尺上的螺钉或指针压板螺钉。也可以松开测量桥路上滑动臂的紧固螺钉，移动触头的位置进行调整。

② 对于平衡电桥的始端误差，可调整 r_Z，减小 r_Z，始端左移；增大 r_Z，始端右移。对于测量范围的误差，可调整 r_M，减小 r_M，测量范围缩小；增大 r_M，测量范围增大。

4）全行程时间的测定：连续改变输入电阻，用秒表测定指针从标尺始端走向终端或从终端走向始端的时间，测三次的平均值，应为每个方向上的行程时间。

5）走纸速度的校验：

① 装记录纸。用手将送纸筒向左稍用力一顶，即可取下纸筒，把两端支套从纸芯筒上取下，套在记录纸两端，然后按取下的相反方法装上，注意左端具有弹性。从送纸筒上将记录纸拉出少许，然后按图 3-37 穿卷方向穿过转轴、经过滚筒、并使纸两边的钉道孔套入滚筒的销钉上，再经转轴处送往收纸筒。收纸筒可按送纸筒取下的方法取下，左端也具有弹性收缩，但与送纸筒结构上有所不同，不得倒反弄错。最后将记录纸插入收纸筒的缝隙中，卷

上 2～3 圈后装入卷纸机构上，拨动收纸手轮，使记录纸平整收紧。有的记录仪的卷纸机构与上述不同，可参照图 3-38 进行。

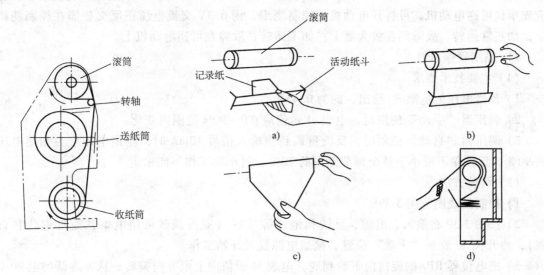

图 3-37　记录纸穿卷方向

图 3-38　记录纸的放置方法

a) 将纸斗转开，把记录纸放入并将始端拉出　b) 把记录纸撒开卷入滚筒　c) 将记录纸拉下并折选数次后，放入主支架下部的贮纸斗中　d) 记录纸的正确安置示意图

② 走纸速度的校验应在记录机构运转 10min 后进行，误差不得大于 0.5%，校验时可在任意一档走纸速度下进行。先使记录笔尖或打印架指在记录标尺中点附近，再用电钟记下记录纸移动至少 500mm（但不得少于 30min），所经过的时间，然后按下式计算记录走纸速度误差 $\delta_{纸}$：

$$\delta_{纸} = \frac{T_{示} - T_{实}}{T_{实}} \times 100\% \tag{3-22}$$

式中　$T_{示}$——时间标尺上记录纸移动时间间隔示值，单位为 s；

　　　$T_{实}$——用电钟读出的记录纸移动时间间隔实际值，单位为 s。

6) 绝缘电阻的测定：一般用 500V 绝缘电阻表测量，测量线路对仪表外壳、周围动力线路对仪表外壳及测量线路对动力线路的绝缘电阻应大于或等于 20MΩ。测量时，应先将测量线路与桥路输入端断开，以免击穿。

7) 控制误差的校验：在校验指示误差的同样条件下，在标尺的 50% 和 90% 两点附近的分度线上进行校验。当仪表指针到达给定位置时，控制接点应动作，可用万用表检测，这时指针应平稳移动，使控制接点完成断和通的动作。动作误差可用电秒表测定，误差不大于 0.02s。

8) 灵敏度的调整：灵敏度一般不必调整，如有不妥通常用放大器中的灵敏度调节旋钮进行调节。灵敏度调整过高，指针产生抖动或不规则摆动；灵敏度过低，不灵敏区太大，指针动作迟缓或停止不动。一般情况下，指针摆动两个半周，不灵敏区即可达到要求，信号可按 0.1、0.5、0.9 加入输出端，应返复加入，观察其摆动次数。

9）试验过程中故障的处理方法：故障处理时，以可逆电动机运转是否正常为界，若正常，故障则发生在测量系统，可检查测量桥路有否断路或元件不妥、短路等；若不正常，则应先单试可逆电动机，可拆开电动机的控制绕组，用 6.3V 交流电压正反交替加在控制绕组上，如正常运转，故障则在放大器上；如不运转，故障在可逆电动机上。

11. 晶闸管调压器

（1）主要技术要求

1）预给电压由电阻 R_4 给出，约为 0.45V。

2）调压器"手动"使用时，电表 M 示值应在 0～90% 范围内变化。

3）调压器"自动"使用时，反馈量调到当输入信号 10mA 时，输出电压应为加热电压的 90%，反馈量不应小于整个调节范围的 20%，过小则工作不能稳定。

（2）调校方法

1）控制接线图见图 3-39b。

2）按图 3-39 将输入、电源、反馈和地线等接好（室内调试可用电烙铁或灯泡代替负载），将开关 S_1 放在"手动"位置，接通电源仪表开始工作。

3）把电位器 RP_{12} 的旋钮向下旋到底，电表 M 示值向上限方向偏转，从零逐渐增至 90% 左右。然后反向调整"手动"旋钮，使电表 M 示值减至 45% 左右（如负载为电炉），稍待片刻温度上升，此时表示"手动"调节工作正常。

4）如果"手动"旋钮已旋到底，而电表 M 示值很小，这时可逆时针方向调节表头电位器 RP_{11}，即可使电表 M 示值增至 90% 处。

5）向上慢慢调节"手动"旋钮，观察电表有无变差、呆滞等现象，同时使电表 M 回零，"手动"部分则调试结束。

6）开关 S_1 切向"自动"位置，反馈电位器 RP_6 逆时针旋到底（反馈量最小），输入信号为零，此时电表 M 示值在 3%～4% 处，预给电压在 0.45V 左右，顺时针调反馈电位器 RP_6，使电表 M 回零。

7）输入 10mA 信号，使电表 M 示值向上限偏移，调整反馈电位器 RP_6，使电表 M 示值达到 90%。当减小信号到 5mA，电表 M 示值应在 45%～50%；再减小信号电流，电表则回零。经调试使反馈量调在输入信号 10mA 时，输出电压为加热电压的 90%。

（3）使用注意事项

1）首先检查接线，尤其是晶闸管 VT_1、VT_2 的接线要正确。

2）接通交流电源时，注意调压器必须与晶闸管采用同一电源，否则失控。

3）反馈量不应小于整个调节范围的 20%，如过小则仪表不能稳定工作。

4）调压器与 XCT-191 型控制仪表使用时，反馈量可在 25%～50% 范围内选用。

5）如用"手动"控制使用时，反馈量可稍大，可以用到 100%。

6）晶闸管 VT_1、VT_2 在电流突变时容易损坏，在电炉升温或停电时，应先将 S_1 放在"手动"位置，调整负载电流逐渐上升或下降为宜。

7）手动粗调电位器 RP_{11} 和反馈电位器 RP_6 出厂前已调好，一般情况不要随意变动。

12. 电动执行器

（1）试验设备

1）标准直流信号源，0～10mA。

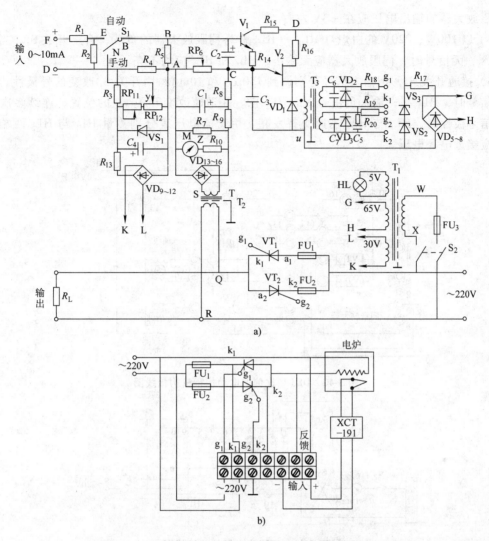

图 3-39　ZK-50 型晶闸管调压器原理线路及控制接线图

a) ZK-50 型晶闸管调压器原理线路图　b) ZK-50 型晶闸管调压器控制接线图

2）标准毫安表，0～10mA。

3）标准电阻，1.2kΩ。

4）开关及电源，~220V。

DKJ 型电动执行机构通常与 DFD 型电动操作器配合使用，伺服放大器、执行机构和电动操作器之间的电气连接线见图 3-40。

（2）伺服放大器的校验步骤和要求

1）先将伺服放大器按图 3-41 所示进行接线。

2）合上开关 S_1 接通电源，输入端不加信号，用直流电压表测量伺服放大器内 a、b 两点的磁放大器输出电压，调整机内"调零"电位器使 a、b 两点的电压为零。

3）合上开关 S_2 接通信号，并改变开关 S_3 的位置，变化信号极性，给伺服放大器输入 ±150μA 直流电流，测量磁放大器的输出电压应在 ±0.7V 左右，把输入电流增加到 ±10mA

时，磁放大器的输出电压应在 ±3V 左右。

4）以 100W、220V 的白炽灯 HL$_1$ 和 HL$_2$ 作为伺服放大器的负载，合上开关 S$_4$。当断开开关 S$_2$，无信号时，伺服放大器应无输出，HL$_1$ 和 HL$_2$ 应均不亮。

5）接通开关 S$_2$，把输入信号分别调到 150μA 和 10mA，用开关 S$_3$ 改变信号极性。当输入正信号时，HL$_1$ 亮；输入负信号时，HL$_2$ 亮。并迅速改变开关 K$_3$ 的位置，连续多次改变输入信号极性时，HL$_1$ 与 HL$_2$ 迅速交替发亮，用交流电压表分别测量 HL$_1$ 与 HL$_2$ 两端的电压，应接近电源电压。

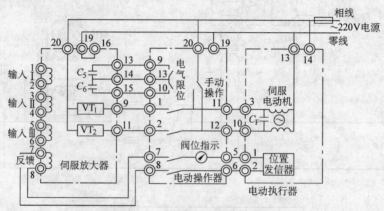

图 3-40   DKJ 型比例式电动执行机构接线图

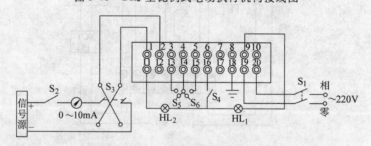

图 3-41   伺服放大器校验接线图

6）当输入正信号时，HL$_1$ 亮，接通开关 S$_5$，HL$_1$ 应熄灭；输入负信号时，HL$_2$ 亮，接通开关 S$_6$，HL$_2$ 应熄灭。

（3）执行机构校验步骤和要求

1）先将执行机构按图 3-42 所示进行接线。

2）合上开关 S$_1$，接通电源，将伺服电动机端盖上的"手动-自动"旋钮

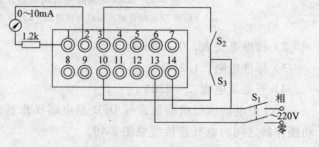

图 3-42   执行机构校验接线图

拨到"手动"位置，转动摇手柄使执行机构输出曲柄逆时针旋转到与限位档块相碰，作为曲柄零位，这时毫安表指示的位置发信器输出电流应为零。

3）转动摇手柄 1 使执行机构输出曲柄顺时针旋转 90°，这时位置发信器输出电流应为 10mA。如果不是 10mA，可打开位置发信器罩壳，调整机内电位器。位置发信器的输出电流

应与输出曲柄的转角相对应。

4）将电动机端盖上旋钮拨到自动位置，当接通开关 S_2 时，输出曲柄应顺时针旋转，接通开关 S_3 时，输出曲柄应逆时针旋转。

（4）执行机构闭环系统的检验和要求

1）闭环系统包括伺服放大器、执行机构和电动操作器三部分，按图 3-40 接线。

2）将电动操作器切换开关拨向"手动"位置，接通电源后，"手动"指示灯亮。把操作开关拨向"开"方向时，输出曲柄应顺时针方向旋转，阀位指示电表的指针从 0 向 100% 变化；把操作开关拨向"关"方向时，曲柄应逆时针方向旋转，阀位指示电表指针从 100% 向 0 方向变化。

3）将电动操作器切换开关拨向"自动"位置，"自动"指示灯亮，同时输出曲柄应向规定的零位旋转。如果曲柄旋转方向相反，则应检查位置反馈信号极性是否接反。若发现执行机构有自振荡现象时，可调节伺服放大器内中的稳定电位器，降低放大倍数，若仍不能消除振荡现象，可适当增加 R_{13}、R_{14} 的阻值，直到稳定为止。

4）在伺服放大器输入端加入 $0 \sim 10\mathrm{mA}$ 直流电流，执行机构输出曲柄的位置应与输入电流成正比，其误差应符合技术指标的规定。

13. 空气调节自动控制系统电气元件的测试和试验

空气调节自动控制系统电气元件，除常规的低压电器及线缆桥架外，主要的电气元件有电磁阀、电动阀、湿度传感器、温度传感器、压差开关、变送器、水流开关、三速开关、控制器（压力、温度、湿度等）、直接数字控制器（DDC）、高湿断路恒温器、低湿断路恒温器、CO_2 浓度分析传感器及仪表等。

这些元件的测试和试验与前述基本相同，可参照前述方法进行。其中，水流开关应接在流水的管道里进行试验，水流压力不小于 $0.1\mathrm{MPa}$。DDC 应按模拟输入、输出信号和数字输入、输出信号进行试验。

14. 关于新型数字或智能仪表的测试和试验及检定

目前，新型数字或智能仪表应用的很多，限于篇幅的关系这里没有一一列出。这些新型仪表的测试和试验与前述 $1 \sim 13$ 条的方法基本相同，也必须进行测试和试验及检定。

不同的是除了上述测试试验、检定的项目和内容外，还必须对其进行数字或智能方面的试验，以保证其控制、计算、显示等功能。

首先是要熟读并掌握制造厂商提供的使用说明书、检定证书、试验报告，并按其要求进行试验。另外要按第八章相关内容及要求进行测试、试验及检定，这是不再赘述。

第四章 自动化仪表与自动装置的线缆安装敷设

自动化仪表与自动装置工程中线缆的安装工艺方法与其他电气系统基本相同，参见本丛书《低压动力电路及设备安装调试》以及新版《电气工程安装及调试技术手册》。但是由于自动化仪表与自动装置的特殊性，有些要求也不尽相同。因此，其线缆的安装敷设必须遵守以下相关要求。

1. 仪表线路的安装

1）仪表电气线路的敷设，应符合现行国家标准《电气装置安装工程电缆线路施工及验收规范》（标准号为 GB50168—2006）及《建筑电气工程施工质量验收规范》（标准号为 GB50303—2002）的有关规定。

2）电缆电线敷设前，应进行外观检查和导通检查，并用直流 500V 绝缘电阻表测量绝缘电阻，100V 以下的线路采用直流 250V 绝缘电阻表测量绝缘电阻，其电阻值不应小于 5MΩ；当设计文件有特殊规定时，应符合其规定。

3）光缆敷设应符合下列要求：

① 光缆敷设前应进行外观检查和光纤导通检查；

② 光缆的弯曲半径不应小于光缆外径的 15 倍。

4）线路应按最短路径集中敷设，横平竖直、整齐美观，不宜交叉。敷设线路时，应使线路不受损伤。

5）线路不应敷设在易受机械损伤、有腐蚀性物质排放、潮湿以及有强磁场和强静电场干扰的位置，当无法避免时，应采取防护或屏蔽措施。

6）线路不应敷设在影响操作和妨碍设备、管道检修的位置，应避开运输、人行通道和吊装孔。

7）当线路周围环境温度超过 65℃时，应采取隔热措施。当线路附近有火源时，应采取防火措施。

8）线路不宜敷设在高温设备和管道的上方，也不宜敷设在具有腐蚀性液体的设备和管道的下方。

9）线路与绝热的设备和管道绝热层之间的距离应大于 200mm，与其他设备和管道表面之间的距离应大于 150mm。

10）线路从室外进入室内时，应有防水和封堵措施。

11）线路进入室外的盘、柜、箱时，宜从底部进入，并应有防水密封措施。

12）线路的终端接线处以及经过建筑物的伸缩缝和沉降缝处，应留有余度。

13）电缆不应有中间接头，当无法避免时，应在接线箱或拉线盒内接线，接头宜采用压接；当采用焊接时应用无腐蚀性的焊药；补偿导线应采用压接；同轴电缆和高频电缆应采用专用接头。

14）线路敷设完毕，应进行校线和标号，并应按第 2）条的规定测量电缆电线的绝缘电阻。

15）测量电缆电线的绝缘电阻时，必须将已连接上的仪表设备及部件断开。

16）光缆光纤的连接方法和测试要求应符合产品说明书的规定。光纤连接应按照制造厂规定的工艺方法进行操作，采用专用设备进行熔接。连接操作中应防止损伤或折断光纤。在光纤连接前和光纤连接后均应对光纤进行测试。

17）在线路的终端处，应加标志牌。地下埋设的线路，应有明显标识。

18）敷设线路时，不宜在混凝土梁、柱上凿安装孔。在有防腐蚀层的建筑物和构筑物上不应损坏防腐蚀层。

2. 仪表设备支架制作安装

1）制作支架时，应将材料矫正、平直，切口处不应有卷边和毛刺。制作好的支架应尺寸适中、牢固、平正。

2）安装支架时，应符合下列规定：

① 在允许焊接的金属结构上和混凝土构筑物的预埋件上，应采用焊接固定。

② 在混凝土上，宜采用膨胀螺栓固定。

③ 在不允许焊接支架的管道上，应采用 U 形螺栓或卡子固定。

④ 在允许焊接支架的金属设备和管道上，可采用焊接固定。当设备、管道与支架不是同一种材质或需要增加强度时，应预先焊接一块与设备、管道材质相同的加强板后，再在其上面焊接支架。

⑤ 支架不应与高温或低温管道直接接触。

⑥ 支架应固定牢固、横平竖直、整齐美观。在同一直线段上的支架间距应均匀。

⑦ 支架安装在有坡度的电缆沟内或建筑结构上时，其安装坡度应与电缆沟或建筑结构的坡度相同。支架安装在有弧度的设备或结构上时，其安装弧度应与设备或结构的弧度相同。

3）电缆槽及保护管安装时，金属支架之间的间距宜为 2m；在拐弯处，终端处及其他需要的位置应设置支架。

4）直接敷设电缆的支架间距宜为：当水平敷设时为 0.8m；当垂直敷设时为 1.0m。

3. 电缆、电线的安装敷设

电缆、电线的安装包括电缆槽、线缆保护管及线缆敷设三部分。

（1）电缆槽的安装

1）电缆槽安装前，应进行外观检查。电缆槽内、外应平整，槽内部应光洁、无毛刺，尺寸应准确，配件应齐全。

2）电缆槽不宜采用焊接连接。当必须焊接时，应焊接牢固，且不应有明显的焊接变形。

3）电缆槽采用螺栓连接和固定时，宜用平滑的半圆头螺栓，螺母应在电缆槽的外侧，固定应牢固。

4）电缆槽的安装应横平竖直，排列整齐。电缆槽的上部与建筑物和构筑物之间应留有便于操作的空间。垂直排列的电缆槽拐弯时，其弯曲弧度应一致。

5）槽与槽之间、槽与仪表盘柜和仪表箱之间、槽与盖之间、盖与盖之间的连接处，应对合严密，槽的端口宜封闭。

6）电缆槽安装在工艺管架上时，宜在管道的侧面或上方。对于高温管道，不应平行安装在其上方。

7）电缆槽的开孔，应采用机械加工方法。

8）电缆槽应有排水孔。

9）电缆槽垂直段大于 2m 时，应在垂直段上、下端槽内增设固定电缆用的支架。当垂直段大于 4m 时，还应在其中部增设支架。

10）电缆槽的直线长度超过 50m 时，中间宜采用热膨胀补偿措施。

（2）线缆保护管的安装

1）保护管不应有变形及裂缝，其内部应清洁、无毛刺，管口应光滑、无锐边。

2）钢管的内壁、外壁均应做防腐处理。当埋设于混凝土内时，钢管外壁不应涂漆。

3）加工制作保护管弯管时，应符合下列规定：

①　保护管弯曲后的角度不应小于 90°；

②　保护管的弯曲半径，不应小于所穿入电缆的最小允许弯曲半径；

③　保护管弯曲处不应有凹陷、裂缝和明显的弯扁；

④　单根保护管的直角弯不宜超过两个。

4）当保护管的直线长度超过 30m 或弯曲角度的总和超过 270°时，应在其中间加装拉线盒。

5）当保护管的直线长度超过 30m，或沿炉体敷设，以及过建筑物伸缩缝时，应采取下列热膨胀措施之一：

①　根据现场情况，弯管形成自然补偿；

②　增加一段软管；

③　在两管连接处预留适当的间距，外套套管单端固定。

6）保护管的两端管口应带护线箍或打成喇叭形。

7）金属保护管的连接应符合下列规定：

①　采用螺纹连接时，管端螺纹长度不应小于管接头长度的 1/2；

②　埋设时宜采用套管焊接，管子的对口处应处于套管的中心位置；焊接应牢固，焊口应严密，并应做防腐处理；

③　镀锌管及薄壁管应采用螺纹连接或套管紧定螺栓连接，不应采用熔焊连接；

④　在可能有粉尘、液体、蒸气、腐蚀性或潮湿气体进入管内的位置敷设的保护管，其两端管口应密封。

8）保护管与检测元件或就地仪表之间，应用金属挠性管连接，并应设有防水弯。与就地仪表箱、接线箱、拉线盒等连接时应密封，并将管固定牢固。

9）埋设的保护管应选最短途径敷设，埋入墙或混凝土内时，离表面的净距离不应小于 15mm。

10）保护管应排列整齐、固定牢固。用管卡或 U 形螺栓固定时，固定点间距应均匀。

11）保护管有可能受到雨水或潮湿气体浸入时，应在其最低点采取排水措施。

12）穿墙保护套管或保护罩两端延伸出墙面的长度，不应大于 30mm。

13）保护管穿过楼板时应有预埋件，当需在楼板或钢平台开孔时，应符合下列要求：

①　孔的位置适当，大小适宜；

②　开孔时不得切断楼板内的钢筋或平台钢梁。

14）埋设的保护管引出地面时，管口宜高出地面 200mm，当从地下引入落地式仪表盘、柜、箱时，宜高出盘、柜、箱内地面 50mm。

（3）电缆、电线的敷设

1）敷设仪表电缆时的环境温度不应低于下列温度值：

①　塑料绝缘电缆 0℃；

②　橡皮绝缘电缆 –15℃。

2）敷设电缆应合理安排，不宜交叉；敷设时应避免电缆之间及电缆与其他硬物体之间的摩擦；固定时，松紧应适当。

3）塑料绝缘、橡皮绝缘多芯控制电缆的弯曲半径，不应小于其外径的 10 倍。电力电缆的弯曲半径应符合现行国家标准《电气装置安装工程电缆线路施工及验收规范》（标准号为 GB50168—2006）的有关规定。

4）仪表电缆与电力电缆交叉敷设时，宜成直角；当平行敷设时，其相互间的距离应符合设计文件规定。

5）在电缆槽内，交流电源线路和仪表信号线路，应用金属隔板隔开敷设。

6）电缆沿支架敷设时，应绑扎固定，防止电缆松脱。

7）明敷设的仪表信号线路与具有强磁场和强静电场的电气设备之间的净距离，宜大于 1.50m；当采用屏蔽电缆或穿金属保护管以及在带盖的金属电缆槽内敷设时，宜大于 0.80m。

8）电缆在隧道或沟道内敷设时，应敷设在支架上或电缆槽内。

9）电缆敷设后，两端应做电缆头。

10）制作电缆头时，绝缘带应干燥、清洁、无折皱、层间无空隙；抽出屏蔽接地线时，不应损坏绝缘；在潮湿或有油污的位置，应有相应的防潮、防油措施。

11）综合控制系统和数字通信线路的电缆敷设应符合设计文件和产品技术文件要求。

12）设备附带的专用电缆，应按产品技术文件的说明敷设。

13）补偿导线应穿保护管或在电缆槽内敷设，不宜直接埋地敷设。

14）当补偿导线与测量仪表之间不采用切换开关或冷端温度补偿器时，宜将补偿导线和仪表直接连接。

15）对补偿导线进行中间或终端接线时，不得接错极性。

16）仪表信号线路、仪表供电线路、安全联锁线路、补偿导线及本质安全型仪表线路和其他特殊仪表线路，应分别采用各自的保护管。

4. 仪表线路的配线

1）从外部进入仪表盘、柜、箱内的电缆、电线应在其导通检查及绝缘电阻检查合格后再进行配线。

2）仪表盘、柜、箱内的线路宜敷设在汇线槽内，在小型接线箱内也可明线敷设。当明线敷设时，电缆、电线束应采用由绝缘材料制成的扎带扎牢，且横平竖直，扎带间距宜为 100～200mm。

3）仪表的接线应符合下列规定：

①　接线前应校线，线端应有标号；

②　剥绝缘层时不应损伤线芯；

③ 电缆与端子的连接应均匀牢固、导电良好；

④ 多股线芯端头宜采用接线片，电线与接线片的连接应压接。

4）仪表盘、柜、箱内的线路不应有接头，其绝缘保护层不应有损伤。

5）仪表盘、柜、箱接线端子两端的线路，均应按设计图样标号。标号应正确、字迹清晰且不易褪色。

6）接线端子板的安装应牢固。当端子板在仪表盘、柜、箱底部时，距离基础面的高度不宜小于250mm。当端子板在顶部或侧面时，与盘、柜、箱边缘的距离不宜小于100mm。多组接线端子板并排安装时，其间隔净距离不宜小于200mm。

7）剥去外部护套的橡皮绝缘芯线及屏蔽线，应加设绝缘护套。

8）导线与接线端子板、仪表、电气设备等连接时，应留有余度。

9）备用芯线应接在备用端子上，或按可能使用的最大长度预留，并应按设计文件要求标注备用线号。

第五章　自动化仪表与自动装置的安装

自动化仪表与自动装置的安装主要包括就地仪表、取源部件、传感器或检测元件、控制室内或盘框上的仪表（包括检测仪表、控制仪表、转换器、变送器、显示仪表等，其中转换器、变送器也有安装在现场的），执行器等装置的安装。

一、安装要求

1）安装的位置、标高应符合图样的要求，安装位置不应受到振动或腐蚀，必须安装时应有减振或防腐装置及措施。

2）安装必须牢固，接线必须正确可靠。

3）导压管、取源部件及其与仪表系统有关的管路必须连接紧密、焊接可牢，不得存在跑冒滴漏现象，一般条件下均应做密封或耐压试验。

4）仪表、传感器、检测元件、变送器、转换器以及运算器件、仪表柜等设备元件的安装与电气设备元件安装要求相同，不同的是仪表系统的电流较小，电压较低，有的设备元件已纳入弱电系统，有的是转换数字信号而已。

二、自动化仪表与自动装置的安装图样

安装图样是自动仪表与自动装置的依据和凭证，这里以某大型锅炉热工测量控制系统图和仪表导管电缆连接图为例，讲述读图，审图，为安装提供有效的依据和方法。

（一）导管线缆连接图

大型蒸气锅炉测量控制系统和导管电缆连接图是大型蒸气锅炉测量中最重要的图样，它给出了测量参数、仪表型式、安装位置、控制方式、管线缆型号规格、调节方式、工艺流程等重要数据。

1. 锅炉房常用仪表（见图5-1）

由图可以看出，一般仪表均用一个圆表示，其中在盘上安装的仪表均用⊖表示，而在现场安装的仪表只用一个○表示，并且用英文字母来表示仪表的用途，如，E 表示电压或电源或元件，T 表示温度（有时表示变送器）、P 表示压力、F 表示流量、L 表示液（物）位、R 表示记录、Q 表示积算、A 表示报警、S 表示开关或按钮、I 表示指示、C 表示调节、H 表示高、L 表示低，M 表示电动等。

2. 锅炉正面的热工测量控制系统（见图5-2）、锅炉平面的热工测量控制系统（见图5-3）和锅炉热工仪表导管电缆连接（见图5-4）。

由图可以知道以下内容：

（1）温度的测量有四个点

1）主蒸汽温度的测量，测量元件为热电偶，热电偶编号 TE-902-1，用补偿导线接至冷端补偿器 WPRB 上，然后用控制电缆 KVV 将信号引至锅炉控制盘（简称控制盘）上的 TIA／902 即带高信号报警的温度指示仪表上（动圈指示仪）。其中，WPRB 的 ~220V 电源由控制电缆引入（A63、N63），WPRB 和热电偶为就地现场安装，热电偶的安装位置于主蒸汽管道出口后的水平直管段上，见图 5-3 中 A 点。

2）给水温度的测量，测量元件为热电阻，编号 TE-901-1，用塑铜线接至接线盒 WPX-12 上，然后用控制电缆将信号引至控制盘上的 (TI 901) 即温度指示表上，这个仪表是用切换开关控制度的，切换开关为 (TS 901)。热电阻和接线盒就地安装，其中热电阻安装位置于给水进口孔板之后的直管段上，见图 5-3 中 B 点。

3）烟道尾部烟气温度的测量，测量元件为热电阻，编号 TE-901-2，其他与 2）中给水温度的测量相同，并与其共用一个切换开关，共用一只温度指示仪表，安装位置为烟道尾部，见图 5-3 中 C 点。

4）空气预热出口风道空气温度的测量，测量元件为热电阻，编号 TE-901-3，其他与 3）中烟气温度测量相同，安装位置见图 5-3 中 D 点。

（2）流量的测量有两个点

1）主蒸汽管道中蒸汽流量的测量，测量元件为孔板 ⊣⊢，用导压管与冷凝器连接，经阀门组用导压管引至流量变送器 (FT 902)，流量变送器现场就地安装，变送器输出的电信号用 BVV 塑铜线接至接线盒 WPX-12，然而用控制电缆引至控制盘上的记录仪 (FR 901) 上并引至调节器。其中导压管为 10# 钢 $\phi14mm$ 无缝管。为了保证测量的精度，变送器放置于保温箱中，保温箱由供电箱供电。变送器的电源是由控制盘经控制电缆得到的，见 WPX-12 中的 FR901 A63 和 FR901 N63，电压 220V。FR902-B1 和 FR902-B2 为变送器输出的信号线。孔板的安装位置应于水平直管段上，见图 5-3 中 E 点。

⟵	热电偶	(LT)	就地安装液位变送器
⟶⟝	热电阻	(LRA) H L	盘上安装带高、低信号液位记录表
⊣⊢	流量孔板	(HLSS)	盘上安装信号灯、控制开关有联锁
(EI)	盘上安装电压指示表	(HILSS)	盘上安装电流表、信号灯开关有联锁
(TI)	盘上安装温度指示表	(HIS)	盘上安装电流表控制设备
(TS)	盘上安装温度切换开关	(M)⊠	电动调整门
(TIA)H	盘上安装带高信号温度指示表	▨─(M)	电动调整挡板
(PI)	就地安装压力指示表	(HLS)	盘上安装信号灯控制按钮
(PI)	盘上安装压力指示表	(HSS)	盘上安装控制开关有联锁
(PIA)H	盘上安装带高信号压力指示表	(HSA)	盘上安装控制按钮报警
(FT)	就地安装流量变送器	(HLSA)	盘上安装信号灯控制按钮报警
(FR)	盘上安装流量记录表	(LI)	就地安装(低读)液位指示表

图 5-1　工业锅炉房常用仪表及自动装置图例

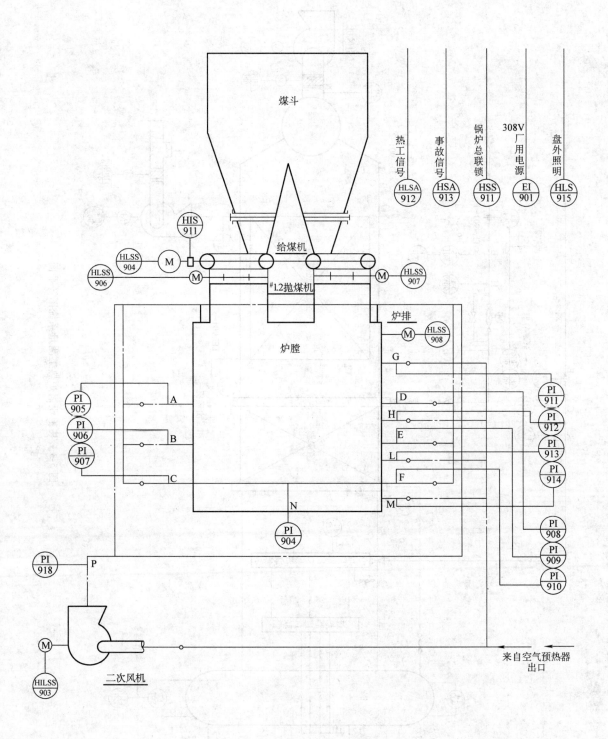

图 5-2　某工业锅炉热工测量系统图（正面）

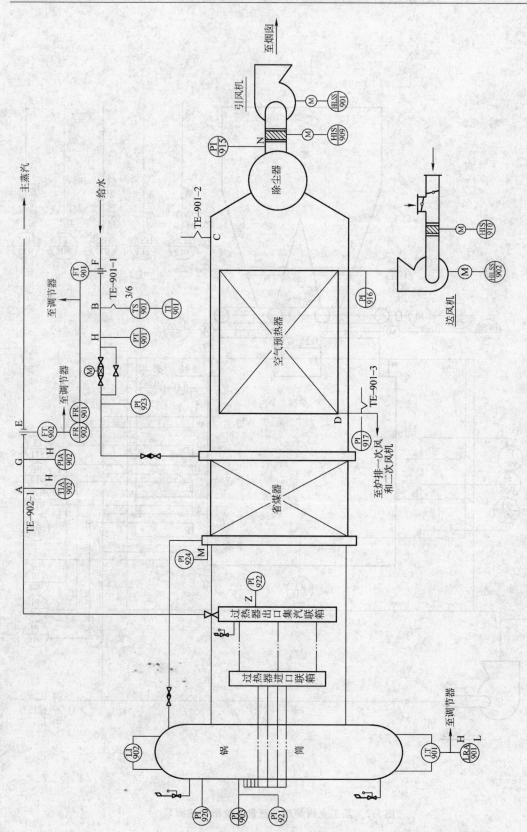

图 5-3 某工业锅炉热工测量系统图（平面）

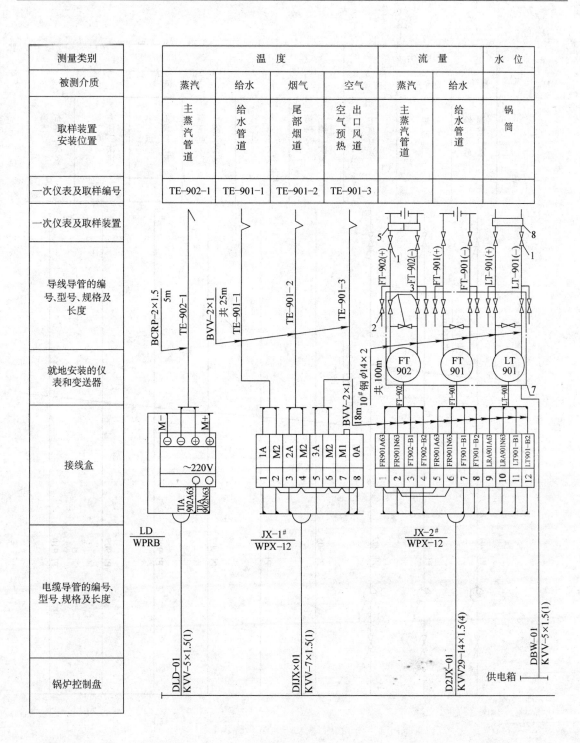

测量类别	温　度				流　量		水　位
被测介质	蒸汽	给水	烟气	空气	蒸汽	给水	
取样装置安装位置	主蒸汽管道	给水管道	尾部烟道	出口空气预热道	主蒸汽管道	给水管道	锅筒
一次仪表及取样编号	TE-902-1	TE-901-1	TE-901-2	TE-901-3			

图 5-4　某工业锅炉导管电缆连接图

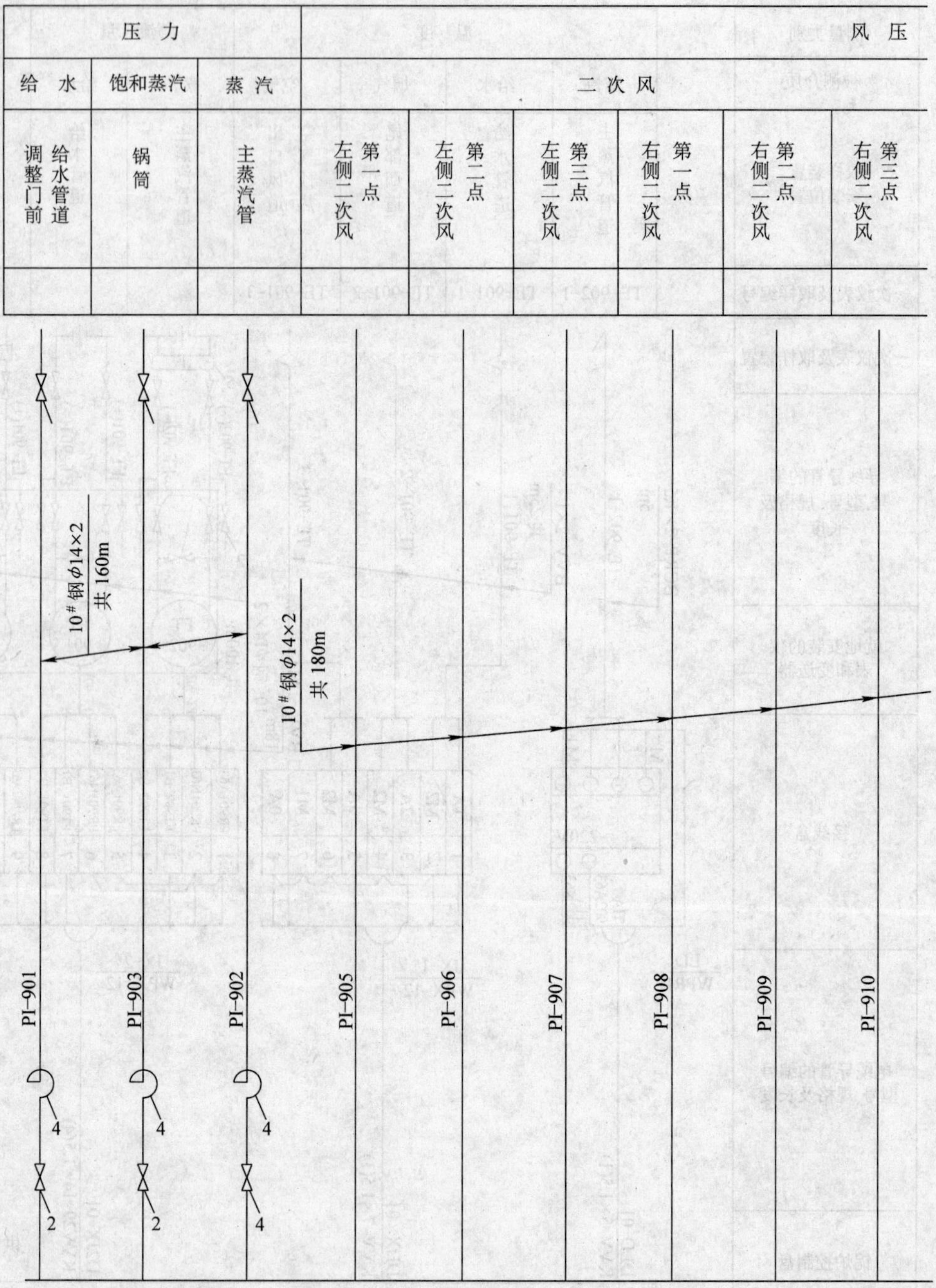

压　力			风　压						
给　水	饱和蒸汽	蒸汽	二　次　风						
调整门前给水管道	锅筒	主蒸汽管	左侧第一点二次风	左侧第二点二次风	左侧第三点二次风	右侧第一点二次风	右侧第二点二次风	右侧第三点二次风

10#钢φ14×2
共160m

10#钢φ14×2
共180m

PI-901　　PI-903　　PI-902　　PI-905　　PI-906　　PI-907　　PI-908　　PI-909　　PI-910

4　　4　　4

2　　2　　4

b)

图 5-4

一次风				负压	风　压			负压	水位
				烟气	空　气				
炉排第一点一次风	炉排第二点一次风	炉排第三点一次风	炉排第四点一次风	除尘器前烟道	送风机出口风道	空气预热器出口风道	二次风机出口风道	炉膛	锅筒

1	截止门	J23H-40 Pg40 Dg15
2	针形阀	J23W-160I Pg160 Dg10
3	三阀组	QF-0.5-160
4	坏形管	
5	冷凝器	FL-64 Pg64
6	平衡容器	
7	保温箱	BWD-4(包括 GDX-2 供电箱)
8	平衡容器	FP-64B 6.4MPa
	铜芯聚氯乙烯导线	BVV 2×1mm²
	补偿导线	BCRP-2×2.5mm² EA-2
	接线盒	WPX-12
	冷端补偿器	WPRB
	控制电缆	KVV 5×1.5mm²
	控制电缆	KVV 7×1.5mm²
	控制电缆	KVV₂₉ 14×1.5mm²
	煤气管	ϕ15mm(ϕ1/2in)

PI-914　PI-915　PI-916　PI-917　PI-918　PI-904

PI-911　PI-912　PI-913　PI-914

至控制盘

LI-902(+)　LI-902(-)

至低读水位表

c)

（续）

2）给水管道中给水流量的测量，测量元件为孔板，其他与 D 中蒸汽流量测量相同，变送器共用一个保温箱，孔板安装位置于给水进口水平直管段上，见图 5-3 中 F 点。

（3）锅筒水位的测量只有一点，直接将水位信号（差压）用导压管经平衡容器和阀门组引至液位变送器 $\overset{LT}{\underset{901}{}}$，变送器与流量变送器供同一个保温箱，其他基本同流量变送器。变送器的输出信号用电缆引至控制盘上的有高低信号报警的液位记录仪 $\overset{LRA}{\underset{901}{}}{}_{L}^{H}$ 上并引至调节器上。锅筒水位信号、给水流量信号和蒸汽流量信号引至调节器后构成了三冲量水位自动调节系统，这是工业锅炉一个重要的调节方式。安装位置为图 5-3 中锅筒两端，另一端的变送器 $\overset{LI}{\underset{902}{}}$ 的设置是为了现场观察水位的，直接用导压管引至现场的低读水位表。

（4）压力的测量有三个部分，这就是给水压力、锅筒蒸汽压力和主蒸汽管道压力。压力的测量均用导压管经阀和环形管引至控制盘上的压力指示仪表，其中主蒸汽管道的压力为带高位信号的压力表 $\overset{PIA}{\underset{902}{}}{}^{H}$，取压点位于主蒸汽管道温度测量点 A 和流量测量点 E 之间，见图 5-3 中 G 点。给水压力测量的取压点位于给水管道电动调整门的前端（进水端），见图 5-3 中 H 点，同时其后端（出水端）安装就地压力表 $\overset{PI}{\underset{923}{}}$。而锅筒的蒸汽压力取压点设在锅筒的中部，同时设置了两块就地测量压力的仪表 $\overset{PI}{\underset{920}{}}$ 和 $\overset{PI}{\underset{921}{}}$，见图 5-3 中的锅筒。此外，在过热器出口集气联箱上设就地压力表 $\overset{PI}{\underset{922}{}}$ 一块，在省煤器上设就地压力表 $\overset{PI}{\underset{924}{}}$ 一块，见图 5-3 中 Z、M 点。

（5）二次风压的测量共有六个点，均为用导压管直接引至控制盘上的压力表上，其中取压点为图 5-2 中的 A、B、C、D、E、F 点。

（6）炉排一次风压的测量点共有四个点，用导压管直接引至控制盘上的压力表上，取压点为图 5-2 中的 G、H、L、M 点。

（7）负压的测量共有两个点

1）除尘器前烟道负压的测量，用导压管直接引至控制盘上的压力表上，取压点为图 5-3 中的 N 点。

2）炉膛负压的测量，用导压管直接引至控制盘上的压力表上，取压点为图 5-2 中的 N 点。

（8）风压的测量共有三个点，均由导压管直接引至控制盘上的压力表上，其中空气预热器入口风压取样点为图 5-3 中的送风机出口 $\overset{PI}{\underset{916}{}}$，空气预热器出口风压取样点为图 5-3 中的 D 点 $\overset{PI}{\underset{917}{}}$，二次风机出口风压取样点为图 5-2 中的 P 点 $\overset{PI}{\underset{918}{}}$。

（9）蒸汽流量、给水流量、锅筒水位三个参量经一个调节器进行自动调节，随时根据蒸汽流量的大小和锅筒水位的高低自动调节给水的流量，给水总阀门为电动调整门并受调节器的控制。

（10）送风机设有联锁的转换开关，手动操作并设电流表和信号灯监视，见图 5-3 中送风机下的标注 $\overset{HILSS}{\underset{902}{}}$，这个功能在实际中是由三个元件完成的，即转换开关、电流表和指示灯。送风机入口的挡板设电动调整挡板，设按钮操作，电流表监视，见图 5-3 中送风机下的标注$\overset{\text{HIS}}{\underset{910}{\bigcirc}}$。

（11）引风机控制的设置与送风机相同，见图5-3中引风机下的标注$\overset{\text{HILSS}}{\underset{901}{\bigcirc}}$和$\overset{\text{HIS}}{\underset{909}{\bigcirc}}$。

（12）二次风机控制的设置有联锁的转换开关，手动操作并设电流表和信号灯监视，见图5-2中二次风机下的标注$\overset{\text{HILSS}}{\underset{903}{\bigcirc}}$，二次风机不设电动挡板。

（13）炉排控制的设置有联锁的按钮开关和信号灯监视，手动操作换速。

（14）给煤机控制的设置有联锁的转换开关，手动操作并设信号灯监视，见图5-2中给煤机左侧的标注$\overset{\text{HISS}}{\underset{904}{\bigcirc}}$，同时给煤机速度的控制由控制器完成，见图5-2中的标注$\overset{\text{HIS}}{\underset{911}{\bigcirc}}$，由手动控制。

（15）抛煤机由两台电动机拖动，分别设置有联锁的转换开关控制并设有信号灯监视，手动控制，见图5-2中的标注$\overset{\text{HLSS}}{\underset{906}{\bigcirc}}$和$\overset{\text{HLSS}}{\underset{907}{\bigcirc}}$。

（二）微机控制工业锅炉导管线缆连接图

目前微机控制在逐步替代传统的自动化仪表控制，这里介绍工业锅炉微机控制系统。

1. 控制项目和内容

（1）水位控制　通过传感器测量锅筒水位、蒸汽流量、给水流量，经过微机的运算后控制给水调节阀。由于采用了非线性及去耦合调节，使控制精度达到了±5mm。

（2）汽压与燃烧控制　通过传感器测量锅筒压力，用自适应算法，控制炉排给煤速度和送风量，保证蒸汽压力。并利用氧化耗氧量分析仪校正风量煤量的配比，实现最佳燃烧，压力控制精度为±0.05MPa,对负荷较大时的调整具有很强的适应性。

（3）炉膛负压控制　通过传感器测量炉膛负压，控制鼓风量和引风量，炉膛负压控制精度为±5Pa。

（4）运行的监视　运行过程中随时可将运行模拟画面、参数报表、控制参数、直方图、负荷曲线等画面在监视器上进行分析和监控，从而掌握锅炉运行情况。

（5）测量参数有给水、蒸汽、压力、水位、氧含量、炉膛负压、阀门开度及各点温度以及除氧器的压力、温度、水位等，并对水位、压力、温度等参数的上下限报警。

（6）设置后备仪表，保证调试和检修时使用

2. 锅炉微机控制系统流程图

由于该图较大，可将其分成4部分列出，见图5-5～图5-8。读者可与图5-2和图5-3进行比较，图中的测量参数和测量点增加了，测量元件没有太大变化，图中增加了微机系统$\overset{\text{UU}}{\underset{101}{\bigcirc}}$，并且所有的测量参数均引入了$\overset{\text{UU}}{\underset{101}{\bigcirc}}$，实现了多功能、多变量的集中控制及集中显示。

3. 锅炉微机控制系统导管电缆连接图（见图5-9）

读者可与图5-4进行比较。由图可以看出，所有测量信号引入仪表柜后将全部再引入微机控制系统，以便集中控制和监视。

三、取源部件、传感器及检测元件

取源部件就是在被测参量的检测点上安装的为连接检测元件、传感器而设置的专用管件、介质引出口或连接阀门等元件。如，为测量温度而设置的热电偶/热电阻的套管、插座及其热元件；测量压力的取压装置，包括取压插座、取压导管至一次阀门的所有部件；测量

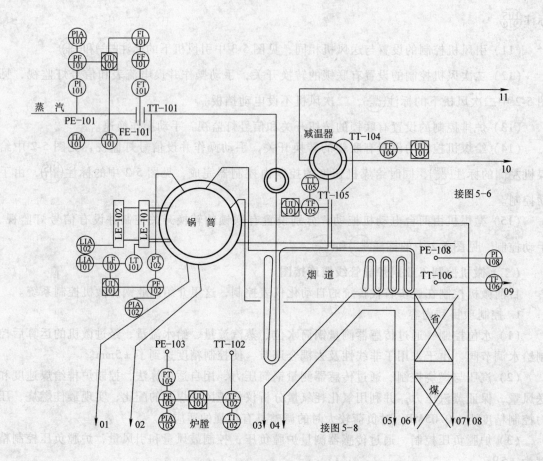

图 5-5　锅炉微机控制系统流程图锅筒部分

注：图 5-5 ~ 图 5-8 箭线所标数字序号是一致的。

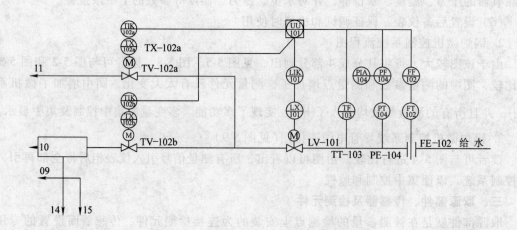

图 5-6　锅炉微机控制系统流程图给水部分

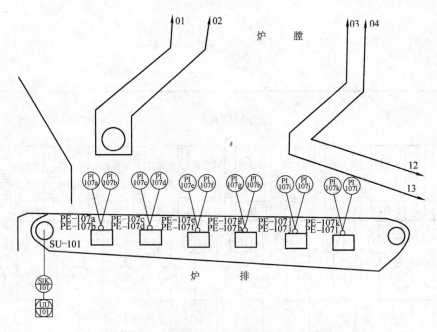

图 5-7　锅炉微机控制系统流程图炉膛炉排部分

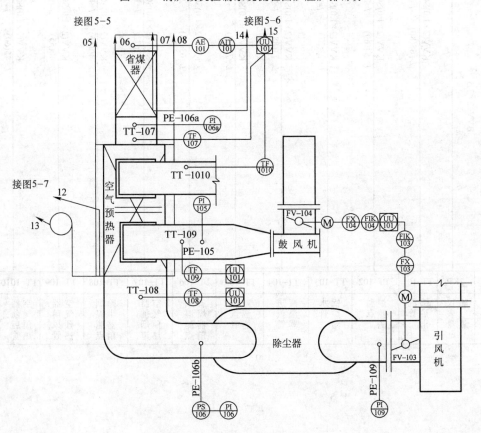

图 5-8　锅炉微机控制系统流程图引风鼓风部分

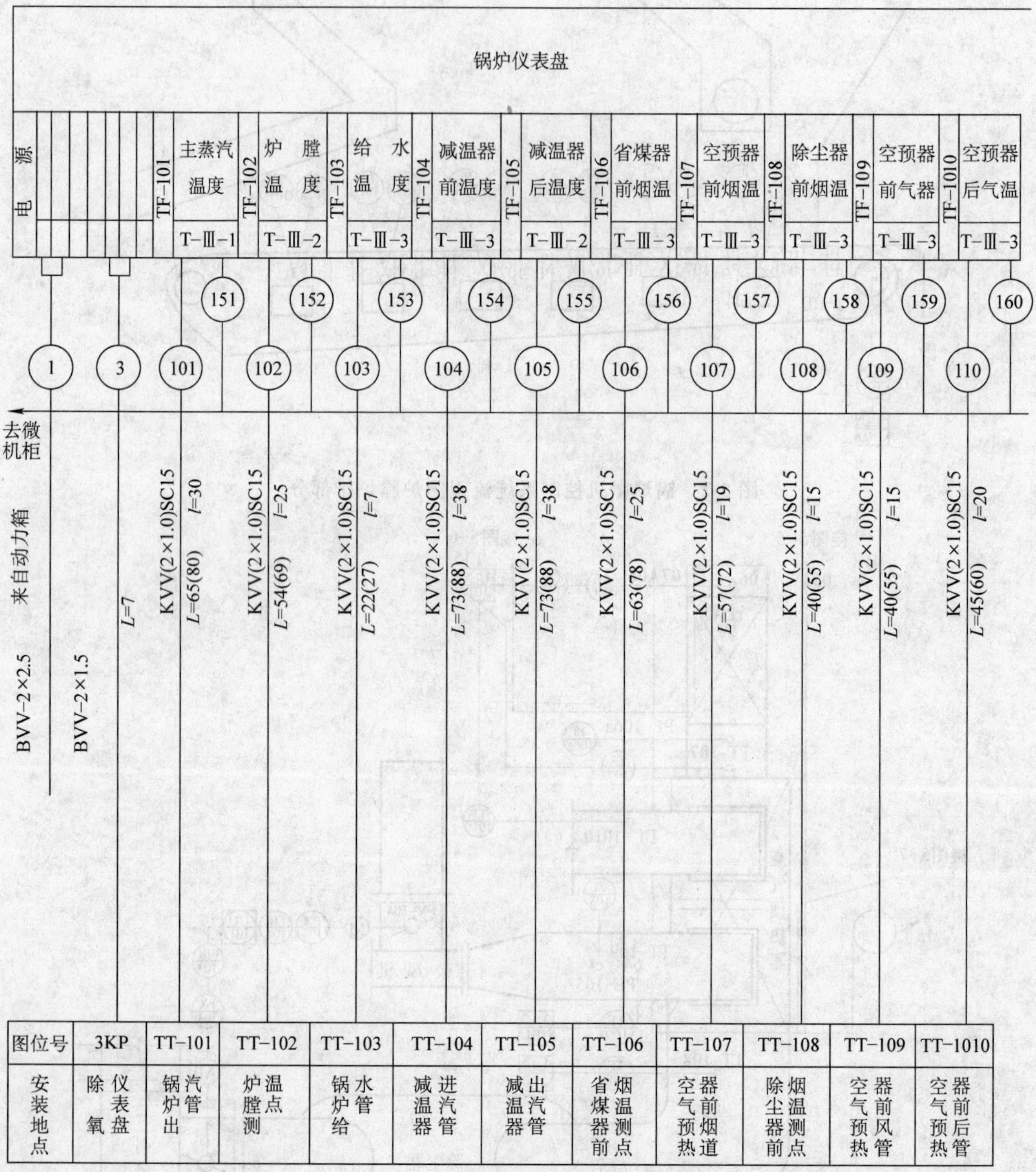

锅炉仪表盘

	电源							主蒸汽温度 TF-101	炉膛温度 TF-102	给水温度 TF-103	减温器前温度 TF-104	减温器后温度 TF-105	省煤器前烟温 TF-106	空预器前烟温 TF-107	除尘器前烟温 TF-108	空预器前气温 TF-109	空预器后气温 TF-1010
								T-Ⅲ-1	T-Ⅲ-2	T-Ⅲ-3	T-Ⅲ-3	T-Ⅲ-2	T-Ⅲ-3	T-Ⅲ-3	T-Ⅲ-3	T-Ⅲ-3	T-Ⅲ-3

　　　　　　　　　　　　　　(151)　(152)　(153)　(154)　(155)　(156)　(157)　(158)　(159)　(160)

(1)　(3)　(101)　(102)　(103)　(104)　(105)　(106)　(107)　(108)　(109)　(110)

← 去微机柜

来自动力箱

BVV-2×2.5　　BVV-2×1.5

L=7

KVV(2×1.0)SC15 L=65(80) l=30	KVV(2×1.0)SC15 L=54(69) l=25	KVV(2×1.0)SC15 L=22(27) l=7	KVV(2×1.0)SC15 L=73(88) l=38	KVV(2×1.0)SC15 L=73(88) l=38	KVV(2×1.0)SC15 L=63(78) l=25	KVV(2×1.0)SC15 L=57(72) l=19	KVV(2×1.0)SC15 L=40(55) l=15	KVV(2×1.0)SC15 L=40(55) l=15	KVV(2×1.0)SC15 L=45(60) l=20

图位号	3KP	TT-101	TT-102	TT-103	TT-104	TT-105	TT-106	TT-107	TT-108	TT-109	TT-1010
安装地点	除氧仪表盘	锅炉汽管出	炉膛温点测	锅炉水管给	减温器进汽管	减温器出汽管	省煤器前烟温测点	空气预热器前烟道	除尘器前烟温测点	空气预热器前风管	空气预热器前后热管

a)

图 5-9　锅炉微机控制

锅炉仪表盘

PF-101	PF-102	PF-103	PF-104	FF-101	FF-102	LISA-101	AIT-101	SIK-101	LISA-102	LIK-101	
主蒸汽压力	锅筒压力	炉膛负压	给水压力	主蒸汽流量	给水流量	锅筒水位	烟气含氧	炉排转速	锅筒水位	锅炉总给水阀操作	
P-Ⅲ-1	P-Ⅲ-1	P-Ⅲ-2	P-Ⅲ-1	F-Ⅲ-1	F-Ⅲ-2	L-Ⅲ-1	A-Ⅲ-1	S-Ⅲ-1	L-Ⅲ-2	J-Ⅲ-1	
(161)	(162)	(163)	(164)	(165)	(166)	(167)	(168)		(169)		(170)
(111)	(112)	(113)	(114)	(115)	(116)	(117)	(118)	(119)	(120)	(121)	(122) (123) (124)

| KVV(2×1.0)SC15 | KVV(2×1.0)SC15 $l=15$ | KVV(2×1.0)SC15 $l=15$ | KVV(2×1.0)SC15 $l=15$ | KVV(2×1.0)SC15 $l=15$ | KVV(2×1.0)SC15 $l=15$ | KVV(2×1.0)SC15 $l=15$ | KVV(2×1.0)SC15 $l=22$ | KVV(2×1.0)SC15 $l=22$ | KVV(2×1.0)SC15 $l=10$ | KVV(2×1.0)SC15 $l=10$ | KVV(24×1.0)SC15 $l=35$ KVV(7×1.0)SC15 $l=15$ KVV(2×1.0)SC15 $l=15$ |
| KVV(2×1.0)SC15 $L=40(42)$ | KVV(2×1.0)SC15 $L=40(42)$ | KVV(2×1.0)SC15 $L=35(37)$ | KVV(2×1.0)SC15 $L=40(42)$ | KVV(2×1.0)SC15 $L=35(37)$ | KVV(2×1.0)SC15 $L=40(42)$ | | $L=60(75)$ | $L=60(75)$ | $L=30(45)$ | $L=30(45)$ | $L=64(79)$ $L=32(38)$ $L=32(38)$ |

PT 101	PT 102	PT 103	PT 104	FT 101	FT 102	LT 101
(0101)	(0102)	(0103)	(0104)	(0105)	(0106)	(0107)

| $\phi14×2$ $l=40$ | $\phi14×2$ $l=40$ | $\phi14×2$ $l=38$ | $\phi14×2$ $l=5$ | $2×\phi14×2$ $l=38$ | $2×\phi14×2$ $l=12$ | $2×\phi14×2$ $l=40$ |

PE-101	PE-102	PE-103	PE-104	PE-101	FE-102	LE-101	AE-101	SU-101	LE-102	LV-101
锅汽炉管出	锅炉锅筒	炉压膛点测	锅水炉管给	锅汽炉管出	锅水炉管给	双衡室容器平	氧探含头量	炉机合速排电发电电磁动发器及离机电测机动	电位筒接计点测液量	给水阀

b)

系统导管电缆连接图

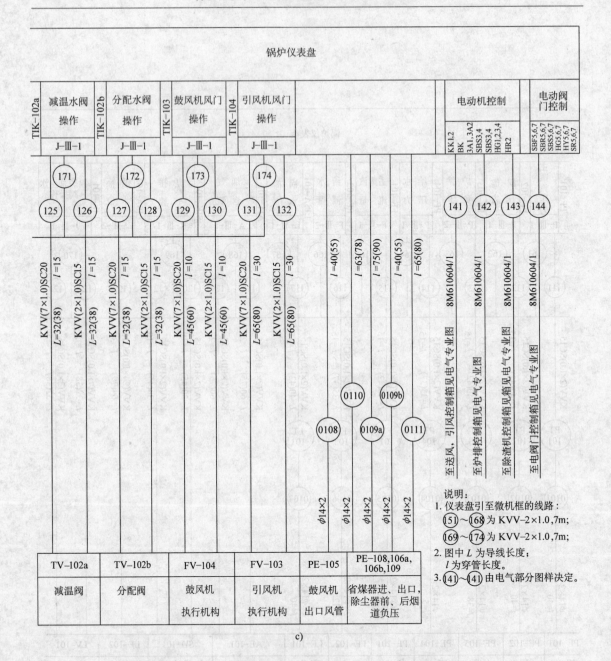

图 5-9　（续）

流量的差压取出装置，包括孔板、喷嘴及其固定法兰、环室、取压插座、取压导管至一次阀门的所有部件；测量液位的差压取出装置，包括平衡容器、取压导管至一次阀门的所有部件。取源部件与传感器检测元件是紧密相连的。

取源部件安装的一般规定如下：

1）取源部件的结构尺寸、材质和安装位置应符合设计文件要求。

2）设备上的取源部件应在设备制造的同时安装。管道上的取源部件应在管道预制、安装的同时安装。

3）在设备或管道上安装取源部件的开孔和焊接工作，必须在设备或管道的防腐、衬里和压力试验前进行。否则将会破坏防腐层和衬里，并导致焊渣落入管道内部或焊缝不合格。

4）在高压、合金钢、有色金属设备和管道上开孔时，应采用机械加工的方法。

5）在砌体和混凝土浇注体上安装的取源部件，应在砌筑或浇注的同时埋入，当无法做到时，应预留安装孔。

6）安装取源部件时，不宜在焊缝及其边缘上开孔及焊接。

7）取源阀门与设备或管道的连接不宜采用卡套式接头。

8）取源部件安装完毕后，应随同设备和管道进行压力试验。

传感器、检测元件应与取源部件配套，取源部件能起到保护传感器和检测元件的作用。传感器、检测元件的接线应与说明书或图样相符，其线路的设置应符合本章相关内容的要求。

（一）温度

1. 热电偶/热电阻的安装

热电偶/热电阻由于安装地点不同、用途不同，其安装方法也不尽相同。这里以几个常用常见的安装方法为例，进一步说明，详见图 5-10 ～ 图 5-14。由图可以看出热电阻/热电偶与取源部件是配套的。

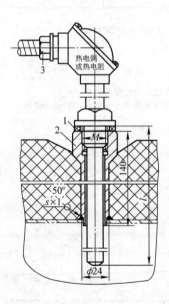

安装说明

1) 压力小于 $PN2.5$ 的使用场所，件 1 为 XB450 材质，件 2 为 Q235-A 材质。

2) 插入深度 l 由设计定。

3) 焊缝熔透深度 s 应大于焊件中最小壁厚的 0.7 倍。

明细表

件号	名称及规格	数量	材　质	图号或规格号	备　注
1	垫片　$\phi_1/\phi_2; t=2$	1	XB450/LF$_2$		
2	直形连接头 $H=140; M$	1	Q235-A/20	YZ10-12	
3	挠性连接管 $M20\times1.5/G^1/_2$	1		FNG13×700	

尺寸表

方案	件2	件1		
		规格		ϕ_1/ϕ_2
I	M27×2	d		42/28
II	M33×2	f		50/34

图 5-10　热电偶、热电阻垂直安装（保温）$PN4.0$

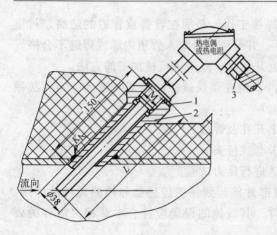

安装说明

1) 压力小于 PN2.5 的使用场所，件 1 为 XB450 材质，件 2 为 Q235-A 材质。
2) 插入深度由设计定。
3) 焊角高度 K 应不小于焊件中的最小壁厚。

尺寸表

方案	件 2	件 1	
		规格	ϕ_1/ϕ_2
I	M27×2	d	44/28
II	M33×2	f	50/34

明细表

件号	名称及规格	数量	材　质	图号或规格号	备注
1	垫片 ϕ_1/ϕ_2；$t=2$	1	XB450/LF$_2$	JK1-4-01	
2	连接头 H=150；M	1	Q235-A/20	YZ10-13	
3	挠性连接管 M20×1.5/G$^1/_2$	1		FNG-13×700	

图 5-11　热电偶、热电阻倾斜 45°的安装（保温）PN4.0；DN80～DN900

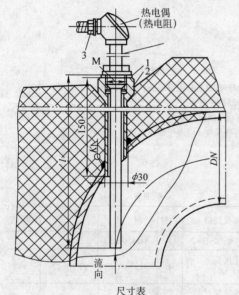

安装说明

1) 插入深度由设计定。
2) 焊角高度 K 应不小于焊件中的最小壁厚。

尺寸表

方案	件 2	件 1	
		规格	ϕ_1/ϕ_2
I	M27×2	d	44/28
II	M33×2	f	50/34

明细表

件号	名称及规格	数量	材　质	图号或规格号	备注
1	垫片 ϕ_1/ϕ_2；$t=2$	1	XB350		
2	连接头 H=150；M	1	Q235-A	YZ10-13	
3	挠性连接管 M20×1.5/G$^1/_2$	1		FNG-13×700	

图 5-12　热电偶、热电阻在弯头上的安装（保温）DN80～DN200；PN1.6

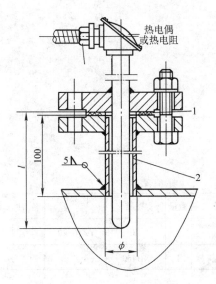

安装说明

插入深度 l 由设计定。

方案	使用于热电偶（阻）外径 D/mm	ϕ/mm	件 2		件 1
			规格	DN	
I	12、16	27	a	15	垫片 15—25
II	20	32	b	20	垫片 20—25

明细表

件号	名称及规格	数量	材质	图号或规格号	备注
1	法兰垫片 DN；PN2.5	1	XB450		
2	法兰短管 DN；PN2.5	1			
3	挠性连接管 M20×1.5/G^1/$_2$	1		FNG-13×700	

图 5-13　热电偶、热电阻法兰连接处的垂直安装 PN2.5

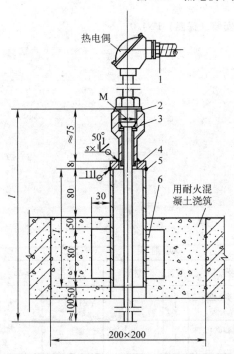

安 装 说 明

1）本图适用于地上烟道，若安装在地下烟道上，则在安装热电偶处应预留安装孔或人孔。

2）插入深度 l 及件5长度 l 由设计定。

3）焊缝熔透深度 s 应大于焊件中最小壁厚的0.7倍。

尺 寸 表

方案	件2	件3		件4		件5	
	规格	规格	M	规格	ϕ_1/ϕ_2	规格	DN
I	d	a	M27×2	b	48/23	a	40
II	f	b	M33×2	c	60/31	b	50

（方案 件2：ϕ_1/ϕ_2 I：44/28 II：50/34）

明 细 表

件号	名称及规格	数量	材质	图号或规格号	备注
1	挠性连接管 M20×1.5/G^1/$_2$	1		FNG-13×700	
2	垫片 ϕ_1/ϕ_2；t=2	1	XB200		
3	连接头 H=80	1	Q235-A	YZ10-12	
4	圈板 ϕ_1/ϕ_2；δ=8	1	Q235-A		
5	焊接钢管 DN；L	1	Q235-B		
6	筋板 80×30；δ=3	2	Q235-B		

图 5-14　热电偶在烟道上的安装（圈板固定）PN0.25

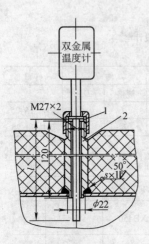

安装说明

1) 插入深度 l 由设计定。
2) 焊缝熔透深度 s 应大于焊件中最小壁厚的 0.7 倍。

明 细 表

件号	名称及规格	数量	材质	图号或规格号	备注
1	直形连接头 M27×2; H=120	1	20	YZ10–20	
2	垫片(a) $\phi_1 24/\phi_1 14$; t=2	1	XB450		

图 5-15　双金属温度计内螺纹连接的安装（保温）PN4.0

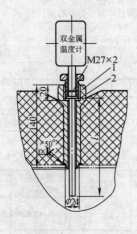

安 装 说 明

1) 插入深度 l 由设计定。
2) 焊缝熔透深度 s 应大于焊件中最小壁厚的 0.7 倍。

明 细 表

件号	名称及规格	数量	材质	图号或规格号	备注
1	直形连接头 M27×2; H=140	1	20	YZ10–12-8	
2	垫片 $\phi_1 24/\phi_1 17$; t=2	1	XB450		

图 5-16　双金属温度计外螺纹连接的安装（保温）PN4.0

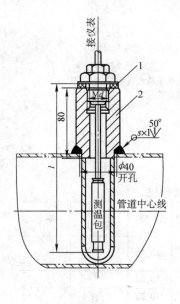

安 装 说 明

1）插入深度 l 由设计定。

2）为了改善热传导性能，在套管内宜充填下列物料：

①　$t>150℃$ 时，铜屑；

②　$t≤150℃$ 时，变压器油。

3）焊缝熔透深度 s 应大于焊件中最小壁厚的0.7倍。

尺 寸 表

方案	件1		件2	
	规格号	ϕ_1/ϕ_2	规格号	M
Ⅰ	d	44/28	a	M27×2
Ⅱ	f	50/34	b	M33×2

明 细 表

件号	名称及规格	数量	材质	图号或规格号	备注
1	垫片 ϕ_1/ϕ_2；$t=2$	1	XB450		
2	套管连接头 M；$H=80$	1	20		

图 5-17　压力式温度计测温包的安装（封闭式套管）PN4.0

由图可以看出，热电偶/热电阻的安装必须将其放置一个坚固且与其严密接触的管状物里，一方面是为了保护其不受损坏，另一方面是为了检测到的温度具有可靠性，管状物即为取源部件。

2. 双金属温度计的安装

双金属温度计的安装与热电偶/热电阻基本相同，分内、外螺纹连接，如图5-15和图5-16所示。

3. 压力式温度计测温包的安装

压力式温度计测温包的安装见图5-17，并与上述基本相同。

4. 温度取源部件在管道上的安装

温度取源部件在管道上的安装，应符合下列规定：

1）与管道相互垂直安装时，取源部件轴线应与管道轴线垂直相交，插入到物料介质流束中心地段，才能测到介质真实温度。

2）在管道的拐弯处安装时，宜逆着物料流向，取源部件轴线应与工艺管道轴线相重合；

3）在管道倾斜角度上安装时，宜逆着物料流向，取源部件轴线应与管道轴线相交。

4）设计文件规定取源部件需要安装在扩大管上时，异径管的安装方式应符合设计文件规定。

（二）压力

1. 指示式压力表的安装

指示式压力表的安装较为简单，主要是管路及管件的安装，见图5-18。

2. 压力传感器的安装

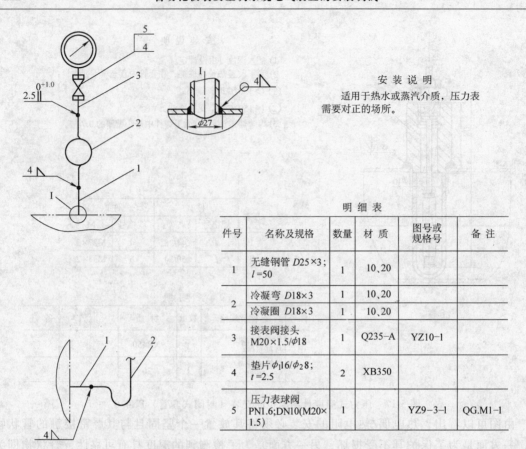

安 装 说 明

适用于热水或蒸汽介质，压力表
需要对正的场所。

明 细 表

件号	名称及规格	数量	材 质	图号或规格号	备 注
1	无缝钢管 $D25×3$；$l=50$	1	10、20		
2	冷凝弯 $D18×3$	1	10、20		
	冷凝圈 $D18×3$	1	10、20		
3	接表阀接头 $M20×1.5/\phi18$	1	Q235-A	YZ10-1	
4	垫片 ϕ_116/ϕ_28；$t=2.5$	2	XB350		
5	压力表球阀 PN1.6;DN10(M20×1.5)	1		YZ9-3-1	QG.M1-1

图 5-18　压力表安装示意图（带冷凝管、接表阀）PN1.0

压力传感器的型号有很多，一般常用的有膜盒式、膜片式、应变片式和弹簧管式四种，安装方法基本相同。

1）压力传感器的安装部位不应有明显的振动，周围不得含有对金属有腐蚀作用的气体。必须安装时应有相应的技术防护措施。

2）压力传感器一般是由螺栓将固定在支架或仪表框内，可垂直/水平安装，也可直接安装在管道上或设备上。

3）将导压管（也称脉冲管）连接在管嘴上，并拧紧外套螺母。拧紧时应用另一扳手扳紧管嘴上的六方母，以免管嘴松动。

4）将引线密封套管与电缆连接，将电缆引入接线盒，并按说明书或设计图样接在相应的接线柱上，并将传感器壳体可靠接地。

5）传感器的中心轴线偏离垂直方向的角度应满足说明书要求，一般条件下，膜盒式不大于 30°，薄膜式、应变片式不大于 5°。

6）一般条件下，传感器下管嘴接较高的压力，上管嘴接较低的压力。

压力传感器的安装关键是导压管的安装，导压管的材质必须符合所测压力的要求，一般采用厚壁优质钢管，其焊接或螺纹部位必须紧固严密。

压力传感器的接线必须正确无误，接线后应由非接线人员检查。

3. 压力取源部件的安装

压力取源部件的安装应符合以下规定：

1）压力取源部件的安装位置应选在被测物料流束稳定的地方，否则会造成压力不稳定、不准确，并造成仪表损坏。

2）压力取源部件与温度取源部件在同一管段上时，应安装在温度取源部件的上游侧。

3）压力取源部件的端部不应超出设备或管道的内壁。

4）当检测带有灰尘、固体颗粒或沉淀物等混浊物料的压力时，在垂直和倾斜的设备和管道上，取源部件应倾斜向上安装，在水平管道上宜顺物料流束成锐角安装，防止灰尘杂物落入管道，以免造成堵塞或测量不准。

5）当检测温度高于60℃的液体、蒸汽和可凝性气体的压力时，就地安装的压力表的取源部件应带有环形或U形冷凝弯，防止介质温度直接作用于测量元件。

6）在水平和倾斜的管道上安装压力取源部件时，取压点的方位应符合下列规定：

① 测量气体压力时，在管道的上半部；

② 测量液体压力时，在管道的下半部与管道的水平中心线成0°~45°夹角的范围内；

③ 测量蒸汽压力时，在管道的上半部，以及下半部与管道水平中心线成0°~45°夹角的范围内。

7）在砌筑体上安装取压部件时，取压管周围应用耐火纤维填塞严密，然后用耐火泥浆封堵。

4. 压差传感器的安装

压差传感器与压力传感器基本相同，不同的是压差传感器的进口管嘴有两个，其接入部位必须保持有一定的压差，这个压差只有通过变送器后，才能进行测量或调节。

一般常用在流量测量或物位测量上。

5. 安装注意事项

1）对于气体物料应使气体内的少量凝结液能顺利流回管道，而不致流入测量管道及仪表而造成测量误差。

2）对于液体物料应使液体内析出的少量气体能顺利流回管道，而不致进入测量管道及仪表而导致测量不稳定；同时还应防止管道底部的固体杂质进入测量管道及仪表。

3）对于蒸汽物料，应保持测量管道内有稳定的冷凝液，同时也要防止管道底部的固体杂质进入测量管道和仪表。

这三点要特别引起注意。

（三）流量

流量的取源部件按其测量的介质不同有多种，主要有孔板、文丘里喷嘴、钻孔式喷嘴等，其安装见图5-19~图5-23。

1. 测量流量时的注意事项

流量的测量较为复杂，也是难点，除按说明书和设计图样要求外，尚应做到以下几点：

1）流量取源部件在上、下游直管段的最小长度，应按设计文件规定，并符合产品技术文件的有关要求。

2）孔板、喷嘴和文丘里管在上、下游直管段的最小长度，应符合设计文件的规定。

夹角 α 可视导压管敷设方法确定。

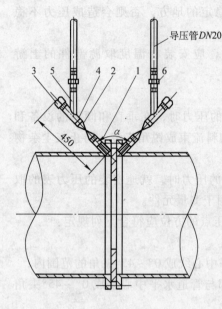

图 5-19　平孔板取压部件

明　细　表

件号	名称及规格	数量	材质	图号或规格号	备　注
1	焊接钢管 DN20; l=200	2	Q235–A		
2	球阀 Q11F–16C	2			
3	管帽 DN20	2	KT33–8	见工程设计图	
4	焊接钢管 DN20; l=150	2	Q235–A		
5	焊接钢管 DN20; l=150	2	Q235–A		
6	活接头 DN20	2	KT33–8		

明　细　表

件号	名称及规格	数量	材　质	图号或规格号
1	前环室	1		
2	前孔板（辅孔板）	1		
3	垫　片	2		
4	中 间 环	1		见工程设计图
5	后孔板（主孔板）	1		
6	后 环 室	1		
7	双头螺柱		Q275	
8	垫　片	2	XB350	
9	法　兰	2	Q275	

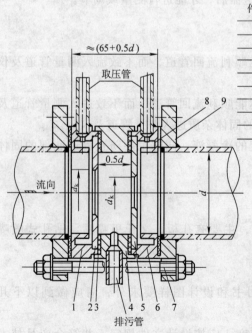

安　装　说　明

1) 安装时应注意：两块孔板的前后位置，开孔大的为前孔板（辅孔板），开孔小的为后孔板（主孔板）；孔板的正负方向，圆柱口的一面为正，对着流向，圆锥口的一面为负，背着流向；孔板与管道应准确同心，其误差不得大于 $0.015d(\frac{1}{\beta}-1)$ 的数值，$\beta=\frac{d_k}{d}$；孔板的前端面应与管道轴线 垂直，不垂直度不得大于1°。

2) 本图也适用于垂直管道上安装孔板，但对液体介质，其流向只能自下而上。

3) 密封垫片（件8）夹紧后不得突入管道内壁。

4) 新安装的管道必须在冲洗和扫线后才能进行孔板的安装。

图 5-20　环室式双重孔板的安装（DN50～DN400；PN0.6、PN1.0、PN2.5）

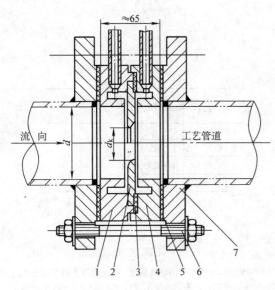

明　细　表					
件号	名称及规格	数量	材　质	图号或规格号	备　注
1	前环室	1		见工程设计	
2	孔板（或 1/4 圆喷嘴）	1			
3	垫　片	1			
4	后环室	1			
5	法兰垫片	2	XB350		
6	双头螺柱	n	Q275		
7	法　兰	2	Q235-A		

安 装 说 明

1) 节流件的前端面应与管道轴心线垂直，不垂直度不得超过 ±1°；节流件应与管道同心，不同心度不得超过 $0.015d(\frac{1}{\beta}-1)$ 的数值，$\beta=d_k/d$。

2) 节流件取压口的径向方位，应符合相关标准的规定。

3) 新安装的管路系统必须在管道冲洗和扫线以后再进行节流件的安装。

4) 密封垫片（件 5）在夹紧后不得突入管道内壁。

5) 法兰件 7、法兰垫片件 5 应由孔板制造厂家配套供应。

图 5-21　环式孔板（或 1/4 圆喷嘴）的安装（DN50～DN400；PN0.6、PN1.0、PN1.6、PN2.5）

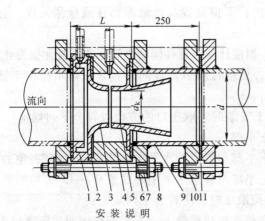

明　细　表	
件号	名称及规格
1	前 环 室
2	垫　片
3	喷　嘴
4	中间隔环
5	后 扩 管
6	垫　片 ϕ_1/ϕ_2, $t=2$
7	法　兰
8	双头螺栓
9	短　管
10	法　兰
11	垫　片

安 装 说 明

1) L 尺寸随管内径 d，喷嘴开孔直径 d_k，开孔截面比 $m=(d_k/d)^2$ 而异

　当 DN50～125，$m \leqslant 0.45$ 时，$L=53.7+0.604\,d_k$

　　　　　　 $m > 0.45$ 时，$L=53.7+0.404\,d_k+\sqrt{0.75d_k d -0.25d^2 -0.5225d_k^2}$

　当 DN150～250，$m \leqslant 0.45$ 时，$L=53.7+0.604\,d_k$

　　　　　　 $m > 0.45$ 时，$L=53.2+0.404\,d_k+\sqrt{0.75d_k d -0.25d^2 -0.5225d_k^2}$

2) 喷嘴前端面应与管道轴线垂直，不垂直度不得大于 ±1°；喷嘴应与管道同心，不同心度不得超过 $0.015d(\frac{1}{\beta}-1)$ 的数值，$\beta=d_k/d$。

3) 短管（件 9）的内径、壁厚、材质应与工艺管道完全相同。

4) 密封垫片（件 6、件 11）在夹紧后不得突入管道内壁。

5) 文丘里喷嘴较重，应设加支架。

图 5-22　文丘里喷嘴的安装（DN50～DN250；PN0.6、PN1.0）

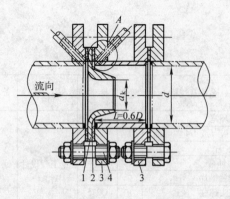

法兰上钻孔

明　细　表

件号	名称及规格	数量	材质	图号或规格号	备注
1	喷嘴	1			
2	垫片	1	XB350	见工程设计	
3	法兰	4	Q235		
4	双头螺栓	n	Q275		

安　装　说　明

1）喷嘴前端面应与管道轴线垂直，不垂直度不得超过 ±1°；喷嘴应与管道同心，不同心度不得超过 $0.015\left(\dfrac{1}{\beta}-1\right)$ 的数值，$\beta=d_k/d$。

2）新安装的管路系统必须在管道冲洗和扫线以后再进行喷嘴的安装。

3）密封垫片（件2）夹紧后不得突入管道内壁。

(1)用于DN200～DN400 管道　　(2)用于DN450～DN1200管道

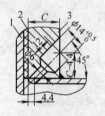 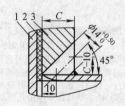

图 5-23　法兰钻孔式喷嘴的安装（DN200～DN1200；PN0.6、PN1.0、PN1.6、PN2.5）

3）在规定的直管段最小长度范围内，不得设置其他取源部件或检测元件，直管段管子内表面应清洁，无凹坑和凸出物。

4）在节流件的上游安装温度计时，温度计与节流件间的直管距离应符合相关规定的要求。

5）在节流件的下游安装温度计时，温度计与节流件间的直管距离不应小于管道内径的 5 倍。

6）节流装置在水平和倾斜的管道上安装时，取压口的方位应符合下列规定：

①　测量气体流量时，在管道的上半部；

②　测量液体流量时，在管道的下半部与管道的水平中心线成 0°～45°夹角的范围内；

③　测量蒸汽流量时，在管道的上半部与管道水平中心线成 0°～45°夹角的范围内。

7）孔板或喷嘴采用单独钻孔的角接取压时，应符合下列规定：

①　上、下游侧取压孔轴线，分别与孔板或喷嘴上、下游侧端面间的距离应等于取压孔直径的 1/2。

②　取压孔的直径宜在 4～10mm 之间，上、下游侧取压孔的直径应相等。

③　取压孔的轴线，应与管道的轴线垂直相交。

8）孔板采用法兰取压时，应符合下列规定：

①　上、下游侧取压孔的轴线分别与上、下游侧端面间的距离，当 $\beta>0.6$ 和 $D<150\text{mm}$ 时，为（25.4±0.5）mm；当 $\beta\leqslant0.6$ 或 $\beta>0.6$，但 $150\text{mm}\leqslant D\leqslant1000\text{mm}$ 时，为（25.4±1）mm。其中，β 为孔板的内径与管道内直径之比，D 为管道内径。

②　取压孔的直径宜在 6～12mm 之间，上、下游侧取压孔的直径应相等。

③　取压孔的轴线，应与管道的轴线垂直相交。

9）孔板采用 D 或 $D/2$ 取压时，应符合下列规定：

①　上游侧取压孔的轴线与孔板上游侧端面间的距离应等于 $D \pm 0.1D$；下游侧取压孔的轴线与孔板上游侧端面间的距离，当 $\beta \leqslant 0.6$ 时，等于 $0.5D \pm 0.02D$；当 $\beta > 0.6$ 时，等于 $0.5D \pm 0.01D$。

②　取压孔的轴线应与管道轴线垂直相交。

③　上、下游侧取压孔的直径应相等。

10）用均压环取压时，取压孔应在同一截面上均匀设置，且上、下游侧取压孔的数量必须相等。

11）皮托管、文丘里式皮托管和均速管等流量检测元件的取源部件的轴线，必须与管道轴线垂直相交。

2. 节流装置在工艺管道上的安装要求

（1）基本要求

1）有关节流件安装位置邻近的管段、管件的名称见图5-24。

2）节流件应安装在两段直的圆管（l_1 和 l_2）之间，其圆度在节流件上下游侧 $2d$ 长范围内必须按规定进行多点实测。实测值上游直管段不得超过其算术平均值的 $\pm 0.3\%$，对于下游侧不得超过 $\pm 2\%$。$2d$ 长以外的管道的圆度，以目测法检验其外圆。管道是否直也只需目测。

3）节流件上下游侧最小直管段长度与节流件上游侧局部阻力件的形式和直径与 β 有关，见表5-1。

4）表5-1所列阀门应能全开，最好用全开闸阀或球阀作为节流件上游侧的第一个局部阻力件。所有调节流量的阀门应安装在节流件下游侧规定的直管段之后。

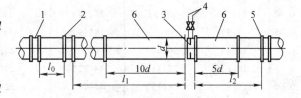

图 5-24　节流装置的管段和管件
1—节流件上游侧第二个局部阻力件　2—节流件上游侧第一个局部阻力件　3—节流件和取压装置　4—差压信号管路　5—节流件下游侧第一个局部阻力件　6—节流件前后的测量管段　l_0—1、2之间的直管段　l_1、l_2—分别为节流件上游和下游的直管段　d—管道内径

5）节流件在管道中安装应保证其前端面与管道轴线垂直，不垂直度不得超过 $\pm 1°$；还应保证其开孔与管道同心，不同心度不得超过 $0.015d\left(\dfrac{1}{\beta} - 1\right)$ 的数值，式中，$\beta = d_k/d$；d_k 孔板开孔直径；d 管道内径。

6）夹紧节流件的密封垫片，夹紧后不得突入管道内壁。

7）新装管路系统必须在管道冲洗和扫线后再进行节流件的安装。

（2）取压方式采用角接取压方式，所谓角接取压即在节流件上下游侧取压孔的轴线与两侧端面的距离等于取压孔径（或取压环隙宽度）的一半。取压孔的孔径 b 上下游侧相等，其大小规定如下：当 $\beta \leqslant 0.65$ 时，$0.005d \leqslant b \leqslant 0.03d$；当 $\beta > 0.65$ 时，$0.01d \leqslant b \leqslant 0.02d$；对任意 β 值，$1\text{mm} \leqslant b \leqslant 10\text{mm}$。采用的角接取压形式见表5-2。

对于大于 DN1000 的管道，原则上仍然采用法兰钻孔的取压方式；大于 DN1300 者，采用在靠近法兰的管道上钻孔的角接取压方式。如果 $\beta \leqslant 0.5$，并对流量系数 α 乘以 1.001 的修正系数，则 DN500 以上的管道也可以采用这种取压形式。

表 5-1　节流件上下游侧的最小直管段长度

β (d_k/d)	节流件上游侧局部阻力件形式和最小直管段长度 l_1						节流件下游侧最小直管段长度 l_2（左面所有的局部阻力件形式）
	一个 90°有头或只有一个支管流动的三通	在同一平面内有多个 90°弯头	空间弯头（在不同平面内有多个 90°弯头）	异径管（大变小，$2d \to d$ 长度≥$3d$；小变大 $d/2 \to d$，长度≥$1\frac{1}{2}d$）	全开截止阀	全开闸阀	
1	2	3	4	5	6	7	8
0.20	10(6)	14(7)	34(17)	16(8)	18(9)	12(6)	4(2)
0.25	10(6)	14(7)	34(17)	16(8)	18(9)	12(6)	4(2)
0.30	10(6)	16(8)	34(17)	16(8)	18(9)	12(6)	5(2、5)
0.35	12(6)	16(8)	36(18)	16(8)	18(9)	12(6)	5(2、5)
0.40	14(7)	18(9)	36(18)	16(8)	20(10)	12(6)	6(3)
0.45	14(7)	18(9)	38(19)	18(9)	20(10)	12(6)	6(3)
0.50	14(7)	20(10)	40(20)	20(10)	22(11)	12(6)	6(3)
0.55	16(8)	22(11)	44(22)	20(10)	24(12)	14(7)	5(3)
0.60	18(9)	26(13)	48(24)	22(11)	26(13)	14(7)	7(3、5)
0.65	22(11)	32(16)	54(27)	24(12)	28(14)	16(8)	7(3、5)
0.70	28(14)	36(18)	62(31)	26(13)	32(16)	20(10)	7(3、5)
0.75	36(18)	42(21)	70(35)	28(14)	36(18)	24(12)	8(4)
0.80	46(23)	50(25)	80(40)	30(15)	44(22)	30(15)	8(4)

注：1. 本表适用于各种节流件。

2. 本表所列数字为管道内径 "d" 的倍数。

3. 本表括号外的数字为 "附加极限相对误差为零" 的数值，括号内的数字为 "附加极限相对误差为 ±0.5%" 的数值，如实际的直管段长度中有一个大于括号内的数值而小于括号外的数值时，需按 "附加极限相对误差为 ±0.5%" 处理。

表 5-2　角接取压的形式

形　式	适用工艺管道范围
环室式	$DN = 50 \sim 400$
夹环钻孔式	$DN = 50 \sim 600$
法兰钻孔式	$DN = 200 \sim 1000$
管道钻孔式	$DN = 450 \sim 1600$

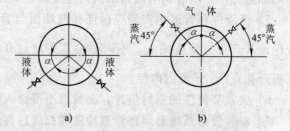

图 5-25　在水平或倾斜管道上取压孔位置示意图
a）被测流体为液体时，$\alpha \leqslant 45°$
b）被测流体为气体时，$\alpha \leqslant 45°$

（3）取压孔的方位　取压孔的方位与被测介质的物理特性有关，如为液体介质应防止凝结水和污物进入导压管和更好地排除凝结水；如为蒸汽应考虑如何排除平衡容器中多余的凝结水。

对于水平或倾斜的主管道，取压管的径向方位可按图 5-25 中的范围选定。

安装在垂直主管上的节流件其取压孔的位置应与节流件处于同一平面上，其径向方位则可任意选择。

（4）弦月形孔板　弦月形孔板仅适用于安装在水平或倾斜的主管道上，其取压孔的径向方位角 ψ 与 β 值有关。当被测介质为脏气体并含有水分时，取压孔应尽可能取在孔板上方 $0°\sim45°$ 范围内，最好是 $0°$，即在管道顶上；当被测介质为脏污的液体时，取压孔应在 $45°\sim120°$ 之间。

（5）偏心孔板　对于偏心孔板，仅适用于安装在水平管道上，其偏心内圆应处于与 $0.98d$（d 为管道内径）所形成的圆相切处。当用于测量含有气泡的液体介质时，其切点应位于管道径向中心线顶部；当用于测量含有水分的气体介质时，其切点应位于其底部，见图5-26。

（四）物位

物位测量的取源部件主要有浮筒、浮球、平衡容器电接点，静压液位计等装置的导向管或其他导向装置。

物位取源部件的安装应符合以下规定：

1）物位取源部件的安装位置，应选在物位变化灵敏，且不使检测元件受到物料冲击的地方。对于易受物料冲击的部件，可设置不影响测量的防护件。

2）内浮筒液位计和浮球液位计采用导向管或其他导向装置时，导向管或导向装置必须垂直安装，并应保证导向管内液流畅通。

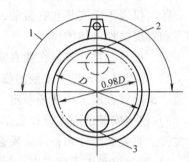

图5-26　偏心孔板取压点位置图
1—取压孔的设置区　2—顶部切点
3—底部切点

3）双室平衡容器的安装应符合下列规定：

①　安装前应复核制造尺寸，检查内部管道的严密性，此点必须保证。

②　应垂直安装，其中心点应与正常液位相重合。

4）单室平衡容器宜垂直安装，其安装标高应符合设计文件的规定。为避免在仪表负压侧测量管道内积聚被测液体的冷凝液而造成测量误差，因此利用单室平衡容器预先在其内灌满被测液体，然后再用调整差压仪表内的迁移机构的方法将此预加的液柱补偿掉，这样以后的测量就不会再受到被测液体冷凝液的影响了，因此，单室平衡容器的安装标高应使容器内预先加入的被测液体的液柱产生的压力与设计文件规定的差压仪表测量范围相符合。

5）补偿式平衡容器安装固定时，应有防止因被测容器的热膨胀而被损坏的措施，不得以取源管为支撑件，必须用支架固定。

6）安装浮球式液位仪表的法兰短管必须保证浮球能在全量程范围内自由活动。

7）电接点水位计的测量筒应垂直安装，筒体零水位电极的中轴线与被测容器正常工作时的零水位线应处于同一高度。

8）静压液位计取源部件的安装位置应远离液体进出口。

（五）成分分析

分析取源部件的安装应符合以下规定：

1）分析取源部件的安装位置，应选在压力稳定、能灵敏反映真实成分变化和能取得具有代表性的分析样品的地方。取样点的周围不应有层流、涡流、空气渗入、死角、物料堵塞或非生产过程的化学反应。

2）在水平或倾斜的管道上安装分析取源部件，其安装方位应符合上述压力取源部件的

3）~6）的规定。

3）被分析的气体内含有固体或液体杂质时，取源部件的轴线与水平线之间的仰角应大于15°。

四、仪表设备的安装

（一）自动化仪表安装的一般规定和要求

1）就地仪表的安装位置应按设计文件规定施工，当设计文件未具体明确时，应符合下列要求：

① 光线充足，操作和维护方便；

② 仪表的中心距操作地面的高度宜为1.2~1.5m；

③ 显示仪表应安装在便于观察示值的位置；

④ 仪表不应安装在有振动、潮湿、易受机械损伤、有强电磁场干扰、高温、温度变化剧烈和有腐蚀性气体的位置；

⑤ 检测元件应安装在能真实反映输入变量的位置。

2）在设备和管道上安装的仪表应按设计文件确定的位置安装，但有些仪表的具体安装方位、坐标需在施工中现场确定。

3）仪表安装前应按设计数据核对其位号、型号、规格、材质和附件。随包装附带的技术文件、非安装附件和备件应妥善保存。

4）安装过程中不应敲击、振动仪表。仪表安装后应牢固、平正。仪表与设备、管道或构件的连接及固定部位应受力均匀，不应承受非正常的外力。

5）设计文件规定需要脱脂的仪表，应经脱脂检查合格后再安装。

6）直接安装在管道上的仪表，宜在管道吹扫后、压力试验前安装，当必须与管道同时安装时，在管道吹扫前应将仪表拆下。或用一短管按照仪表配管尺寸代替仪表配管，吹除后再安装仪表。

7）直接安装在设备或管道上的仪表在安装完毕后，应随同设备或管道系统进行压力试验。

8）仪表上接线盒的引入口不应朝上，当不可避免时，应采取密封措施。施工过程中应及时封闭接线盒盖及引入口。防止油水灰土等杂物进入盒内。

9）对仪表和仪表电源设备进行绝缘电阻测量时，应有防止弱电设备及电子元器件被损坏的措施。将强、弱电路分开，拔下插件，短接部分线路等，测试绝缘后予以恢复。

10）仪表设备的产品铭牌和仪表位号标志应齐全、牢固、清晰。

11）设计元件应经建设、设计、安装和监理单位四方会审通过，并签署会审纪要。

12）自动化仪表工程的所有元件、设备、材料必须四证齐全，仪表元件必须经校验/检定合格。仪表投入后应进行系统调整试验合格，并符合设计要求。

（二）温度仪表的安装

在之前的内容中已经讲述了热电阻、热电偶、双金属温度计及压力式温度计的安装，与热电阻、热电偶配套的显示仪表一般是动圈表。动圈表一般安装在盘框上，安装方法同电气仪表。

温度仪表的安装有以下规定和要求：

1）接触式温度检测仪表（水银温度计、双金属温度计、压力式温度计、热电阻、热电偶等）的测温元件应安装在能准确反映被测对象温度的地方。

2）在多粉尘的部位安装测温元件，应采取防止磨损的保护措施。一般可采用加装角铁进行保护，防止粉尘直接冲刷套管。

3）测温元件安装在易受被测物料强烈冲击的位置，以及当水平安装时其插入深度大于1m 或被测温度大于 700℃ 时，应采取防弯曲措施。一般可采用支撑固定等防弯曲措施。

4）表面温度计的感温面应与被测对象表面紧密接触，固定牢固。

5）压力式温度计的温包必须全部浸入被测对象中，毛细管的敷设应有保护措施，其弯曲半径不应小于 50mm，周围温度变化剧烈时应采取隔热措施。

（三）压力仪表的安装

压力仪表的安装在前面的内容已经进行了讲述，包括压力、压差变送器的安装，安装中应注意以下几点：

1）就地安装的压力表不应固定在有强烈振动的设备或管道上。必要时可装仪表适当移远安装或采取减振措施。

2）测量低压的压力表或变送器的安装高度，宜与取压点的高度一致。

3）测量高压的压力表安装在操作岗位附近时，宜距地面 1.8m 以上，或在仪表正面加保护罩。保护罩的结构和制作固定方法一般由设计单位或建设单位确定。

（四）流量仪表的安装

流量仪表除前面已经讲述的孔板、喷嘴外，与其配套的主要是显示、记录、积算仪表，这些仪表一般安装在盘柜，安装方法同电工仪表。

其他形式的流量计安装方法见图 5-27 ~ 图 5-32。

流量检测仪表安装的规定和要求如下：

1）节流件的安装应符合下列规定：

①　安装前应进行外观检查，孔板的入口和喷嘴的出口边缘应无毛刺、圆角和可见损伤，并按设计数据和制造标准规定测量验证其制造尺寸。

②　安装前进行清洗时不应损伤节流件。

③　节流件必须在管道吹洗后安装。

④　节流件的安装方向，必须使流体从节流件的上游端面流向节流件的下游端面。孔板的锐边或喷嘴的曲面侧应迎着被测流体的流向。

⑤　在水平和倾斜的管道上安装的孔板或喷嘴，若有排泄孔时，排泄孔的位置为：当流体为液体时，应在管道的正上方；当流体为气体或蒸汽时，应在管道的正下方。

⑥　环室上有 "＋" 号的一侧应在被测流体流向的上游侧。当用箭头标明流向时，箭头的指向应与被测流体的流向一致。

⑦　节流件的端面应垂直于管道轴线，其允许偏差为 1°。

⑧　安装节流件的密封垫片的内径不应小于管道的内径，夹紧后不得突入管道内壁。

⑨　节流件应与管道或夹持件同轴，其轴线与上、下游管道轴线之间的不同轴线误差 e_x 应符合下式的要求：

$$e_x \leqslant \frac{0.0025D}{0.1 + 2.3\beta^4} \tag{5-1}$$

式中　D——管道内径；

　　　β——工作状态下节流件的内径与管道内径之比。

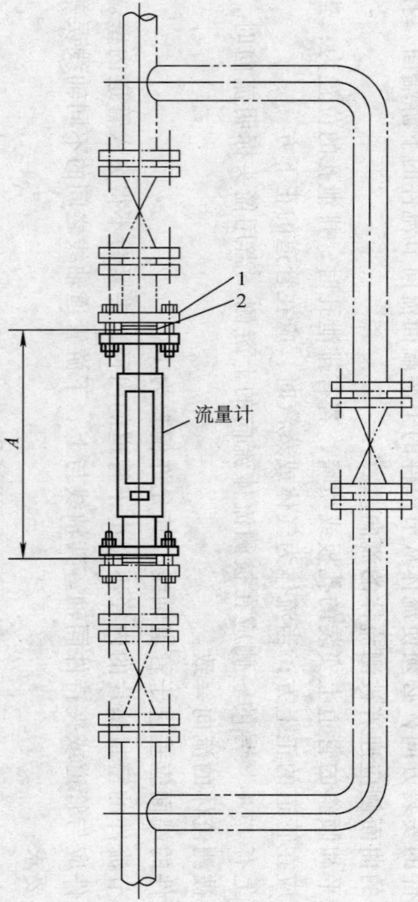

仪表连接形式及规格

序号	仪表型号	1法兰			2法兰垫片			安装尺寸 A/mm
		规格	材质	数量	规格	材质	数量	
1	LZB-15	法兰15-10			垫片15-10			470
2	LZB-25	法兰25-10			垫片25-10			470
3	LZB-40	法兰40-10	Q235-A	2	垫片40-10	XB200	2	570
4	LZB-50	法兰50-10			垫片50-10			570
5	LZB-80	法兰80-6			垫片80-6.0			660
6	LZB-100	法兰100-6			垫片100-6.0			660

安 装 说 明

1) 流量计的安装位置、连接法兰以及旁路管道和阀门的设置均由工艺专业统一考虑。

2) 流量计的安装应使被测流体垂直地自下而上地流过。

3) 流量计对下游要求2～5倍管径的直管段，对上游要求5～10倍管径的直管段。

4) 使用于腐蚀介质，法兰应使用不锈钢材质。

图 5-27　LZB 系列玻璃转子流量计的安装（DN15～DN100）

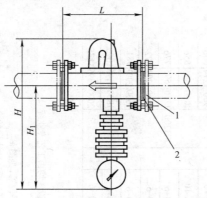

仪表连接形式及规格

序号	仪表型号	1法兰			2法兰垫片			安装尺寸 / mm		
		规　格	数量	材质	规　格	数量	材质	L	H	H_1
1	LFX–25A	法兰 25–10			垫片 25–10			200	464	356
2	LFX–50A	法兰 50–16	2	Q235–A	垫片 50–16	2	XB350	320	645	435
3	LFX–80A	法兰 80–16			垫片 80–16			660	675	453
4	LFX–100A	法兰 100–16			垫片 100–16			660	687	464

安　装　说　明

1) 流量计的安装位置、连接法兰均由工艺专业统一考虑。

2) 流量计必须安装在水平的直管道中间段，并保证流量计前 10 倍管径、后 5 倍管径的直管段。

3) 流量计的安装必须使其表头处于管道的下方，并且使其轴线与地面垂直。

图 5-28　LFX 系列分流旋翼式蒸汽流量计的安装（DN25～DN100）

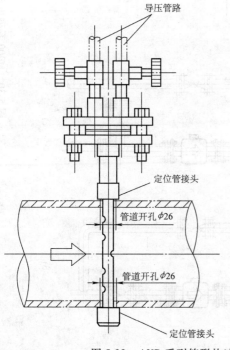

安　装　说　明

1) 流量计的安装位置由工艺专业统一考虑。

2) 流量计在水平管道垂直管道上均可安装。

3) 流量计对下游要求 5 倍管径的直管段，对上游要求 10～15 倍管径的直管段。

4) 导压管路的连接参见流量测量仪表的管路连接图。

5) 流量计安装所需的定位管接头均由仪表厂随流量计供货。

图 5-29　ANB 系列笛形均速管流量计的安装（DN100～DN3000）

仪表连接形式及规格

序号	仪表型号	1法兰			2法兰垫片			安装尺寸/mm		
		规格	数量	材质	规格	数量	材质	A	B	C
16	M960-350	法兰350-10			垫片350-10			500	721	329
17	M960-400	法兰400-10			垫片400-10		XB350	600	770	353
18	M960-500	法兰500-10			垫片500-10			600	871	404
19	M960-600	法兰600-10			垫片600-10			600	972	455
20	M960-700	法兰700-10	2	Q235-A	垫片700-10	2		700	1072	505
21	M960-800	法兰800-10			垫片800-10			800	1173	555
22	M960-900	法兰900-10			垫片900-10			900	1274	606
23	M960-1000	法兰1000-10			垫片1000-10			1000	1375	656
24	M960-1200	法兰1200-6			垫片1200-6		XB200	1200	1595	776
25	M960-1400	法兰1400-6			垫片1400-6			1400	1792	872
26	M960-1600	法兰1600-6			垫片1600-6			1600	2001	981
27	M960-1800	法兰1800-6			垫片1800-6			1800	2196	1075
28	M960-2000	法兰2000-6			垫片2000-6			2000	2396	1175

安 装 说 明

1) 流量计的安装位置，连接法兰以及旁路管道和阀门的设置均由工艺专业统一考虑。
2) 流量计水平安装时应略低于管道，并保证电极处于水平位置，见图a。
3) 流量计垂直安装时介质流向应自下而上，见图b。对于易结垢、易沾污的介质可设置见图c的清洗口。
4) 流量计对下游要求2~5倍管径的直管段，对上游要求5~10倍管径的直管段。

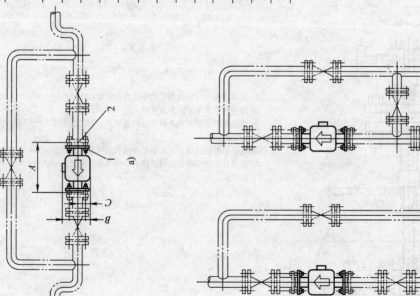

图 5-30　M900 系列电磁流量变送器的安装（DN350 ~ DN2000）

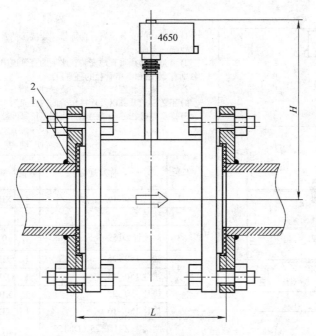

仪表连接形式及规格

序号	仪表规格及尺寸/mm			1 法兰			2 法兰垫片		
	DN	L	H	规格	数量	材质	规格	数量	材质
1	250	505	564	法兰 250－10			垫片 250－10		
2	300	605	588	法兰 300－10			垫片 300－10		
3	350	705	617	法兰 350－10	2	Q235－A	垫片 350－10	2	XB200
4	400	805	643	法兰 400－10			垫片 400－10		
5	450	905	662	法兰 450－10			垫片 450－10		

安 装 说 明

1) 流量计的安装位置由工艺专业统一考虑。

2) 流量计必须垂直地安装在水平的直管道中间段，并保证其上游和下游分别有 20 倍和 5 倍管径的直管段。

3) 为了安装和维修的方便，流量计顶部上方应留有至少 610mm 的间距。

4) 连接法兰及法兰垫片由仪表制造厂家配套供应。

图 5-31 2525/3010 型管法兰式涡街流量计的安装 （DN250～DN450；PN1.0）

2) 差压计或差压变送器正负压室与测量管道的连接必须正确，引压管倾斜方向和坡度以及隔离器、冷凝器、沉降器、集气器的安装均应符合设计文件的规定，或按产品说明进行。

3) 转子流量计应安装在无振动的管道上，其中心线与铅垂线间的夹角不应超过 2°，被测流体流向必须自下而上，上游直管段长度不宜小于管子直径的 2 倍。

4) 靶式流量计靶的中心应与管道轴线同心，靶面应迎着流向且与管道轴线垂直，上下游直管段长度应符合设计文件要求。

5) 涡轮流量计信号线应使用屏蔽线，上、下游直管段的长度应符合设计文件要求，前置放大器与变送器间的距离不宜大于 3m。

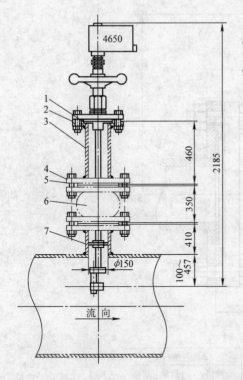

安 装 说 明

1) 流量计的安装位置、伸缩管、连接法兰、闸阀以及连接短管均由工艺专业统一考虑。

2) 流量计必须垂直地安装在水平的直管道中间段，并保证其上游和下游分别有 20 倍和 5 倍管径的直管段。

3) 为了安装和维修的方便，流量计顶部上方应留有至少 610mm 的间距。

4) 工艺管道开孔以及连接短管的内径应为 150mm，并保证光滑平整。

5) 件 2 连接法兰与法兰垫片由制造厂家配套供应。

明 细 表

件号	名称及规格	数量	材质	图号或规格号	备注
1	垫片 150-16	1	XB450		
2	法兰	1			仪表厂配供
3	伸缩管 $D159×4.5$；$l=442$	1	10、20		
4	法兰 150-25	1	Q235-A	见工程设计图	
	法兰 150-16	1	Q235-A		
5	垫片 150-25	1	XB450		
	垫片 150-16	1	XB450		
6	闸阀 Z41H-25；$DN150$	1			
	闸阀 Z41H-16；$DN150$	1			
7	短管 $D159×4.5$；$l=402$	1	10、20		

图 5-32　3620/3725 型插入式涡街流量计的安装（DN250～DN2700）

6) 涡街流量计信号线应使用屏蔽线，上、下游直管段的长度应符合设计文件要求，放大器与流量计分开安装时，两者之间的距离不应超过 20m。

7) 电磁流量计的安装应符合下列规定：

①　流量计外壳、被测流体和管道连接法兰三者之间应做等电位连接，并应接地；

②　在垂直的管道上安装时，被测流体的流向应自下而上，在水平的管道上安装时，两个测量电极不应在管道的正上方和正下方位置；

③　流量计上游直管段长度和安装支撑方式应符合设计文件的要求。

8) 椭圆齿轮流量计的刻度盘面应处于垂直平面内。椭圆齿轮流量计和腰轮流量计在垂直管道上安装时，管道内流体流向应自下而上。

9) 超声波流量计上、下游直管段长度应符合设计文件要求。对于水平管道，换能器的位置应在与水平直径成 45°夹角的范围内。被测管道内壁不应有影响测量准确度的结垢层或涂层。

10) 均速管流量计的安装应符合下列规定：

①　总压测孔应迎着流向，其角度允许偏差不应大于 3°；

②　检测杆应通过并垂直于管道中心线，其偏离中心和与轴线不垂直的误差均不应大于 3°；

③　流量计上、下游直管段的长度应符合设计文件的要求。

孔板、喷嘴、文丘里喷嘴所要求的最小直管段长度见表 5-3 和表 5-4。

11) 一般条件下，流量计上下游直管段可按以下要求进行安装：

①　转子流量计，上游不小于 0～5 倍管径，下游无要求；

表5-3　孔板、喷嘴和文丘里喷嘴所要求的最小直管段长度　　　（单位：mm）

直径比 β≤	节流件上游侧阻流件形式和最小直管段长度							节流件下游最小直管段长度（包括在本表中的所有阻流件）
	单个90°弯头或三通（流体仅从一个支管流出）	在同一平面上的两个或多个90°弯头	在不同平面上的两个或多个90°弯头	渐缩管（在1.5D~3D长度内由2D变为D）	渐扩管（在1D~2D的长度内由0.5D变为D）	球型阀全开	全孔球阀或闸阀全开	
0.20	10（6）	14（7）	34（17）	5	16（8）	18（9）	12（6）	4（2）
0.25	10（6）	14（7）	34（17）	5	16（8）	18（9）	12（6）	4（2）
0.30	10（6）	16（8）	34（17）	5	16（8）	18（9）	12（6）	5（2.5）
0.35	12（6）	16（8）	36（18）	5	16（8）	18（9）	12（6）	5（2.5）
0.40	14（7）	18（9）	36（18）	5	16（8）	20（10）	12（6）	6（3）
0.45	14（7）	18（9）	38（19）	5	17（9）	20（10）	12（6）	6（3）
0.50	14（7）	20（10）	40（20）	6（5）	18（9）	22（11）	12（6）	6（3）
0.55	16（8）	22（11）	44（22）	8（5）	20（10）	24（12）	14（7）	6（3）
0.60	18（9）	26（13）	48（24）	9（5）	22（11）	26（13）	14（7）	7（3.5）
0.65	22（11）	32（16）	54（27）	11（6）	25（13）	28（14）	16（8）	7（3.5）
0.70	28（14）	36（18）	62（31）	14（7）	30（15）	32（16）	20（10）	7（3.5）
0.75	36（18）	42（21）	70（35）	22（11）	38（19）	36（18）	24（12）	8（4）
0.80	46（23）	50（25）	80（40）	30（15）	54（27）	44（22）	30（15）	8（4）

	阻流件	上游侧最小直管段长度
对于所有的直径比 β	直径比大于或等于0.5的对称骤缩异径管	30（15）
	直径小于或等于0.03D的温度计套管和插孔	5（3）
	直径在0.03D~0.13D之间的温度计套管和插孔	20（10）

注：1. 本表直管段长度均以直径 D 的倍数表示。

　　2. 不带括号的值为"零附加不确定度"的值；带括号的值为"0.5%附加不确定度"的值。

表5-4　经典文丘里管所要求的最小直管段长度　　　（单位：mm）

直径比 β	单个90°短半径弯头	在同一平面上的两个或多个90°弯头	在不同平面上的两个或多个90°弯头	在3.5D长度范围内由3D变为D的渐缩管	在D长度范围内由0.75D变为D的渐扩管	全开球阀或闸阀
0.30	0.5	1.5（0.5）	（0.5）	0.5	1.5（0.5）	1.5（0.5）
0.35	0.5	1.5（0.5）	（0.5）	1.5（0.5）	1.5（0.5）	2.5（0.5）
0.40	0.5	1.5（0.5）	（0.5）	2.5（0.5）	1.5（0.5）	2.5（1.5）
0.45	1.0（0.5）	1.5（0.5）	（0.5）	4.5（0.5）	2.5（1.0）	3.5（1.5）
0.50	1.5（0.5）	2.5（1.5）	（8.5）	5.5（0.5）	3.5（1.5）	3.5（1.5）
0.55	2.5（0.5）	2.5（1.5）	（12.5）	6.5（0.5）	3.5（1.5）	4.5（2.5）
0.60	3.0（1.0）	3.5（2.5）	（17.5）	8.5（0.5）	3.5（1.5）	4.5（2.5）
0.65	4.0（1.5）	4.5（2.5）	（23.5）	9.5（1.5）	4.5（2.5）	4.5（2.5）
0.70	4.0（2.0）	4.5（2.5）	（27.5）	10.5（2.5）	5.5（3.5）	5.5（3.5）
0.75	4.5（3.0）	4.5（3.5）	（29.5）	11.5（3.5）	6.5（4.5）	5.5（3.5）

注：1. 直管段均以直径 D 的倍数表示，从经典文丘里管上游取压口平面量起。

　　2. 不带括号的值为"零附加不确定度"的值；带括号的值为"0.5%附加不确定度"的值。

　　3. 下游直管段长度为4倍喉径的长度。

② 靶式流量计，上游不小于 5 倍管径，下游不小于 3 倍管径；

③ 涡轮流量计，上游不小于 5 ~ 20 倍管径，下游不小于 3 ~ 10 倍管径；

④ 涡街流量计，上游不小于 10 ~ 40 倍管径，下游不小于 5 倍管径；

⑤ 电磁流量计，上游不小于 5 ~ 10 倍管径，下游不小于 0 ~ 5 倍管径；

⑥ 超声波流量计，上游不小于 10 ~ 50 倍管径，下游不小于 5 倍管径；

⑦ 容积式流量计，无要求；

⑧ 孔板，上游不小于 5 ~ 80 倍管径，下游不小于 2 ~ 8 倍管径；

⑨ 喷嘴，上游不小于 5 ~ 80 倍管径，下游不小于 4 倍管径；

⑩ 文丘里管、弯管、楔形管，上游不小于 5 ~ 30 倍管径，下游不小于 4 倍管径；

⑪ 均速管，上游不小于 3 ~ 25 倍管径，下游不小于 2 ~ 4 倍管径。

（五）物位仪表的安装

物位仪表的型号、规格有很多，这里以几个常见的物位仪表为例说明安装方法，见图5-33 ~ 图5-37。

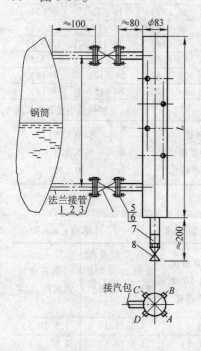

安 装 说 明

1) 本图适用于锅炉锅筒、除氧器、加热器、凝汽器、清水箱等设备上安装 UDZ 型液位计，法兰接管是工艺设备附带的。

2) 尺寸 L 和 l 皆由工程设计确定。

3) 与容器连接的接管规格、连接方式、长度应由仪表专业人员向容器设计专业人员提出资料，在压力容器制造厂整体完成制作。

明 细 表

件号	名称及规格	数量	材质	图号或规格号	备注
方案 A PN4.0MPa, $t \leqslant 250$℃					
1	螺栓 M12×60	16	35		
2	螺母 M12	16	25		
3	垫圈 12	16		见工程设计图	
4	截止阀 J43H-40DN20	2	锻钢		
5	垫片 20-40	4	XB-450		
6	法兰 20-40	2	25		
7	短节 R$\frac{1}{2}$	1	25	YZ10-2-1A	
8	截止阀 J12SA-1; DN15	1			

图 5-33 UDZ 型电接点液位计测量筒在锅炉锅筒、除氧器等容器上的安装（PN4.0）

物位仪表的安装应符合下列要求和规定：

1）浮力式液位计的安装高度应符合设计文件规定。

2）浮筒液位计的安装应使浮筒呈垂直状态，处于浮筒中心正常操作液位或分界液位的高度。

3）钢带液位计的导管应垂直安装，钢带应处于导管的中心并滑动自如。

4）用差压计或差压变送器测量液位时，仪表安装高度不应高于下部取压口。

注意：吹气法及利用低沸点液体汽化传递压力的方法测量液位时，不受此规定限制。

5）双法兰式差压变送器毛细管的敷设应有保护措施，其弯曲半径不应小于 50mm，周围温度变化剧烈时应采取隔热措施。

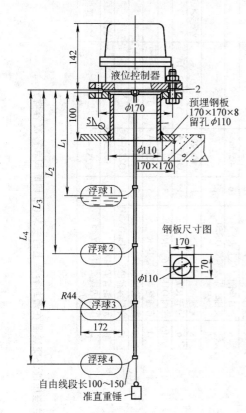

安 装 说 明

1) 本图适用于工作压力小于（或等于）0.6MPa 的容器内浮球式液位计的安装。

2) 图中 $L_1 \sim L_4$ 是液位控制的限位点深度，由工程设计确定。

3) 图左容器材质为钢板，图右为混凝土结构当容器为混凝土结构时应预埋钢板并留安装孔，并预埋钢板。

4) 安装好后安装件应涂两遍底漆一遍灰漆。

明 细 表

件号	名称及规格	数量	材质	图号或规格号	备注
1	法兰管 (a)；DN100，PN0.6	1	Q235	JK4-4-06	
2	垫片 100-6.0	1	XB350		

图 5-34　UQK-$\frac{611}{612}$，UQK-$\frac{613}{614}$ 型液位控制器在器顶的安装（PN0.6）

6）核辐射式物位计安装前应编制具体的安装方案，安装中的安全防护措施必须符合有关放射性同位素工作卫生防护的国家标准的规定。在安装现场应有明显的警戒标志。

7）称重式物位计的安装应符合规范的规定。

（六）机械量检测仪表及装置的安装

1. 电阻应变式负载传感器与显示仪表（见图 5-38）

负载传感器在安装使用时必须注意以下各点：

1）称重传感器的设计应保证受力垂直，或采取适当的措施使受力垂直；

2）负载传感器安装时应克服各种因素引起的横向力；

3）负载传感器受力点必须保持清洁以消除摩擦而引起的误差；

4）在振动、冲击的场合使用时应增加避振措施，如缓冲弹簧和减振橡皮衬垫等；

5）传感器安装时应消除各种不均匀热源及某一方向的强辐射热的影响；

6）当一台电子秤中使用两个以上的称重传感器时，受力应尽可能均匀；

7）安装时传感器的连接导线应不受拉力。

电阻应变式负载传感器的几种应用及安装形式见图 5-39 和图 5-40。

5) 安装方案如下:

①凡所选变送器的法兰不符合本图所列规格时,仍可用本图的安装方式,但法兰接管上的法兰应与所选闸阀配合,闸阀的法兰应与变送器的法兰配合。

②支柱(件7)下的预埋钢板其中心应与闸门的中心相对应。

安装方案与管、零件尺寸表

安装方案	变送器的		1. 法兰接管规格		2. 垫片	4. 螺栓	5. 螺母	6. 热圈
	公称直径 DN	公称压力 PN	a	b				
A	80	4.0			垫片 80-40	M16×80	M16	φ16
B	100				垫片 100-40	M20×80	M20	φ20

明细表

件号	名称及规格	数量	材质	图号或规格号	备注
1	凸法兰接管,DN,PN(见上表)	1			
2	垫片	2	XB450		见安装说明 2
3	闸阀	1		JK4-4-23	
4	螺栓(见上表)	16	35		
5	螺母(见上表)	16	25		
6	弹簧垫圈(见上表)	16	65Mn		见安装说明 3
7	支柱,焊接钢管 DN50,II(按震要)	1			
8	无缝钢管,D22×3.5	1	10、20		
9	短节 R1/2	1	Q235-A	YZ10-2-1A	
10	球阀 Q11F-16,DN15	3			
11	直通终端接头 14/R1/2	5	Q235-A	TZ5-1-3	
12	直通管接头 14	2	Q235-A		
13	冷凝容器 PN6.4MPa,DN100	1	Q235-A		长度见工程设计
14	无缝钢管 D14×2	2	10、20		
15	压力表接头 φ14×2(焊接式)	1	Q235-A		随变送器带

法兰螺栓孔方位图

A-A(B-B)

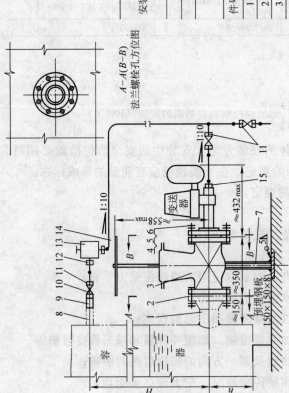

安装说明

1) 本图适用于气相容器上安装上述变送器,容器的工作压力 PN4.0MPa 的容器要靠多需要隔离的场合,其公称压力和压力,检修和拆卸变送器时,可将闸阀关闭。

2) 法兰接管(件1)的规格因选用的变送器的规格而异,它与法兰接管(件8)应一起委托工艺专业设计预先安装在容器上。H 和 h 由工艺专业确定。

3) 闸阀(件3)应与变送器的规格一致,也可用相同规格的球阀。

4) 当测量腐蚀性介质的液体时,所用部件、零件及管道材质,应使用耐腐蚀材质。

图 5-35 DBF、DBC、QBF、QBC 型单平法兰差压液位变送器在密封钢容器上的安装(带切断闸阀和冷凝器)

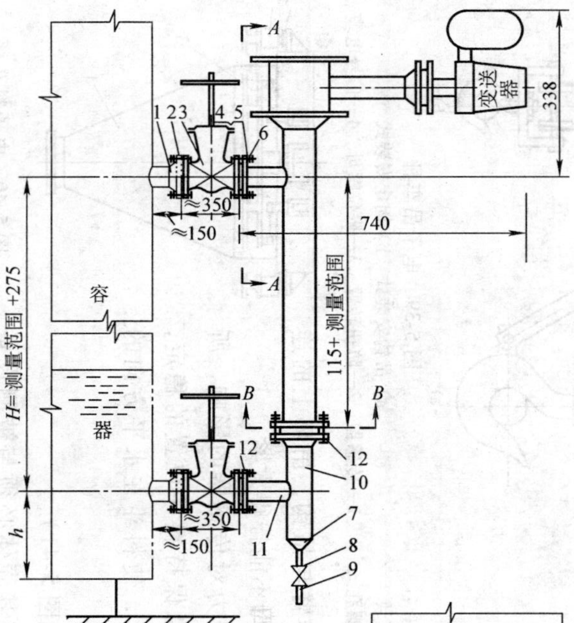

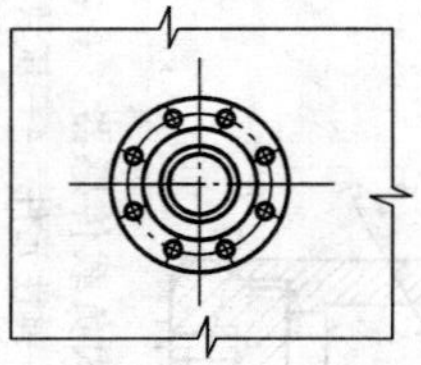

2) 法兰接管（件1）的规格因选用的仪表的规格而异，应委托工艺专业人员设计预先安装在容器上。H和h由工艺设计确定。

3) 闸阀（件3）应与测量介质、工作温度、工作压力一致，也可用相同规格的球阀。

4) 当测量腐蚀性介质的液体时，所用部件、零件及管道材质，应使用耐腐蚀材质。

5) 凡所选变送器的法兰不符合本图所列规格时，仍可用本图的安装方式，但应注意各法兰之间的配合，法兰接管上的法兰与闸阀配合，阀上的法兰与变送器配合。

明　细　表

件号	名称及规格	数量	材质	图号或规格号	备注
1	凸法兰接管 PN4.0DN40	2		JK4-4-24	
2	垫片 DN40 PN4.0	4	XB450		
3	闸阀 Z41H-40, DN40	2			见安装说明3
4	螺栓 M16×70	20	35		
5	螺母 M16	20	25		
6	弹簧垫圈 16	20	65Mn		
7	异径管 DN40/15, l=70	1	20		
8	球阀 Q11F-40, DN15	1			
9	短节 R1/2	2	20	YZ10-2-1A	
10	无缝钢管 40×3.5,l=320	1	20		
11	无缝钢管 45×3.5,l=102	1	20		
12	法兰 40-40	2	20		

A-A(B-B)
法兰螺栓孔方位图

安　装　说　明

1) 本图适用于在公称压力 PN4.0 的容器上安装上述变送器。容器的工作制可以是连续的，在检修和拆卸变送器时，可将阀门关闭。

图 5-36　DBUM、DBUT 型侧面浮筒液位界面变送器在器壁上的安装（PN4.0）

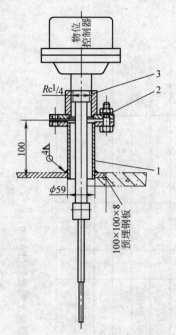

安 装 说 明

1) 本图所示为水平安装，也可用于垂直安装。
2) 安装好后，安装件涂两遍底漆一遍灰漆。

明 细 表

件号	名称及规格	数量	材质	图号或规格号	备注
1	法兰短管 a，DN50，PN0.25	1	Q235	JK4-4-05	
2	垫片 50-2.5	1	XB350		
3	法兰螺纹接头	1	Q235	JK4-4-19	

图 5-37　RF9000 系列电容物位控制器根部加长探头安装

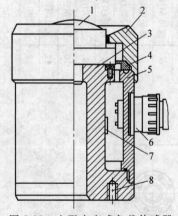

图 5-38　电阻应变式负载传感器

1—球状受力块　2—盖　3—弹性元件　4—压块
5—外壳　6—导线插头　7—应变片　8—安装螺孔

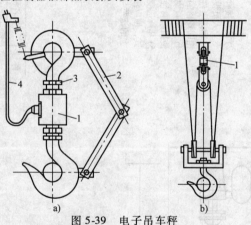

图 5-39　电子吊车秤

a) 吊钩安装式　b) 固定安装式

1—传感器　2—防扭转臂　3—限位螺母　4—信号电缆

　　电子吊车秤在安装时必须注意转臂与吊钩、吊环上的连接板的配合一定要好，上、下限位螺母不能拧得太紧。

　　而电子料斗秤安装时要考虑冲击力对传感器的影响，所以要采取适当的防振措施，也要注意保持料斗位置的稳定，为此安装了四根限位杆，把料斗拉紧，使料斗在水平方向的移动受到限制。

　　2. 电阻应变式加速度传感器（见图 5-41）

　　电阻应变式加速度传感器的安装其壳体必须与被测设备弹性连接，以确保测量的准确性。

　　3. 电感式位移传感器（见图 5-42）

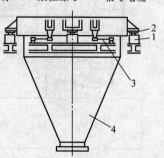

图 5-40　电子料斗秤

1—传感器　2—防振垫
3—限位杆　4—料斗

电感式位移传感器的安装应避开强磁场的干扰。

4. 压电式加速度传感器（见图5-43），压电式加速度传感器适用于测定高频（数百～数千 Hz）的机械振动参数，不适合静态变化的测定。安装时其基座应与被测设备刚性连接，且紧密牢固。

5. 磁阻式转速传感器（见图5-44）磁阻式转速传感器与被测设备同轴刚性连接。

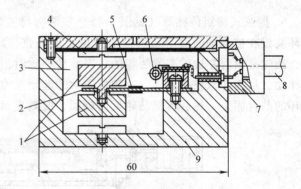

图 5-41　电阻应变式加速度传感器

1—质量块　2—应变梁　3—硅油阻尼液　4—保护块　5—电阻应变片　6—温度补偿电阻　7—压线板　8—电缆　9—壳体

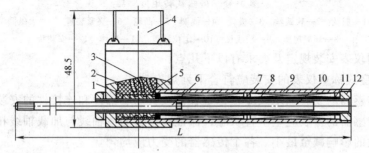

图 5-42　DWZ 型电感式位移传感器

1—绝缘隔座　2—密封填料　3—引出线　4—插座　5—接线环　6—连杆

7—线圈架　8—线圈　9—外壳　10—铁心　11—导向管　12—端盖

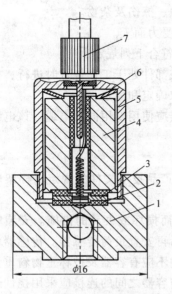

图 5-43　压电式加速度传感器

1—基座　2—压电晶体片　3—导电片

4—质量块　5—外壳　6—片弹簧

7—输出插头

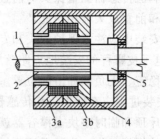

图 5-44　闭磁路磁阻
式转速传感器

1—转轴　2—内齿轮

3a、3b—外齿轮

4—线圈　5—永磁铁

6. 振弦式转矩传感器（见图5-45）安装时将安装块上的4个孔用销钉和卡环连接起来，卡环装设在被测轴的两个相邻面上。在安装振弦传感器时，先调节凸轮来调节弦的初始张力，凸轮是顶着左边的夹紧装置的，当旋转凸轮时，可迫使安装块移动，这样由于夹紧装置的移动，从而使振弦拉紧，以达到所要求的起始张力，在调节完毕后，就把安装块用螺钉与卡环的凸台固定，然后再把凸轮反向旋回，脱离夹紧装置。

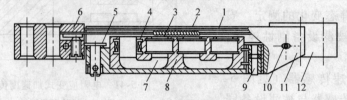

图 5-45　振弦式转矩传感器

1—振弦　2—软铁丝　3—极靴　4—线圈　5—凸轮　6—夹紧装置　7—永磁铁

8—环氧树脂　9—接线柱　10—定位装置　11—壳体　12—安装块

机械量检测仪表安装规定及要求有以下几点：

1）电阻应变式称重仪表的安装应符合下列规定：

①　负载传感器的安装和承载应在称重容器及其所有部件和连接件的安装完成后进行。

②　负载传感器的安装应呈垂直状态，保证传感器的主轴线与加载轴线相重合，使倾斜负载和偏心负载的影响减至最小。各个传感器的受力应均匀。

③　当有冲击性负载时应按设计文件要求采取缓冲措施。

④　称重容器与外部的连接应为软连接。

⑤　水平限制器的安装应符合设计要求。

⑥　传感器的支承面及底面均应平滑，不得有锈蚀、擦伤及杂物。

2）测力仪表的安装应使被测力均匀作用到传感器受力面上。

3）测量位移、振动、速度等机械量的仪表安装应符合下列规定：

①　测量探头的安装应在机械安装完毕、被测机械部件处于工作位置时进行，探头的定位应按照产品说明书和机械设备制造厂技术文件的要求确定和固定。

②　涡流传感器测量探头与前置放大器之间的连接应使用专用同轴电缆，该电缆的阻抗应与探头和前置放大器相匹配。

③　安装中应注意保护探头和专用电缆不受损伤。

4）电子皮带秤的安装地点距落料点的距离应符合产品技术文件的规定，秤架应安装在皮带张力稳定、无负载冲击的位置。

5）安装过程应有保护负载传感器不受过载或撞击而损坏或失灵的措施。安装中一般应先使用千斤顶和临时垫块支撑容器就位，调整好位置后再安置负荷传感器。传感器就位前应完成底座的焊接工作。为了保证测量准确，称重过程中不应有容器及被称重物料重量以外的附加力的作用，因此，称重对象以外的管线或结构等与容器之间的连接应采用挠性连接件等软连接方法。

6）该仪表安装时，旋转机械的轴位移、振动和转速监测系统，仪表的安装、试验应与机械的安装、试验密切配合。有的测量探头需测试其性能曲线，以保证探头测量范围在性能曲线的直线段内，此工作应在安装固定探头前做好。

（七）成分分析及其他仪表安装规定及要求

成分分析及其他仪表的形式有很多，在安装中经常遇到。成分分析和其他检测仪表必须按其安装使用说明书进行，必要时应有厂商在场。

1. 成分分析和物性检测仪表

1）分析取样系统应按设计文件的要求安装，应有完整的取样预处理装置，预处理装置应单独安装，并宜靠近传送器。

2）被分析样品的排放管应直接与排放总管连接，总管应引至室外安全场所，其集液处应有排液装置。

3）湿度计测湿元件的安装地点应避开热辐射、剧烈振动、油污和水滴，或采取相应的防护措施。

4）可燃气体检测器和有毒气体检测器的安装位置应根据所检测气体的密度确定。其密度大于空气时，检测器应安装在距地面 200～300mm 的位置；其密度小于空气时，检测器应安装在泄漏域的上方位置。

2. 其他检测仪表

1）核辐射式密度计的安装应符合前述物位仪表（五）中第 6）条的安装要求。

2）噪声测量仪表的传声器的安装位置应有防止外部磁场、机械冲击和风力干扰的措施。

3）安装辐射式火焰探测器时，其探头上的小孔应对准火焰，防止炽热空气和炽热材料的辐射进入探头。

下面给出常见分析仪表安装示意图，供参考，见图 5-46～图 5-49。

（八）变送器的安装

变送器是将传感器检测到的信号转换成仪表及控制系统能够识别和接收的标准电信号（模拟仪表及控制系统）或数字信号（数字仪表及控制系统），以便完成显示、记录、调节或控制功能的装置。因此变送器的安装必须做到以下 5 点：

1）变送器可安装在现场，也可安装在柜内，或保温箱内，一般应由设计确定，安装人员不得更动。安装位置应便于检修。

2）安装必须牢固，接线或接管必须正确无误，特别是由两根管路引入时必须正确。

3）变送器安装后应有保证其不受机械、腐蚀、尘埃、振动、环境等因素侵害的措施。

4）变送器安装前必须进行模拟试验。

5）变送器的外壳应可靠接地。

模拟试验与仪表检定/校验方法相同，按其要求输入被检测到的（温度、压力、压差、物位、机械量）模拟信号，用 mV、mA 或数字表检测其输出是否与其输入对应，可按说明书上的附表核对，并进行调整。如 500℃对应 5mA 等。

这里将常用变送器的安装工艺方法列出，供读者参考，见图 5-50～图 5-59。

（九）执行器的安装

1. 总体要求

1）控制阀的安装位置应便于观察、操作和维护。

2）执行机构应固定牢固，操作手轮应处在便于操作的位置。

3）安装用螺纹连接的小口径控制阀时，必须装有可拆卸的活动连接件。

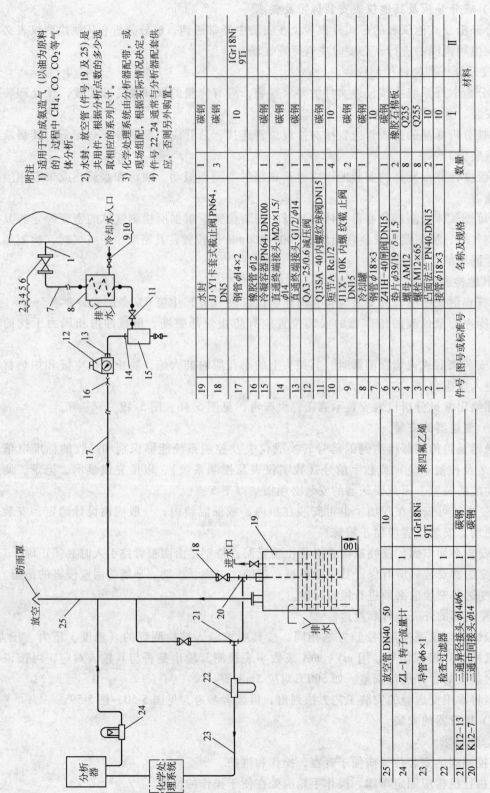

附注

1) 适用于合成氨造气（以油为原料的）过程中 CH4、CO、CO2 等气体分析。

2) 水封、放空管（件号 19 及 25）是共用件，根据分析点点数的多少选取相应的系列尺寸。

3) 化学处理系统由由分析器配带，或现场组配，根据实际情况决定。

4) 件号 22、24 通常与分析器配套供应，否则须另外购置。

件号	名称及规格	图号或标准号	数量	材料	
19	水封		1	碳钢	
18	J·Y1卡套式截止阀 PN64，DN5		3	碳钢	
17	钢管 φ14×2			10	1Gr18Ni9Ti
16	橡胶管 φ12		1	碳钢	
15	冷凝容器 PN64，DN100		1	碳钢	
14	直通终端接头 M20×1.5/φ14		1	碳钢	
13	直通终端接头 G1/2/φ14		1	碳钢	
12	QA3-25/0.6 减压阀		1		10
11	Q13SA-40内螺纹球阀DN15		4	碳钢	
10	短节A Rc1/2		2	碳钢	
9	J11X-10K 内螺纹截止阀 DN15		1		10
8	钢管 φ18×3		1	碳钢	
7	Z41H-40闸阀DN15		2	碳钢	
6	垫片 φ39/19　δ=1.5		2	橡胶石棉板	
5	螺母 AM12		8	Q235	
4	螺栓 M12×65		8	Q255	
3	凸面法兰 PN40,DN15		2		10
2	接管 φ18×3		1		10
1				I	II

25	放空管 DN40、50			10	
24	ZL-1 转子流量计		1	1Gr18Ni9Ti	
23	导管 φ6×1	聚四氟乙烯	1	碳钢	
22	检查过滤器		1	碳钢	
21	K12-13	三通异径接头 φ14φ6			
20	K12-7	三通中间接头 φ14			

图 5-46　红外线气体分析器管路连接安装示意图（$P_N \leq 40$　$T = 120 \sim 350℃$）

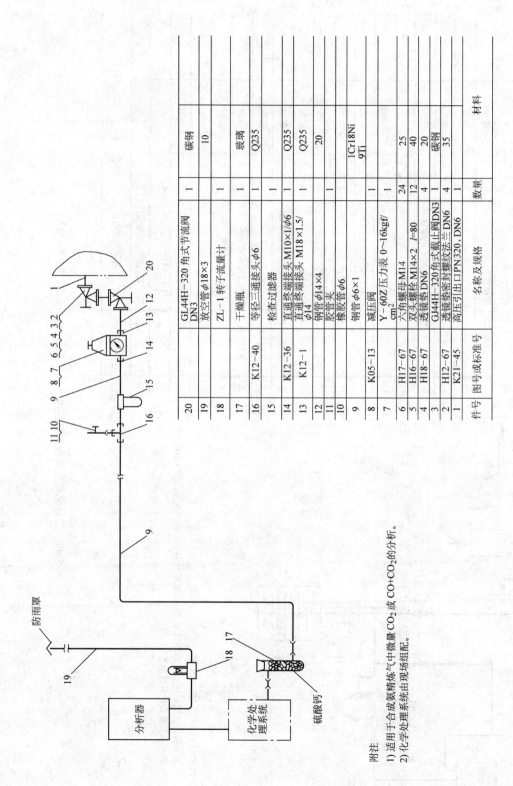

件号	图号或标准号	名称及规格	数量	材料
20		GL44H−320 角式节流阀 DN3	1	碳钢
19		放空管 ϕ18×3	1	10
18		ZL−1 转子流量计	1	
17		干燥瓶	1	玻璃
16	K12−40	等径三通接头 ϕ6	1	Q235
15		检查过滤器	1	
14	K12−36	直通终端接头 M10×1/ϕ6	1	Q235
13	K12−1	直通终端接头 M18×1.5/ϕ14	1	Q235
12		钢管 ϕ14×4	1	20
11		胶管夹		
10		橡胶管 ϕ6		
9		钢管 ϕ6×1		1Cr18Ni9Ti
8	K05−13	Y−60Z 压力表 0~16kgf/cm²	1	
7		六角螺母 M14	24	25
6	H17−67	双头螺栓 M14×2 l=80	12	40
5	H16−67	透镜垫 DN6	4	20
4	H18−67	GJ44H−320角式截止阀 DN3	1	碳钢
3	H12−67	透镜垫密封螺纹法兰 DN6	4	35
2	K21−45	高压引出口PN320, DN6		
1				

图 5-47　CO、CO_2 红外线气体分析器管路连接安装示意图（$P_N = 160$　$T \leqslant 40℃$）

附注
1) 适用于合成氨精炼气中微量 CO_2 或 CO+CO_2 的分析。
2) 化学处理系统由现场组配。

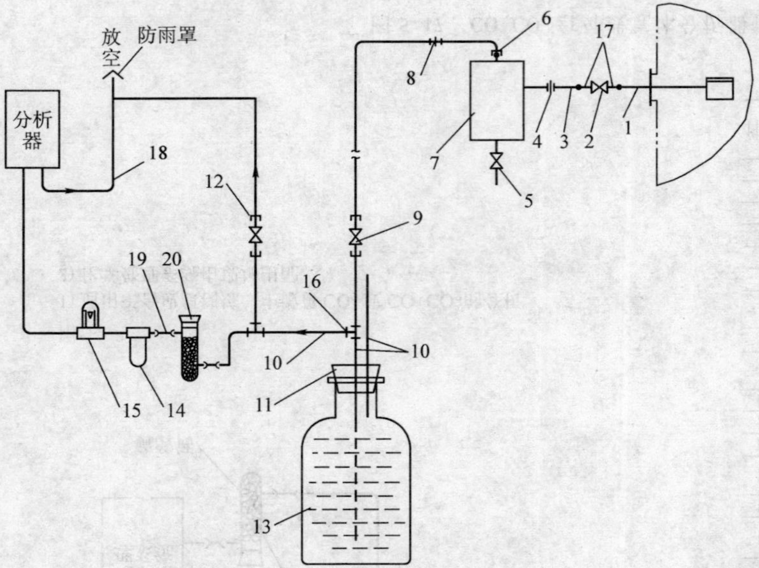

件号	图号或标准号	名称及规格	数量	材料
20		干燥瓶	1	玻璃
19		橡胶管 φ6		
18		无缝钢管 φ14×2		碳钢
17	K12-52	短节 ZG1/2-A	4	碳钢
16		三通接头 φ6	2	尼龙
15		ZL-1 型转子流量计	1	
14		过滤器	1	
13		油封 V=10l	1	玻璃瓶
12		直通终端接头 KG1/4in	4	尼龙
11		橡皮塞	1	
10		塑料管 φ6	1	聚氯乙烯
9		球阀 1/4in	2	尼龙
8	K12-11	直通异径接头 φ14 φ6	1	碳钢
7	K14-12	除尘器	1	碳钢
6	K12-14	终端焊接接头 φ14	1	碳钢
5		J11X-10K 内螺纹截止阀 DN15	2	碳钢
4		1in 活接头	1	碳钢
3		碳钢管 φ2in	1	碳钢
2		Z11H-40 内螺纹闸阀 PN40, DN15	1	碳钢
1		碳化硅过滤器取源部件	1	

图 5-48　二氧化硫分析器管路连接安装示意图（$P_N = 2.5$　$T \leqslant 300℃$）

附注
1) 件号 14 和 15 仪表需配套，否则另行购置。
2) 图中所示适用焙烧工段 $T < 30℃$ 的场合，若取样在 SO_2 鼓风机出口，$T < 60℃$ 时，则可不安装碳化硅过滤器。

件号	图号或标准号	名称及规格	数量	材料
11	K12-52	短节 ZG1/2-A	1	Q235
10		J11X-10K 内螺纹截止阀 DN15	1	
9	K14-24	洗涤稳压容器	1	聚氯乙烯
8		YG-400 电磁泵	1	
7		棉花过滤器	2	
6		橡胶管 φ9×1.5	1	玻璃
5		干燥瓶	1	玻璃
4		水封管	1	
3		斜三通 φ10 斜30°	1	聚氯乙烯
2	K12-56	橡胶管接头	1	Q235
1		碳化硅过滤器	1套	

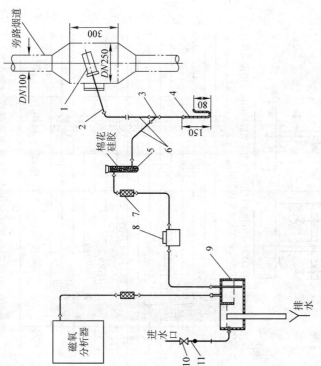

图 5-49　烟道气中氧量分析管管路连接安装示意图（$P = -50\text{mmH}_2\text{O}$　$T = 300℃$）

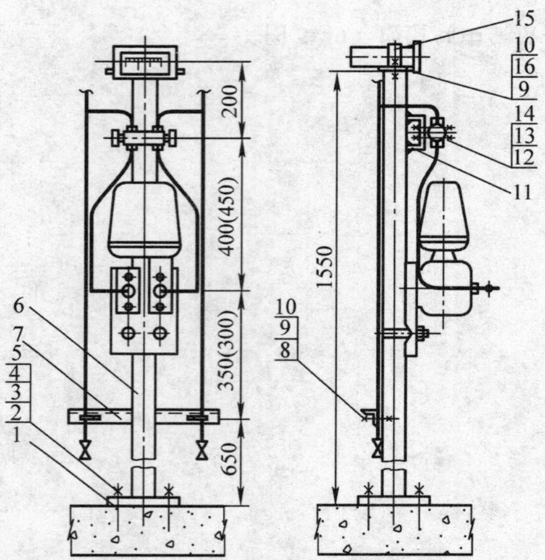

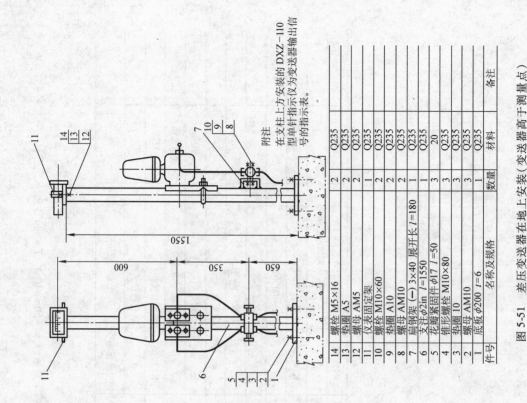

图 5-51　差压变送器在地上安装（变送器高于测量点）

件号	名称及规格	数量	材料	备注
14	螺栓 M5×16	2	Q235	
13	垫圈 A5	2	Q235	
12	螺母 AM5	2	Q235	
11	仪表固定架	1	Q235	
10	螺栓 M10×60	2	Q235	
9	垫圈 A10	2	Q235	
8	螺母 AM10	1	Q235	
7	扁钢架（一）3×40 展开长 l=180	1	Q235	
6	支柱 φ2in l=1550	3	20	
5	花篮紧固件 φ17 l=50	3	Q235	
4	锥形螺栓 M10×80	3	Q235	
3	垫圈 10	3	Q235	
2	螺母 AM10	3	Q235	
1	底板 φ200 l=6	1	Q235	

附注：在支柱上方安装的 DXZ-110 型单针指示仪为变送器输出信号的指示表。

图 5-50　差压变送器在地上安装（变送器低于测量点）

件号	名称及规格	数量	材料	备注
16	垫圈 A5	2	Q235	
15	仪表固定架	1	Q235	
14	螺栓 M10×60	2	Q235	
13	垫圈 A10	2	Q235	
12	螺母 AM10	2	Q235	
11	扁钢架（一）3×40 展开长 l=180	1	Q235	
10	螺钉 M5×16	4	Q235	
9	螺母 AM5	4	Q235	
8	管卡 2×20	2	Q235	
7	角钢架 L25×25×4 l=370	1	Q235	
6	支柱 φ2in l=1550	3	20	
5	花篮紧固件 φ17 l=50	3	Q235	
4	锥形螺栓 M10×80	3	Q235	
3	垫圈 10	3	Q235	
2	螺母 AM10	3	Q235	
1	底板 φ200 l=6	1	Q235	

附注：
1. 在支柱上方安装的 DXZ-110 型单针指示仪为变送器输出信号的指示表。
2. 图中括号内的数字为安装微差压变送器用。

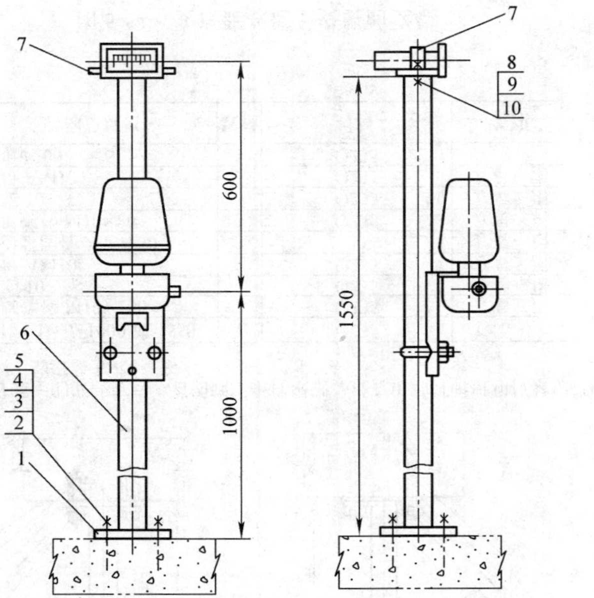

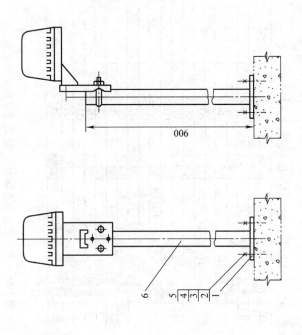

图 5-53　温度变送器在地上安装

件号	名称及规格	数量	材料	备注
6	支柱 φ2in l=900	1	Q235	
5	花瓣紧固件 φ17 l=50	3	20	
4	锥形螺栓 M10×80	3	Q235	
3	垫圈 10	3	Q235	
2	螺母 AM10	3	Q235	
1	底板 φ200 l=6	1	Q235	

图 5-52　压力变送器在地上安装

附注
在支柱上方安装的 DXZ-110 型单针指示仪为变送器输出信号的指示表。

件号	名称及规格	数量	材料	备注
10	螺栓 M5×16	2	Q235	
9	垫圈 A5	2	Q235	
8	螺母 AM5	2	Q235	
7	仪表固定架	1	Q235	
6	支柱 φ2in l=1550	1	20	
5	花瓣紧固件 φ17 l=50	3	Q235	
4	锥形螺栓 M10×80	3	Q235	
3	垫圈 10	3	Q235	
2	螺母 AM10	3	Q235	
1	底板 φ200 l=6	1	Q235	

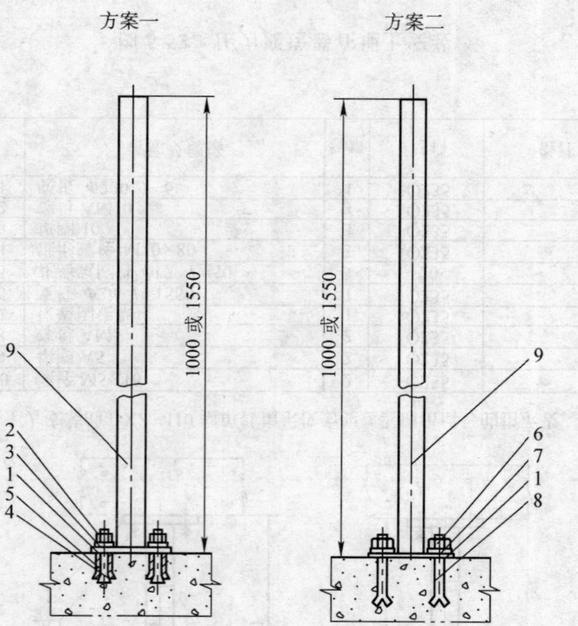

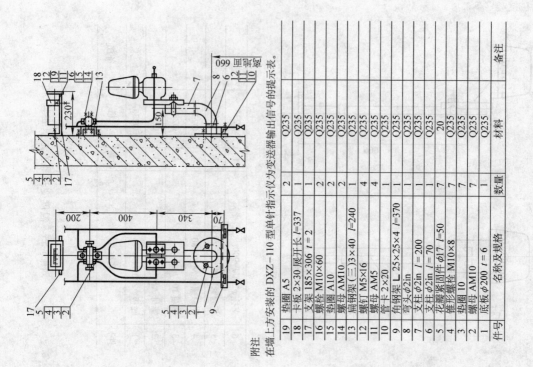

图 5-55　差压变送器在墙上安装（变送器低于测量点）

附注：在墙上方安装的 DXZ-110 型单针指示仪为变送器输出信号的提示表。

件号	名称及规格	数量	材料	备注
19	垫圈 A5	2	Q235	
18	卡板 2×30 展开长 l=337	1	Q235	
17	支架 185×306 t=2	2	Q235	
16	螺栓 M10×60	2	Q235	
15	垫圈 A10	2	Q235	
14	螺母 AM10	1	Q235	
13	扁钢架（三）3×40 l=240	1	Q235	
12	螺钉 M5×16	4	Q235	
11	垫圈 AM5	4	Q235	
10	管卡 2×20	1	Q235	
9	角钢架 L 25×25×4 l=370	1	Q235	
8	弯头 φ2in	1	Q235	
7	支柱 φ2in l=200	1	Q235	
6	支柱 φ2in l=70	7	20	
5	花藏紧固件 φ17 l=50	7	Q235	
4	锥形螺栓 M10×8	7	Q235	
3	垫圈 10	7	Q235	
2	螺母 AM10	7	Q235	
1	底板 φ200 t=6	1	Q235	

图 5-54　变送器在地上安装的支架

附注：尽可能采用方案一的安装方式。若因施工条件限制，没有电动打眼机和拉紧螺钉时，则可采用方案二的安装方式。

件号	名称及规格	数量	材料	备注
9	支柱 φ2in l=1000 或 1550	1		方案二用
8	地脚螺栓 M10×160	3	Q235	方案二用
7	垫圈 10	3	Q235	方案二用
6	螺母 AM10	3	Q235	方案二用
5	花藏紧固件 φ17 l=50	3	20	方案一用
4	锥形螺栓 M10×80	3	Q235	方案一用
3	垫圈 10	3	Q235	方案一用
2	螺母 AM10	3	Q235	方案一用
1	底板 φ200 t=6	1	Q235	方案一用

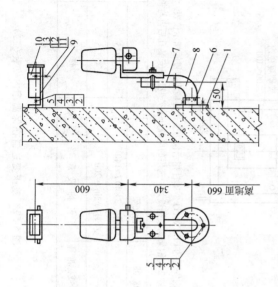

附注
在墙上方安装的 DXZ-110 型单针指示仪为变送器输出信号的指示表。

件号	名称及规格	数量	材料	备用
13	螺栓 M5×16	2	Q235	
12	热圈 A5	2	Q235	
11	螺母 AM5	2	Q235	
10	卡板 2×30 展开长 l=337	1	Q235	
9	支架 185×306 l=2	1	Q235	
8	弯头 φ2in	1	Q235	
7	支柱 φ2in l=200	1	Q235	
6	支柱 φ2in l=70	5	Q235	
5	花瓣紧固件 φ17 l=50	5	20	
4	锥形螺栓 M10×80	5	Q235	
3	热圈 10	5	Q235	
1	底板 200 l=6	1	Q235	

图 5-57　压力变送器在墙上安装

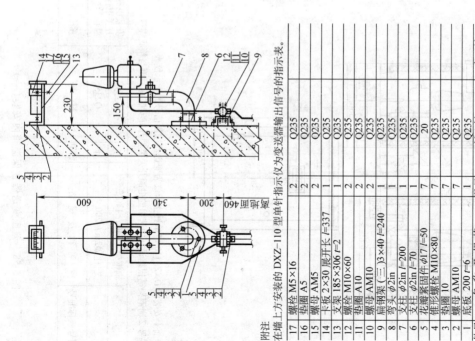

附注
在墙上方安装的 DXZ-110 型单针指示仪为变送器输出信号的指示表。

件号	名称及规格	数量	材料	备注
17	螺栓 M5×16	2	Q235	
16	热圈 A5	2	Q235	
15	螺母 AM5	2	Q235	
14	卡板 2×30 展开长 l=337	1	Q235	
13	支架 185×306 l=2	2	Q235	
12	螺栓 M10×60	2	Q235	
11	热圈 A10	2	Q235	
10	螺母 AM10	2	Q235	
9	扁钢架（三）3×40 l=240	1	Q235	
8	弯头 φ2in	1	Q235	
7	支柱 φ2in l=200	1	Q235	
6	支柱 φ2in l=70	1	Q235	
5	花瓣紧固件 φ17 l=50	7	20	
4	锥形螺栓 M10×80	7	Q235	
3	热圈 10	7	Q235	
2	螺母 AM10	7	Q235	
1	底板 200 l=6	1	Q235	

图 5-56　差压变送器在墙上安装（变送器高于测量点）

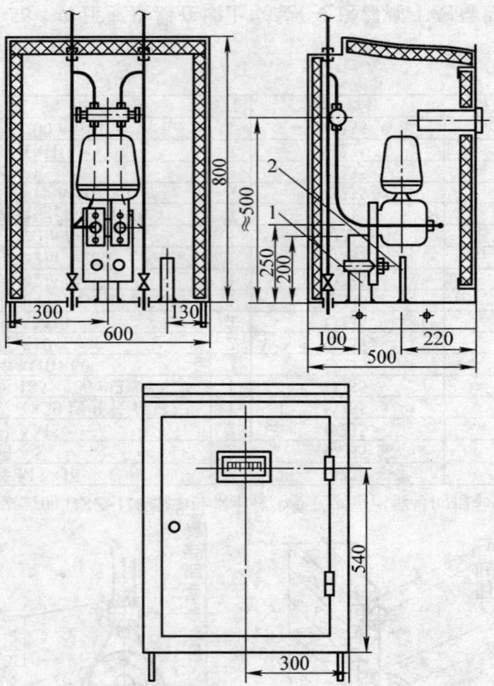

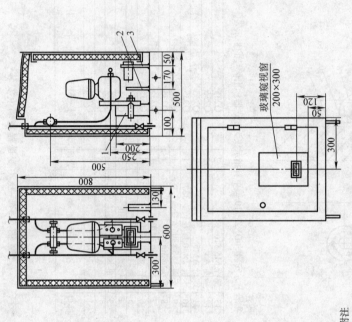

图 5-58　差压变送器在保温箱筒内安装（一）

件号	图号或标准号	名　称　及　规　格	数量	材　料	备　注
2		扁钢架 3×40 *l*=140	1	Q235	
1		支　柱 φ2in *l*=200	1	Q235	

附注
1) 箱面上安装的 DXZ-110 型单针指示仪为变送器输出信号的指示仪表。
2) 件号 2 扁钢架需根据设计中选用的电源开关类型开好安装孔后再与箱底焊接。

图 5-59　差压变送器在保温箱内安装（二）

件号	图号或标准号	名　称　及　规　格	数量	材　料	备　注
3	K08-08	仪表支架	1		安装电源开关用保温箱箱带
2		扁钢架 3×40 *l*=140	1	Q235	
1		支　柱 φ2in *l*=200	1	Q235	

附注
1) 箱内安装的 EFZX-111 型单针指示仪为变送器输出信号的指示仪表。
2) 件号 2 扁钢架需根据设计中选用的电源开关类型开好安装孔后再与箱底焊接。

4）执行机构的机械传动应灵活，无松动和卡涩现象。

5）执行机构连杆的长度应能调节，并应保证调节机构在全开到全关的范围内动作灵活、平稳。

6）当调节机构能随同工艺管道产生热位移时，执行机构的安装方式应能保证其和调节机构的相对位置保持不变。

7）气动及液动执行机构的信号管应有足够的伸缩余度，不应妨碍执行机构的动作。

8）液动执行机构的安装位置应低于控制器。当必须高于控制器时，两者间最大的高度差不应超过 10m，且管道的集气处应有排气阀，靠近控制器处应有逆止阀或自动切断阀。

9）电磁阀的进出口方位应安装正确。电动执行器和电磁阀安装前应按产品说明书的规定检查线圈与机体间的绝缘电阻（应大于4Ω）。

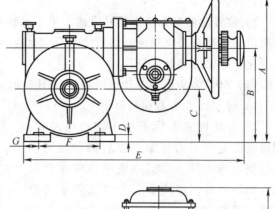

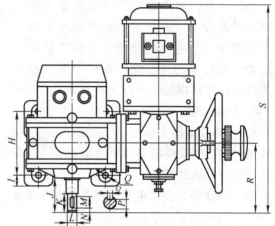

图 5-60 SMS 型执行器外形

2. 执行器的安装调整

执行器的形式类别、规格有很多，这里仅以几种常用的执行器为例，说明其安装方法和注意事项。

（1）SMS 型角行程电动执行器（见图 5-60）

1）将执行器用地脚螺栓紧固在牢固的基础上，找平找正。安装位置应符合环境条件且便于维修，并有防止损坏的措施。

2）在把调节机构与执行机构连接之前，首先把执行机构的限位凸轮放在空挡，并且将位置发信变阻器的活动臂的螺钉放松，以免在调整时损坏元件。

3）在调节机构与执行机构连接好后，用手轮操作执行机构，使执行机构输出轴走完全行程时，调整发信变阻器的活动臂，从变阻器的一个固定端走到另一个固定端，同时用万用表的欧姆挡测量电阻变化，应均匀增大并无突跳现象。极限开关的凸轮位置调整在执行机构输出曲柄到达极限位置时开断电路。

4）使用与维护

① 执行机构在通电前必须查看电路连接是否正确，所用电源电压是否与规定值相符。

② 执行机构应定期检查、清洗、加油。

5）电磁制动器通电后不动作的检修步骤：用万用表交流电压挡测量制动线圈两端是否有电压；如有电压而仍不动作，应进一步用万用表欧姆挡测量制动线圈是否断路。

6）电动机通电后不动作的检修步骤：用万用表测量电动机绕组端是否有电压；如有电压仍不动作，应进一步检查电动机绕组是否断路；如电动机绕组端无电压，应检查极限开关是否良好。

7）位置发信器无输出信号或输出不正常的检修步骤：用万用表欧姆挡测量变阻器的两个固定端是否有开路现象；然后测量滑动触点与固定端之间的电阻值能否随输出轴旋转而均匀变化，并保持接触良好。

（2）ZDC 型角行程电动执行器（见图 5-61）

1）同 SMS 角行程执行器的 1）～3）。

2）电动机通电后不动作的检修步骤：测量电源电压是否正常；然后测量滚切电动机绕组端电压，每组绕组电压应保持对称；如不对称，应检查每个二极管是否开路或短路现象，并检查电动机绕组是否有开路现象；如电动机绕组、二极管都良好，而电动机不动作，应检查分相电容是

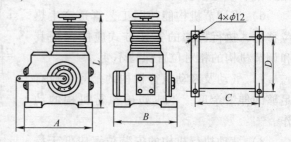

图 5-61　ZDC 型角行程电动执行机构外形

否有短路或开路现象；如以上检查都无问题时，应打开电动机检查偏心机构是否有卡住现象。

3）位置发信器无输出信号或输出不正常的检修步骤：测量变阻器两个固定端是否有开路现象；然后测量变阻器的滑动触点与固定端之间的电阻值，判断能否随输出轴转动而均匀变化，保持接触良好。

（3）DKJ 型比例式电动执行器（见图 5-62）

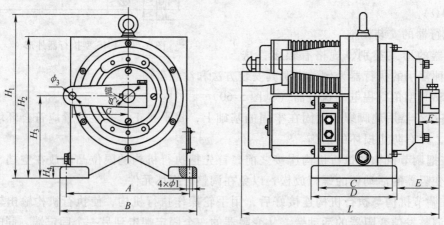

图 5-62　DKJ 型执行机构外形

DKJ 型比例式角行程执行机构包括伺服放大器和执行机构两个独立部分。伺服放大器是墙挂式结构，可垂直安装在金属骨架或立柱上。

执行机构部分包括减速器、伺服电动机、位置发信器等部件，减速器箱体的底部有安装孔，用地脚螺钉安装在牢固的基础上。

DKJ 型执行器安装后应进行校验，并按说明书正确接线。校验主要有伺服放大器、执行机构和反馈系统。

（4）ZDA 型直行程电动执行器（见图 5-63）

1）ZDA 型直行程电动执行机构通常与调节阀配合使用，直接安装在调节阀上。

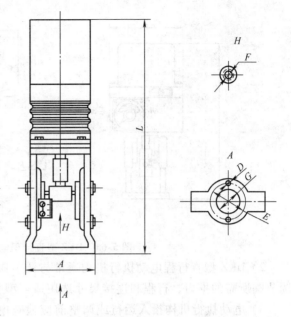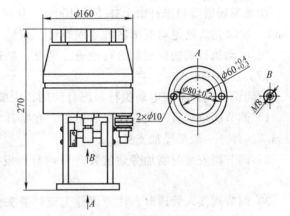

2）把执行机与调节阀之间连接妥当后，调整限位槽的位置，使调节阀从全关到全开时推杆刚好走完全行程，同时位置发信器的阻值应从零到最大值。

3）在通电使用前必须按使用说明书查看电路接线是否正确。

4）执行机构应定期检查、清洗、加油。

5）电动机通电后不动作的检修步骤：按前面已述方法检查滚切电动机绕组、二极管、分相电容是否良好；如电动机部分都良好，应检查推杆两侧的滚柱与限位槽之间间隙是否均匀，如因不均匀而卡死，则应放松限位槽的固紧螺钉重新调整间隙。

6）位置发信器无输出或输出不正常的检修步骤：用万用表欧姆挡检查多圈电位器是否有开路或短路现象；多圈电位器的滑动端与固定端之间电阻能否随推杆移动而均匀变化，保持接触良好。

图 5-63　ZDA 型直行程电动执行机构外形

（5）ZAZ 型直行程电动执行器（见图 5-64）

1）ZAZ 型直行程执行机构通常与调节阀配合使用，直接安装在调节阀上。

2）把执行机构与调节阀连接妥当后，调整限位槽位置，使调节阀从全关到全开时推杆刚好走完全行程，同时螺旋电位器的输出阻值应从零到最大值，如果不在零位，需拨动弹性联轴器的拨盘使它从零开始。

3）在通电使用前必需查看电路接线是否正确，并按说明书检查。

4）执行机构应定期检查、清洗、加油。

图 5-64　ZAZ 型直行程执行机构外形

5）电动机通电后不动作的检修步骤：与上面介绍的几种方法一样，首先检查电动机电源是否正常，电动机绕组和分相电容器是否良好；如电动机部分都正常，则应检查推杆与限位槽之间是否卡死。

6）位置发信器无输出或输出不正常的检修步骤：首先检查多圈电位器是否有短路和开路现象；检查多圈电位器滑动触点接触是否良好。

（6）DKZ 型直行程电动执行器（见图 5-65）

1）安装和接线：DKZ 型比例式直行程执行机构包括伺服放大器和直行程执行机构两个独立部分。伺服放大器是墙挂式结构，可垂直安装在金属骨架或立柱上，使用前应对放大器、执行机构和反馈系统按说明书进行校验。

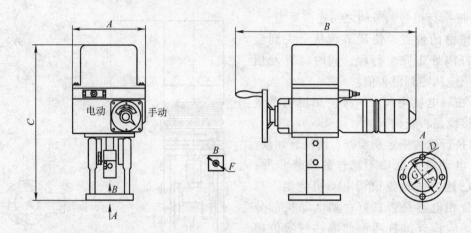

图 5-65　DKZ 型直行程电动执行器机构外形

2）DKZ 型直行程电动执行机构通常与调节阀配合使用，直接安装在调节阀上，故需按调节阀所需的推力、行程和连接尺寸选用适当型号的直行程执行机构。

3）电动执行机构投入运行或调整前应检查电源电压是否符合规定值，以及各部分接线是否正确牢固，并按说明进行核对。

4）执行机构出厂时调整在当推杆由下往上、从 0 ~ 100% 位置时，位置发信器输出电流对应为 0 ~ 10mA。

如果现场需要当推杆由上往下从 100% ~ 0 位置时，使位置发信器输出电流对应为 0 ~ 10mA，这时先放松差动变压器的紧固螺钉，调整差动变压器线圈与铁心之间的工作位置。

5）电动执行机构应定期进行检查、调整，减速器应定期清洗、加油。

（7）电动调节阀

电动调节阀通常与电动执行器配合使用，安装使用应注意以下 8 点：

1）调节阀应垂直安装在水平管道上，在特殊情况下，需要水平或倾斜安装时，除小口径调节阀外，一般都要加支撑。

2）调节阀安装时需加旁通装置，当调节阀发生故障时，可将调节阀卸除而不影响正常生产。

3）调节阀接入管道时，注意阀体上流体箭头方向应与实际工作介质流向一致。

4）调节阀在投入运行之前，应将整个管道和阀门清洗干净，以免杂质进入阀内而损坏阀心和阀座。

5）阀体内壁和隔膜阀的隔膜经常受到介质的冲击和腐蚀，重点检查耐压、耐腐的情况，避免发生事故。

6）阀座和阀体连接螺纹，检查因受介质腐蚀是否有松动，影响阀心的正常动作。

7）阀心是调节阀的可动部分，受介质的冲蚀最为严重，检查时应注意各部位是否有腐蚀、磨损，如有损坏应及时更换。

8）密封填料是否老化、密封面是否有损坏，必要时应及时更换。

（8）电磁阀

1）安装注意事项

①　注意工作介质的流通方向，应按阀体上标志的箭头所指的工作介质流通方向安装，

并与法兰连接严密可靠。

② 注意电源条件（交流或直流、电压、频率、功率等）是否与电磁阀名牌所示的符合，以及它与控制继电器的配合是否准确。

③ 管道系统如果没有接地，电磁阀应安装有接地线，以保证工作安全。

④ 阀内装有弹簧，能承受一定程度的振动，安装稍有不正仍可正常工作。但仍应尽可能考虑在振动较小的地方与正立的位置上安装。

⑤ 导阀与阀盖上的螺栓应分别捻紧，不然会泄汽伤人，而且由于主阀内阀衬与阀塞间的间隙发生漏汽，使阀门难以正常工作。

⑥ 在有腐蚀性介质的工作场所，一般不可选用本阀。但如确有迫切需要不得不选用本阀时，应在阀的外露部分（阀体、阀盖、外壳与底板、隔热垫与隔热弹簧等）与引线部分加防护措施。

⑦ 在室外安装时，应有防护措施。

⑧ 不得在易发生爆炸等危险环境中使用。

2）维护注意事项

① 使用前应将管道中的积污排除。在排污前，最好在主阀的阀腔内取出阀衬、阀塞、主阀弹簧与过滤器等。

② 阀盖经过拆卸后，最好更换新的阀盖密封垫，以免发生漏汽现象而导致不能可靠开阀。

③ 不工作期间，应关闭本阀前的手动截止阀。

④ 在较长期间（如半个月以上）不工作时，应取出主阀阀腔内的阀塞、主阀弹簧、阀衬与过滤器。不然，会由于管道的严重积垢停滞在阀内，使工作部件卡住，而不能正常工作。

3）故障排除方法

① 通电时不工作，检查线圈是否断线。

② 通电时不能开阀，可能阀盖上的螺栓未捻紧；阀盖密封垫是否过薄或厚薄不均；阀塞是否被杂物卡住；导阀阀口是否堵塞。

③ 断电时不能关阀，阀塞是否被杂物卡住；导阀阀口是否被杂物卡住，处于开阀状态；导阀的活动铁心阀口软垫是否破损。

④ 阀关闭后仍严重漏汽，阀塞密封垫是否破损；阀座是否松动。

（十）仪表盘、柜、箱的安装及规定要求

仪表盘、柜、箱与电气盘、柜、箱的安装工艺方法基本相同。单独放置的一般安装在现场，陈列设置的均安装在仪表控制室内。具体安装方法参见本丛书《低压动力电路及设备安装调试》分册的相关内容。这里将某70t/h的蒸气锅炉控制盘的图样列出，进一步讲述仪表盘柜的功能和安装工艺方法。

1. 锅炉仪表控制盘柜功能

图5-66是锅炉房热工仪表控制盘正面元件布置图，它给出了仪表及元件的规格型号及其控制单元的组合情况，表5-5是设备元件表。

1）主蒸汽管道的温度测量信号经控制电缆 KVV-5×1.5 由冷端补偿器接至控制盘上主蒸汽温度仪表 XCT-121 上，该表是动圈调节指示仪，可高位报警，测量范围为 0～400℃，分度号为 EA-2，与热电偶配套。

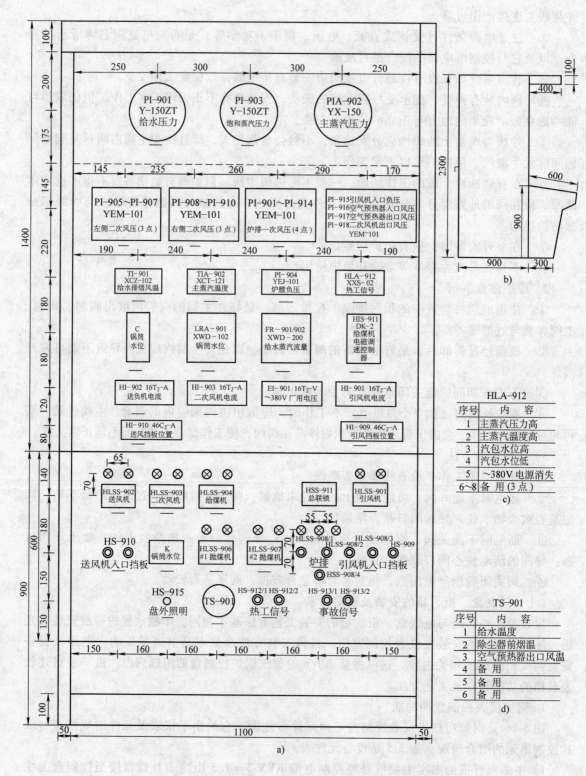

图 5-66　锅炉控制盘正面元件布置及柜体尺寸图
a）正视图　b）侧视图　c）光字牌内容一览表　d）切换开关次序表

表 5-5　图 5-66 设备元件表（仅供参考）

编号	名称	型式规格	数量	备注
PI-901	弹簧管压力表	Y-150ZT 0～4MPa	1	
PI-903	弹簧管压力表	Y-150ZT 0～2.5MPa	1	
PIA-902	电接点压力表	YX-150 0～2.5MPa	1	
PI-905-PI-907 PI-908-PI-910	集装式压力指示表	YEM-101 0～8kPa	2	3 台装
PI-911-PI-914	集装式压力指示表	YEM-101 0～4kPa	1	4 台装
PI-915-PI-918	集装式压力指示表	YEM-101 PI-915-4～0kPa PI-916，917：0～4kPa PI-918：0～8kPa	1	4 台装
LRA-901	小型长图平衡记录仪	XWD-102 0～10mA 0～2.5kPa	1	
FR-901/902	小型长图平衡记录仪	XWD-200 0～10mA 0～25t/h	1	
TI-901	动圈式温度指示仪	XCZ-102 0～300℃ BA2	1	
TIA-902	动圈式温度指示调节仪	XCT-121 0～400℃ EA-2	1	
PI-904	矩形膜盒压力表	YEJ-101-3～+3kPa	1	
TS-901	切换开关	FK-6 切换六点	1	
C	比例积分调节器	DTL-231 0～10mA 四通道	1	
K	操作器	DFD-05 0～10mA	1	
HLA-912	闪光信号报警器	XXS-02	1	
	标志框		36	
HIS-911	控制器	DK-2	1	锅炉厂供
HSS-911	转换开关	LW5-P 1587/5	1	
HLSS-901～904， 906～907	转换开关	LW5-15 B4815/5	6	
HI-909 HI-910	电流表	46C2-A 0～10mA 0～100%	2	
HI-901	电流表	16T2-A 300/5A	1	
HI-902	电流表	16T2-A 150/5A	1	
HI-903	电流表	16T2-A 75/5A	1	
EI-901	电压表	16T2-V 0～450V 380/100V	1	
HSS-908/4 HLSS-908/1、2、3	按钮	LA18-22 红、绿、白色	各 1	其中 1 个 HSS-908/4 为黑色按钮
HLS-909 HLS-910	按钮	LA18-22 红、绿色	各 2	
HS-912/1、2 HS-913/1、2	按钮	LA18-22 红、绿色	各 2	热工事故信号试验及解除

（续）

编号	名称	型式规格	数量	备注
HS-915	钮子开关	KN3-A/1Z1D 单刀单掷	1	
	信号灯	XD5 红色、绿色	各6	附 2.2kΩ 电阻灯泡 12V12W
	信号灯	XD5 蓝、黄、白色（控制炉排用）	各1	
	电铃	~220V 75mm	1	
	蜂鸣器	DDZ1 = 220V	1	
	荧光灯	~220V 100W 带灯具	2	用作盘外照明

2）给水管道给水温度测量信号、尾部烟道烟气温度信号、空气预热出口风道空气温度信号同时经控制电缆 KVV-7×1.5 由 1# 接线盒接至控制盘的 TS-901 切换开关上，型号为 FK-6，而后再接至温度仪表 XCZ-102 上，该表是动圈指示仪，测量范围为 0~300℃，分度号为 BA2，与热电阻配套。

3）主管蒸汽道蒸汽流量、给水管道给流量和锅筒水位的测量信号经控制电缆 KVV29-14×1.5 由 2# 接线盒引至控制盘上分别接至盘上的小型长图平衡记录仪 XWD-200、XWD-102 和锅筒水位调节器 DTL-231 上，进行流量的记录、水位的记录和三冲量的比例积分调节（三冲量指蒸汽流量、给水流量和锅筒水位）。其中 XWD-200 是双笔记录仪，可同时记录两个参数，信号 0~20mA，流量 0~25t/h；XWD-102 为单笔，信号 0~10mA，记录锅筒水位并设有高低水位报警。DTL-231 为比例积分调节器，信号 0~10mA，可进行四个参数的调节，同时设 DFD-05 操作器一只。

4）给水压力、锅筒蒸汽压力和主管道蒸汽压力由取样点经导压管分别直接引至盘上的压力表 Y-150ZT0~4MPa、Y-150ZT0~2.5MPa 和 YX-150 0~2.5MPa 上，其中 Y-150ZT 为普通弹簧管压力表，而 YX-150 为电接点压力表，设有高位报警功能。

5）风压和负压的测量信号均由取样点经导压管分别直接接至盘上的集装式压力指示仪表上，其中二次风按左右用两块表、炉排一次风用一块表、空气出口风压和烟气负压共用一块表。集装式压力指示仪表型号 YEM-101，是几块压力表装设在一起的压力测量装置。

6）炉膛负压的测量由取样点经导压管直接引至盘上的 YEJ-101 膜盒式压力表上，规格为 -3~+3kPa。

7）送风机电动机的控制由 16T2-A、信号灯 XD$_5$ 和转换开关 LW5-15 B4815/5 组成，电动调整挡板的控制由按钮 LA18-22 和电流表 46C$_2$-A 组成，其中电流表 46C$_2$-A 是 0~10mA，用 0~100% 来表示挡板的开度。

8）引风机电动机及其电动挡板与送风机相同，其中电流表 16T2-A 为主机电流，需配互感器。

9）二次风机电动机的控制与送风机相同。

10）炉排电动机的控制由按钮 LA18-22 和信号灯 XD$_5$ 组成。

11）给煤机电动的控制由转换开关 LW5-15、B4815/5、信号灯及控制器 DK-2 组成，其中 DK-2 控制其转速，是与电磁调速电动机配套的。

12）抛煤电动机的控制由转换开关 LW5-15B$_4$815/5 和信号灯组成。

13）控制盘设热工信号，由闪光信号报警器 XXS-02 完成，当主蒸汽压力或温度过高、锅筒水位过高或过低、电源消失均闪光报警，并由热工信号按钮试验，由事故信号按钮解除。

14）控制盘设盘上照明，220V、100W 荧光灯。

15）控制盘设总联锁转换开关 LW5-P1587/5。

2. 仪表盘柜箱台的安装规定及要求

仪表盘柜箱台的安装，首先要索取到所有仪表、元件的说明书、合格证及试验报告，并按设计或说明书检查其外观和接线。然后核对各种信号源的管路或线缆，其始端应正确无误。最后核对各元件的电源是否正确，并满足以下规定要求：

1）仪表盘、柜、操作台的安装位置和平面布置，应按设计文件施工。就地仪表箱、保温箱和保护箱的位置，应符合设计文件要求，且应选在光线充足、通风良好和操作维修方便的地方。其中，设计文件应经四方会审通过。

2）仪表盘、柜、操作台的型钢底座的制作尺寸应与盘、柜、操作台相符，其直线度允许偏差为 1mm/m，当型钢底座长度大于 5m 时，全长允许偏差为 5mm。

3）仪表盘、柜、操作台的型钢底座安装时，上表面应保持水平，其水平度允许偏差为 1mm/m，当型钢底座长度大于 5m 时，全长允许偏差为 5mm。

4）仪表盘、柜、操作台的型钢底座应在地面施工完成前安装找正。其上表面宜高出地面。型钢底座应进行防腐处理。

5）仪表盘、柜、操作台安装在振动场所，应按设计文件要求采取防振措施。

6）仪表盘、柜、箱安装在多尘、潮湿、有腐蚀性气体或爆炸和火灾危险环境，应按设计文件要求选型并采取密封措施。

7）仪表盘、柜、操作台之间及盘、柜、操作台内各设备构件之间的连接应牢固，安装用的紧固件应为防锈材料。安装固定不得采用焊接方式。

8）单独的仪表盘、柜、操作台的安装应符合下列规定：

① 固定牢固；

② 垂直度允许偏差为 1.5mm/m；

③ 水平度允许偏差为 1mm/m。

9）成排的仪表盘、柜、操作台的安装，除应符合本问第 8）条的规定外，还应符合下列规定：

① 同一系列规格、相邻两盘、柜、台的顶部高度允许偏差为 2mm。

② 当同一系列规格盘、柜、台间的连接处超过 2 处时，顶部高度允许偏差为 5mm；

③ 相邻两盘、柜、台接缝处正面的平面度允许偏差为 1mm；

④ 当盘、柜、台间的连接处超过 5 处时，正面的平面度允许偏差为 5mm；

⑤ 相邻两盘、柜、台之间的接缝的间隙，不大于 2mm。

10）仪表箱、保温箱、保护箱的安装应符合下列规定：

① 固定牢固；

② 垂直度允许偏差为 3mm；当箱的高度大于 1.2m 时，垂直度允许偏差为 4mm；

③ 水平度的允许偏差为 3mm；

④ 成排安装时应整齐美观。

11）仪表盘、柜、台、箱在搬运和安装过程中，应防止变形和表面油漆损伤。安装及加工中严禁使用气焊方法。

12）就地接线箱的安装应符合下列规定：

①　周围环境温度不宜高于45℃；

②　到各检测点的距离应适当，箱体中心距操作地面的高度宜为1.2~1.5m；

③　不应影响操作、通行和设备维修；

④　接线箱应密封并标明编号，箱内接线应标明线号。

（十一）控制仪表和综合控制系统的安装

控制仪表和综合控制系统与仪表盘、柜、箱、台的安装是同时进行的，应满足以下要求。

1）在控制室内安装的各类控制、显示、记录仪表和辅助单元，以及综合控制系统设备均应在室内开箱，开箱和搬运中应防止剧烈振动并避免灰尘、潮气进入设备。

2）综合控制系统设备安装前应具备下列条件：

①　基础底座安装完毕；

②　地板、顶棚、内墙、门窗施工完毕；

③　空调系统已投入运行；

④　供电系统及室内照明施工完毕并已投入运行；

⑤　接地系统施工完毕，接地电阻符合设计规定。

3）综合控制系统设备安装就位后应保证产品规定的供电条件、温度、湿度和室内清洁。

4）在插件的检查、安装、试验过程中应采取防止静电的措施。

控制仪表和综合控制系统的安装，从人员上要进行细分工，并做好相应的接口工作。

一般可分为：

1）管路组：检查管路的正确性和严密性；

2）线缆组：检查线缆的正确性和绝缘性；

3）设备元件组：检查设备元件的技术文件，包括校验/检定证。

4）接线组：正确接线，并试验。

5）其他组：协助系统进行相应工作。

（十二）仪表电源设备安装

电源设备的安装与电气安装相同，详见本丛书《低压动力电路及设备安装调试》分册相关内容。其最主要的是必须核对电源设备的电压与仪表、元件的电压是否相符，接线是否正确，有无松动，必要时应通电试验，摇测线路绝缘电阻，确保仪表、元件正常工作。

1）安装电源设备前应检查其外观及技术性能，并应符合下列规定：

①　继电器、接触器和开关的触点，接触应紧密可靠，动作应灵活，无锈蚀、损坏；

②　固定和接线用的紧固件、接线端子应完好无损，且无污物和锈蚀；

③　防爆电气设备及附件的密封垫、填料函应完整、密封；

④　设备的电气绝缘性能、输出电压值、熔断器的容量应符合产品说明书的规定；

⑤　设备的附件齐全。

2）就地仪表供电箱的规格型号和安装位置应符合设计文件的要求。不宜将设备安装在高温、潮湿、多尘、有爆炸及火灾危险、有腐蚀作用、有振动及可能干扰其附近仪表等位置。当不可避免时，应采用适合环境的特定型号供电箱，或采取防护措施。

3）就地仪表供电箱的箱体中心距操作地面的高度宜为 1.2～1.5m，成排安装时应排列整齐、美观。

4）电源设备的安装应牢固、整齐、美观，设备位号、端子标号、用途标志、操作标志等应完整无缺。

5）检查、清洗或安装电源设备时，不应损伤设备的绝缘、内部接线和触点部分。不应将设备上已密封的可调部位启封，因特殊原因必须启封时，启封后应重新密封并做好记录。

6）盘、柜内安装的电源设备及配电线路、两带电导体间、导电体与裸露的不带电导体间，电气间隙和爬电距离应符合下列要求：

① 对于额定电压不大于 60V 的线路，电气间隙和爬电距离均为 3mm；

② 对于额定电压大于 60V 且不大于 300V 的线路，电气间隙为 5mm，爬电距离为 6mm；

③ 对于额定电压大于 300V 且不大于 500V 的线路，电气间隙为 8mm，爬电距离为 10mm。

7）强、弱电的端子应分开布置，并有明显标志。

8）金属供电箱应有明显的接地标志，接地线连接应牢固可靠。

9）供电系统送电前，系统内所有的开关均应置于断开位置，并应检查熔断器的容量。在仪表工程安装和试验期间，所有供电开关和仪表的通电断电状态都应有显示或警示标识。

（十三）　爆炸和火灾危险环境仪表的安装

爆炸和火灾危险环境仪表的安装与前述基本相同。但所有设备应采用防爆型，并符合下列规定和要求：

1）爆炸和火灾危险环境的仪表装置施工，应符合国家现行的有关标准的规定。主要有 GB50257—1996 电气装置安装工程爆炸和火灾危险环境电气装置施工及验收规范和 GB50093—2002 自动化仪表工程施工验收规范。

2）安装在爆炸危险环境的仪表、仪表线路、电气设备及材料，其规格型号必须符合设计文件规定。防爆设备应有铭牌和防爆标志，并在铭牌上标明国家授权的部门所发给的防爆合格证编号。

3）防爆仪表和电气设备引入电缆时，应采用防爆密封圈挤紧或用密封填料进行封固，外壳上多余的孔应做防爆密封，弹性密封圈的一个孔应密封一根电缆。

4）防爆仪表和电气设备，除本质安全型外，应有"电源未切断不得打开"的标志。

5）采用正压通风的防爆仪表箱的通风管必须保持畅通，且不宜安装切断阀；安装后应保证箱内能维持不低于设计文件规定的压力；当设有低压力联锁或报警装置时，其动作应准确、可靠。

6）本质安全型仪表的安装和线路敷设，除应按上面 2）和下面 7）、8）的②条的规定外，还应符合下列规定：

① 本质安全电路和非本质安全电路不应共用一根电缆或穿同一根保护管。

② 当采用芯线无分别屏蔽的电缆或无屏蔽的导线时，两个及其以上不同回路的本质安全电路，不应共用同一根电缆或穿同一根保护管。

③ 本质安全电路及其附件，应有蓝色标志。

④　本质安全电路与非本质安全电路在同一电缆槽或同一电缆沟道内敷设时，应用接地的金属隔板或具有足够耐压强度的绝缘板隔离，或分开排列敷设，其间距应大于50mm，并分别固定牢固。

⑤　本质安全电路与非本质安全电路共用一个接线箱时，本质安全电路与非本质安全电路接线端子之间，应用接地的金属板隔开。

⑥　仪表盘、柜、箱内的本质安全电路与关联电路或其他电路的接线端子之间的间距不应小于50mm；当间距不能满足要求时，应采用高于端子的绝缘板隔离。

⑦　仪表盘、柜、箱内的本质安全电路敷设配线时，应与非本质安全电路分开，采用有盖汇线槽或绑扎固定，配线从接线端到线束固定点的距离应尽可能短。

⑧　本质安全电路中的安全栅、隔离器等关联设备的安装位置，应在安全区域一侧或置于另一与环境相适应的防爆设备防护内；需接地的关联设备，应可靠接地。

⑨　采用屏蔽电缆、电线时，屏蔽层不应接到安全栅的接地端子上。

⑩　本质安全电路内的接地线和屏蔽连接线，应有绝缘层。

⑪　本质安全电路不应受到其他线路的强电磁感应和强静电感应，线路的长度和敷设方式应符合设计文件规定。

⑫　本质安全型仪表及本质安全关联设备，必须有国家授权的机构发给的产品防爆合格证，其型号、规格的替代必须经原设计单位确认。

7）当电缆槽或电缆沟道通过不同等级的爆炸危险区域的分隔间壁时，在分隔间壁处必须做充填密封。

8）安装在爆炸危险区域的电缆、电线保护管，应符合下列规定：

①　保护管之间及保护管与接线箱、拉线盒之间，应采用圆柱管螺纹连接，螺纹有效啮合部分不应少于5扣，螺纹处应涂导电性防锈脂，并用锁紧螺母锁紧，连接处应保证良好的电气连续性；

②　保护管穿过不同等级爆炸危险区域的分隔间壁时，分界处必须用防爆阻火器件和密封组件隔离，并做好充填密封；

③　保护管与仪表、检测元件、电气设备、接线箱、拉线盒连接时，或进入仪表盘、柜、箱时，应安装防爆密封管件，并做好充填密封。密封管件与仪表箱、接线箱、拉线盒之间的距离不应超过0.45m。密封管件与仪表、检测元件，电气设备之间可采用挠性管连接。

④　全部保护管系统必须密封。

9）对爆炸危险区域的线路进行接线时，必须在设计文件规定采用的防爆接线箱内接线。接线必须牢固可靠，接触良好，并应加防松和防拔脱装置。

10）火灾危险环境所采用的仪表及电气设备，应符合设计文件的要求。

11）用于火灾危险环境的装有仪表及电气设备的箱、盒等，应采用金属制品。

（十四）自动化仪表工程的接地

自动化仪表工程的接地与电气系统相同，参见新版《电气工程、安装及调试技术手册》下册，防雷接地系统的安装一章，但应符合下列规定和要求。

1）用电仪表的外壳、仪表盘、柜、箱、盒和电缆槽、保护管、支架、底座等正常不带电的金属部分，由于绝缘破坏而有可能带危险电压者，均应做保护接地。对于供电电压不高于36V的就地仪表、开关等，当设计文件无特殊要求时，可不做保护接地。

2）在非爆炸危险区域的金属盘、板上安装的按钮、信号灯、继电器等小型低压电器的金属外壳，当与已接地的金属盘、板接触良好时，可不做保护接地。

3）仪表保护接地系统应接到电气工程低压电气设备的保护接地网上，连接应牢固可靠，不应串联接地。

4）保护接地的接地电阻值，应符合设计文件规定。

5）在建筑物上安装的电缆槽及电缆保护管，可重复接地。

6）仪表及控制系统应做工作接地。工作接地包括信号回路接地和屏蔽接地，以及特殊要求的本质安全电路接地。接地系统的连接方式和接地电阻值应符合设计文件规定。

7）仪表及控制系统的信号回路接地、屏蔽接地应共用接地装置。

8）各仪表回路只应有一个信号回路接地点，除非使用隔离器将两个接地点之间的直流信号回路隔离开。

9）信号回路的接地点应在显示仪表侧，当采用接地型热电偶和检测元件已接地的仪表时，不应再在显示仪表侧接地。

10）仪表电缆、电线的屏蔽层，应在控制室仪表盘柜侧接地，同一回路的屏蔽层应具有可靠的电气连续性，不应浮空或重复接地。

11）当有防干扰要求时，多芯电缆中的备用芯线应在一点接地，屏蔽电缆的备用芯线与电缆屏蔽层，应在同一侧接地。

12）仪表盘、柜、箱内各回路的各类接地，应分别由各自的接地支线引至接地汇流排或接地端子板，由接地汇流排或接地端子板引出接地干线，再与接地总干线和接地极相连。各接地支线、汇流排或端子板之间在非连接处应彼此绝缘。

13）接地系统的连线应使用铜芯绝缘电线或电缆，采用镀锌螺栓紧固，仪表盘、柜、箱内的接地汇流排应使用铜材，并有绝缘支架固定。接地总干线与接地体之间应采用焊接。

14）本质安全电路本身除设计文件有特殊规定外，不应接地。当采用二极管安全栅时，其接地应与直流电源的公共端相连。

15）接地线的颜色应符合设计文件规定，并设置绿色、黄色标志。

16）防静电接地应符合设计文件规定，可与设备、管道和电气等的防静电工程同时进行。

（十五）自动化仪表工程的防护

自动化仪表工程的防护包括隔离、吹洗、防腐、绝热、伴热等。

1. 隔离与吹洗

1）采用膜片隔离时，膜片式隔离器的安装位置，宜紧靠检测点。

2）采用隔离容器充注隔离液隔离时，隔离容器应垂直安装，成对隔离容器的安装标高必须一致。

3）采用隔离管充注隔离液隔离时，测量管和隔离管的配管应适当，使隔离液充注方便，贮存可靠。

4）隔离液的选用应符合下列要求：

①　与被测物质不发生化学反应；

②　与被测物质不相互混合和溶解；

③　与被测物质的密度相差尽可能大，分层明显；

④ 在工作环境温度变化时，挥发和蒸发小，不黏稠、不凝结；

⑤ 对仪表和测量管道无腐蚀。

5) 采用吹洗法隔离时，吹洗介质的入口应接近检测点。吹洗和冲液介质应符合下列要求：

① 与被测物质不发生化学反应；

② 清洁，不污染被测物质；

③ 冲液介质无腐蚀性，在节流减压之后不发生相变；

④ 吹洗流体的压力高于被测物质的压力，以保证吹洗流量的稳定和连续。

2. 防腐与绝热

1) 碳钢仪表管道、支架、仪表设备底座、电缆槽、保护管、固定卡等需要防腐的结构和部位，当其外壁无防腐层时，均应涂防锈漆和面漆。

2) 涂漆应符合下列规定：

① 涂漆前应清除被涂表面的铁锈、焊渣、毛刺和污物；

② 涂漆施工的环境温度宜为 5 ~ 40℃；

③ 多层涂刷时，应在漆膜完全干燥后再涂下一层；

④ 涂层应均匀，无漏涂；

⑤ 面漆颜色应符合设计文件要求。

3) 仪表管道焊接部位的涂漆，应在管道系统压力试验合格后进行。

4) 仪表绝热工程可随同设备和管道的绝热工程一起施工，并应符合设计文件要求和现行《工业设备和管道绝热工程施工及验收规范》的要求。

5) 仪表绝热工程的施工应在测量管道、伴热管道压力试验合格及防腐工程完工后进行。

3. 伴热

1) 当伴热方式为重伴热时，伴热管线应与仪表及仪表测量管道直接接触。当伴热方式为轻伴热时，伴热管线与仪表及仪表管道不应直接接触，可用一层石棉板加以间隔，碳钢伴管与不锈钢管道不应直接接触。

2) 伴管通过被伴热的液位计、仪表管道阀门、隔离器等附件时，宜设置活接头。

3) 当采用蒸汽伴热时，应符合下列规定：

① 蒸汽伴管应单独供气，伴热系统之间不应串联连接；

② 伴管的集液处应有排液装置；

③ 伴管的连接宜焊接，固定不应过紧，应能自由伸缩。接气点应在蒸汽管的顶部。

4) 当采用热水伴热时，应符合下列规定：

① 热水伴管应单独供水，伴热系统之间不应串联连接；

② 伴管的集气处，应有排气装置；

③ 伴管的连接宜焊接，应能自由伸缩，固定不应过紧。接水点应在热水管的底部。

5) 当采用电伴热时，应符合下列规定：

① 电热线在敷设前，应进行外观和绝缘检查，其绝缘电阻值不应小于 1MΩ。

② 电热线应均匀敷设，固定牢固；

③ 敷设电热线时不应损坏绝缘层；

④ 仪表箱内的电热管、板应安装在仪表箱的底部或后壁上。

第六章　仪表系统管路的安装

一、总体要求

1）仪表工程中的金属管道的施工，应符合现行国家标准《工业金属管道工程施工及验收规范》（标准号为 GB50235—1997）中的有关规定。

2）仪表管道的安装位置应符合测量要求，不宜安装在有碍检修、易受机械损伤、有腐蚀和振动的位置。

3）仪表管道埋地敷设时，应经试压合格和防腐处理后方可埋入。直接埋地的管道连接时必须采用焊接，在穿过道路及进出地面处应加保护套管。

4）金属管道的弯制宜采用冷弯，并宜一次弯成。

5）高压钢管的弯曲半径宜大于管子外径的 5 倍，其他金属管的弯曲半径宜大于管子外径的 3.5 倍，塑料管的弯曲半径宜大于管子外径的 4.5 倍。

6）管子弯制后，应无裂纹和凹陷。

7）仪表管道安装前应将内部清扫干净。需要脱脂的管道应经脱脂检查合格后再安装。

8）高压管道分支时应采用三通连接，三通的材质应与管道相同。

9）管道连接时，其轴线应一致。

10）直径小于 13mm 的铜管和不锈钢管，宜采用卡套式接头连接，也可采用承插法或套管法焊接，承插法焊接时，其插入方向应顺着流体流向。

11）当管道成排安装时，应排列整齐，间距应均匀一致。

12）仪表管道应采用管卡固定在支架上。当管子与支架间有经常性的相对运动时，应在管道与支架间加木块或软垫。

13）仪表管道支架的制作与安装，应符合前述相关内容的规定，同时还应满足仪表管道坡度的要求。支架的间距宜符合下列规定：

① 钢管：

水平安装　　1.00 ~ 1.50m；

垂直安装　　1.50 ~ 2.00m。

② 铜管、铝管、塑料管及管缆：

水平安装　　0.50 ~ 0.70m；

垂直安装　　0.70 ~ 1.00m。

14）不锈钢管固定时，不应与碳钢材料直接接触。

15）仪表管路安装后应进行气密试验，其压力应符合所承介质的要求，安装应进行脱脂清洗。

二、管路的安装

仪表的管路有很多，用途也不尽相同，应按设计图样安装，安装时应与管道工密切配合。这里仅以测量取压管路为例说明管路布置及安装方法，见图 6-1 ~ 图 6-8。

三、安装规定和要求

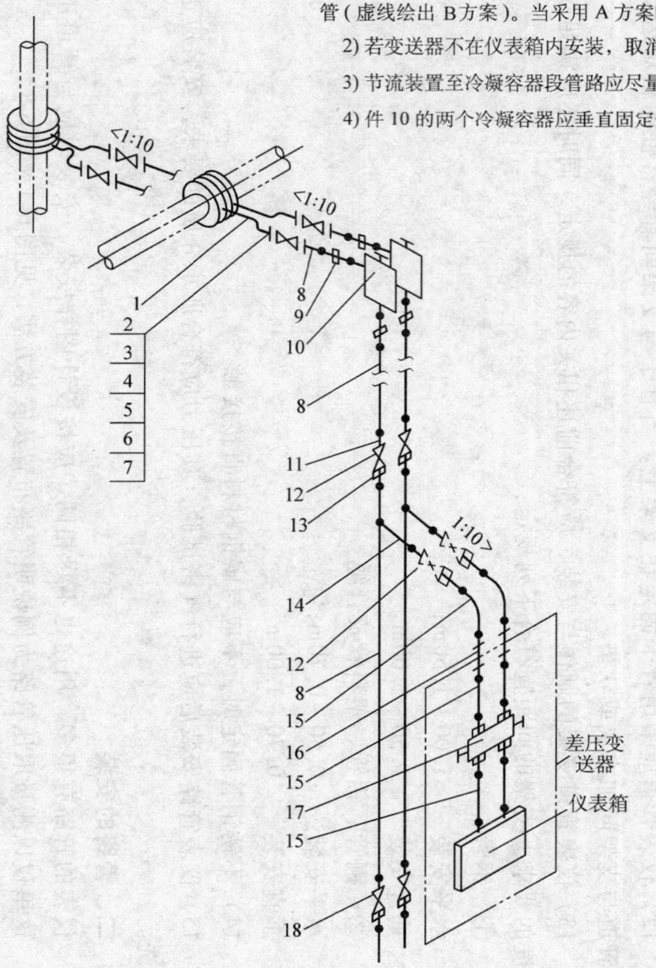

明　细　表

件号	名称及规格	数量	材质	图号或规格号	备注
1	无缝钢管 φ14×3, l=200	2	10、20		
2	闸阀 Z41H-40, DN10	2			
3	法兰 10-40	4	20		
4	垫片 10-40	4	XB350		
5	双头螺柱 M12×60	16	35		
6	螺母 M12	32	25		
7	垫圈 12	32	25		
8	无缝钢管 φ14×2	2	10,20		长度设计设定
9	管接头 14	4	35		
10	冷凝容器 PN6.4, DN100	2	20	YZ13-23-1	
11	直通终端接头 φ14/R$^1/_2$	4	20	YZ5-1	
12	闸阀 Z11H-40, DN15	2	20		
13	直通终端接头 φ14/R$^1/_2$	4	20	YZ5-1	
14	纯铜管 φ10×1	2	T$_2$		A方案
14	无缝钢管 φ14×2	2	10		B方案
15	纯铜管 φ10×1	2	T$_2$		
16	管接头 14	2	35		
17	三阀组	1			
18	闸阀 Z11H-40, DN15	2			变送器附带

安　装　说　明

1) 阀件12的安装位置应视现场敷设条件而定。或者置于导压主管（实线绘出A方案），或者置于导压支管（虚线绘出B方案）。当采用A方案时，件14、件15为连续纯铜管。

2) 若变送器不在仪表箱内安装，取消件16。

3) 节流装置至冷凝容器管段管路应尽量缩短设置，否则须进行保温。

4) 件10的两个冷凝容器应垂直固定安装在同一水平标高上。

图6-1　蒸汽流量测量管路的安装连接图（变送器低于节流装置）（PN2.5, t≤300℃）

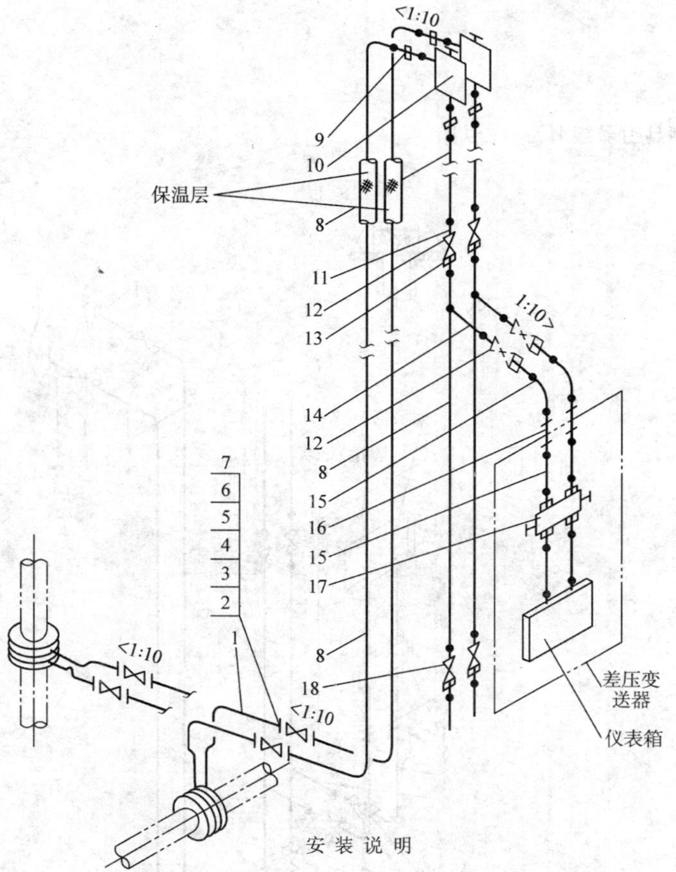

明 细 表

件号	名 称 及 规 格	数量	材 质	图号或规格号	备 注
1	无缝钢管 φ14×3, l=200	2	10、20		
2	闸阀 Z41H-40, DN10	2			Z41H-40 型
3	法兰 10-40	4	20		
4	垫片 10-40	4	XB350		
5	双头螺柱 M12×60	16	35		
6	螺母 M12	32	25		
7	垫圈 12	32	25		
8	无缝钢管 φ14×2	2	10、20		长度由工程设计确定
9	管接头 14	4	35		
10	冷凝器 PN6.4,DN100	2	20	YZ13-23-1	
11	直通终端接头 φ14/R¹/₂	4	20	YZ5-1	
12	闸阀 Z11H-40, DN15	2	25		Z11H-40 型
13	直通终端接头 φ14/R¹/₂	4	20	YZ5-1-11	
14	纯铜管 φ10×1	2	T₂		A 方案
15	无缝钢管 φ14×2	2	10		B 方案
16	纯铜管 φ10×1	2	T₂		
17	三阀组	1			变送器附件
18	闸阀 Z11H-40, DN15	2	25		Z11H-40 型

件 14、件 15 为连续纯铜管。

安 装 说 明

1) 阀件 12 的安装位置应视现场敷设条件而定。或者置于导压主管（实线绘出 A 方案），或者置于导压支管（虚线绘出 B 方案）。当采用 A 方案时，取消件 16。
2) 若变送器不在仪表箱内安装。
3) 节流装置至冷凝容器段管路所保温，如虚线所示。
4) 件 10 的两个冷凝容器应垂直固定安装在同一水平标高上。

图 6-2 蒸汽流量测量管路的安装连接图（变送器高于节流装置）（PN2.5, t≤300℃）

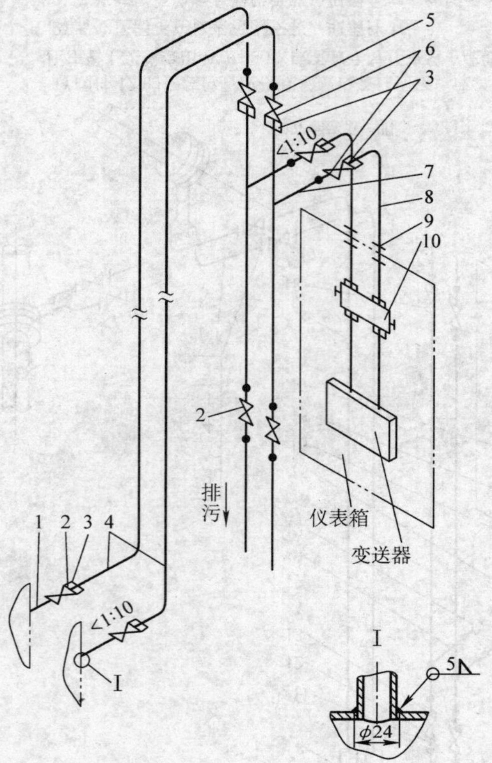

安　装　说　明

1) 取压装置导压管阀门 6 安装分两个方案，A 方案阀门 6 安装在主管上；B 方案阀门 6 安装在支管上，当选用 A 方案时，件 7、件 8 为连续纯铜管。

2) 变送器不装在仪表箱内时，件 9 取消。

明　细　表

件号	名称及规格		数量	材质	图号或规格号	备　注
1	取压管	$\phi N15$	2	10、20	JK2-3-07	
2	球阀	Q11F-25,DN15	4			
3	直通终端接头	R$^1/_2$in／ϕ14	4	Q235-A	YZ5-1-11	
4	无缝钢管	ϕ14×2	4	10、20		长度设计定
5	直通终端接头	R$^1/_2$／ϕ14	6	Q235-A	YZ5-1	
6	球阀	Q11F-25,DN15	2			
7	无缝钢管	ϕ14×2,l=500	1	10、20		长度设计定
8	纯铜管	ϕ10×1		T$_2$		
9	管接头 14		2	Q235-A		与变送器成套供应
10	三　阀　组		1			

图 6-3　气体测差压管路连接图（取压点低于差压计）（PN2.5）

安 装 说 明

1) 取压装置导压管阀门6安装分两个方案，A方案阀门6安装在主管上，B方案阀门6安装在支管上，当选用A方案时，件7、件8为连续纯铜管。

2) 变送器不装在仪表箱内时，件9取消。

明 细 表

件号	名 称 及 规 格	数量	材 质	图号或规格号	备 注
1	无缝钢管　$\phi22\times3, l=120$	2	10,20		
2	球阀　Q11F-25,DN15	4			
3	直通终端接头　$G1^1/_2/\phi14$	4	Q235-A	YZ5-1-3	
4	无缝钢管　$\phi14\times2$		10,20		长度设计定
5	直通终端接头　$R1^1/_2/\phi14$	6	Q235-A	YZ5-1-11	
6	球阀　Q11F-16C,DN15	2			
7	无缝钢管　$\phi14\times2, l\approx500$	1	10,20		长度设计定
8	纯铜管　$\phi10\times1$		T_2		
9	管接头 14	2	Q235-A		与变送器成套供应
10	三阀组	1			

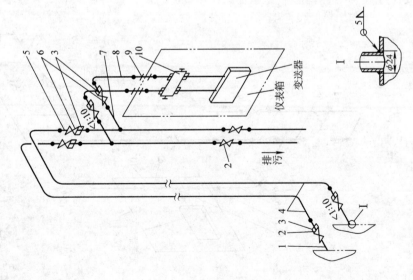

图 6-4　气体测差压管路连接图（取压点低于差压计）（PN1.0）

安 装 说 明

1) 取压装置导压管阀门12装设分两个方案，A方案阀门安装在主管上，B方案阀门安装在支管上。当选用A方案时，件15、件16为连续纯铜管。

2) 为校零安装的阀门件10，如不需要，则阀门与连接的管件一并取消（虚线所示）。

3) 变送器不装在仪表箱内时，件17取消。

明 细 表

件号	名称及规格	数量	材质	图号或规格号	备注
1	取压管	1	20	JK2-3-06	
2	法兰 10-40	2	20		
3	垫片 10-40	2	XB350		
4	螺栓 M12×50	8	35		
5	螺母 M12	8	25		
6	垫圈 12	8	25		
7	闸阀 Z41H-40,DN10	1	20		
8	无缝钢管 $\phi14\times2$	3	20	YZ5-1-11	长度设定
9	直通终端管接头 $R^{1}/_{2}、\phi14$	2	20		
10	闸阀 Z11H-40,DN15	3	20	YZ5-1	
11	直通终端管接头 $R^{1}/_{2}/\phi14$	1	20		
12	闸阀 Z11H-40,DN15	2	20		
13	管接头 14	1	20	YZ13-24-1	
14	分离容器 DN6.4,DN100	1	20		
15	无缝钢管 $\phi14\times2,l\approx400$	1	T₂		长度设计定
16	纯铜管 $\phi10\times1$	1	20		
17	管接头 14	1	20		
18	管接头 14				

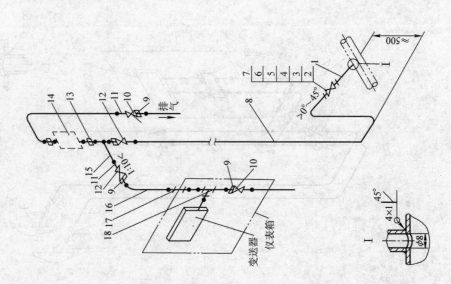

图6-5　蒸汽测压管路连接图（取压点低于压力计）（PN2.5，$t\leqslant425℃$）

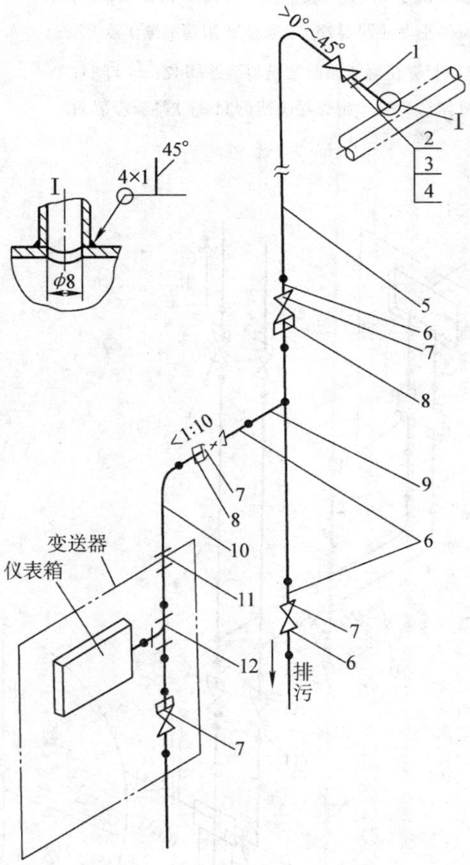

安 装 说 明

1) 取压装置导压管阀门17安装分两个方案，A方案阀门安装在主管上；B方案阀门安装在支管上(虚线所示)，当选用A方案时，件9、件10为连续纯铜管。

2) 为校零安装的阀门件7，如不需要，则阀门与连接的管件一并取消。

3) 变送器不装在仪表箱内时，件11取消。

明 细 表

件号	名称及规格	数量	材质	图号或规格号	备注
1	取压管	1	20	JK2-3-06	
2	法兰 10—25	2	20		
3	垫片 10—25	2	XB350		
4	闸阀 Z41H-25,DN10	1			
5	无缝钢管 $\phi14\times2$	4	10,20		
6	直通终端接头 $R^1/_2/\phi14$	1	20	YZ5-1	
7	闸阀 Z11H-25,DN15	2	20		
8	直通终端管接头 $R^1/_2/\phi14$	1	10,20	YZ5-1-11	
9	无缝钢管 $\phi14\times2, t\approx400$	1	T_2		长度设计定
10	纯铜管 $\phi10\times1$	1	20		
11	管接头 14	1	20		
12	管接头 14				

图 6-6 蒸汽测压管路连接图（取压点高于压力计）（PN1.0，$t \leqslant 425℃$）

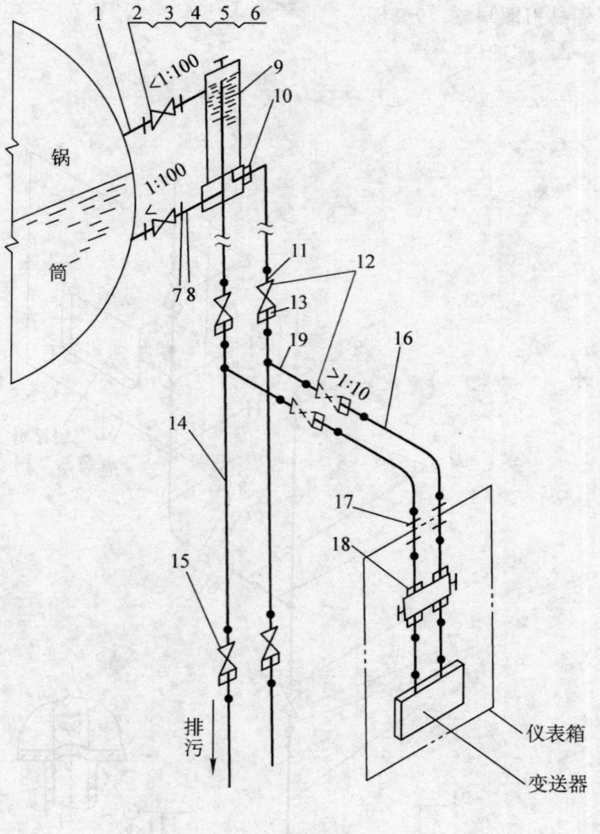

明 细 表

件号	名称及规格	数量	材质	图号或规格号	备 注
1	法兰接管 DN20, PN4.0	2			随工艺设备带
2	闸阀 Z41H-40, DN20	2			
3	螺栓 M12×60	16	35		
4	螺母 M12	16	25		
5	垫圈 12	16	65Mn		
6	垫片 DN20, PN2.5	4	XB450		
7	凸法兰 DN20, PN2.5	2	20		
8	无缝钢管 φ25×3, l≈100	2	20		
9	双室平衡器 PN6.4	1	20	YZ14-38	
10	管接头 14/M18×1.5	2	35		
11	直通终端接头 φ14/R1/2	4	20		
12	闸 阀 Z41H-25, DN15	2	25		
13	直通终端接头 φ14/R1/2	4	20		
14	无缝钢管 φ14×2	2	20		长度设计定
15	闸 阀 Z11H-25, DN15	2	25	YZ5-1	
16	纯铜管 φ10×1	2	T2		长度设计定
17	管接头 14	2	35		
18	三阀组	1		YZ5-1	变送器带
19	纯铜管 φ10×1, l≈150	2	T2		B方案

安 装 说 明

1) 法兰接管（件 1）随锅炉设备带，其法兰为 PN4.0,DN20。

2) 阀（件 12）的安装位置应视现场敷设条件而定。或者置于导压主管（实线绘出 A 方案），或者置于导压支管（虚线绘出 B 方案）。如采用 A 方案，则件 16、件 19 为连续纯铜管。

图 6-7　差压法测量锅炉锅筒水位的管路连接图（PN2.5，t≤300℃）

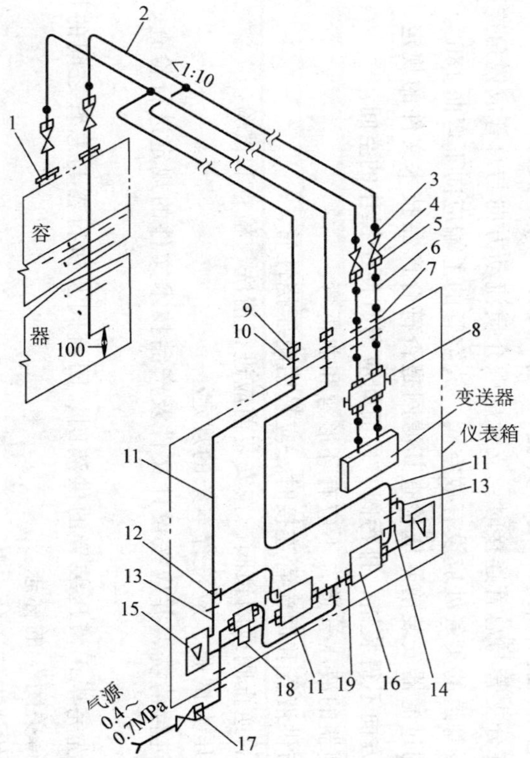

明 细 表

件号	名称及规格	数量	材质	图号或规格号	备注
1	双吹气插管装置，方案B	1		JK4-4-26	
2	无缝钢管 φ14×2	4	10、20		长度设计定
3	直通终端接头 R1/2 φ14/	4	Q235-A	YZ5-1	
4	球阀 Q11F-16C，DN15	4			
5	直通终端接头 R1/2 φ14/	4	Q235-A	YZ5-1	
6	纯铜管 φ10×1	2	T2		长度设计定
7	管接头 14	2	Q235-A		变送器带
8	三阀组	1			
9	管接头 Z14/6	2	Q235-A		
10	管接头 J6	3	Q235-A		
11	纯铜管 φ6×1	2	T2		长度设计定
12	管接头 B6	2	H62		
13	尼龙单管 φ6	1	尼龙1010		长度设计定
14	管接头 6	2	Q235-A		
15	玻璃转子流量计 160L/h	2			LZB-4型
16	恒差继动器 (01～1)×10^5Pa	2			QFH-100型
17	球阀 QGQY1, DN10, G1/2/φ6	1	碳钢		
18	空气过滤减压器	1	碳钢		QFH-111型
19	端直通管接头 B6	6	碳钢		

安 装 说 明　当测量腐蚀性介质的液体时，所用部件、零件及管道材质，应使用耐腐蚀材质。

图6-8　吹气（差压）法测量压力容器内液位的管路连接图（双吹气插管，双吹式）

1. 测量管道的安装

1）测量管道在满足测量要求的前提下，应按最短路径敷设，并兼顾整齐。

2）测量管道水平敷设时，应根据不同的物料及测量要求，有 1:10～1:100 的坡度，其倾斜方向应保证能排除气体或冷凝液。当不能满足时，应在管道的集气处安装排气装置，在集液处安装排液装置。

3）测量管道在穿墙或过楼板处，应加保护套管或保护罩，管道的接头不应在保护套管或保护罩内，管道穿过不同等级的爆炸危险区域、火灾危险区域和有毒场所的分隔间壁时，保护套管或保护罩应密封。

4）测量管道与高温设备、管道连接时，应采取热膨胀补偿措施。

5）测量差压的正压管和负压管，应安装在环境温度相同的地方。

6）测量管道与玻璃管微压计连接时，应采用软管，管道与软管的连接处，应高出仪表接头 150～200mm。

7）测量管道与设备、管道或建筑物表面之间的距离不宜小于 50mm，测量油类及易燃易爆物质的管道与热表面之间的距离不宜小于 150mm，且不应平行敷设在其上方。

2. 液压管道的安装

1）压力不大于 1.6MPa 的液压控制供液系统的安装，应按以下规定要求施工，大于 1.6MPa 时应按高压管道的要求进行。

2）贮液箱的安装位置应低于回液集管，回液集管与贮液箱上回液接头间的最小高差，宜为 0.3～0.5m。

3）油压管道不应平行敷设在高温设备和管道的上方，与热表面绝缘层的距离应大于 150mm。

4）液压泵的自然流动回液管的坡度不应小于 1:10，否则应将回液管的管径加大。当回液落差较大时，为减少泡沫，应在集液箱之前安装一个水平段或 U 形弯管。

5）回液管道的各分支管与总管连接时，支管应顺介质流动方向与总管成锐角连接。

6）贮液箱及液压管道的集气处应设有放空阀，放空管的上端应向下弯曲 180°。

7）供液系统用的过滤器安装前，应检查其滤网是否符合产品技术文件的规定，并应清洗干净。进口与出口方向不得装错，排污阀与地面间应留有便于操作的空间。

8）接至液压控制器的液压管道，不应有环形弯和曲折弯。

9）液压控制器与供液管和回流管连接时，应采用耐压挠性管。

10）供液系统内的逆止阀或闭锁阀，在安装前应进行清洗、检查和试验。

11）供液系统的压力试验，应符合本条的规定。

12）供液系统应进行清洗，并应按设计文件及产品技术文件的规定进行检查、调整和试验。

13）供液系统清洗完毕，液压装置的供液阀、回流阀及执行器与总管之间的切断阀，均应有"未经许可不得关闭"的标志。

3. 盘、柜、箱内的仪表管道的安装

1）仪表管道应敷设在不妨碍操作和维修的位置。

2）仪表管道应汇集成排敷设，做到整齐、美观，固定牢固。

3）仪表管道与仪表线路应分开些，且应保证 50mm 的距离。

4）仪表管道与仪表连接时，不应使仪表承受机械应力。

5）当仪表管道引入安装在有爆炸和火灾危险，有毒及有腐蚀性物质环境的仪表盘、柜、箱时，其引入孔处应密封。

4. 气动信号管道的安装

1）气动信号管道应采用纯铜管、不锈钢管或聚乙烯、尼龙管缆。管道安装时应避免中间接头。当无法避免时，应采用卡套式中间接头连接。管道终端应配装可拆卸的活动连接件。

2）气动信号管道宜汇集成排敷设。

3）管缆的敷设应符合下列规定：

① 外观不应有明显的变形和损伤；

② 敷设管缆时的环境温度不应低于产品技术文件所规定的最低环境温度；

③ 敷设时，应防止管缆受机械损伤及交叉摩擦；

④ 敷设后的管缆应留有余度。

5. 气源管道的安装

1）气源管道采用镀锌钢管时，应用螺纹连接，拐弯处应采用弯头，连接处必须密封；缠绕密封带或涂抹密封胶时，不应使其进入管内。采用无缝钢管时，应焊接连接，焊接时焊渣不应落入管内。

2）控制室内的气隙总管应有不小于 1:500 的坡度，并在其集液处安排排污阀，排污管口应远离仪表、电气设备和线路。装在过滤器下面的排污阀与地面间，应留有便于操作的空间。

3）气源系统的配管应整齐美观，其末端和集液处应有排污阀。水平干管上的支管引出口，应在干管的上方。

4）气源系统安装完毕后应进行吹扫，并应符合下列规定：

① 吹扫前，应将控制室气源入口，各分气源总入口和接至各仪表气源入口处的过滤减压阀断开并敞口，先吹总管，然后依次吹干管、支管及接至各仪表的管道；

② 吹扫气应使用合格的仪表空气；

③ 排出的吹扫气应用涂白漆的木制靶板检验，1min 内板上无铁锈、尘土、水分及其他杂物时，即为吹扫合格。

5）气源系统吹扫完毕后，控制室气源、就地气源总管的入口阀和干燥器及空气贮罐的入口、出口阀，均应有"未经许可不得关闭"的标志。

6）气源装置使用前，应按设计文件规定整定气源压力值。

6. 自动化仪表的管路和管道安装后的检查试验及要求

1）安装完毕的仪表管道，在试验前应进行检查，不得有漏焊、堵塞和错接的现象。

2）仪表管道的压力试验应以液体为试验介质。仪表气源管道和气动信号管道以及设计压力小于或等于 0.6MPa 的仪表管道，可采用气体为试验介质。

3）液压试验压力应为 1.5 倍的设计压力，当达到试验压力后，稳压 10min，再将试验压力降至设计压力，停压 10min，以压力不降、无渗漏为合格。

4）气压试验压力应为 1.15 倍的设计压力，试验时应逐步缓慢升压，达到试验压力后，稳压 10min，再将试验压力降至设计压力，停压 5min，以发泡剂检验不泄漏为合格。

5）当工艺系统规定进行真空度或泄漏性试验时，其内的仪表管道系统应随同工艺系统一起进行试验。

6）液压试验介质应使用洁净水，当对奥氏体不锈钢管道进行试验时，水中氯离子含量不得超过 25mg/L。试验后应将液体排净。在环境温度 5℃ 以下进行试验时，应采取防冻措施。

7）气压试验介质应使用洁静空气或氮气。

8）压力试验用的压力表应经检定合格，其准确度不得低于 1.5 级，刻度满度值应为试验压力的 1.5 ~ 2.0 倍。

9）压力试验过程中，若发现泄漏现象，应泄压后再修理。修复后，应重新试验。

10）压力试验合格后，宜在管道的另一端泄压，检查管道是否堵塞，并应拆除压力试验用的临时堵头或盲板。

四、管路的脱脂

脱脂，简单地讲就是除去仪表、管路及所有部件的油污及有机物的作业。这是管路安装前必须进行的工作。

1. 一般规定

1）需要脱脂的仪表、控制阀、管子和其他管道组成件，必须按照设计文件规定脱脂。

2）用于脱脂的有机溶剂含油量不应大于 50mg/L。各油量 50 ~ 500mg/L 的溶剂可用于粗脱脂。

3）设计文件未规定时，可按下列适用范围原则选用脱脂溶剂：

① 工业用四氯化碳，适用于黑色金属、铜和非金属件的脱脂；

② 工业用二氯乙烷，适用于金属件的脱脂；

③ 工业用三氯乙烯，适用于黑色金属和有色金属的脱脂；

④ 10% 的氢氧化钠溶液，适用于铝制品的脱脂；

⑤ 65% 的浓硝酸，适用于工作物料为浓硝酸的仪表、控制阀、管子和其他管道组成件的脱脂。

4）脱脂溶剂不得混合使用，且不得与浓酸、浓碱接触。

5）用四氯化碳、二氯乙烷和三氯乙烯脱脂时，脱脂件应干燥、无水分，否则对元件有腐蚀作用。

6）接触脱脂件的工具、量具及仪器必须经脱脂合格后方可使用。

7）脱脂合格后的仪表、控制阀、管子和其他管道组成件必须封闭保存，并加标志；安装时严禁被油污染。

8）制造厂脱脂合格并封闭的仪表及附件，安装时可不再脱脂，但应进行外观检查，如发现有油迹及有机杂质时，必须重新脱脂。

9）脱脂合格后的仪表和仪表管道，在压力试验及仪表校准、试验时，必须使用不含油脂的介质。

10）脱脂溶剂必须妥善保管，脱脂后的废液应妥善处理。

11）脱脂应在室外通风处或有通风装置的室内进行。工作中应采取穿戴防护用品等安全措施。

2. 脱脂方法

1）有明显锈蚀的管道部位，应先除锈再脱脂。

2）易拆卸的仪表、控制阀和管道组成件在脱脂时，应将需脱脂的部件、附件及填料拆下，放入脱脂溶剂中浸泡，浸泡时间应为 1 ~ 2h。

3）不易拆卸的仪表脱脂时，可采用灌注脱脂溶剂的方法，灌注后浸泡时间不应少于 2h。

4）管子脱脂可采用在脱脂槽内浸泡的方法，浸泡时间应为 1 ~ 1.5h。

5）采用擦洗法脱脂时，应使用不易脱落纤维的布或丝绸。不应使用棉纱，脱脂后严禁有纤维附着在脱脂件上。

6）用氢氧化钠溶液脱脂时，应将溶液加热至 60 ~ 90℃，浸泡脱脂件 30min，用水冲洗后再将脱脂件放入 15% 硝酸溶液中中和，然后用清水洗净风干。

7）经脱脂的仪表、控制阀、管子和其他管道组成件应进行自然通风或用清洁无油、干燥的空气或氮气吹干。当允许用蒸汽吹洗时，可用蒸汽吹洗。

3. 脱脂检验

1）仪表、管子、控制阀和管道组成件脱脂后，必须经检验合格。

2）符合下列规定之一的应视为检验合格：

①　用清洁干燥的白滤纸擦拭脱脂件表面，纸上应无油迹；

②　用紫外线灯照射脱脂件表面，应无紫蓝荧光；

③　用蒸汽吹洗脱脂件，将颗粒度小于 1mm 的数粒纯樟脑放入蒸汽冷凝液内，樟脑在冷凝液表面不停地旋转；

④　用浓硝酸脱脂时，分析其酸中所含有机物的总量，不应超过 0.03%。

第七章　仪表柜与仪表的接线

仪表柜和仪表的接线与电气控制柜和电气仪表的接线工艺基本相同，要求也基本相同，敬请读者参见新版《电气工程安装及调试技术手册》中的"预制加工"一章和本丛书《低压动力电路及设备安装调试》分册相关内容。这里将某 70t/h 的蒸汽锅炉控制柜接线图的部分列出，进一步讲述自动化仪表盘柜的接线工艺方法。

锅炉控制盘上的诸多仪表除了各类压力仪表外大多为电动仪表，这类仪表必须按照接线图进行接线（包括电源的接线）才能正常工作，才能实现其显示、记录、调节、报警的功能。

1. 锅筒水位自动调节接线图

图 7-1 是锅筒水位三冲量自动调节的原理接线图，表 7-1 是其所用设备表。

图 7-2 是控制盘内的接线图，该图不包括记录仪和开方器的接线，图中 CA、CN、KA、KN 是交流 220V 电源，N 为工作零线，C-1 ~ C-6 信号线的引入是由 FR-901 给水流量记录仪、FR-902 蒸汽流量记录仪和 LRA-901 锅筒水位记录仪引来的。图中线束中的 ⑬、⑮ 表示线束导线的根数。

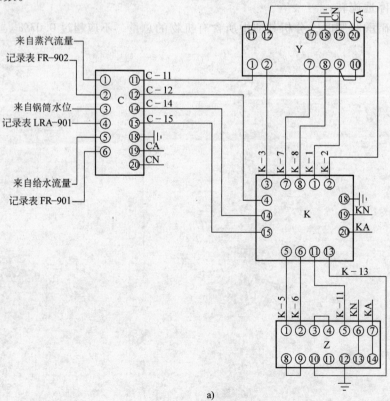

a)

图 7-1　锅筒水位三冲量自动调节原理图

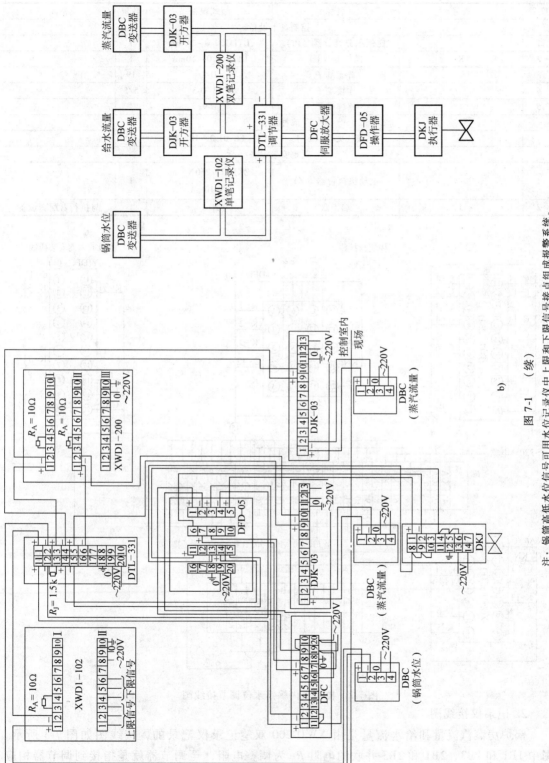

图 7-1 （续）

注：锅筒高低水位信号可用水位记录仪中上限和下限信号接点组成报警系统。

表 7-1　锅筒水位调节设备表

序号	符号	名称	型式规格	数量	备注
控制盘上设备					
1	C	比例积分调节器（PI）	DTL-231 0～10mA	1	
2	K	操作器（C）	DFD-05 0～10mA	1	
3		普通端子	D-1	19	
4		连接端子	D-2/D-3	5/5	
5		铭牌端子	D-9	1	
墙挂设备					
1	y	伺服放大器（SF）	FC-01 0～10mA	1	
就地安装设备					
1	Z	电动机执行器（Z）	ZKJ-31F 250N·m 0～10mA	1	
2	J	端子盒	JD-1	1	与执行器配套设备

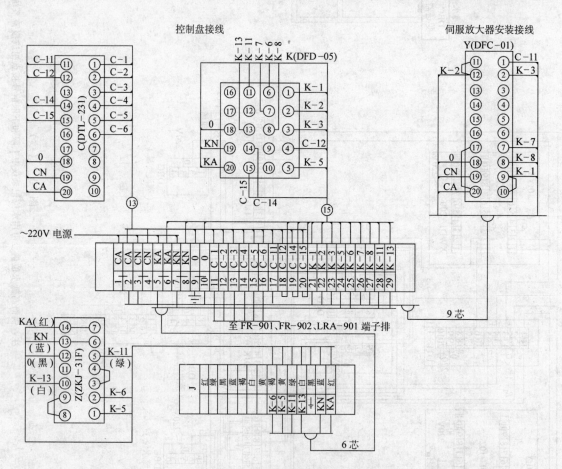

图 7-2　控制盘内锅筒水位调节接线图

2. 记录仪接线图

　　锅炉房蒸汽流量和给水流量是由 XWD-200 双笔记录仪记录的，接线图如图 7-3 所示，图中 1B1 和 1B3、2B1 和 2B3 并联的电阻 R_0 为调整电阻，至调节器就是指接到调节器相应的端子上。

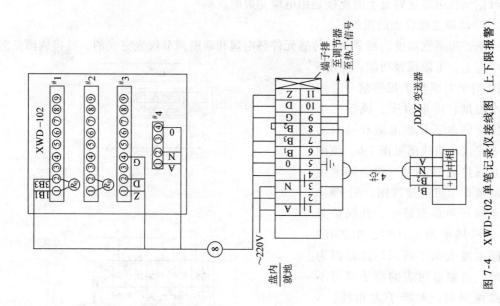

图 7-4　XWD-102 单笔记录仪接线图（上下限报警）

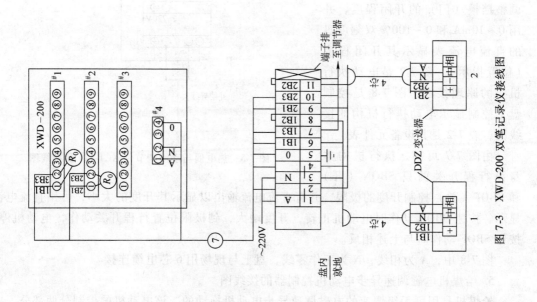

图 7-3　XWD-200 双笔记录仪接线图

锅筒水位是由 XWD-102 单笔记录仪记录的，接线图见图 7-4，其中端子板上的 9～11（G、D、Z）端子是引至热工信号的报警信号，上限高位和下限低位均报警，其他同图 7-3。两台记录仪由现场到盘上的连接是用电缆完成的。

3. 动圈温度仪表的接线

锅炉房蒸汽温度的测量是由传感元件热电偶和动圈调节仪表完成的，其接线图见图 7-5，图中有上、下限报警功能，并由 8～10 端子引至热工报警信号。而给水温度、排烟温度、风温三个温度量则由三只热电阻和一只动圈表完成，接线图见图 7-6。该图是 6 只热电阻共用一块动圈温度表测量 6 个点的接线图，用 FK-6 型切换开关单点显示，此锅炉只用 3 只热电阻。其中，XCZ-102 动圈温度表画了两只，这是因为各地厂商制造时表的端子编号不一致而画的，A 端子为相线，N 端子为工作零线，0 端子为接地线，零位电阻和调整电阻是动圈表单独设置的。

4. 电动执行机构控制接线图

电动执行机构控制风机电动调整挡板（门）的开闭程度，并用 0～10mA 和 0～100% 双刻度盘的直流电流表显示其开闭程度（位置指示）。图 7-7 是电动执行机构的原理接图，图 7-8 是控制盘上控制显示电动执行机构的接线图，表 7-2 是其设备元件表。

由图 7-7 可知，执行机构本身设行程开关两只 SBON（开）

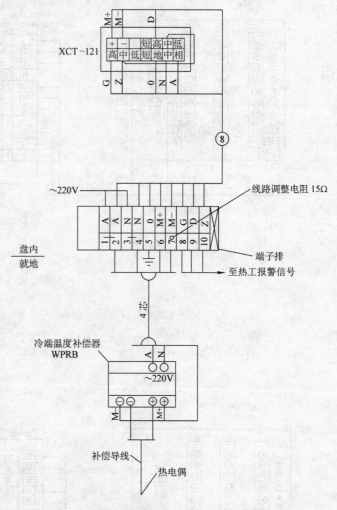

图 7-5 热电偶与动圈调节仪 XCT-121 的接线图

和 SBOF（关）控制开度的极限，并有直流电流输出以显示其开度的大小，可用直流电流表显示。按钮 SBON 动作时电动机正转，开度增大，到极限位置行程开关动作，电动机停转，按钮 SBOF 动作时与上述相反。

图 7-8 中，A 为相线，N 为工作零线，盘上与现场用 6 芯电缆连接。

5. 给煤机电磁调速异步电动机控制器的接线图

给煤机是用可无级调速的电磁调速异步电动机拖动的，该电动机的控制分两部分，一部分是将三相交流电送入定子，这与一般异步电动机相同；另一部分是与异步电动机同轴的离合器电磁线圈供电的晶闸管直流调速装置，这就是电磁调速控制器，其接线图如图 7-9 所示。A、N 为交流 220V 电源，0 为接地端子，DK-11、DK-13 为直流输出给电磁线圈，DK-6、DK-7、DK-8 为与异步电动机同轴的测速发电机（三相）的三根相线。

表 7-2 图 7-8 设备元件表

序号	符号	名称	型式规格	数量	备注
控制盘（台）上的设备					
1	SBON SBOF	控制按钮（红、绿各一）	LA18-22	2	
2	%	位置指示	46C2-A，0～100% 0～10mA	1	
3		铭牌端子	D-9	1	
4		普通端子	D-1	3	
5		连接端子	D-2	3	
6		连接端子	D-3	3	
电动执行器处的设备					
1		电动执行器	ZKJ-XXT	1	
2	ZDK、ZDG	开向、关向行程开关		2	随电动执行器供货
3		端子盒	JD-1	1	与执行器配套设备
4		2 号附件	AT-14-7 接线组件	1 套	与执行器配套设备

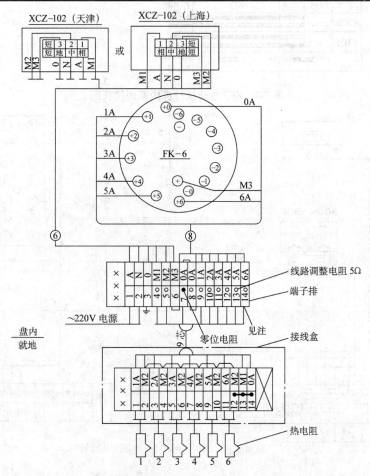

图 7-6 一只动圈表 XCZ-102 测量多点温度时的接线图（6 点）

注：当有备用点时，需将此处备用端子的接线并联到邻近测点端子上。

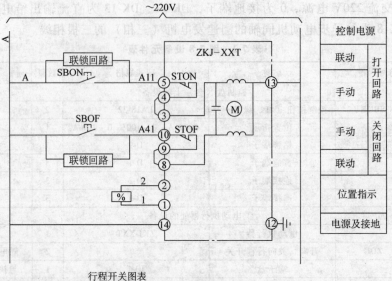

图 7-7 ZKJ电动执行机构原理接线图

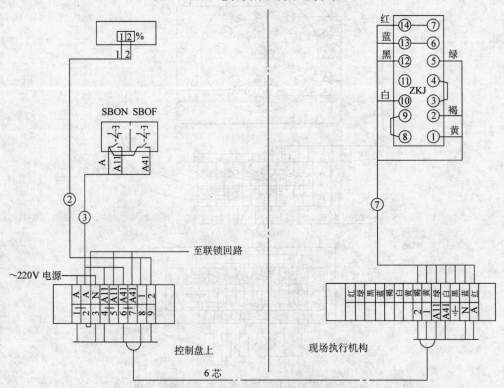

图 7-8 控制盘控制、显示及执行机构接线图

6. 锅炉机组总联锁及引风、送风机电动机控制接线图

引风机电动机是用转换开关 SA 控制的,与其他机组是用联锁开关 SLA 联锁的,SA 和 SLA 均安装在控制盘上,其接线图见图 7-10。

由图可知,B412 和 N411 是由厂用配电装置的保护及测量表计引来的,电压 220V 是供电动机控制回路的电源,至邻近端子排是指事故音响的小母线电源 1WFS 和 2WFS,45 和 33 端子是联锁端子。

7. 二次风机电动机控制接线图 (见图 7-11)

8. 炉排电动机控制接线图 (见图 7-12)

9. 锅炉热工信号接线图

锅炉热工信号接线图见图 7-13,图中闪光信号报警器 HLA-912 是显示锅炉运行中压力、温度、水位极限位置的装置,当出现极限位置时,报警器信号灯闪光且盘上电铃响动报警,其中主蒸汽压力高的信号来自控制盘上的高位信号压力表 YX-150,主蒸汽温度信号来自盘上动圈温度表 XCT-121,锅筒水位信号来自盘锅筒水位记录仪 XWD-102,在前述内容中已提到了这点,其中两只按钮为试验按钮和消除按钮。

10. 锅炉事故信号回路及其安装接线图

锅炉设置事故信号回路,见图 7-14 (其安装接线见图 7-20)。

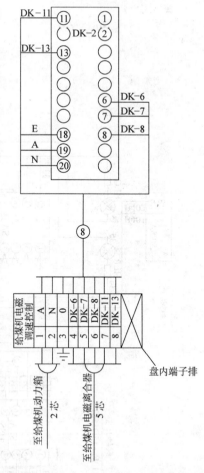

图 7-9　DK-2 型电磁调速控制器接线图

11. 锅炉微机控制系统单元接线图

单元接线图基本相同,且较简单,这里列出几个典型的例子供参考。

1) 带显示仪表的温度测量及控制单元接线见图 7-15。由图可知,这里采用的是带热电偶一体化的温度变送器,温度信号经配电器后,一是作为显示仪表的信号,二是引入微机控制系统。

2) 无显示仪表的给水流量测量及控制单元接线见图 7-16。给水流量是由 $\sqrt{\Delta P}$ 流量变送器测量的,流量信号经配电器后引入微机控制系统。

3) ZKZN 电动调节阀微机控制单元接线见图 7-17。微机控制系统接收的有关给水流量的信号经运算后输出控制信号,这个信号送给电动操作器、伺服放大器,使电动调节阀的开度变化而改变了给水的流量。在前述的仪表控制中,是由三冲量自动调节系统完成的,见图 7-1 和图 7-2。

4) DKJ 电动执行机构微机控制单元接线见图 7-18,可与前述图 7-7 和图 7-8 进行比较,请读者自行分析。

5) 炉排转速调速微机控制单元接线见图 7-19,可与前述图 7-9 进行比较,请读者自行分析。

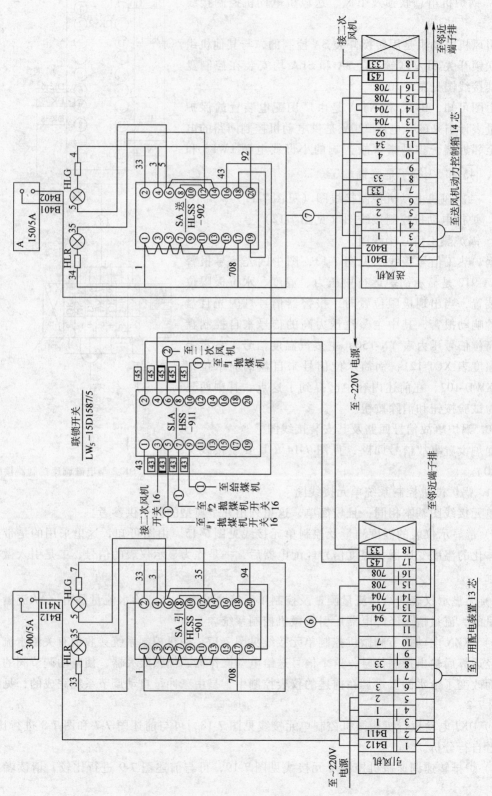

图 7-10　锅炉机组总联锁及引风、送风机电动机控制接线图

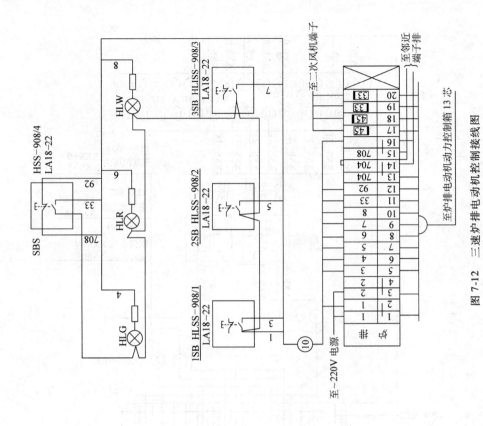

图 7-12　三速炉排电动机控制接线图

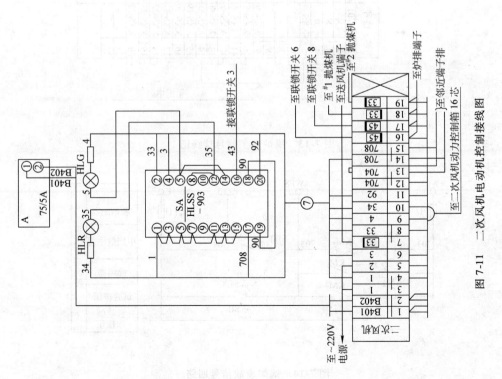

图 7-11　二次风机电动机控制接线图

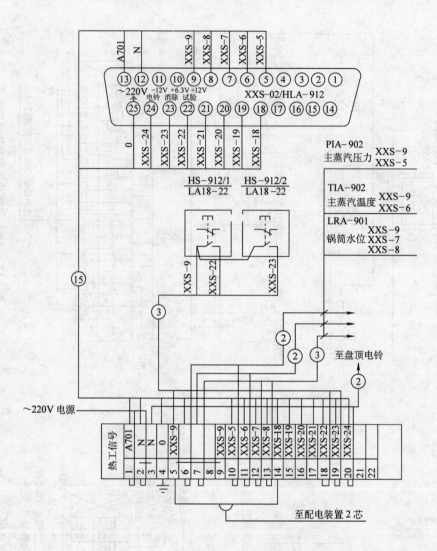

图 7-13　锅炉热工信号接线图

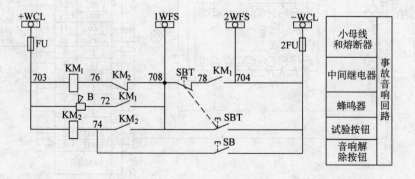

图 7-14　锅炉事故信号回路

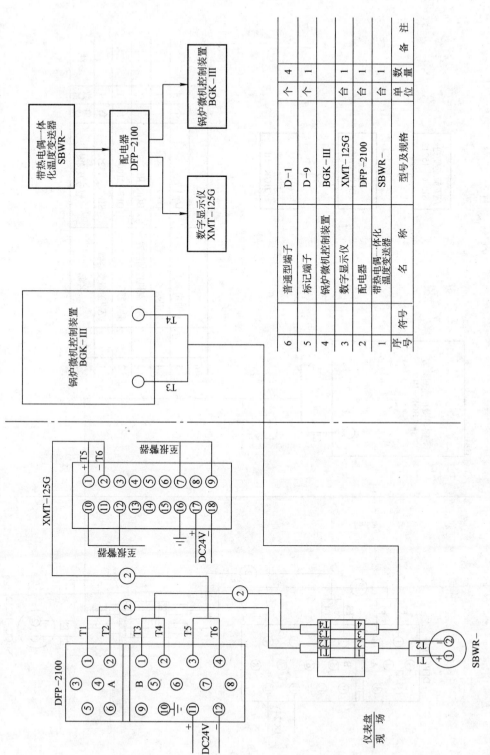

图 7-15 带显示仪表的温度测量及控制单元接线图

序号	名 称	型号及规格	单位	数量	备 注
6	普通型端子	D—1	个	4	
5	标记端子	D—9	个	1	
4	锅炉微机控制装置	BGK—Ⅲ	台	1	
3	数字显示仪	XMT—125G	台	1	
2	配电器	DFP—2100	台	1	
1	带热电偶—体化温度变送器	SBWR—	台	1	

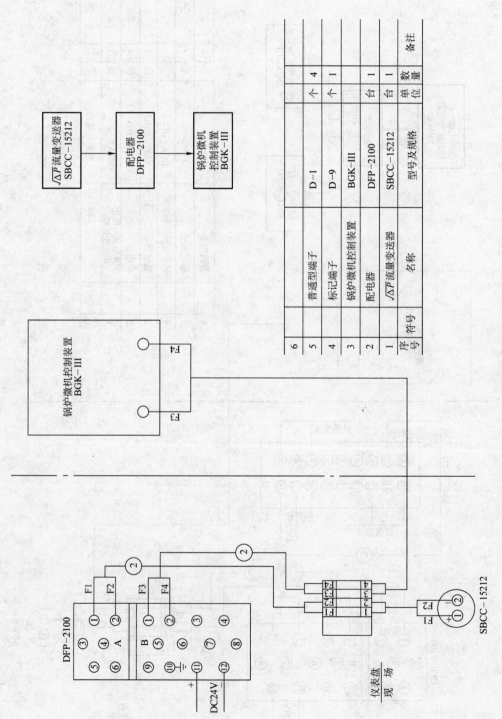

图 7-16 无显示仪表的给水流量测量及控制单元接线图

序号	名称	型号及规格	单位	数量	备注
6					
5	普通型端子	D-1	个	4	
4	标记型端子	D-9	个	1	
3	锅炉微机控制装置	BGK-Ⅲ			
2	配电器	DFP-2100	台	1	
1	√△P 流量变送器	SBCC-15212	台	1	

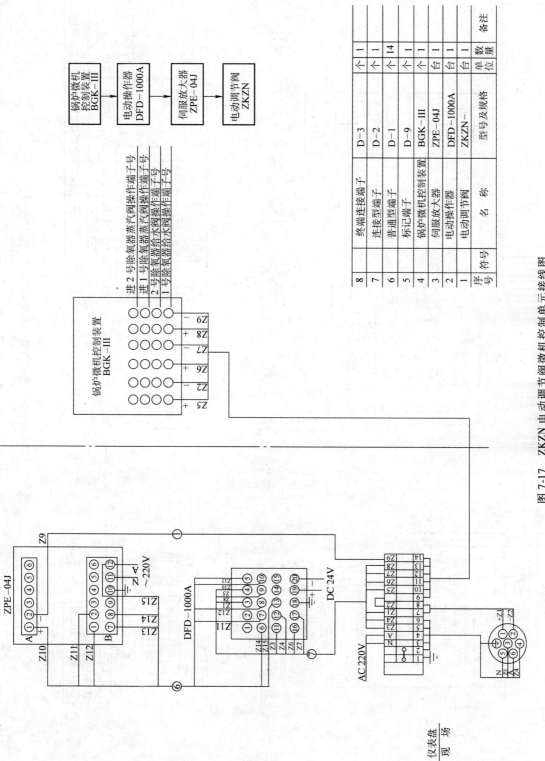

图 7-17　ZKZN 电动调节阀微机控制单元接线图

仪表盘
现　场

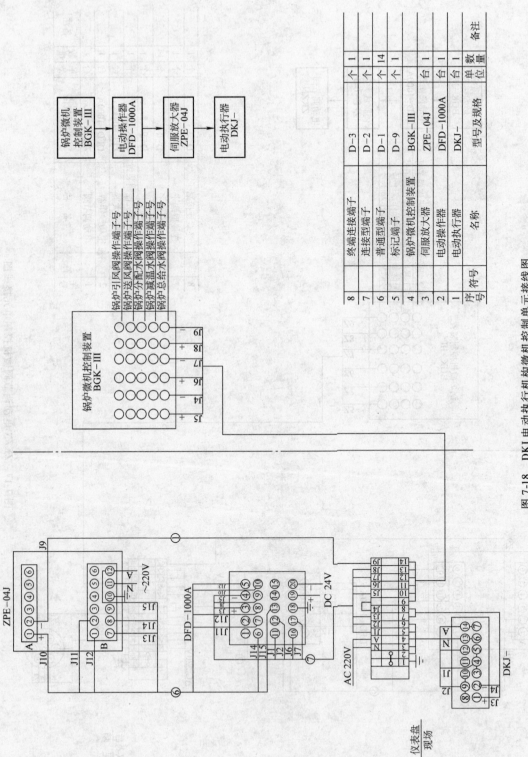

图 7-18 DKJ 电动执行机构微机控制单元接线图

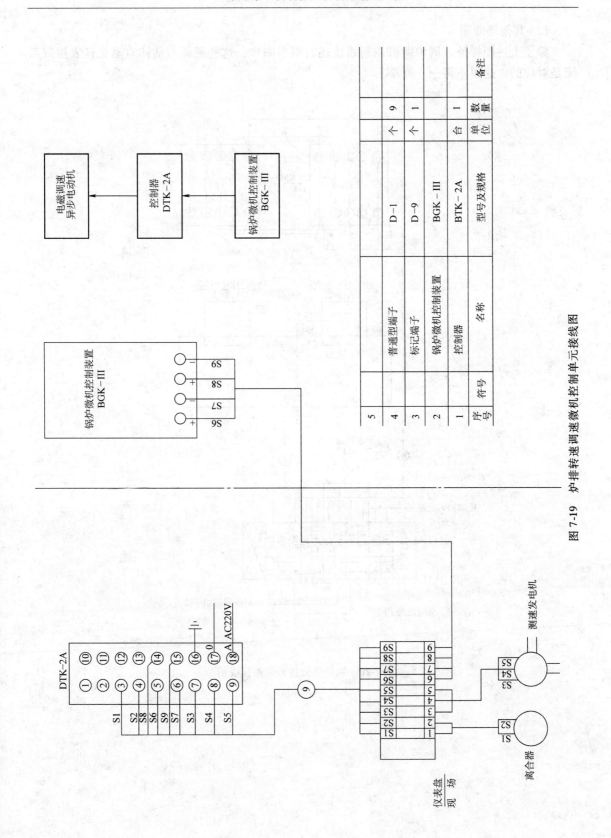

序号	符号	名称	型号及规格	单位	数量	备注
5						
4		普通型端子	D-1	个	9	
3		标记型端子	D-9	个	1	
2		锅炉微机控制装置	BGK-Ⅲ			
1		控制器	BTK-2A	台	1	

图 7-19　炉排转速调速微机控制单元接线图

12. 其他接线图

除了上述图样外，锅炉微机控制系统还有很多图样，这些图样与前述自动化仪表控制系统是对应的，这里不再一一列举。

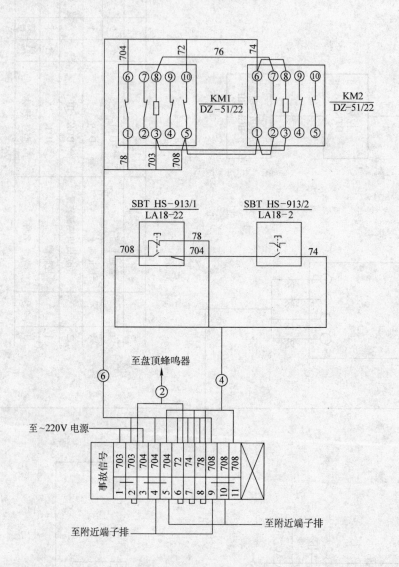

图 7-20　锅炉事故信号回路接线图

第八章 系统调整试验和投入试运行

自动化仪表与自动装置经过施工准备、校验/检定、线缆安装敷设、设备元件安装、系统管路安装、系统接线后已具备了系统调整试验和投入试运行的条件。自动化仪表及自动装置系统调整试验和投入试运行与电气工程系统调整试验和试运行基本相同。不同的是试验时，温度、压力、差压、分析等信号应有模拟装置。

一、调整试验和试运行的准备工作

1）收集整理系统中所有仪表、元件、装置的校验/检定记录，并核对其可靠性，对没有记录的要单独重新进行校验/检定，出具记录。

2）从取源部件、传感器、变送器、仪表、执行器到仪表柜箱及整个系统（包括电源）仔细查线、核对接线是否正确可靠，并与安装使用说明书或图纸对照，确保接线正确可靠。

3）从取源部件、传感器、变送器到盘柜仔细核对仪表管路是否正确，并核查气密试验记录，没有记录的要单独重新进行气密试验，出具记录，确保系统管路正确无误，核对时应与安装使用说明书或图纸对照。

4）检查系统中所有仪表、元件、装置的安装质量及其管线进出的正确性。

5）与其他专业、建设单位沟通，确认其设备装置的状态，确认是否具备系统调试及试运行的条件，出具书面文件。

6）清理现场、准备调试用的设备装置材料、进行人员分工、制订纪律和要求、准备记录纸和笔。

7）制订调试方案和试运行方案，并向所有人员交底，提出注意事项和关键部位的要求。

8）与电气专业的技术人员沟通，并请其协同搞好调试工作，及时开启电源及其动力装置。

9）提出安全注意事项，设置安全设施。

10）制订应急预案，准备必要的消防器械和交通工具、急救药品等。

二、系统调整试验

主要包括平台仪表及其附件的校准和试验、仪表电源设备的试验、综合控制系统的试验和回路试验等。

1. 一般规定

1）仪表在安装和使用前，应进行检查、校准和试验，确认符合设计文件要求及产品技术文件所规定的技术性能。

2）仪表安装前的校准和试验应在室内进行。试验室应具备下列条件：

① 室内清洁、安静、光线充足，无振动，无对仪表及线路的电磁场干扰；

② 室内温度保持在 $10 \sim 35 ℃$；

③ 有上下水设施。

3）仪表试验的电源电压应稳定。交流电源及 60V 以上的直流电源电压波动不应超过 $\pm 10\%$。60V 以下的直流电源电压波动不应超过 $\pm 5\%$。

4）仪表试验的气源应清洁、干燥，露点比最低环境温度低 10℃ 以上。气源压力应稳定。

5）仪表工程在系统投用前应进行回路试验。

6）仪表回路试验的电源和气源宜由正式电源和气源供给。

7）仪表校准和试验用的标准仪器仪表应具备有效的计量检定合格证书，其基本误差的绝对值不宜超过被校准仪表基本误差绝对值的 1/3。

8）仪表校准和试验的条件、项目、方法应符合产品技术文件的规定和设计文件要求，并应使用制造厂已提供的专用工具和试验设备。

9）对于施工现场不具备校准条件的仪表，可对检定合格证书的有效性进行验证。

10）设计文件规定禁油和脱脂的仪表在校准和试验时，必须按其规定进行。

11）单台仪表的校准点应在仪表全量程范围内均匀选取，一般不应少于 5 点。回路试验时，仪表校准点不应少于 3 点。

2. 单台仪表的校准和试验

1）指针式显示仪表的校准和试验：

① 面板清洁，刻度和字迹清晰；

② 指针在全标度范围内移动应平稳、灵活。其示值误差、回程误差应符合仪表准确度的规定；

③ 在规定的工作条件下倾斜或轻敲表壳后，指针位移应符合仪表准确度的规定。

2）数字式显示仪表的示值应清晰、稳定，在测量范围内其示值误差应符合仪表准确度的规定。

3）指针式记录仪表的校准和试验

① 指针在全标度范围内的示值误差和回程误差应符合仪表准确度的规定；

② 记录机构的划线或打印点应清晰，打印纸移动正常；

③ 记录纸上打印的号码或颜色应与切换开关及接线端子上标示的编号一致。

4）积算仪表的准确度应符合产品技术性能要求。

5）变送器、转换器应进行输入输出特性试验和校准，其准确度应符合产品技术性能要求，输入输出信号范围和类型应与铭牌标志、设计文件要求一致，并与显示仪表配套。

6）温度检测仪表的校准试验点不应少于 2 点。直接显示温度计的示值误差应符合仪表准确度的规定。热电偶和热电阻可在常温下对元件进行检测，不进行热电性能试验。

7）压力、差压变送器的校准和试验除应符合第 5）条要求外，还应按设计文件和使用要求进行零点、量程调整和零点迁移量调整。

8）对于流量检测仪表，应对制造厂的产品合格证和有效的检定证明进行验证。

9）浮筒式液位计可采用干校法或湿校法校准。干校挂重质量的确定，以及湿校试验介质密度的换算，均应符合产品设计使用状态的要求。

10）贮罐液位计、料面计可在安装完成后直接模拟物位进行就地校准。

11）称重仪表及其传感器可在安装完成后直接均匀加载标准重量进行就地校准。

12）测量位移、振动等机械量的仪表，可使用专用试验设备进行校准和试验。

13）分析仪表的显示仪表部分应按照本节对显示仪表的要求进行校准。其检测、传感、转换等性能的试验和校准，包括对试验用标准样品的要求，均应符合产品技术文件和设计文件的规定。

14）单元组合仪表、组装式仪表等应对各单元分别进行试验和校准，其性能要求和准确度应符合产品技术文件的规定。

15）控制仪表的显示部分应按照本节对显示仪表的要求进行校准，仪表的控制点误差，比例、积分、微分作用，信号处理及各项控制、操作性能，均应按照产品技术文件的规定和设计文件要求进行检查、试验、校准和调整，并进行有关组态模式设置和调节参数预整定。

16）控制阀和执行机构的试验应符合下列要求：

①　阀体压力试验和阀座密封试验等项目，可对制造厂出具的产品合格证明和试验报告进行验证，对事故切断阀应进行阀座密封试验，其结果应符合产品技术文件的规定；

②　膜头、缸体泄漏性试验合格，行程试验合格；

③　事故切断阀和设计规定了全行程时间的阀门，必须进行全行程时间试验；

④　执行机构在试验时应调整到设计文件规定的工作状态。

17）单台仪表校准和试验合格后，应及时填写校准和试验记录；仪表上应有合格标志和位号标志；仪表需加封印和漆封的部位应加封印和漆封。

3. 仪表电源设备的试验

1）电源设备的带电部分与金属外壳之间的绝缘电阻，用 500V 绝缘电阻表测量时不应小于 5MΩ。当产品说明书另有规定时，应符合其规定。

2）电源的整流和稳压性能试验，应符合产品技术文件的规定。

3）不间断电源应进行自动切换性能试验，切换时间和切换电压值应符合产品技术文件的规定。

4. 综合控制系统的试验

1）综合控制系统应在回路试验和系统试验前对装置本身进行试验。

2）综合控制系统的试验应在系统安装完毕；供电、照明、空调等有关设施均已投入运行的条件下进行。

3）综合控制系统的硬件试验项目：

①　盘柜和仪表装置的绝缘电阻测量；

②　接地系统检查和接地电阻测量；

③　电源设备和电源插卡各种输出电压的测量和调整；

④　系统中全部设备和全部插卡的通电状态检查；

⑤　系统中单独的显示、记录、控制、报警等仪表设备的单台校准和试验；

⑥　通过直接信号显示和软件诊断程序对装置内的插卡、控制和通信设备、操作站、计算机及其外部设备等进行状态检查；

⑦　输入、输出插卡的校准和试验。

4）综合控制系统的软件试验项目

①　系统显示、处理、操作、控制、报警、诊断、通信、冗余、打印、复制等基本功能的检查试验；

②　控制方案、控制和联锁程序的检查。

5）综合控制系统的试验可按产品的技术文件和设计文件的规定安排进行。

5. 回路试验和系统试验

1) 回路试验应在系统投入运行前进行，试验前应具备下列条件：

① 回路中的仪表设备、装置和仪表线路、仪表管道安装完毕；

② 组成回路的各仪表的单台试验和校准已经完成；

③ 仪表配线和配管经检查确认正确完整，配件附件齐全；

④ 回路的电源、气源和液压源已能正常供给并符合仪表运行的要求。

2) 回路试验应根据现场情况和回路的复杂程度，按回路位号和信号类型合理安排。回路试验应做好试验记录。

3) 综合控制系统可先在控制室内以与就地线路相连的输入输出端为界进行回路试验，然后再与就地仪表连接进行整个回路的试验。

4) 检测回路的试验

① 在检测回路的信号输入端输入模拟被测变量的标准信号，回路的显示仪表部分的示值误差，不应超过回路内各单台仪表允许基本误差平方和的平方根值。

② 温度检测回路可在检测元件的输出端向回路输入电阻值或 mV 值模拟信号。

③ 现场不具备模拟被测变量信号的回路，应在其可模拟输入信号的最前端输入信号进行回路试验。

5) 控制回路的试验

① 控制器和执行器的作用方向应符合设计规定。

② 通过控制器或操作站的输出向执行器发送控制信号，检查执行器执行机构的全行程动作方向和位置应正确，执行器带有定位器时应同时试验。

③ 当控制器或操作站上有执行器的开度和起点、终点信号显示时，应同时进行检查和试验。

6) 报警系统的试验

① 系统中有报警信号的仪表设备，如各种检测报警开关、仪表的报警输出部件和接点，应根据设计文件规定的设定值进行整定。整定值应由工艺技术人员提供。

② 在报警回路的信号发生端模拟输入信号，检查报警灯光、音响和屏幕显示应正确。报警点整定后宜在调整器件上加封记。

③ 报警的消音、复位和记录功能应正确。

7) 程序控制系统和联锁系统

① 程序控制系统和联锁系统有关装置的硬件和软件功能试验已经完成，系统相关的回路试验已经完成。

② 系统中的各有关仪表和部件的动作设定值，应根据设计文件规定或工艺技术人员提供的数据进行整定。

③ 联锁点多、程序复杂的系统，可分项和分段进行试验后，再进行整体检查试验。

④ 程序控制系统的试验应按程序设计的步骤逐步检查试验，其条件判定、逻辑关系、动作时间和输出状态等均应符合设计文件规定。

⑤ 在进行系统功能试验时，可采用已试验整定合格的仪表和检测报警开关的报警输出接点直接发出模拟条件信号。

⑥ 系统试验中应与相关的专业配合，共同确认程序运行和联锁保护条件及功能的正确性，并对试验过程中相关设备和装置的运行状态及安全防护采取必要措施。

三、投入试运行

（一）自动化仪表及自动装置投入试运行的条件

1）仪表、元件、装置单体校验/检定合格；

2）系统接线已查线，接线正确牢固；

3）系统管路已核对，气密试验合格；

4）仪表、元件、装置安装质量合格；

5）系统调整试验（包括模拟试验）已进行，且符合设计要求；

6）电气系统已验收合格；

7）被控设备或系统已具备试运行条件。

（二）投入试运行的程序

投入试运行的程序可按系统车间、房号依次进行，具体程序如下：

1）温度测控系统，将每个子系统按顺序一一分别试投入后关闭，处理出现的问题；

2）压力测控系统，其他同上；

3）流量测控系统，其他同上；

4）物位测控系统，其他同上；

5）机械量测控系统，其他同上；

6）其他测控系统，其他同上；

7）相连系统按顺序分别同时投入，并调整相关量，使系统达到平衡。

8）所有测控系统同时投入，调整相关量，使系统达到平衡，试运行72h。

9）每项试投入时：先模拟，后实际；先接通仪表设备电源，后观测显示仪表；先调整变送器，后调整计算控制元件；先观测控制结果，后调整执行器；先观测、后调整，最后定值。

（三）投入试运行的方法

1. 热电偶测温线路的投入

以热电偶多点测量为例，测温线路投入步骤如下：

1）打开显示仪表上防止运输时指针摆动的短路线。

2）将切换开关切换到零位（或拆下显示仪表接线柱的任意一根导线），用螺钉旋具转动仪表前的指针定位螺钉，使仪表指示于冷端补偿温度上（此温度值标在冷端补偿器铭牌上，一般为0℃或+20℃）。

3）恢复仪表接线，投入冷端补偿器电源（测量其输入电压为直流4V）切换开关切换到任一点热电偶上，若此时热电偶的热端温度高于冷端温度，则显示仪表指示出相应的热端温度值；若此时热电偶的热端处于室温状态，冷端的温度又较补偿温度为低，则仪表指针应向减小的方向移动；反之，指针应向增大的方向移动，其减小、增大的数值应等于冷端温度与补偿温度的差值。

4）热电偶测温线路投入后的常见故障及处理

① 显示仪表无指示：对于热电偶单点测量线路，可用便携式电位差计或数字万用表按下列顺序逐段测量线路的热电势，缩小故障范围，找出故障部位，加以消除。

对于热电偶多点测量线路，应先将切换开关顺序切换一遍，若各点都无指示，则应检查显示仪表；若只有某几点不指示，则应检查切换开关是否接触不好或断线；如仍无指示，则可按上述方法检查热电偶线路的故障部位。

②　显示仪表指示异常：按照上述方法用便携式电位差计确定故障部分，以便修理。热电偶测温线路可能发生的仪表指示异常现象和原因分析见表8-1。

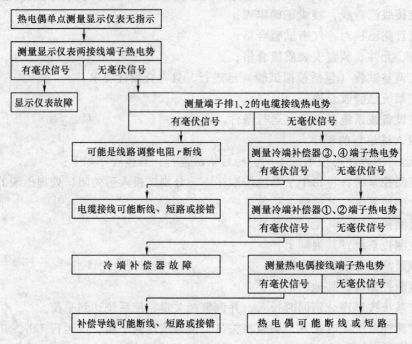

表 8-1 　热电偶测温线路中仪表指示异常分析

故障现象	原因分析	修理方法
指示偏低	1）热电偶变质； 2）热电偶的热接点将要断开； 3）热电偶受潮、有灰尘等原因而漏电或短路； 4）热电偶接线端子（胶木型的）因高温损坏而漏电； 5）补偿导线与热电偶的极性接反； 6）补偿导线绝缘不好或短路； 7）在冷端温度高于补偿温度的情况下，冷点补偿器电源消失； 8）在冷端温度高于补偿温度的情况下，补偿电源接反（断电后指示增大）； 9）线路调整电阻偏大； 10）切换开关接触不良，接触电阻大； 11）接线端子接触不良； 12）热电偶、补偿导线、冷端补偿器、显示仪表的分度号不符	1）更换热电偶； 2）重新焊接热接点； 3）将热电偶烘干，清理干净；若由于瓷管绝缘不良，应予更换； 4）换用瓷接线柱； 5）补偿导线在热电偶处的接线以及补偿导线在接线盒处的接线，同时改接极性； 6）将短路处重新绝缘，或换补偿导线； 7）检查后送电； 8）重新改接； 9）测量阻值后，重新配制； 10）用酒精清洗切换开关的接触铜片，调整好动触头的压紧螺钉； 11）紧固接线端子螺钉； 12）更换设备，使之型号相同

（续）

故障现象	原因分析	修理方法
指示偏高	1）热电偶变质； 2）在冷端温度低于补偿温度情况下，冷端补偿器电源消失； 3）在冷端温度低于补偿温度情况下，冷端补偿器电源接反（断电后指示减小）； 4）线路调整电阻短路或偏小； 5）热电偶、补偿导线、冷端补偿器、显示仪表的分度号不符	1）更换热电偶； 2）检查后送电； 3）重新改接； 4）消除短路或重新配制； 5）更换设备，使之型号相同
指示摆动	1）热电偶热端已断，但有断续连接现象； 2）热电偶安装不牢固，发生摆动； 3）线路连接端子、切换开关等接触不良； 4）线路有断续短路或接地	1）重新焊接热端； 2）将热电偶安装牢固； 3）紧固各接线端子螺钉，清洗切换开关的接触铜片； 4）找出短路处或接地处
指针指向刻度终端	一般是由于冷端补偿器的直流4V电源串入显示仪表	立即断开电源，检查线路，清除故障点
指针反方向指示	热电偶的极性接反	在多点测量线路中，若此现象各点都出现，可将显示仪表两接线调换；若此现象只在切换开关到某一点时出现，则应将此点的补偿导线在热电偶处的接线以及补偿导线在接线盒处的接线同时改换极性

2. 热电阻测温线路的投入

以热电阻多点测量为例，测温线路投入步骤如下：

1）打开动圈仪表上防止运输时指针摆动的短路线。

2）在仪表未投入电源以前，调整好指针的零位。

3）投入仪表电源，切换开关切换到零位，仪表指示为零；逐点转动切换开关，仪表指针应指示到相应的温度值。

4）热电阻测温线路投入后的常见故障及处理：热电阻测温线路投入后发生异常时，应首先判断是显示仪表还是线路的故障。对于热电阻多点测量线路，若各测量点的现象是一样的，则可判断故障在仪表内部或在线路公用部分；若只有其中一点或数点有异常而其他测量点正常，则指示异常的测量点有故障。

对于热电阻单点测量线路，可拆下显示仪表1、3接线端子上的导线，将1、2短接，2、3接一电阻箱。改变电阻箱的电阻值时，若指示随电阻箱的变化而变化，示值与电阻值能基本对得起来，则故障发生在线路上；否则故障在仪表本身。

热电阻测温线路可能发生的故障及原因见表8-2。

3. 压力表的投入程序

1）开启一次阀门，使导管充满介质。

2）二次阀门为三通门时，缓缓开启排污手轮，用被测介质冲洗导管。干净后，再关闭排污手轮。

3）缓慢开启二次阀门（蒸汽或高温介质的压力表，应待导管内有凝结水或高温介质温度已降低至不烫手时，才开启二次阀门），投入仪表。

表 8-2　热电阻测温线路可能发生的故障及原因

故障现象	原因分析	修理方法
仪表指示值无限大	热电阻所在桥臂上的线路断路，如热电阻、接线端子、切换开关、线路调整电阻等断路	用万用表逐段检查断路部位，修复或更换
仪表指示反向	1）热电阻桥臂上的线路短路，如热电阻接线端子等短路； 2）XCZ-102 动圈指示仪接线端子"2"的线路断路； 3）XCZ-102 动圈指示仪接线端子"2"与"3"接线接反； 4）三线制接线的负电源线在热电阻接线端子上的线号接错	1）用万用表逐段检查短路部位，修复或更换； 2）用万用表逐段检查断路部位，对其进行修复； 3）重新换接； 4）查对线号
指示偏高	1）热电阻桥臂上的电阻过大，如热电阻温度计电阻值、线路调整电阻、切换开关和连接导线的接触电阻等过大； 2）另一桥臂的电阻过小，如该桥臂线路调整电阻短路或过小等； 3）电源电压过高	1）用万用表逐段测量电阻值，检查故障部位，对其进行修复； 2）用万用表逐段测量该桥臂线路电阻，检查故障部位，对其进行修复； 3）用万用表测量电源电压值，调整电压至规定值
指示偏低	1）热电阻桥臂上的电阻过小，如热电阻温度计局部短路或受潮后绝缘降低，线路调整电阻短路或过小等； 2）另一桥臂的电阻过大，如该桥臂的切换开关和连接导线接触电阻、线路调整电阻过大等； 3）电源电压过低	1）用万用表逐段测量阻值，检查故障部位，对其进行修复； 2）用万用表逐段测量阻值，检查故障部位，对其进行修复； 3）用万用表测量电源电压值，调整电压至规定值
指示波动	1）热电阻保护套管内有水，引起断续短路； 2）线路连接点或供电线路上有接触不良的现象	1）将水清除，并将热电阻干燥至绝缘良好； 2）用万用表逐段测量阻值，检查故障部位后，使接点接触良好

4）测量蒸汽或液体的压力表投入后，如指针指示不稳或有跳动现象，一般是导管内有空气，装有放气阀门的应进行放气。未装放气阀门的，可关闭二次阀门，将仪表接头稍稍松开，再稍稍打开二次阀门，放出管内空气。待接头有液体流出来后，再关紧二次阀门，拧紧接头，重新投入仪表。

5）多点测量的风压表投入后，应逐点检查指示是否正常。

6）真空压力表投入后，应进行严密性试验。在正常状态下，关闭一次阀门，5min 内指示值的降低不应大于 3%。

4. 差压仪表的投入程序

（1）冲洗仪表导管

1）关闭差压仪表的正、负压门，打开平衡门。

2）开启排污门，缓缓打开一次阀门，冲洗导管。

3）关闭排污门。

（2）准备启动仪表

待导管冷却后，再启动仪表；若管路中装有空气门，应先开启一下空气门，排除空气后，才能启动仪表。

（3）仪表的启动

1）检查仪表平衡门是否已处在开启位置。

2）渐渐开启仪表正压门。当测量介质为蒸汽或液体时，待充满被测凝结水或液体后，松开仪表的正、负测量室的排污螺钉。待介质逸出并排净气泡后，拧紧排污螺钉，然后检查仪表各部分是否有渗漏现象，并检查仪表零点。

3）关闭平衡门，逐渐打开负压门，此时仪表应有指示。

（4）仪表投入后的检查

1）在运行过程中，如要检查导管及仪表是否工作正常，可稍开排污门。开正排污门时，仪表指示应减小；开负排污门时，仪表指示应增大。

2）在运行过程中，如要检查仪表零位，可先打开平衡门，再关负压门，从而进行观察（切勿在平衡门，正、负压门都在打开位置时，检查仪表零位）。

3）在运行过程中，如要进行排污冲洗时，必须注意先打开仪表平衡门，再关闭正、负压门，然后打开排污门，以免仪表承受过大的单向静压。

5. 补偿式平衡容器水位表的投入

水位表投入前，先关闭锅筒与平衡容器相接的蒸汽管上的一次阀门，打开连接下降管的排水管的上、下两个阀门，炉水即由排水管流入平衡容器，充满正压恒位水槽。然后冲洗导管，待导管内凝结水冷却后，打开锅筒与平衡容器相接的一次阀门，水位表即可投入。

6. 带隔离容器的仪表投入

带隔离容器的仪表在投入前，应先将仪表内的残余介质排除，并检查各连接接头已拧紧，再从隔离容器的上堵头处灌入隔离液。当仪表为差压表时，应同时把差压表的三个阀门全部打开，在一个隔离容器内灌注液体，并稍开差压计测量室的排污螺钉，排出空气后，再拧紧排污螺钉，继续灌注液体，直到由另一个隔离容器内溢出时为止，然后把差压表上的正、负压门同时关闭。

隔离容器灌液后，仪表即可投入运行。在运行中应检查是否有泄漏，防止隔离液漏光、腐蚀介质进入仪表。

7. 差压测量仪表校验和注意事项

1）利用节流装置测量流量时，由于被测流量是与差压的平方根成正比例关系，因此仪表的流量指示值应为差压值的方根值。表计常用的显示方法有：

①　指示式流量表的标尺采用方根刻度。

②　差压变送器输出电流（或电压）与差压值成正比例关系，欲使显示仪表的指示与变送器电流或电压亦成正比例关系，则显示仪表的流量标尺应采用方根刻度。

③　差压变送器的输出电流与差压值成正比例关系，经电子开方器后输入给显示仪表，则显示仪表的流量标尺便采用比例刻度。

④　差压变送器（如差动变压器式差压变送器）的输出信号与差压值成正比例关系，显示仪表（如电子差动仪）采用平方特性的凸轮作为反馈，则显示仪表的流量标尺为比例刻度。

⑤　差压流量变送器（如 DBL 型）在反馈回路内接入一个平方转换器，则变送器的输

出电流就和被测的流量成正比，显示仪表的流量标尺采用比例刻度。

2）利用平衡容器产生差压，测量受压容器水位时，由于差压值是随着被测水位的升高而减小的，因此仪表的水位指示值与差压值成正比例关系而方向相反。一般仪表的指针机械零位在左边，标尺刻度都是从左向右增大，不能满足上述要求。解决方法是：

① 指示式水位表的导管连接采用正接，表针机械零位仍在左边，将标尺刻度改为从左向右减小。这样，水位最低时（差压值最大）水位表指示值最小。

② 差压变送器的导管连接采用正接，其输出电流与差压值成正比例关系。将指示式显示仪表指针的机械零位改在右边，并将显示仪表与变送器输出电流的连线反接，显示仪表标尺上的指示值由左向右增大。在差压增大时（水位降低），显示仪表接收负信号，指针就由右向左向水位标尺减小的方向移动。

③ 差压变送器（如差动变压器式差压变送器）的导管连接采用正接，变送器与显示仪表（如电子差动仪）两差动变压器次级之间的连接线反接，则差压增大时显示仪表接受负信号，指针向水位刻度减小的方向移动。

④ 差压变送器（如电动单元组合仪表的差压变送器）的导管连接采用正接，显示仪表（如电子电位差计）与变送器输出电流的连线采用反接，并在显示仪表输入端接入恒流单元输出的 10mA 电流，使显示仪表输入为恒流单元与变送器输出的差值，见图 8-1 所示。在最高水位时（变送器输出电流为 0mA），显示仪表接受恒流单元输出的 10mA 电流，指针指向右边（指示最高水位），随着水位的降低，差压值增大，变送器输出电流增大（与恒流单元的差值减小），显示仪表的指针向水位刻度减小的方向移动。

⑤ 差压变送器（如电动单元组合仪表变送器）的导管连接采用反接（即水位测点的正压管接至变送器的负压侧；负压管接至正压侧），对变送器进行零点负迁移，使水位最低时（差压为负的最大）变送器的输出电流为零，显示仪表指针在左边（最低水位），而水位最高时，变送器输出电流为 10mA，显示仪表指示最高水位。

压力测量仪表不存在上述问题，其指示值与压力值成正比例关系，因此，无论是指示式仪表或与变送器配套的显示仪表，都是均匀刻度，各校验点的示值与输入值成正比例。

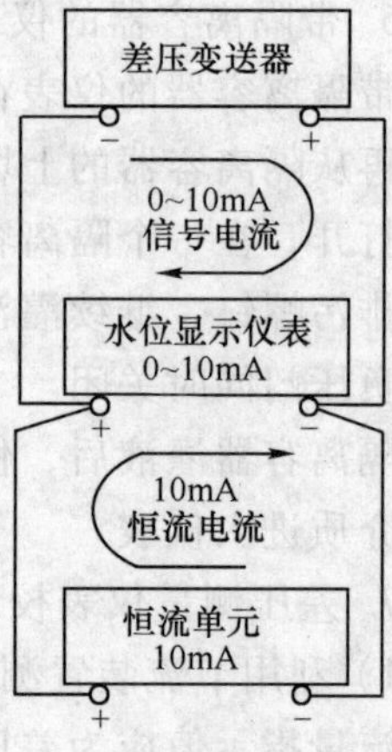

8. 流量仪表的投入

1）按 4. 差压仪表的投入程序对蒸汽流量、锅筒水位、给水流量的取源管道进行检查和测试，管路必须畅通无阻。

2）用数字万用表测试蒸汽流量、锅筒水位、给水流量三台变送器的输出（以实际量为准）。

3）用数字万用表测试比例积分调节器的输出，这时应观测伺服放大器的动作情况（先自动、后手动），并观测执行器的动作情况：

① 如果锅筒水位较高，可适当调小给水流量；

② 如果蒸汽流量较大，可适当调大给水流量；

③ 同时记录反馈信号的大小，如果反馈较小应适当调大，并观察基本平衡点的量并将其记录锁定；

图 8-1　显示仪表接入信号电流与恒流电流差值的接线图

④　如果锅筒水位较低，可适当调大给水流量；

⑤　如果蒸汽流量较小，可适当调小给水流量；

⑥　同时记录反馈信号的大小，如果反馈量较小应适当调大，并观察基本平衡点的量并将其记录锁定。

用上述方法反复测试调整，最终使系统达到平衡。也就是蒸汽流量较大时，给水流量增加，保证水位不高于上限；蒸汽流量较小时，给水流量减小，保证水位不低于下限。因为系统采用负反馈，反复耐心调整可达到基本满意结果。

流量调试投入较为烦琐，要耐心、细心，不要急于求成，调整时切记要微调。

仪表系统的投入内容很多，这里仅以常见的为例讲述，读者可在其中摸索规律和经验，其实也不难，世上无难事，只怕有心人。

第九章 空调系统电气设备的安装

空调系统电气设备一般指对空气的温度、湿度、洁净度、CO_2 浓度等参数进行调节、指示和报警而达到舒适性要求的电气或弱电系统装置。空调系统本身与给水专业有密切的联系，并配以传感器、变送器、调节器、电动阀、仪表、空气过滤器、调节阀、空气加热/冷却器等装置，与电气装置组成闭环控制系统，实现对空气的调节。其中部分内容与本书第一～八章内容及本丛书《弱电系统的安装调试及运行》分册的设备有很多相同之处，并有密切的联系。因此，有很多内容已在这两部分中进行了讲述。为了使本章具有系统性和完整性，这里还是将其各节一一列出，并说明一些未曾讲过的内容。

空调系统主要有风机盘管自控系统、新风和空气处理机组自控系统、制冷机组自控系统和空调微机（DDC）自控系统。

一、总体要求和准备工作

基本与本书第一章总体要求和准备工作相同，不同的是执行标准不同，主要有：GBJ 66—1984 制冷设备安装工程施工及验收规范、GB 50243—2002 通风与空调工程施工质量验收规范和 GB 50339—2003 智能建筑工程质量验收规范等。

1）通风与空调工程施工图样，包括电气自动控制调节系统的图样，应由具有相应资质的正式设计单位进行设计，施工图样修改必须有设计单位的设计变更通知书或技术核定签证。

2）承担通风与空调工程项目的施工，应具有相应工程施工承包的资质等级及相应质量管理体系，同时具备相应的检测能力。

3）施工承担通风与空调工程施工图样（包括电气自动控制调节系统）深化设计及施工时，必须具有相应的设计资质及其质量管理体系，并应取得原设计单位的书面同意或签字认可。

4）通风与空调工程施工现场的质量管理应符合《建筑工程施工质量验收统一标准》GB 50300—2001 的规定。

5）通风与空调工程所使用的主要原材料、成品、半成品和设备电气元器件的进场，必须对其进行验收。验收应经监理工程师认可，并应形成相应的质量记录。

6）通风与空调工程的施工，应把每一个分项施工工序作为工序交接检验点，并形成相应的质量记录和调整试验记录。

7）通风与空调工程施工过程中发现设计文件有差错的，应及时提出修改意见或更正建议，并形成书面文件及归档。

8）空调工程电气设备及自动调节系统的安装应符合电气装置安装工程施工质量规范和自动化仪表工程施工及验收规范的相应条款。

二、元件类别和功能

元件类别有很多与本书第二章相同，这里仅列出自动化仪表工程未曾讲过的元件。

1）湿度传感器：将湿度参数变成电信号的装置。

2）压差开关：压力差可以自动操作的开关元件。

3）水流开关：水流可以自动操作的开关元件。

4）控制器（包括压力、温度、湿度等），一般是数字式的，可以对压力、温度、湿度进行自动控制，信号来自传感器/变送器。

5）空气质量传感器：将空气中 CO、CO_2、烟雾、丙烷等含量变成电信号的装置。

6）空气速度传感器：将空气流速变成电信号的装置。

7）低/高温断路恒温器：在温度低/高时切断供给回路而保持恒温的装置。

8）DDC 直接数字控制器：能与微机直接接口的数字控制装置，被控参数的传感器、执行器通过 DDC 与系统连接，既进行数据采集，又进行闭环控制，在 MPU（中央处理器）控制下操纵系统工作，并与中央计算机连接，代替复杂的继电器控制。DDC 是专为空调系统制作的微机控制单元，既能满足空调功能要求，又能与中央控制系统联网，是目前较为先进的替代产品。

其相关数据型号读者可参阅相关手册。

三、元件的校验和试验

与本书第三章相同。

空调系统的电气装置及元件必须在安装前进行校验/试验，并索取保存合格证、说明书、校验/试验记录，杜绝假冒伪劣产品混入工程。

试验/校验方法见第三章相关内容。

四、管路、线缆的安装敷设

与本书第四、六章相同，不再赘述。

五、元件的安装接线

元件的安装接线与本书第五、七章相同，并在本丛书《弱电系统的安装调试及运行》分册中相关章节内有详细讲述。

这里以图 9-1 简单说明一下元件的接线。

1. 01 号温湿度传感器（回风温度、相对湿度）

01 号温湿度传感器有 5 个接线端子，其 $1^\#$ 端子要与 11 号湿度调节器的 $18^\#$ 端子连接，同时要与 02 号和 03 号温湿度传感器的 $1^\#$ 端子连接，1 号、2 号、3 号传感器的 $1^\#$ 端子对于 11 号调节器的 $18^\#$ 端子是"或"的关系；

$2^\#$ 端子要与 11 号湿度调节器的 $8^\#$ 端子连接；

$3^\#$ 端子要与 10 号温度调节器的 $9^\#$ 端子经 05 号指针式显示器（送风温度）连接，并与电源变压器 TC 二次公共接地线连接；

$4^\#$ 端子要与 10 号温度调节器的 $11^\#$ 端子连接；

$5^\#$ 端子要与 10 号温度调节器的 $10^\#$ 端子连接。

2. 02 号温湿度传感器（送风温度、相对湿度）

$1^\#$ 端子上述已与 11 号湿度调节器的 $18^\#$ 端子连接；

$2^\#$ 端子要与 11 号湿度调节器的 $9^\#$ 端子连接；

$3^\#$ 端子与 TC 二次公共接地线连接；

$4^\#$ 端子要与 10 号温度调节器的 $13^\#$ 端子连接；

$5^\#$ 端子要与 10 号温度调节器的 $12^\#$ 端子连接。

3. 03 号温湿度传感器（新温度、相对湿度）

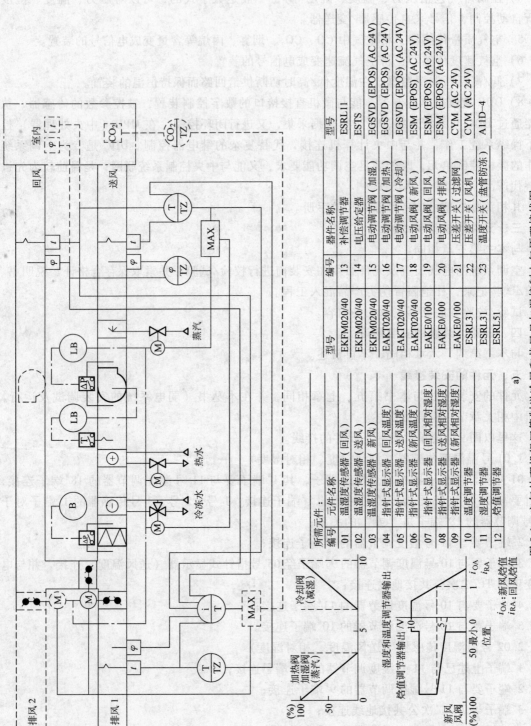

所需元件:

编号	元件名称	型号
01	温湿度传感器(回风)	EKFM020/40
02	温湿度传感器(送风)	EKFM020/40
03	温湿度传感器(新风)	EKFM020/40
04	指针式显示器(回风温度)	EAKT020/40
05	指针式显示器(送风温度)	EAKT020/40
06	指针式显示器(新风温度)	EAKT020/40
07	指针式显示器(回风相对湿度)	EAKE0/100
08	指针式显示器(送风相对湿度)	EAKE0/100
09	指针式显示器(新风相对湿度)	EAKE0/100
10	温度调节器	ESRL31
11	湿度调节器	ESRL31
12	焓值调节器	ESRL51

编号	器件名称	型号
13	补偿调节器	ESRL11
14	电压给定器	ESTS
15	电动调节阀(加湿)	EGSVD (EPOS) (AC 24V)
16	电动调节阀(加热)	EGSVD (EPOS) (AC 24V)
17	电动调节阀(冷却)	EGSVD (EPOS) (AC 24V)
18	电动风阀(新风)	ESM (EPOS) (AC 24V)
19	电动风阀(回风)	ESM (EPOS) (AC 24V)
20	电动风阀(排风)	ESM (EPOS) (AC 24V)
21	压差开关(过滤网)	CYM (AC 24V)
22	压差开关(风机)	CYM (AC 24V)
23	温度开关(盘管防冻)	A11D-4

i_{OA}:新风焓值
i_{RA}:回风焓值

a)

图 9-1 空气处理机组四管制送冷风热风和热风且加湿控制电气原理接线图

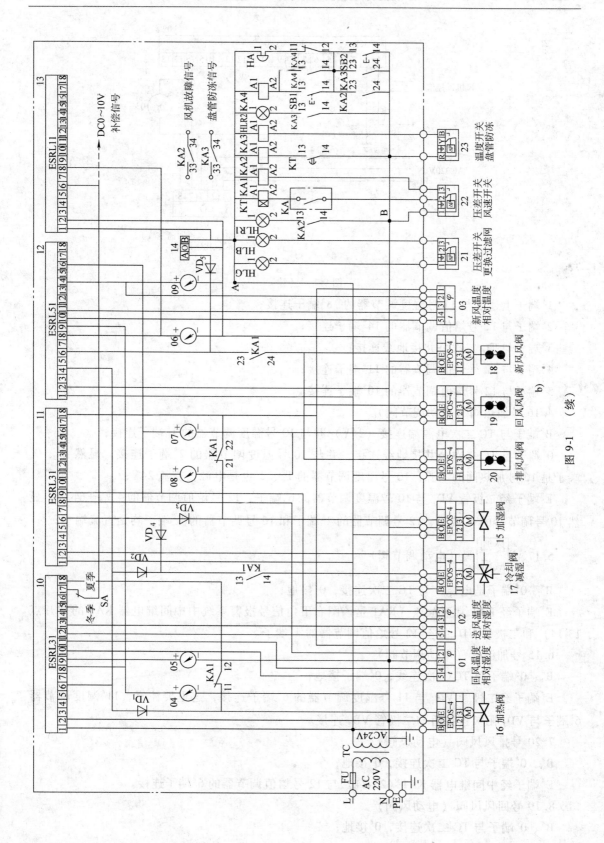

图 9-1 （续）
b)

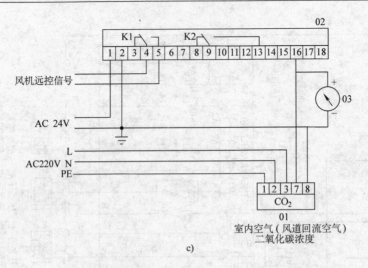

c)

图 9-1 （续）

$1^{\#}$ 端子上述已与 11 号湿度调节器的 $18^{\#}$ 端子连接；

$2^{\#}$ 端子与 12 号焓值调节器的 $14^{\#}$ 端子连接；

$3^{\#}$ 端子与 TC 二次公共接地线连接；

$4^{\#}$ 端子与 12 号焓值调节器的 $11^{\#}$ 端子连接；

$5^{\#}$ 端子与 12 号焓值调节器的 $10^{\#}$ 端子连接。

4. 16 号加热阀（电动调节阀）

$B^{\#}$ 端子与 TC 二次电源端连接（24V）并与 10 号温度调节器的 $1^{\#}$ 端子连接；

$0^{\#}$ 端子与 TC 二次公共接地线连接，并与 10 号温度调节器的 $2^{\#}$ 端子连接，显然 $B^{\#}$、$0^{\#}$ 端子是 16 号加热阀的电源，10 号温度调节器的 $1^{\#}$、$2^{\#}$ 也是电源，交流 24V；

$E^{\#}$ 端子经二极管 VD_1 与 10 号温度调节器的 $6^{\#}$ 端子、12 号焓值调节器的 $4^{\#}$ 端子连接，显然 10 号调节器的 $6^{\#}$ 端子、12 号调节器的 $4^{\#}$ 端子和 16 号调节器的 $E^{\#}$ 端子均是直流端子；

5. 17 号 冷却减湿 阀（电动调节阀）

$B^{\#}$、$0^{\#}$ 端子是电源，与 TC 二次连接，$0^{\#}$ 接地；

$E^{\#}$ 端子经 KA1 常开触点（KA1 是该图右下角信号报警系统中中间继电器 KA1 的常开点 13-14）和二极管 VD_2 接至 12 号焓值调节器的 $4^{\#}$ 端子。

6. 15 号加湿阀（电动调节阀）

$B^{\#}$、$0^{\#}$ 端子与 TC 二次连线，$0^{\#}$ 端子接地；

$E^{\#}$ 端子经二极管 VD_3 与 11 号湿度调节器的 $6^{\#}$ 端子连接，这里要注意，$11^{\#}$ 湿度调节器 $6^{\#}$ 端子与 VD_4 阳极连接后与二极管 VD_2 连接。

7. 20 号排风风阀（电动风阀）

$B^{\#}$、$0^{\#}$ 端子与 TC 二次连接，$0^{\#}$ 接地；

$E^{\#}$ 端子经中间继电器 KA1（23-24）与 12 号焓值调节器的 $6^{\#}$ 端子连接。

8. 19 号回风风阀（电动风阀）

$B^{\#}$、$0^{\#}$ 端子与 TC 二次连接，$0^{\#}$ 接地；

E$^#$端子与 20$^#$排风风阀 E$^#$端子连接。

9. 18 号新风风阀（电动风阀）

B$^#$、0$^#$端子与 TC 二次连接，0$^#$接地；

E$^#$端子与 19$^#$回风风阀 E$^#$端子连接。可以看出 18$^#$~20$^#$风阀的 E$^#$端子是"或"的关系。

10. 其他

21 号压差开关（更换过滤网）、22 号压差开关（风速开关）和 23 号温度开关（盘管防冻）及报警信号系统的接线与上述及电气接线相同，这里不再赘述。

此外，还有几根接线未述：

1）电源变压器 TC 的一次与~220V 电源连接；

2）16 号加热阀 E$^#$端子经 KA1（12-11）常闭点与 10 号调节器的 18$^#$端子连接；

3）TC 二次接地端经 04 号指针式显示器分别与 10$^#$调节器 8$^#$端子、12$^#$调节器 9$^#$端子连接；

4）11 号、12 号调节器的 1$^#$2$^#$端子分别与 TC 二次连接，为调节器的电源；

5）11 号调节器 9 号端子经 08 号指针式显示器（送风相对湿度）与 TC 接地端连接；

6）11 号调节器 8 号端子、12 号调节器 16$^#$端子均经 07 号指针式显示器（回风相对湿度）与 TC 接地端连接；

7）12 号调节器 8$^#$端子和 13 号调节器 8$^#$端子均经 06 号指针式显示器（新风温度）与 TC 二次接地端连接；

8）12 号调节器 14$^#$端子经 09 号指针式显示器（新风相对湿度）与 TC 二次接地端连接；

9）11 号调节器 18$^#$端子经中间继电器 KA1（21-22）常闭点与 15 号加湿器 E$^#$端子连接；

10）13 号调节器 1$^#$端子与 TC 二次电源连接，2$^#$端子与 TC 公共接地端连接；6$^#$端子与转换开关 SA 连接，然后接至 DC 0~10V 补偿信号；

11）14 号电压给定器 0$^#$、B$^#$端子分别与 TC 二次电源连接，A$^#$端子经二极管 VD$_5$ 与 12 号调节器 6$^#$端子连接；

12）信号报警系统的 A、B 点分别与 TC 二次连接；

13）图 9-1c 空气品质的接线较为简单，读者自行分析。

空调系统的自动控制部分接线较多，加之元件较多也很繁琐。接线时一定要以一个元件为主全部接完后再接另一个元件；线与线的连接必须在元件端子上进行，每个端子一般不得超过两根线；接线后应先检查无误后才可开启电源变压器，让元件得电，然后观察有无不妥，否则应立即修复；接线一般不要超过三人，各负其责，查线时应互查，不得自查；接线前所有器件均应有合格证和检验试验报告，否则不得接线。

六、控制柜的安装和接线

空调系统通常采用集中控制，并显示各房间的状态，特别是微机控制系统可随时监控各房间状态，但有些较为小或简的也有采用分散或就地控制的。无论哪种方法其安装接线均与本书第七章和本丛书《低压动力电路及设备安装调试》分册相同，这里不再赘述。

在本章第五条元件的安装接线中已讲述了部分内容，以及本丛书《低压动力电路及设备安装调试》分册对控制柜的安装接线都已进行了详尽的讲述，敬请参阅。

七、动力装置的安装

动力装置主要指各种泵、冷冻机、风机等，其设备本体由装机人员安装，电动机及其起动部分与本丛书《低压动力电路及设备安装调试》分册相同，这里不再赘述。

八、系统调整试验和试运行

系统调整试验和试运行基本与第八章相同，不同的是除元件、设备可模拟试验外，系统调试时以实际送风调试，并按夏天、冬天分别调试。同时应由空调专业的技术人员、技师主持。

这里以图 9-1 为例说明调试方法。

（一）工艺流程图及设置

1. 工艺上设新风—送风管和回风—排风管，其中新风—送风管 1 中设置新风阀、空气过滤器、空气冷却器和加热器、送风机、加湿器、湿度传感器、温度传感器和热电阻。回风—排风管 2 中设置排风风阀、排风机、湿度传感器、温度传感器。新风和回风管间设回风风阀。在被调节空气的室内设湿度传感器、温度传感器和 CO_2 传感器。

2. 系统设联锁装置，并设温度调节指示仪、CO_2 调节指示仪、湿度调节指示仪、焓值调节器和最大信号选择器，其他设置与上述新风机组基本相同。

（二）调节控制原理图

调节控制原理可分调节自控和信号报警两个内容。

1. 调节及自动控制系统

1）系统采用 220V 交流电源，控制部分采用经 TC 变压后的交流 24V 电源。

2）调节控制系统采用串级调节，所谓串级调节就是系统采用主调节器与副调节器串接的形式，其中主调节器的输出作为副调节器副调参数的给定值，进而形成双回路闭环调节，见图 9-2。系统中主调参数为回风温度和湿度，副调参数为送风温度和湿度。

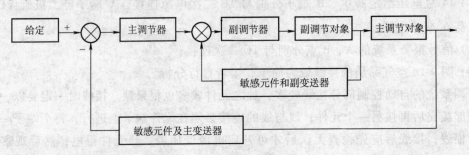

图 9-2　串级调节方框示意图

3）系统设置 4 只温湿度传感器，分别去测量新风、送风、回风和被调室内的温度和湿度，被调室内还设有 CO_2 传感器，测量室内的 CO_2 浓度，并且将测量到的非电信号变为电信号。其中送风、回风和室内的信号送到温度调节器和湿度调节器中，与给定信号比较后输出连续 PI 调节信号去控制冷水、热水和蒸汽电动阀的开度，同时将信号送至新风处的焓值调节器中。焓值调节器是调节热能的，它接受温度和湿度信号，可进行 PI 调节。

4）焓值调节器一方面接受新风的温度、湿度信号，同时又接受回风和室内的温度、湿度信号，此外还接受送风被调节后的调节信号和室内 CO_2 浓度调节器的信号，根据新风和回风的焓值比较来调节新风阀、排风阀和回风阀的开度，达到经济运行的开度。

5）根据以上分析可以看出系统是通过两个调节器串联的方式进行工作的。串级温度调节器分程调节加热阀、冷却阀和控制焓值调节器，来控制回风的温度，副调送风温度，又按新风温度通过补偿调节器设定回风温度给定值。同时串级湿度调节器也是分程调节蒸汽加湿阀、冷却减湿阀来控制回风的相对湿度，副调送风湿度，其中冷却阀的控制是取之温度湿度调节器输出的最大（max）信号来自动选择调节的。焓值调节器的调节方式使两组串级调节（温度、湿度）达到配合合理，促使系统经济运行。

6）调节系统中设置了转换开关 SA，并由其决定冬季和夏季的工作方式。同时设置了 6 块针式显式仪表，显示回风、送风、新风的温度和相对湿度。

2. 信号报警系统

信号报警系统取掉了工况转换中间继电器，请读者自行分析。同时系统设置了两只温度调节指示仪、一只湿度调节指示仪、一只焓值调节仪、一只 CO_2 调节指示仪，均装在仪表柜上。

该系统可人为按最小新风需要量设置风阀的最小位置，也可选用指针式仪表显示探测部位的温度和阀位，这些应按工艺设计要求进行。

其他形式的几种空气调节机组电气控制原理与上述内容基本相同，除了工艺上的差异外，在新风调节上采用的是混风调节器，实际上是一个温差调节器 $\frac{ΔT}{T}$，它只接受新风、回风的温度信号及送风温度调节器的调节信号，然后进行超驰控制来调节新风阀、回风阀和排风阀而达到经济开度。超驰控制是指某参数达到临界时，为了系统安全，执行器受此参数控制，或处于最大或处于最小位置，有时比临界值稍小一点，保证系统安全。

（三）送风机的控制原理图

空气调节自动控制系统中风机的控制原理图与本丛书《低压动力电路及设备安装调试》分册中基本相同，一般采用双速电动机直接起动或单速电动机直接起动，容量较大的采用丫-△起动，这里只介绍一种电动机控制原理图的另一种画法，供读者在识图中参考。图 9-3 是送风机丫-△起动控制原理图，表 9-1 是主要电气元件表，图中 X□：□（方框中为数字）是接线座的一种标注方法，表示接线座的序号，图中同一标注的序号是连接的。图中每一回路均用 1、2…按顺序表示，并在序号的下面画出该回路接触器辅助触点或继电器触点在图中各个回路的分布情况，其中数字表示回路的序号，△表示外引触点，-┤├- 各表示常开触点、常闭触点。这种画法为分析电路带来了极大的方便。

1. 手动运行（SA1 打在手动运行/试验上）

1）电源有电、熔断器 FU 完好，第一回路接通，绿色信号灯 HG 点亮，说明控制电源正常。

2）第三回路中，KA3（11-12）、KH（81-82）、SB2（11-12）、KM3（11-12）、KA2（21-22）均为常闭触点，接线座（X1：7-X1：8）是由仪表控制回路的盘管防冻信号引来的常闭触点，SA1-1 手动运行中是闭合的，因此手按动 SB1 按钮时接触器 KM1 吸合，其主触点将主回路中电动机的 W2、U2、V2 接成星形。其辅助触点的分布使第四回路的常开触点

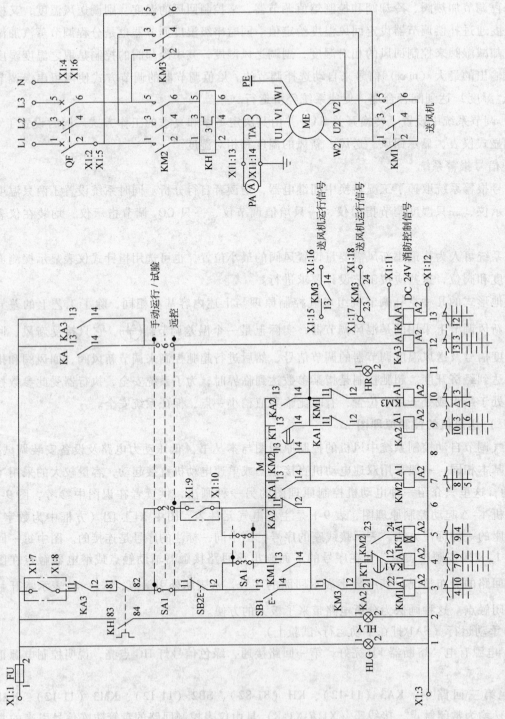

图 9-3　送风机 Y-△ 起动控制原理图

表9-1　主要电气元件表

文字符号	名　称	型号规格	文字符号	名　称	型号规格
QF	断路器	设计确定	SB1、SB3	控制按钮	LA101-P11-2220
KM1～3、KM4～6	接触器	设计确定	SB2、SB4	控制按钮	LA101-P11-2210
KH、KH1、KH2	热继电器	设计确定	KT1、KT2	时间继电器	JS23-31/2
TA、TA1、TA2	电流互感器	设计确定	KA1～5	中间继电器	JDJ1-44
PA、PA1、PA2	电流表	设计确定	KA	中间继电器	HH52 DC 24V
FU	熔断器	RT9-20/6A	HG	信号灯	AD11-10/21 绿色
SA1	转换开关	LW5-15D1044/4	HY、HY1、HY2	信号灯	AD11-10/21 黄色
SA2	转换开关	LW5-15D1370/5	HR、HR1、HR2	信号灯	AD11-10/21 红色
SA3	钮子开关	KN3-B1Z1D	X1	接线座	JH2-2.5L $l=300\text{mm}$

注：未注明的二次电路元件额定电压均为交流220V。

KM1 (13-14) 闭合自保，使第十回路的常闭触点 KM1 (11-12) 打开，实现 KM1 和 KM3 的互锁。

3）第四回路中，KT (11-12) 为常闭触点，中间继电器 KA1 得电吸合，其触点的分布使第七回路的常开触点 KA1 (13-14) 闭合，使第九回路的常闭触点 KA1 (11-12) 打开。这样第七回路的接触器 KM2 得电吸合，电动机接成星形全压起动。KM2 触点的分布使第八回路的常开触点 KM2 (13-14) 闭合实现自保，使第五回路的常开触点 KM2 (23-24) 闭合，这样时间继电器 KT 得电吸合并开始延时。

4）KT 触点的分布使第四回路的 KT (11-12) 延时打开，这样 KA1 失电，其分布在第七回路的常开断开，因 KM2 (13-14) 自保，不影响 KM2 的工作状态；分布在第九回路的常闭触点 KA1 (11-12) 复位闭合，KT 分布在第九回路的 KT (13-14) 延时闭合，这样第九回路接为通路，中间继电器 KA2 得电吸合。

5）KA2 触点的分布使第三回路的 KA2 (21-22) 打开，KM1 失电，其分布在第四回路的 KM1 (13-14) 打开解除自保，第十回路的 KM1 (11-12) 复位闭合为 KM3 得电作准备，这时电动机星点被 KM1 解开。KA2 在第六回路的触点 KA2 (11-12) 打开，KA2 在第十回路的常开触点 KA2 (13-14) 闭合，接通了接触器 KM3，电动机完成了星形起动到角形运行的过渡，这时电动机 U_1W_2、V_1U_2、W_1V_2 被 KM3 连接为△形，起动完毕。

6）KM3 辅助触点的分布使第三回路的常闭触点 KM3 (11-12) 打开，解除与 KM1 的互锁，两对常开触点 KM3 (13-14)、KM3 (23-24) 闭合，发出风机运行的信号，供外引电路使用。同时 KT 失电，其第九回路的触点 KT (13-14) 打开，因 KA2 (13-14) 闭合自保，不影响 KM3 和 KA2 的工作状态。

这时要注意到，△形运行后 KM2、KA2、KM3 的得电回路是直接从 SB2 (12) - SA1 (3) - KM2 (13) - KA2 (13) 的连线 M 上得到的（图中 M 的标注是作者为了识读的讲述而画上的，原图无 M 字样）。另外，△形运行后，KM2 仍然吸合，这时图中 KH 和 TA 是接在电动机的相绕组上的，测得的电流是相电流，而不是线电流，在调整中应注意，这也是本电路的一个缺点。

7）在风机正常运行中，若发生以下情况，电动机将失电停止运行。

①　操作 SA1 或 SB2 可将电动机手动停止，为运行人员提供了一旦发生事故可及时停

车。

② 运行过程中电动机过负荷时限超过热继电器 KH 的时限，KH 则动作，其常闭触点 KH（81-82）打开切断控制电源的回路，接触器 KM2、KM3 失电，电动机自动停止；KH（83-84）闭合点亮事故信号灯 HY。

③ 当火灾发生时，第十三回路的信号继电器 KA 得电吸合，发出火警信号，分布在第十二回路的常开触点 KA（13-14）闭合，使 KA3 接通吸合，第十三回路的常开触点 KA3（13-14）闭合自保，第三回路的常闭 KA3（11-12）打开切断控制回路电源，电动机停止。

④ 空调系统盘管防冻信号继电器 KA3 吸合后，外引入接点接线座（X1：7-X1：8）打开，切断控制回路电源，电动机停止。

⑤ 当电动机内部发生短路或主回路发生短路时，断路器 QF 自动跳闸，切断电动机电源，电动机停止。

2. 远控运行（SA1 打在远控上）

1）同 1. -1）。

2）SA1（2）接通，远控信号由接线座（X1：9-X1：10）引入，电源经 SA1（4）引入图中标注 M 的线段上，同时电源经 X1：10-KA2 常闭触点（11-12）-KM3 常闭触点（11-12）使 KM1、KA1 得电吸合，以下控制程序基本同手动控制的程序，可按 1. -2）及以下的内容进行分析。

3）停车同 1. 。

说明一点，新风及空气处理机组自控系统采用的传感器、调节器、电动阀、压差开关、温度开关及各种电子元件等，均应以工程提供的施工图样中标注的型号为准，其电路及工作方式应以其产品说明书为准，这里的图样及型号则是为了讲述的方便而选用的。

（四）调试程序内容

1. 准备工作

2. 系统调整试验

3. 投入试运行

（1）试运行条件

（2）试运行程序

详见本书第 8 章相关内容。

（五）调试及试运行方法

1）将转换开关 SA 打到夏季/冬季。

2）开启电压变压器 TC 的电源，使所有元件接通电源，然后检查柜、箱、设备、元件、线路是否正常，并及时处理。

3）开启冷冻水泵/热水泵，并开启新风风机和排风风机，室外空气干燥时可开启蒸汽汽源，同时检查机械、电气是否正常，并及时处理。

4）微量手动开启 17 号电动调节阀（冷却）/16 号电动调节阀（加热）及 18 号新风电动阀、19 号回风电动阀和 20 号排风电动阀，同时观测 06 号新风温度显示器、04 号回风温度显示器和 05 号送风温度显示器，根据下列要求进行调节：

① 室内温度较高可适当加大 17 号/16 号以及 18 号、19 号、20 号电动阀，并记录 04 号、05 号、06 号温度显示器数值，精心掌握电动阀加大/减小量与温度的关系，最后锁定在

设计温度上，然后将其打到自动调节上。

②　观测自动调节运行中的上述三表温度变化情况，若较大，则适当减少反馈量；反之加大反馈量。

③　按上述几经调整，让温度保持在设计温度的 ±1℃上，试运行 8h，观测其变化，否则再进行微调。

5）观测 07 号回风相对湿度显示器、08 号送风相对湿度显示器和 09 号新风相对湿度显示器，其相对湿度偏低/偏高时，可适当微调 11 号湿度调节器，使其反馈量增大/减小，以观测结果，如有效则可适当再度微调；如无效，则应加大/减小蒸汽的汽源，这时再度观测，然后用上述方法进行微调。

湿度调整时，上述 4）的调整保持不变。

6）上述 4）、5）调整基本衡定后，观测 12 号焓值调节器，其值较低则可微调 17 号/16 号及 15 号调节阀，以观结果，有效即可再度微调；无效则应加大/减小 17 号/16 号和 15 号调节阀。反复调整，并掌握其变化规律和关系，最后将其锁定在设计数值上。

7）上述调整有效即可再度精调，否则应将系统全部停止，按上述方法再度进行调整。

8）空调系统的调整是一项非常细致的工作，同时调整受到多方因素的制约和影响，一般情况下，一次、二次是难以调好的，因此，应做到以下几点：

①　细致耐心，不得急于求成；

②　调试时应由一人指挥并确定调节元件及其调节的大小，任何人不得随意调节；

③　调试时现场最好有建设单位的各种人员进行正常的工作，但不得干预或参与调整；

④　开启的冷冻泵/热水泵、新风机、排风机和蒸汽汽源不得随意增大/减小给出量，如须变动时，必须由指挥人发出指令；

⑤　调试时非调试人员应退出现场；

⑥　调试时冷冻泵、热水泵、新风机、排风机、蒸汽汽源、电源等处必须有运行值班人员，随时接受指挥人的指令，不得擅离职守；

⑦　调试时最好昼夜不停、一气呵成，中途除不可抗力外，调试人员应坚守岗位（可轮班现场休息），确保调试一次成功。

⑧　空调系统较大时，应编制调试方案，并组织全体调试人员充分发挥每个人的积极性，修改方案，最后组织学习，照章办事。

⑨　调试工作最好在天气较好时进行，要避开风雪雨天气。

⑩　其他参照本丛书《低压动力电路及设备安装调试》分册和本书第八章相关内容。

9）送风机的调试与动力电路相同，参见本丛书《低压动力电路及设备安装调试》。

（六）　调整试验总体要求

1. 一般要求

1）系统调试所使用的测试仪器和仪表的性能应稳定可靠，其精度等级及最小分度值应能满足调试的要求，并应符合国家有关计量法规及检定规程的规定。

2）通风与空调工程的系统包括电气控制调节系统调试，应由施工单位负责和实施，并由多工种配合，监理监督。

施工单位无能力的可委托给具有调试能力的其他单位并有合同协议约束。

3）系统调试前，承包单位应编制调试方案，报送专业监理工程师审核批准；调试结束后，必须提供完整的调试资料和报告。

4）通风与空调工程系统无生产负荷的联合试运转及调试，应在制冷设备和通风与空调设备单机试运转合格后进行。空调系统带冷（热）源的正常联合试运转不应少于 8h，当竣工季节与设计条件相差较大时，仅做不带冷（热）源试运转。通风、除尘系统的连续试运转不应少于 2h。电气控制调节系统应先进行单体调试。

5）净化空调系统运行前应在回风、新风的吸入口处和粗、中效过滤器前设置临时用过滤器（如无纺布等），实行对系统的保护。净化空调系统的检测和调整，应在系统进行全面清扫，且已运行 24h 及以上达到稳定后进行。

洁净室洁净度的检测，应在空态或静态下进行或按合约规定。室内洁净度检测时，人员不宜多于 3 人，均必须穿与洁净室洁净度等级相适应的洁净工作服。

2. 主要项目要求

1）通风与空调工程安装完毕，必须进行系统的测定和调整（简称调试）。系统调试应包括下列项目：

① 设备单机试运转及调试；

② 系统无生产负荷下的联合试运转及调试。

2）设备单机试运转及调试应符合下列规定：

① 通风机、空调机组中的风机，叶轮旋转方向正确、运转平稳、无异常振动与声响，其电动机运行功率应符合设备技术文件的规定。在额定转速下连续运转 2h 后，滑动轴承外壳最高温度不得超过 70℃；滚动轴承不得超过 80℃；

② 水泵叶轮旋转方向正确，无异常振动和声响，紧固连接部位无松动，其电动机运行功率值符合设备技术文件的规定。水泵连续运转 2h 后，滑动轴承外壳最高温度不得超过70℃；滚动轴承不得超过 75℃；

③ 冷却塔本体应稳固、无异常振动，其噪声应符合设备技术文件的规定。风机试运转应符合①的规定；

冷却塔风机与冷却水系统循环试运行不少于 2h，运行应无异常情况；

④ 制冷机组、单元式空调机组的试运转，应符合设备技术文件和现行国家标准 GB 50274—1998《制冷设备、空气分离设备安装工程施工及验收规范》的有关规定，正常运转不应少于 8h；

⑤ 电控防火、防排烟风阀（口）的手动、电动操作应灵活、可靠，信号输出正确。

⑥ 电气控制自动调节系统应与设备功能配套，显示参数准确，自动调节及时有效，电气控制系统电动机运行正常，温度调节误差 ±1℃，湿度调节误差 ±10%，其他参数 ±15% ~20%。

3）系统无生产负荷的联合试运转及调试应符合下列规定：

① 系统总风量调试结果与设计风量的偏差不应大于 10%；

② 空调冷热水、冷却水总流量测试结果与设计流量的偏差不应大于 10%；

③ 舒适空调的温度、相对湿度应符合设计的要求。恒温、恒湿房间室内空气温度、相对湿度及波动范围应符合设计规定。

4）防排烟系统联合试运行与调试的结果（风量及正压），必须符合设计与消防的规定。

5）净化空调系统还应符合下列规定：

①　单向流洁净室系统的系统总风量调试结果与设计风量的允许偏差为 0 ~ 20% ，室内各风口风量与设计风量的允许偏差为 15% 。

新风量与设计新风量的允许偏差为 10% 。

②　单向流洁净室系统的室内截面平均风速的允许偏差为 0 ~ 20% ，且截面风速不均匀度不应大于 0.25 。

新风量和设计新风量的允许偏差为 10% 。

③　相邻不同级别洁净室之间和洁净室与非洁净室之间的静压差不应小于 5Pa ，洁净室与室外的静压差不应小于 10Pa ；

④　室内空气洁净度等级必须符合设计规定的等级或在商定验收状态下的等级要求。

高于等于 5 级的单向流洁净室，在门开启的状态下，测定距离门 0.6m 室内侧工作高度处空气的含尘浓度，亦不应超过室内洁净度等级上限的规定。

3. 一般项目要求

1）设备单机试运转及调试应符合下列规定：

①　水泵运行时不应有异常振动和声响、壳体密封处不得渗漏、紧固连接部位不应松动、轴封的温升应正常；在无特殊要求的情况下，普通填料泄漏量不应大于 60mL/h ，机械密封的不应大于 5mL/h ；

②　风机、空调机组、风冷热泵等设备运行时，产生的噪声不宜超过产品性能说明书的规定值；

③　风机盘管机组的三速、温控开关的动作应正确，并与机组运行状态一一对应。

2）通风工程系统无生产负荷联动试运转及调试应符合下列规定：

①　系统联动试运转中，设备及主要部件的联动必须符合设计要求，动作协调、正确，无异常现象；

②　系统经过平衡调整，各风口或吸风罩的风量与设计风量的允许偏差不应大于 15% ；

③　湿式除尘器的供水与排水系统运行应正常。

3）空调工程系统无生产负荷联动试运转及调试还应符合下列规定：

①　空调工程水系统应冲洗干净、不含杂物，并排除管道系统中的空气；系统连续运行应达到正常、平稳；水泵的压力和水泵电动机的电流不应出现大幅波动。系统平衡调整后，各空调机组的水流量应符合设计要求，允许偏差为 20% ；

②　各种自动计量检测元件和执行机构的工作应正常，满足建筑设备自动化（BA、FA 等）系统对被测定参数进行检测和控制的要求；

③　多台冷却塔并联运行时，各冷却塔的进、出水量应达到均衡一致；

④　空调室内噪声应符合设计规定要求；

⑤　有压差要求的房间、厅堂与其他相邻房间之间的压差，舒适性空调正压为 0 ~ 25Pa ；工艺性的空调应符合设计的规定；

⑥　有环境噪声要求的场所，制冷、空调机组应按现行国家标准 GB/T 9068—1998 《采暖通风与空气调节设备噪声声功率级的测定—工程法》的规定进行测定。洁净室内的噪声应符合设计的规定。

⑦　电气控制及自动调节系统应满足设计要求。

4）通风与空调工程的电气控制和自动监测设备，应能与系统的检测元件和执行机构正常运行，系统的状态参数应能正确显示，设备联锁、自动调节、自动保护应能正确动作。

（七）常用测试方法

系统调试基本正常后应测试管道漏风及室内静压差、空气过滤器泄漏、洁净度、风量/风速、菌类、温度、相对湿度、单向流速、噪声等参数，这些测试是电工和通风工配合进行的。主要仪器仪表有：精密测压仪、微差压力计、光学粒子计数器、激光粒子计数器、凝结核计数器、热球风速仪、微生物采样皿、高精度温度计、高精度湿度计、测定架固定风速仪、倍频程分析声级计等。仪器的使用应按其使用说明书进行。测定后再对自检系统微调，以达到更高的满意度。

1. 漏风的测量试验

1）漏风量测试应采用经检验合格的专用测量仪器仪表，并由有使用经验的人员进行。

2）漏风量测试装置可采用风管式或风室式。风管式测试装置采用孔板做计量元件；风室式测试装置采用喷嘴做计量元件。

3）漏风量测试装置的风机，其风压和风量应选择分别大于被测定系统或设备的规定试验压力及最大允许漏风量的 1.2 倍。

4）漏风量测试装置试验压力的调节，可采用调整风机转速的方法，也可采用控制节流装置开度的方法。漏风量值必须在系统经调整后，保持稳压的条件下测得。

5）漏风量测试装置的压差测定应采用微压计，其最小读数分格不应大于 2.0Pa。

6）风管式漏风量测试装置：

① 风管式漏风量测试装置由风机、连接风管、测压仪器、整流栅、节流器和标准孔板等组成，见图 9-4。

② 采用角接取压的标准孔板。孔板 β 值范围为 0.22～0.7（$\beta = d/D$）；孔板至前、后整流栅及整流栅外直管段距离，应分别符合大于 10 倍和 5 倍圆管直径 D 的规定。

③ 连接风管均为光滑圆管。孔板至上游 2D 范围内其圆度允许偏差为 0.3%；下游为 2%。

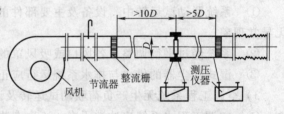

图 9-4 正压风管式漏风量测试装置

④ 孔板与风管连接，其前端与管道轴线垂直度允许偏差为 1°；孔板与风管同心度允许偏差为 0.015D。

⑤ 在第一整流栅后，所有连接部分应该严密不漏。

⑥ 用下列公式计算漏风量：

$$Q = 3600\varepsilon\alpha A_{\mathrm{n}}\sqrt{\frac{2}{\rho}\Delta P} \tag{9-1}$$

式中　Q——漏风量，单位为 $\mathrm{m^3/h}$；

　　　ε——空气流束膨胀系数；

　　　α——孔板的流量系数；

　　　A_{n}——孔板开口面积，单位为 $\mathrm{m^2}$；

　　　ρ——空气密度，单位为 $\mathrm{kg/m^3}$；

　　　ΔP——孔板差压，单位为 Pa。

⑦　孔板的流量系数与 β 值的关系根据图 9-5 确定，其适用范围应满足下列条件，在此范围内，不计管道粗糙度对流量系数的影响。

$$10^5 < Re < 2.0 \times 10^6$$

$$0.05 < \beta^2 \leqslant 0.49$$

$$50\text{mm} < D \leqslant 1000\text{mm}$$

雷诺数小于 10^5 时，则应按相应流量测量节流装置规范求得流量系数 α。

⑧　孔板的空气流束膨胀系数 ε 值可根据表 9-2 查得。

⑨　当测试系统或设备负压条件下的漏风量时，装置连接应按图 9-6 进行。

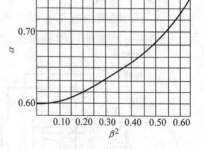

图 9-5　孔板流量系数图

7）风室式漏风量测试装置：

①　风室式漏风量测试装置由风机、连接风管、测压仪器、均流板、节流器、风室、隔板和喷嘴等组成，如图 9-7 所示。

表 9-2　采用角接取压标准孔板流束膨胀系数 ε 值 （$k = 1.4$）

P_2/P_1　β^4	1.0	0.98	0.96	0.94	0.92	0.90	0.85	0.80	0.75
0.08	1.0000	0.9930	0.9866	0.9803	0.9742	0.9681	0.9531	0.9381	0.9232
0.1	1.0000	0.9924	0.9854	0.9787	0.9720	0.9654	0.9491	0.9328	0.9166
0.2	1.0000	0.9918	0.9843	0.9770	0.9698	0.9627	0.9450	0.9275	0.9100
0.3	1.0000	0.9912	0.9831	0.9753	0.9676	0.9599	0.9410	0.9222	0.9034

注：1. 本表允许内插，不允许外延。

2. P_2/P_1 为孔板后与孔板前的全压值之比。

②　测试装置采用标准长颈喷嘴，见图 9-8。喷嘴必须按图 9-7 的要求安装在隔板上，数量可为单个或多个。两个喷嘴之间的中心距离不得小于较大喷嘴喉部直径的 3 倍；任一喷嘴中心到风室最近侧壁的距离不得小于其喷嘴喉部直径的 1.5 倍。

③　风室的断面面积不应小于被测定风

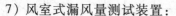

图 9-6　负压风管式漏风量测试装置

量按断面平均速度小于 0.75m/s 时的断面积。风室内均流板（多孔板）安装位置应按图 9-7 进行。

④　风室中喷嘴两端的静压取压接口，应为多个且均布于四壁。静压取压接口至喷嘴隔板的距离不得大于最小喷嘴喉部直径的 1.5 倍。然后，并联成静压环，再与测压仪器相接。

⑤　采用此装置测定漏风量时，通过喷嘴喉部的流速应控制在 15 ~ 35m/s 范围内。

⑥　本装置要求风室中喷嘴隔板后的所有连接部分应严密不漏。

⑦　用下列公式计算单个喷嘴风量：

$$Q_\text{n} = 3600 C_\text{d} A_\text{d} \sqrt{\frac{2}{\rho}} \Delta P \tag{9-2}$$

多个喷嘴风量：

$$Q = \sum Q_n \qquad (9\text{-}3)$$

式中　Q_n——单个喷嘴漏风量，单位为 m^3/h；

　　　C_d——喷嘴的流量系数（直径 127mm 以上取 0.99，小于 127mm 按表 9-3 或图 9-9 查取）；

　　　A_d——喷嘴的喉部面积，单位为 m^2；

　　　ΔP——喷嘴前后的静压差，单位为 Pa。

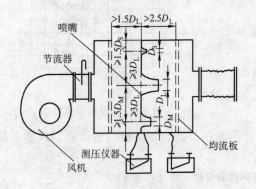

图 9-7　正压风室式漏风量测试装置

D_S—小号喷嘴直径　D_M—中号

喷嘴直径　D_L—大号喷嘴直径

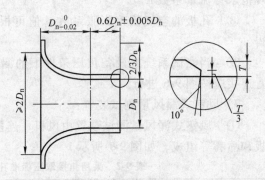

图 9-8　标准长颈喷嘴

表 9-3　喷嘴流量系数表

Re	流量系数 C_d	Re	流量系数 C_d	Re	流量系数 C_d	Re	流量系数 C_d
12000	0.950	40000	0.973	8000	0.983	200000	0.991
16000	0.956	50000	0.977	90000	0.984	250000	0.993
20000	0.961	60000	0.979	100000	0.985	300000	0.994
30000	0.969	70000	0.981	150000	0.989	350000	0.994

注：不计温度系数。

⑧　当测试系统或设备负压条件下的漏风量时，装置连接应按图 9-10 进行。

8）漏风量测试：

①　正压或负压系统风管与设备的漏风量测试，分正压试验和负压试验两类。一般可采用正压条件下的测试来检验。

②　系统漏风量测试可以整体或分段进行。测试时，被测系统的所有开口均应封闭，不应漏风。

③　被测系统的漏风量超过设计和国家标准规范的规定时，应查出漏风部位（可用听、摸、观察、水或烟检漏），做好标记；修补完工后，重新测试，直至合格。

④　漏风量测定值一般应为规定测试压力下的实测数值。特殊条件下，也可用相近或大于规定压力下的测试代替，其漏风量可按下式换算：

$$Q_0 = Q(P_0/P)^{0.65} \qquad (9\text{-}4)$$

式中　P_0——规定试验压力，500Pa；

Q_0——规定试验压力下的漏风量，单位为 $m^3/(h \cdot m^2)$；

P——风管工作压力，单位为 Pa；

Q——工作压力下的漏风量，单位为 $m^3/(h \cdot m^2)$。

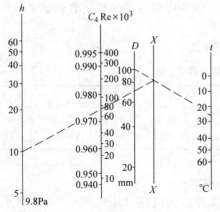

图 9-9　喷嘴流量系数推算图

注：先用直径与温度标尺在指数标尺（X）上求点，再
　将指数与压力标尺点相连，可求取流量系数值。

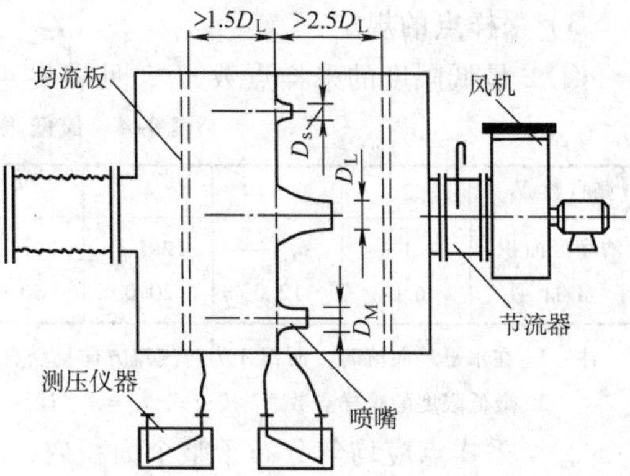

图 9-10　负压风室式漏风量测试装置

2. 静压差的检测

1）静压差的测定应在所有的门关闭的条件下进行，并由高压向低压、由平面布置上与外界最远的里间房间开始，依次向外测试。

2）采用的微差压力计，其灵敏度不应低于 2.0Pa。

3）有孔洞相通的不同等级相邻的洁净室，其洞口处应有合理的气流流向。洞口的平均风速大于等于 0.2m/s 时，可用热球风速仪检测。

3. 空气过滤器泄漏测试

1）高效过滤器的检漏，应使用采样速率大于 1L/min 的光学粒子计数器。D 类高效过滤器宜使用激光粒子计数器或凝结核计数器。

2）采用粒子计数器检漏高效过滤器，其上风侧应引入均匀浓度的大气尘或含其他气溶胶尘的空气。对大于等于 0.5μm 的尘粒，浓度应大于或等于 $3.5 \times 10^5 pc/m^3$[⊖]；或对大于或等于 0.1μm 的尘粒，浓度应大于或等于 $3.5 \times 10^7 pc/m^3$；若检测 D 类高效过滤器，对大于或等于 0.1μm 的尘粒，浓度应大于或等于 $3.5 \times 10^9 pc/m^3$。

3）高效过滤器的检测采用扫描法，即在过滤器下风侧用粒子计数器的等动力采样头，放在距离被检部位表面 20～30mm 处，以 5～20mm/s 的速度，对过滤器的表面、边框和封头胶处进行移动扫描检查。

4）泄漏率的检测应在接近设计风速的条件下进行。将受检高效过滤器下风侧测得的泄漏浓度换算成透过率，高效过滤器不得大于出厂合格透过率的 2 倍；D 类高效过滤器不得大于出厂合格透过率的 3 倍。

5）在移动扫描检测工程中，应对计数突然递增的部位进行定点检验。

⊖　pc 即颗粒。

4. 室内空气洁净度等级的检测

1) 空气洁净度等级的检测应在设计指定的占用状态（空态、静态、动态）下进行。

2) 检测仪器的选用：应使用采样速率大于 1L/min 的光学粒子计数器，在仪器选用时应考虑粒径鉴别能力、粒子浓度适用范围和计数效率。仪表应有有效的检定合格证书。

3) 采样点的规定：

①　最低限度的采样点数 N_L，见表 9-4；

表 9-4　最低限度的采样点数 N_L 表

测点数 N_L	2	3	4	5	6	7	8	9	10
洁净区面积 A/m^2	2.1 ~ 6.0	6.1 ~ 12.0	12.1 ~ 20.0	20.1 ~ 30.0	30.1 ~ 42.0	42.1 ~ 56.0	56.1 ~ 72.0	72.1 ~ 90.0	90.1 ~ 110.0

注：1. 在水平单向流时，面积 A 为与气流方向呈垂直的流动空气截面的面积。

　　2. 最低限度的采样点数 N_L 按公式 $N_L = A^{0.5}$ 计算（四舍五入取整数）。

②　采样点应均匀分布于整个面积内，并位于工作区的高度（距地坪 0.8m 的水平面），或设计单位、业主特指的位置。

4) 采样量的确定：

①　每次采样的最少采样量见表 9-5；

表 9-5　每次采样的最少采样量 V_s（L）表

洁净度等级	粒径/μm					
	0.1	0.2	0.3	0.5	1.0	5.0
1	2000	8400	—	—	—	—
2	200	840	1960	5680	—	—
3	20	84	196	568	2400	—
4	2	8	20	57	240	—
5	2	2	2	6	24	680
6	2	2	2	2	2	68
7	—	—	—	2	2	7
8	—	—	—	2	2	2
9	—	—	—	2	2	2

②　每个采样点的最少采样时间为 1min，采样量至少为 2L；

③　每个洁净室（区）最少采样次数为 3 次。当洁净区仅有一个采样点时，则在该点至少采样 3 次；

④　对预期空气洁净度等级达到 4 级或更洁净的环境，采样量很大，可采用 ISO 14644—1 规定的顺序采样法。

5) 检测采样的规定：

①　采样时采样口处的气流速度，应尽可能接近室内的设计气流速度；

②　对单向流洁净室，其粒子计数器的采样管口应迎着气流方向；对于非单向流洁净室，采样管口宜向上；

③　采样管必须干净，连接处不得有渗漏。采样管的长度应根据允许长度确定，如果无

规定时，不宜大于 1.5m；

④　室内的测定人员必须穿洁净工作服，且不宜超过 3 名，并应远离或位于采样点的下风侧静止不动或微动。

6）记录数据评价。空气洁净度测试中，当全室（区）测点为 2～9 点时，必须计算每个采样点的平均粒子浓度 C_i 值、全部采样点的平均粒子浓度 N 及其标准差，导出 95% 置信上限值；采样点超过 9 点时，可采用算术平均值 N 作为置信上限值。

①　每个采样点的平均粒子浓度 C_i 应小于或等于洁净度等级规定的限值，见表 9-6。

表 9-6　洁净度等级及悬浮粒子浓度限值

洁净度等级	大于或等于表中粒径 D 的最大浓度 C_n/（pc/m³）					
	0.1μm	0.2μm	0.3μm	0.5μm	1.0μm	5.0μm
1	10	2	—	—	—	—
2	100	24	10	4	—	—
3	1000	237	102	35	8	—
4	10000	2370	1020	352	83	—
5	100000	23700	10200	3520	832	29
6	1000000	237000	102000	35200	8320	293
7	—	—	—	352000	83200	2930
8	—	—	—	3520000	832000	29300
9	—	—	—	35200000	8320000	293000

注：1. 本表仅表示了整数值的洁净度等级（N）悬浮粒子最大浓度的限值。

　　2. 对于非整数洁净度等级，其对应于粒子粒径 D（μm）的最大浓度限值（C_n），应按下列公式计算求取。

$$C_n = 10^N \times \left(\frac{0.1}{D} \right)^{2.08}$$

　　3. 洁净度等级定级的粒径范围为 0.1～5.0μm，用于定级的粒径数不应大于 3 个，且其粒径的顺序级差不应小于 1.5 倍。

②　全部采样点的平均粒子浓度 N 的 95% 置信上限值，应小于或等于洁净度等级规定的限值，即

$$(N + t \times s/\sqrt{n}) \leq 级别规定的限值$$

式中　N——室内各测点平均含尘浓度，$N = \sum C_i/n$；

　　　n——测点数；

　　　s——室内各测点平均含尘浓度 N 的标准差，$s = \sqrt{\dfrac{(C_i - N)^2}{n-1}}$；

　　　t——置信度上限为 95% 时，单侧 t 分布的系数，见表 9-7。

表 9-7　t 系数

点数	2	3	4	5	6	7～9
t	6.3	2.9	2.4	2.1	2.0	1.9

5. 风量或风速的检测

1）对于单向流洁净室，采用室截面平均风速和截面积乘积的方法确定送风量。离高效过滤器 0.3m，垂直于气流的截面作为采样测试截面，截面上测点间距不宜大于 0.6m，测点

数不应少于 5 个，以所有测点风速读数的算术平均值作为平均风速。

2）对于非单向流洁净室，采用风口法或风管法确定送风量，做法如下：

① 风口法是在安装有高效过滤器的风口处，根据风口形状连接辅助风管进行测量。即用镀锌钢板或其他不产尘材料做成与风口形状及内截面相同，长度等于 2 倍风口长边长的直管段，连接于风口外部。在辅助风管出口平面上，按最少测点数不少于 6 点均匀布置，使用热球式风速仪测定各测点的风速。然后，以求取的风口截面平均风速乘以风口净截面积求取测定风量。

② 对于风口上风侧有较长的支管段，且已经或可以钻孔时，可以用风管法确定风量。测量断面应位于大于或等于局部阻力部件前 3 倍管径或长边长，局部阻力部件后 5 倍管径或长边长的部位。

对于矩形风管，是将测定截面分割成若干个相等的小截面。每个小截面尽可能接近正方形，边长不应大于 200mm，测点应位于小截面中心，但整个截面上的测点数不宜少于 3 个。

对于圆形风管，应根据管径大小，将截面划分成若干个面积相同的同心圆环，每个圆环测 4 点。根据管径确定圆环数量，不宜少于 3 个。

6. 室内浮游菌和沉降菌的检测

1）微生物检测方法有空气悬浮微生物法和沉降微生物法两种，采样后的基片（或平皿）经过恒温箱内 37℃、48h 的培养生成菌落后进行计数。使用的采样器皿和培养液必须进行消毒灭菌处理。采样点可均匀布置或取代表性地域布置。

2）悬浮微生物法应采用离心式、狭缝式和针孔式等碰击式采样器，采样时间应根据空气中微生物浓度来决定，采样点数可与测定空气洁净度测点数相同。各种采样器应按仪器说明书规定的方法使用。

沉降微生物法，应采用直径为 90mm 培养皿，在采样点上沉降 30min 后进行采样，最少培养皿数应符合表 9-8 的规定。

表 9-8　最少培养皿数

空气洁净度级别	培养皿数	空气洁净度级别	培养皿数
<5	44	6	5
5	14	≥7	2

3）特殊环境洁净室（包括药厂生物洁净室）室内浮游菌和沉降菌测试，也可采用按协议确定的采样方案。

4）用培养皿测定沉降菌，用碰撞式采样器或过滤采样器测定浮游菌，还应遵守以下规定：

① 采样装置采样前的准备及采样后的处理，均应在设有高效空气过滤器排风的负压实验室进行操作，该实验室的温度应为 22℃ ±2℃；相对湿度应为 50% ±10%；

② 采样仪器应消毒灭菌；

③ 采样器选择应审核其精度和效率，并有合格证书；

④ 采样装置的排气不应污染洁净室；

⑤ 沉降皿个数及采样点、培养基及培养温度、培养时间应按有关规范的规定执行；

⑥ 浮游菌采样器的采样率宜大于 100L/min；

⑦　碰撞培养基的空气速度应小于 20m/s。

7. 室内空气温度和相对湿度的检测

1）根据温度和相对湿度波动范围，应选择相应的具有足够精度的仪表进行测定。每次测定间隔不应大于 30min。

2）室内测试点布置：

①　送回风口处；

②　恒温工作区具有代表性的地点（如沿着工艺设备周围布置或等距离布置）；

③　没有恒温要求的洁净室中心；

④　测点一般应布置在距外墙表面大于 0.5m，离地面 0.8m 的同一高度上；也可以根据恒温区的大小，分别布置在离地不同高度的几个平面上。

3）测点数应符合表 9-9 的规定。

表 9-9　温、湿度测点数

波动范围	室面积≤50m²	每增加 20~50m²
$\Delta t = \pm 0.5 \sim \pm 2℃$	5 个	增加 3~5 个
$\Delta RH = \pm 5\% \sim \pm 10\%$		
$\Delta t \leqslant \pm 0.5℃$	点间距不应大于 2m，	
$\Delta RH \leqslant \pm 5\%$	点数不应少于 5 个	

4）有恒温恒湿要求的洁净室。室温波动范围按各测点的各次温度中偏差控制点温度的最大值，占测点总数的百分比整理成累积统计曲线。如 90% 以上测点偏差值在室温波动范围内，为符合设计要求。反之，为不合格。

区域温度以各测点中最低的一次测试温度为基准，各测点平均温度与超偏差值的点数，占测点总数的百分比整理成累计统计曲线，90% 以上测点所达到的偏差值为区域温差，应符合设计要求。相对温度波动范围可按室温波动范围的规定执行。

8. 单向流洁净室截面平均速度，速度不均匀度的检测

1）洁净室垂直单向流和非单向流应选择距墙或围护结构内表面大于 0.5m，离地面高度 0.5~1.5m 作为工作区。水平单向流以距送风墙或围护结构内表面 0.5m 处的纵断面为第一工作面。

2）测定截面的测点数和测定仪器应符合 7. 温度湿度检测的 3）条的要求的规定。

3）测定风速应用测定架固定风速仪，以避免人体干扰。不得不用手持风速仪测定时，手臂应伸至最长位置，尽量使人体远离测头。

4）室内气流流形的测定，宜采用发烟或悬挂丝线的方法，进行观察测量与记录。然后，标在记录的送风平面的气流流形图上。一般每台过滤器至少对应 1 个观察点。

风速的不均匀度 β_0 按下列公式计算，一般 β_0 值不应大于 0.25。

$$\beta_0 = \frac{s}{v} \tag{9-5}$$

式中　v——各测点风速的平均值；

　　　s——标准差。

9. 室内噪声的检测

1）测噪声仪器应采用带倍频程分析的声级计。

2）测点布置应按洁净室面积均分，每 $50m^2$ 设一点。测点位于其中心，距地面 1.1 ~ 1.5m 高度处或按工艺要求设定。

九、空调系统的竣工验收

空调系统电气设备控制及自动调节系统的竣工验收是随空调系统安装工程一并进行的，是其一个分部（项）工程，非属电气工程。因此，这里列出竣工验收相关事宜，供读者参阅。

1）通风与空调工程的竣工验收，是在工程施工质量得到有效监控的前提下，施工单位通过整个分部工程的无生产负荷系统联合试运转与调试和观感质量的检查均符合国家标准规范和设计要求，方可进行的交验活动。

2）通风与空调工程的竣工验收，应由建设单位负责，组织施工、设计、监理等单位共同进行，合格后即应办理竣工验收手续。

3）通风与空调工程竣工验收时，应检查竣工验收的资料，一般应有下列文件及记录（包括电气设备控制及自动调节系统）：

① 图样会审记录、设计变更通知书和竣工图；

② 主要材料、设备、成品、半成品和仪表及其电气设备、自动调节元件等的出厂合格证明及进场检（试）验报告；

③ 隐蔽工程检查验收记录；

④ 工程设备、风管系统、管道系统、电气及自控系统的安装及检验记录；

⑤ 管道试验记录；

⑥ 设备单机试运转记录；

⑦ 系统无生产负荷联合试运转与调试记录；

⑧ 分部（子分部）工程质量验收记录；

⑨ 观感质量综合检查记录；

⑩ 安全和功能检验资料的核查记录。

4）观感质量检查项目：

① 风管表面应平整、无损坏；接管合理，风管的连接以及风管与设备或调节装置的连接，无明显缺陷；

② 风口表面应平整，颜色一致，安装位置正确，风口可调节部件应能正常动作；

③ 各类电气设备、仪表、调节装置的安装应正确牢固、调节灵活、功能有效、操作方便。防火及排烟阀等关闭严密，动作可靠；

④ 制冷及水管系统的管道、阀门及仪表安装位置正确，系统无渗漏；

⑤ 风管、部件及管道的支、吊架形式、位置及间距应符合此规范要求；

⑥ 风管、管道的软性接管位置应符合设计要求，接管正确、牢固，自然无强扭；

⑦ 通风机、制冷机、水泵、风机盘管机组的安装应正确牢固；

⑧ 组合式空气调节机组外表平整光滑、接缝严密、组装顺序正确，喷水室外表面无渗漏；

⑨ 除尘器、积尘室安装应牢固、接口严密；

⑩ 消声器安装方向正确，外表面应平整无损坏；

⑪ 风管、部件、管道及支架的油漆应附着牢固，漆膜厚度均匀，油漆颜色与标志符合设

计要求；

⑫　绝热层的材质、厚度应符合设计要求；表面平整、无断裂和脱落；室外防潮层或保护壳应顺水搭接、无渗漏。

5）净化空调系统的观感质量检查项目：

①　空调机组、风机、净化空调机组、风机过滤器单元和空气吹淋室等的安装位置应正确、固定牢固、连接严密，其偏差应符合本规范有关条文的规定；

②　高效过滤器与风管、风管与设备的连接处应有可靠密封；

③　净化空调机组、静压箱、风管及送回风口清洁无积尘；

④　装配式洁净室的内墙面、吊顶和地面应光滑、平整、色泽均匀、不起灰尘，地板静电值应低于设计规定；

⑤　送回风口、各类末端装置以及各类管道等与洁净室内表面的连接处密封处理可靠严密。

参 考 文 献

[1]　天津电气传动设计研究所．电气传动自动化技术手册 [M]．2 版．北京：机械工业出版社，2006.

[2]　韩天行．微机型继电保护及自动化装置检验调试手册 [M]．北京：机械工业出版社，2004.

[3]　而师玛乃·花铁森．建筑弱电工程安装施工手册 [M]．北京：中国建筑工业出版社，1999.

[4]　电梯工程监理手册编写组．电梯工程监理手册 [M]．北京：机械工业出版社，2007.

[5]　余洪明，章克强．软起动器实用手册 [M]．北京：机械工业出版社，2006.

[6]　宫靖远，贺德馨，孙如林，等．风电场工程技术手册 [M]．北京：机械工业出版社，2005.

[7]　电力工程监理手册编写组．电力工程监理手册 [M]．北京：机械工业出版社，2006.

[8]　河北省 98 系列建筑标准设计图集 [M]．北京：中国计划出版社，1998.

[9]　王建华．电气工程师手册 [M]．3 版．北京：机械工业出版社，2007.

[10]　机械电子工业部天津电气传动设计研究所．电气传动自动化技术手册 [M]．北京：机械工业出版社，1992.

[11]　陕西省建筑工程局《安装电工》编写组．安装电工 [M]．北京：中国建筑工业出版社，1974.

[12]　电工手册编写组．电工手册 [M]．上海：上海人民出版社，1973.

[13]　第二冶金建设公司．冶金电气调整手册 [M]．北京：冶金工业出版社，1975.

[14]　湘潭电机制造学校．电力拖动自动控制：上册 [M]．北京：机械工业出版社，1979.

[15]　电动机修理 [M]．上海：上海人民出版社，1970.

[16]　阮通．10～110kV 线路施工 [M]．北京：水利电力出版社，1983.

[17]　潘雪荣．高压送电线路杆塔施工 [M]．北京：水利电力出版社，1984.

[18]　李柏．送电线路施工测量 [M]．北京：水利电力出版社，1983.

[19]　农村电工手册编写组．农村电工手册 [M]．北京：水利电力出版社，1974.

[20]　车导明，等．中小型发电厂和变电所电气设备的测试 [M]．北京：水利电力出版社，1986.

[21]　庞骏骐．电力变压器安装 [M]．北京：水利电力出版社，1975.

[22]　庞骏骐．高压开关设备安装 [M]．北京：水利电力出版社，1979.

[23]　杜玉清，等．送电工人施工手册 [M]．北京：水利电力出版社，1987.

[24]　工厂常用电气设备手册编写组．工厂常用电气设备手册 [M]．北京：水利电力出版社，1984.

[25]　建筑电气设备手册编写组．建筑电气设备手册 [M]．北京：中国建筑工业出版社，1986.

[26]　冶金工业部自动化研究所．大型电机的安装与维修 [M]．北京：冶金工业出版社，1978.

[27]　张学华，等．小型供热发电机组的安装、调试和运行 [M]．北京：水利电力出版社，1990.

[28]　叶江祺，等．热工仪表和控制设备的安装 [M]．北京：水利电力出版社，1983.

[29]　航空工业部第四规划设计研究院，等．工厂配电设计手册 [M]．北京：水利电力出版社，1983.

[30]　牛宝元．怎样安装与保养电梯 [M]．北京：中国建筑工业出版社，1983.

[31]　丁明往，等．高层建筑电气工程 [M]．北京：水利电力出版社，1988.

[32]　陈一才．高层建筑电气设计手册 [M]．北京：中国建筑工业出版社，1990.

[33]　吴名江，等．共用天线电视 [M]．北京：电子工业出版社，1985.

[34]　刘介才．工厂供电 [M]．北京：机械工业出版社，1995.

[35]　化学工业部劳资司，等．电气试验工 [M]．北京：化学工业出版社，1990.

[36]　吕光大．电气安装工程图集 [M]．北京：水利电力出版社，1987.

[37] 李东明. 建筑弱电工程安装调试手册 [M]. 北京:中国物价出版社,1993.

[38] 农电手册编写组. 农电手册 [M]. 北京:水利电力出版社,1983.

[39] 天津电气传动设计研究所. 半导体逻辑元件及其应用 [M]. 北京:机械工业出版社,1975.

[40] 南京工学院无线电工程系电子线路实验编写组. 电子线路实验 [M]. 北京:人民教育出版社, 1982.

[41] 电气装置安装工程施工及验收规范汇编 [M]. 北京:中国计划出版社,1996.

[42] 上海新时达电气有限公司电梯使用说明书.

[43] 北京施耐德电气公司产品使用说明书.

[44] 姚炳华,彭振民,吴晋华. 电气调整工程便携手册 [M]. 北京:机械工业出版社,2006.

[45] 白公. 怎样阅读电气工程图 [M]. 北京:机械工业出版社,2001.

[46] 白公. 维修电工技能手册 [M]. 北京:机械工业出版社,2007.

[47] 白公. 电工仪表技术365问 [M]. 北京:机械工业出版社,2007.

[48] 张福恩,等. 交流调速电梯原理、设计及安装维修 [M]. 北京:机械工业出版社,1991.

[49] 国家建委第一工程局. 电焊工 [M]. 北京:中国建筑工业出版社,1979.

[50] 山东省工业设备安装公司. 气焊工 [M]. 北京:中国建筑工业出版社,1979.

[51] 白公. 电工安全技术365问 [M]. 北京:机械工业出版社,2000.

[52] 江苏省安装协会. 电梯安装 [M]. 1991.

[53] 白公. 高级电工技术与技能自学读本 [M]. 北京:机械工业出版社,2004.

[54] 袁国汀. 建筑安装工程施工图集:七常用仪表工程 [M]. 北京:中国建筑工业出版社,2001.

[55] DL/T 5161—2002 电气装置安装工程质量检验及评定规程 [S].

[56] F.G.WILSON 威尔信香港有限公司产品说明书.

[57] 柳涌. 建筑安装工程施工图集:六弱电工程 [M]. 北京:中国建筑工业出版社,2002.

[58] GB 50339—2003 智能建筑工程质量验收规范 [S].

[59] GB 50093—2002 自动化仪表工程施工及验收规范 [S].